DROEMER ✪

Über den Autor:
Christian Kraus wurde 1971 in Hamburg geboren. Nach dem Studium der Humanmedizin und Promotion an der Universität Hamburg war er lange als Arzt und wissenschaftlicher Mitarbeiter im Zentrum für Psychosoziale Medizin, Psychiatrie und Psychotherapie des Universitätsklinikums Hamburg-Eppendorf tätig. Seit 2006 ist er Facharzt für Psychiatrie und Psychotherapie und arbeitet heute als niedergelassener ärztlicher Psychotherapeut und Psychoanalytiker mit eigener Praxis in Hamburg. Christian Kraus ist verheiratet und hat eine Tochter.

CHRISTIAN KRAUS

TÖTE, WAS DU LIEBST

Psychothriller

Besuchen Sie uns im Internet:
www.droemer.de

© 2018 Droemer Verlag
Ein Imprint der Verlagsgruppe
Droemer Knaur GmbH & Co. KG, München
Alle Rechte vorbehalten. Das Werk darf – auch teilweise –
nur mit Genehmigung des Verlags wiedergegeben werden.
Redaktion: Dr. Clarissa Czöppan
Covergestaltung: NETWORK! Werbeagentur GmbH
Coverabbildung: plainpicture/Glasshouse/Eric Schwortz
Satz: Adobe InDesign im Verlag
Druck und Bindung: CPI books GmbH, Leck
ISBN 978-3-426-30607-9

2 4 5 3 1

Für Merle.
Danke für die vielen Geschichten.

1

Ihr Gesicht ist so schön. Sie trägt Lippenstift, ein tiefdunkles Rot. Ihre Haut ist blass und dünn wie Butterbrotpapier. Verletzlich.

Ein Jammer, dass Sie sie nicht sehen können.

Ich bin kein Dichter oder so. Aber bestimmt ahnen Sie, was ich meine. Wie ein dicker Tropfen Blut auf frischem Schnee.

Dabei war Luise immer eine graue Maus. Alexander, der Polizist, hat Farbe in ihr Leben gebracht.

Sie schläft schon eine ganze Weile. Von dem Theater hat sie gar nichts mitgekriegt. Vielleicht wecke ich sie nachher, wenn hier die Post abgeht. Wird ihr nicht gefallen, was dann passiert.

Ich habe oft denselben Albtraum, wissen Sie. Ich liege gefesselt auf einer Bahre, ein Kerl im weißen Kittel beugt sich über mich. Er hat eine Spritze in der Hand. Nicht so ein Fitzelding. Ein Riesenteil, mit einem Rohr von Nadel dran. Er haut es mir in den Schädel und spritzt mir was rein. Etwas Ätzendes, wie Salzsäure. Es löst mein Gehirn auf. Ich spüre, wie es mich langsam zersetzt.

Furchtbar!

Die Polizei ist hinter mir her. Die wollen mich töten. Nicht mit so einer Pferdespritze. Nein, ganz altmodisch, mit Pistolen und Revolvern. Sie wissen, dass ich Luise habe, und früher oder später werden sie hier aufkreuzen.

Ich bin gut vorbereitet. Wenn sie kommen, werden sie ihr blaues Wunder erleben.

Mich kriegen sie nicht. Zumindest nicht lebend. Und wenn es so weit ist, nehme ich Luise mit. Anders geht es nicht.

Das macht für Sie wahrscheinlich keinen Sinn, habe ich recht?

Ich glaube, es bleibt etwas Zeit. Genug, dass ich meine Geschichte für Sie aufschreibe.

Ich erwarte nicht, dass Sie mir vergeben, was ich getan habe und noch tun werde. Verständnis wäre gut. Ja, vielleicht ein wenig Verständnis.

Angefangen hat es vor zwei Wochen. Eigentlich viel früher, aber das ist jetzt nicht wichtig. Ich hatte eine Gewohnheit. Ich ging nachts auf die Jagd. Oft war ich im Stadtpark unterwegs, gelegentlich in den kleineren Parks in den Randbezirken.

In dieser Nacht hatte ich mich für die Elbe entschieden.

Es hatte tagsüber geregnet, am Abend hatten sich die Wolken verzogen und den Blick auf die Sterne freigegeben. Der Mond war noch nicht aufgegangen. Das ist gut für die Jagd. Nicht zu hell. Ich trug meinen schwarzen Kapuzenpulli. Die Ausrüstung befand sich gut verstaut im Rucksack auf meinem Rücken. Pistolenarmbrust, zehn Pfeile, Klappspaten und ein Filetiermesser. Das war eigentlich zum Schneiden von Fisch, hatte sich für meine Zwecke aber bewährt.

Der Strand unten an der Elbe war menschenleer. Kleine Wellen plätscherten ans flache Ufer. Schräg gegenüber, auf der anderen Flussseite, lagen die Docks von Blohm und Voss. Ihre Scheinwerfer schickten gelbe und weiße Finger aus Licht über den Fluss.

Der Sand war vom Regen feucht und schwer, und meine Turnschuhe hinterließen tiefe Abdrücke. Ich lief oben am Strand entlang, knapp unterhalb der Zone, wo der feine Kies in eine von Weiden, Buchen und Erlen überwucherte Uferböschung überging. Vor einer dicht gewachsenen Baumgruppe machte ich halt. Ich krabbelte unter dem Stamm einer auf Brusthöhe abgeknickten Buche hindurch und stand auf einer winzigen Lichtung, die durch üppige Zweige und Buschwerk vor neugierigen Blicken geschützt war.

Genau richtig.

Ich nahm den Rucksack von den Schultern und zog die Pistolenarmbrust samt Pfeilen heraus. Die kleine Kompositwaffe lag angenehm leicht in der Hand. Ich spannte den ersten Pfeil ein und lehnte mich gegen den umgestürzten Baumstamm.

Ich wartete. Und genoss, wie der Atem sich beruhigte und die Sinne sich schärften.

Ich hörte das Motorengeräusch der Autos, die auf der Elbchaussee oberhalb der Uferböschung entlangbrausten. Irgendwo bellte ein Hund. Eine Windböe strich durch die Bäume und ließ die Blätter flüstern. Die schwarz-weiße Welt gewann an Konturen. Große Steine, Baumwurzeln, weggeworfene Flaschen und Verpackungen erhoben sich aus dem dunklen Grau des Sandes.

Die Ruhe vor dem Töten war wunderbar. Ahnungen von Gefühlen tauchten in meinem Inneren auf. Sie würden sich bald verstärken, das wusste ich. Aber vorerst waren sie nicht mehr als blasse Schlieren an einem sternenklaren

Himmel, die sich erst mit fortschreitender Nacht in schwarze Wolken verwandeln würden, die Sturm, Regen und Gewitter brachten.

Direkt vor mir flatterte etwas auf. Ich zuckte zurück. Ein riesiges Ungetüm brauste an meinem Gesicht vorbei, und um ein Haar hätte ich die Armbrust abgefeuert. Eine Möwe. Sie landete wenige Meter vor meinem Unterschlupf und stakste durch den Sand. Eine Pappschachtel schien ihre Aufmerksamkeit erregt zu haben. Sie hackte mit dem Schnabel danach, verlor aber rasch das Interesse und hob wieder ab.

Der kurze Schreck verflog gemeinsam mit dem Vogel, und der trügerische Friede der Nacht kehrte zurück.

Eine Zeit lang passierte nichts. Dann huschte unten am Wasser ein Schatten über den Sand, hielt eine Sekunde inne und wechselte die Richtung. Der dunkle Fleck schlich den Strand hoch, genau auf mein Versteck zu.

Mein Herz klopfte. Eine erste schwache Welle des ersehnten Schmerzes pulsierte durch meinen Körper. Ich überprüfte die korrekte Lage des Pfeils und hob die Pistolenarmbrust.

Der Schatten kroch auf mich zu. Falls das ahnungslose Geschöpf meine Anwesenheit spürte, schien es sich nicht daran zu stören. Es kam näher. Noch ein paar Meter.

Auf diese Entfernung konnte ich es kaum verfehlen. Ich zielte, drückte ab. Der Pfeil sauste davon und fand sein Ziel. Er holte das Wesen von den Beinen und warf es auf die Seite.

Ich ließ die Armbrust neben den Rucksack fallen, hechtete über den Baumstamm und war mit zwei Schritten bei meiner Beute. Was ich sah und hörte, trieb mir die Tränen in die Augen.

Eine kleine Katze quiekte im Todeskampf. Der Pfeil hatte den Bauch des Tieres glatt durchbohrt, die Spitze ragte auf der anderen Seite wieder heraus. Das Kätzchen strampelte mit den Beinen und versuchte, sich wegzuziehen, aber die Pfeilspitze blieb im Sand stecken. Das hilflose Ding drehte sich um sich selbst und schmierte einen blutigen Kreis auf den Boden.

Eine Welle von Traurigkeit brach über mich herein und füllte die Leere in meinem Inneren. Dieser süße, dieser grausame, dieser bittere Schmerz. Ich ließ ihm freien Lauf. Dicke Tränen tropften auf den zuckenden Leib und benetzten das Fell der Katze.

»Pssst, ganz ruhig.« Ich streichelte dem Kätzchen über Kopf und Rücken. Das Fell war wunderbar weich. Ich nahm das Tier vorsichtig hoch, der Kopf schmiegte sich in die Innenfläche meiner Hand. Ich trug es zu meinem Versteck hinter den Bäumen.

Es gab noch einiges zu tun.

Die Katze wand sich. Ich legte sie in den feuchten Sand. Feine Zuckungen erfassten den kleinen Körper.

»Gleich hast du es geschafft.«

Ich musste mich beeilen, denn die Traurigkeit versiegte bereits.

Ich tätschelte sie weiter, die andere Hand tastete zum Rucksack. Für eine Schrecksekunde befürchtete ich, ich hätte vergessen, wonach ich suchte. Doch dann schlossen sich die Finger um das Filetiermesser.

Schnell jetzt!

Ich drehte die Katze auf den Rücken und setzte die Spitze des Messers an das samtige Fell zwischen den Vorderpfoten.

Ich zögerte. Wie jedes Mal, wenn es auf das Ende zulief, glaubte ich plötzlich, es nicht zu schaffen. Das blutige

Ding wurde wieder zu einem süßen, pelzigen Tierchen, das hilflos in meiner Hand lag und sich seinem Schicksal in Gestalt seines schwarz gekleideten Jägers ergeben hatte. Das mich anschaute mit großen Augen, deren Blick mein Herz erweichte. Niemals würde ich es abstechen können. Es schlachten wie einen hässlichen, kalten Fisch. Niemals.

»Töte, was du liebst!« Ich flüsterte den Satz in die Dunkelheit. Er änderte alles. Er führte meine Hand.

Langsam drückte ich die Messerspitze in den Katzenleib. Sie versank in einem See von Blut, bohrte sich durch Fell und Fleisch, vorbei an den Knochen, und fand das Herz.

Ein letztes Beben, dann war es vorüber.

Die Katze war hin, und die Gewissheit darüber ließ meine Trauer und Tränen wieder aufleben.

Ich nahm mir Zeit. Ich weinte und streichelte das arme Kätzchen, bis die letzten Tränen versiegt waren. Der tote Körper wurde bereits steif.

Jetzt der Spaten.

Ich zog ihn aus dem Rucksack, richtete mich auf und begann zu graben. Der weiche Sand bereitete mir keine Schwierigkeiten.

»Hey, was ist da oben los?«

Vor Schreck ließ ich den Spaten fallen.

Ein Jogger trabte auf mein Versteck zu. Der schlanke Mann folgte einer zuckenden Lichtspur, die eine Stirnlampe auf den Strand schrieb.

Scheiße! Der sollte nicht hier sein.

Ich zog die Kapuze meines Pullovers weit ins Gesicht und schob den Rucksack auf den Kadaver. Die Hand mit dem Messer verbarg ich hinter dem Rücken.

Der Jogger stoppte vor dem umgestürzten Baum. Der Schein seiner Lampe bahnte sich einen Weg durch das Gestrüpp.

»Hallo! Was ist da los?«

»Ich habe was verloren. Heute Nachmittag. Jetzt suche ich danach.« Ich drehte mein Gesicht zur Seite, weg vom Licht. Der da durfte mich auf keinen Fall sehen.

»Was machen Sie da?« Die Stimme des Mannes klang sympathisch, eher besorgt als aggressiv.

Es gibt Menschen, die spüren, wenn Gefahr droht. Wenn es klüger ist, Sachen, die einem komisch vorkommen, zu ignorieren. Und sich zu verpissen.

Der hier gehörte nicht dazu. Der Mann bückte sich und schob sich unter dem Baumstamm durch.

Nein nein nein nein nein nein nein! Es geriet außer Kontrolle.

»Es ist alles in Ordnung«, brachte ich hervor, obwohl es sich anfühlte, als befänden sich meine Eingeweide im freien Fall. »Gehen Sie weiter.«

Bitte! Ich flehte in Gedanken, aber ich wusste, dass es zu spät war. Der Jogger hatte den Baumstamm überwunden, seine Lampe entweihte mein Versteck. An einer Seite des Rucksacks lugten die Vorderpfoten der toten Katze heraus. Der Sand ringsherum glänzte rot vor Blut.

»Was in Gottes Namen haben Sie hier angestellt?«

Bestimmt ist er nett, dachte ich, und eine wunderbare Ruhe legte sich auf meinen Geist. Beliebt bei Arbeitskollegen und Freunden. Wahrscheinlich hat er Familie. Eine liebe Frau, die sich um ihn sorgt und die nicht will, dass er nachts an der Elbe joggt. Ein Kind, vielleicht zwei, die morgen früh zu ihm ins Bett springen und mit ihm spielen wollen.

Der Jogger war mir sympathisch. Das machte es leichter, das Unvermeidliche zu tun. Töte, was du liebst!

»Sehen Sie mich an!«, sagte der Mann.

Ich tat es. Und erst jetzt, angesichts meiner vermummten Gestalt, des blutigen Sandes, des Klappspatens und des unter dem Rucksack versteckten toten Irgendwas, schien er die Gefahr zu realisieren.

Zu spät.

Er trat einen Schritt zurück, stieß mit der Hüfte gegen den Baumstamm.

Ich sprang ihm entgegen. Die Hand mit dem Messer wirbelte durch die Luft. Die schlanke Klinge blitzte im Strahl der LED-Lampe und versank in der Brust des Mannes.

Ein heiseres Röcheln, und das war's. Der Jogger brach zusammen. Die Lampe rutschte ihm von der Stirn ins Gesicht und beleuchtete tote, vor Schreck aufgerissene Augen.

Ich fiel auf die Knie, betrachtete mein Werk und wartete, was passieren würde.

Es begann mit einem Zittern der Hände, das sich auf die Arme und von dort auf den Rest des Körpers ausbreitete. Der Schwall an Gefühlen traf mich wie ein Schlag. Eine Sekunde lang meinte ich, mich übergeben zu müssen, so mächtig drängte es heran. Ich keuchte, presste die Hände auf den Bauch. Ich unterdrückte einen Schrei, dann spritzten die Tränen aus den Drüsen. Ein Weinkrampf schüttelte mich, sekundenlang, minutenlang. Es schien kein Ende zu nehmen.

Himmel, war das krass. Niemals hätte ich gedacht, so heftig fühlen zu können.

Als es vorbei war, sah ich zwei Dinge mit großer Klarheit.

Erstens: Ich musste eine Menge Spuren beseitigen.

Und zweitens: Es würde mir schwerfallen, mich zukünftig auf das Jagen von Katzen zu beschränken.

So, jetzt wissen Sie, wie alles begonnen hat. Und da wir uns nun besser kennen, sollen Sie meinen Namen erfahren. Ich bin Rafael.

2

»Er heißt Pussy!« Der kräftige Mann trug ein Superman-T-Shirt und grölte, als hätte er den Witz des Jahrtausends gemacht. Eine Ladung Kaffee schwappte über den Rand der Tasse in seiner Hand und verpasste dem roten S auf gelbem Grund braune Sprenkel. Superman ließ sich davon nicht die Laune verderben. »Pussy! Wie geil ist das denn?«

»Pustin. Mein Name ist Alexander Pustin.« Die hilflose Empörung in Alexanders Stimme sorgte dafür, dass auch die beiden anderen Männer in das Gelächter einfielen.

Perfekter Start, dachte Alexander. Er spürte, wie die Schamesröte sein Gesicht in ein Leuchtsignal verwandelte. In eine rote Zielscheibe, die diese Arschlöcher zu weiterem Spott geradezu auffordern musste. Er konzentrierte sich darauf, Wut und Scham niederzuringen. Würde er jetzt wanken, das stand fest, könnte er auf der Türschwelle kehrtmachen und sich einen neuen Job suchen. Er presste die Lippen aufeinander und wartete, bis seine Kollegen sich beruhigt hatten.

»Ich will zu Karl Weber.«

»Bist der Neue.« Die Feststellung kam von einem grauhaarigen Mann mittleren Alters, der im Gegensatz zu den beiden anderen ein dunkles Sakko zu seinen Jeans trug. Sein Tonfall klang nicht unfreundlich.

»Willkommen im Club!« Der Dritte nickte ihm zu und bemühte sich um ein Lächeln. Ein kahl geschorener Kerl mit runder Brille. Ein Gesicht, das sich nicht zwischen hartem Hund und klugem Kopf entscheiden konnte.

Die drei Männer standen an einem Tisch, auf dem unzählige Fotos und Klebezettel wie Memorykarten verteilt lagen. Superman zückte ein Taschentuch und versuchte, den verschütteten Kaffee von den Unterlagen zu tupfen. Der Grauhaarige im Sakko wies wortlos auf eine Glastür und wandte sich wieder seinen Kollegen zu.

Alexander trat in einen engen Flur. Neben den Türen, die von beiden Seiten des Ganges abgingen, hingen großformatige Farbfotos. Sie zeigten Streifenwagen vor unterschiedlichen Hamburger Sehenswürdigkeiten: Michaeliskirche, Fernsehturm, Elbphilharmonie und Hamburger Dom mit Riesenrad.

Webers Bürotür lag zwischen der Köhlbrandbrücke, auf der das Polizeiauto wie ein kleiner blauer Fleck aussah, und dem Eingangsbereich des Flughafenterminals.

Alexander hob die Hand, um anzuklopfen. Ein heftiger Knall ließ ihn zurückzucken. Etwas Hartes musste von innen gegen das Türblatt geschlagen sein. Von der anderen Seite ertönte ein leises Stöhnen.

»Alles in Ordnung?« Alexander klopfte jetzt doch. Eine genervt klingende Stimme rief ihn herein.

Es war ein winziges Büro. Auf dem Schreibtisch vor dem Fenster stapelten sich Aktenordner neben benutzten Kaffeetassen. Die Vorhänge waren zugezogen, blassrote Staubfänger, deren bloßer Anblick die Nasenschleimhaut reizte.

»Hauptkommissar Weber?« Alexander hatte sich zuvor keine Gedanken gemacht, wie sein neuer Chef wohl aussehen würde. Darauf wäre er ohnehin nie gekommen.

Weber sah aus wie ein Mann, der für sein Körpergewicht einen halben Meter zu klein war. Mindestens. Wobei sich das überschüssige Gewicht unvorteilhaft rund um seine Körpermitte verteilte. Ein knitteriges Seidenhemd in zartem Rosa hing vorne und seitlich aus dem Bund einer braunen Cordhose heraus. Der Mann stand vornübergebeugt vor seinem Schreibtisch, hielt einen Golfschläger in Händen und führte dessen Kopf mit vorsichtigen Bewegungen an einen auf dem Teppich liegenden Ball heran.

Alexander wünschte sich eine Klappe im Boden, durch die er unbemerkt verschwinden konnte. »Wenn ich störe, kann ich gerne später ...«

»Nein. Kommen Sie rein!« Weber sprach, ohne aufzublicken. »Schließen Sie die Tür! Sie sind der Neue, stimmt's?«

»Ja, Herr Hauptkommissar. Mein Name ist Alexander ... Pustin.« Er sprach seinen Nachnamen betont deutlich aus.

»Okay. Willkommen bei der Mordkommission. Passen Sie auf. Sie lernen gleich Ihre erste Lektion.« Weber klemmte sich den Golfschläger unter den Arm, hob zwei etwa gleich hohe Aktenstapel von seinem Tisch und stellte sie nebeneinander auf den Fußboden. Auf den einen Stapel legte er den Golfball, auf den zweiten kletterte er selbst hinauf.

Er nahm den Schläger, rollte mit den Schultern und probte weitere Male die Abschlagbewegung. »Wenn Sie mit etwas nicht weiterkommen«, sagte er, den Blick starr auf die weiße Kugel gerichtet, »verschaffen Sie sich eine neue Perspektive.«

Sein Blick wanderte zu dem neben der Tür aufgestellten Mülleimer, ein Haufen Golfbälle davor dokumentierte eine beachtliche Anzahl von Fehlversuchen.

Alexander trat einen Schritt zur Seite.

Weber knetete den Griff mit den Händen, kniff die Augen zusammen. »Jetzt kommt es darauf an«, flüsterte er. Er schien Alexanders Anwesenheit vergessen zu haben.

Er holte Schwung, der Schläger sauste herab. Der Schlägerkopf grub sich zwischen Ball und Aktendeckel. Im selben Augenblick geriet Webers Aktenturm in Schieflage. Der Hauptkommissar hielt das Gleichgewicht, aber er verriss den Schlag. Entgeistert schaute er dem Golfball hinterher, der in einer eleganten Parabelbahn am Mülleimer vorbei Richtung Waschbecken flog und in den darüber hängenden Spiegel krachte. Silberne Scherben lösten sich aus der Fassung und schepperten in das Keramikbecken. Der Golfball prallte zurück und plumpste mit einem dumpfen Knall in den Mülleimer.

Weber verzog den Mund, bedachte Spiegel, Waschbecken und Mülleimer mit einem betretenen Blick. »Erfolg und Niederlage liegen mitunter dicht beieinander, habe ich nicht recht?« Er räusperte sich, richtete sich auf und sah zum ersten Mal zu Alexander hoch.

»Nun denn.« Er stieg von seinem Aktenturm herunter und packte beide Stapel zurück auf den Schreibtisch. »Lektion Nummer zwei: Wenn Sie in meiner Abteilung Karriere machen wollen, behalten Sie bestimmte Dinge besser für sich.«

Der Chef der Mordkommission stellte seinen Golfschläger neben den Mülleimer. »Ein Lob Wedge. Geschenk meiner Frau zum Geburtstag. Sie meinte, ich bräuchte ein Hobby als Ausgleich. Egal, genug davon.« Die Konzentration wich aus seinem Gesicht, und zwischen grauen Bartstoppeln machte sich ein sympathisches Lächeln breit. »Bitte, nehmen Sie Platz!«

Alexander entspannte sich. Er griff sich einen abgewetzten Ledersessel und ließ sich hineinfallen. Weber setzte sich hinter seinen Schreibtisch, zog einen schmalen Aktenordner aus einer Schublade und schlug ihn auf.

»Also, Kommissar Pustin. Sie haben an der Göttinger Polizeiakademie gelernt. Abschluss mit Auszeichnung, Donnerwetter.« Er sah auf. »Sie haben vorher tatsächlich Jura studiert?«

»Drei Semester. So lange hat es gedauert, um zu merken, dass es das Falsche war.«

»Na ja.« Weber zwinkerte ihm zu. »Zum Glück haben Sie sich dann für einen anständigen Beruf entschieden.«

Er blätterte durch Alexanders Personalakte. »Zwei Jahre Kriminaldauerdienst als Kommissaranwärter und sechs Monate Drogendezernat. Alles in Göttingen. Was zieht Sie nach Hamburg, wenn ich fragen darf?«

Alexander zuckte mit den Schultern. »Ich bin in Hamburg aufgewachsen, habe hier Freunde und Familie. Und welcher Kripobeamte träumt nicht von der Mordkommission?«

Das kam offenbar an. Weber nickte und vertonte seine Zustimmung mit einem tiefen Brummen.

»Dieser ... Zwischenfall mit dem Dealer hat nicht zufällig etwas mit Ihrem Versetzungswunsch zu tun?«

»Die Sache mit dem Dealer?« Alexander wäre beinahe aus dem Sessel hochgeschossen. Aber er beherrschte sich und zwang sich ein Lächeln ins Gesicht. »Das ist geklärt. Es war Notwehr.«

Weber betrachtete ihn mit ausdruckloser Miene, und Alexander fühlte sich aufgefordert, mehr zu dem Vorfall zu sagen.

»Ich war als verdeckter Ermittler eingesetzt. Der Typ hat mich angegriffen, und ich habe ...«

»Schluss damit!«

»Wie bitte!«

»Sie erzählen Scheiße. Ich will das nicht hören. Das ist genau der Mist, der hier auch drinsteht.« Er wischte mit den Fingern über die aufgeschlagene Seite.

Alexander hatte das Gefühl, dass sich die Sitzfläche seines Stuhls in eine heiße Herdplatte verwandelte. »Was wollen Sie dann von mir wissen?«

Weber verdrehte die Augen und warf den Ordner auf seinen Schreibtisch. »Wie wäre es damit: Sie haben diesen Drogendealer observiert und beobachtet, wie er Partydrogen an Realschüler vertickt hat. Sie haben ihn ohne Rücksprache mit Ihrem Einsatzleiter an der nächsten Hausecke gestellt. Der Typ wollte stiften gehen. Sie haben ihn verfolgt, eingeholt und krankenhausreif geschlagen. So weit korrekt?«

Alexander schluckte. Der erste Tag bei der Mordkommission hatte mies begonnen. Jetzt sah es so aus, als wäre der Fehlstart mit den Kollegen da draußen noch der beste Teil des Tages gewesen. Woher zum Teufel wusste dieser Freak das alles?

Weber schien keine Antwort zu erwarten. »Eine Sache interessiert mich noch: Wie haben Sie das angestellt? Nehmen Sie's nicht persönlich, aber Sie sehen aus, als müsste ich nur kräftig niesen, um Sie aus dem Zimmer zu befördern. Und dieser Dealer war ein geübter Schläger, über eins achtzig groß, fast zwei Zentner schwer. Haben Sie Superkräfte, von denen ich wissen sollte?«

Alexander schnaubte. Das erste Gespräch mit seinem neuen Chef hatte sich zum Verhör entwickelt. Wenn Weber ihn nicht bei der Mordkommission wollte, sollte er es einfach sagen, statt ihn dermaßen zu grillen.

»Kryptogene Ionenstrahlen.« Alexander drosselte seine Wut, heraus kam ein breites Grinsen. Er zählte die Sekunden, die Weber brauchte, um ihn rauszuschmeißen.

Der Hauptkommissar starrte ihn an, und Alexander konnte an Webers Gesicht ablesen, wie er im Geist unterschiedliche Erklärungsmodelle durchging: dreist, durchgeknallt, respektlos, tollkühn, mutig … Alexander entschied, das Schweigen zu brechen, bevor Weber sich festlegte.

»Also im Ernst. Ich war stinksauer. Meine Lieblingscousine ist an diesem Zeug fast zugrunde gegangen. Als ich diesen Typen vor der Schule gesehen habe, ist mir eine Sicherung durchgebrannt.« Die Geschichte streifte die Wahrheit bestenfalls, aber sie war besser als nichts.

Weber lachte so heftig, dass sich sein dicker Bauch unter der Tischplatte einklemmte. »Kryptogenes Dings.« Er befreite sich, schob seinen Stuhl zurück und lachte weiter. »Sie haben Nerven, Mann.«

Der Chef der Mordkommission setzte wieder eine ernste Miene auf. »Schwere Körperverletzung im Amt. Für fast jeden Kommissaranwärter wär's das gewesen mit der Karriere. Ihr früherer Chef bei der Drogenfahndung, der übrigens ein guter Kumpel von mir ist, hält große Stücke auf Sie. Er und einige andere haben sich weit aus dem Fenster gelehnt, damit aus Ihnen noch ein gescheiter Polizist werden kann.«

»Verstehe.« Weber hatte ihn von Anfang an verarscht. Nein. Nicht verarscht. Getestet hatte er ihn, und Alexander hatte nicht das Gefühl, bestanden zu haben. Er gab sich keine Mühe zu verbergen, wie zerknirscht er darüber war. Immerhin: Das Gute war, dass er noch immer in diesem Büro saß.

Der Hauptkommissar sprang von seinem Stuhl auf, tapste um den Schreibtisch herum und klopfte dem Sitzenden auf die Schulter.

»Kopf hoch und an die Arbeit!«, sagte er. »Letzte Nacht wurde am Elbstrand ein Mann ermordet. Oberkommissar Tilman wird Sie in den Fall einführen. Und er hat gleich den ersten Auftrag für Sie. Als Mitarbeiter der Mordkommission.«

Alexander erhob sich, er fühlte sich benommen. »Und was sollte das?«, fragte er. »Warum haben Sie mich Sachen gefragt, die Sie ohnehin wissen?«

»Wenn Sie für mich arbeiten, müssen Sie sich zwei Dinge hinter die Ohren schreiben. Ungeschriebene Gesetze sozusagen.«

Alexander nickte. »Ich weiß. Um in Ihrer Abteilung Karriere zu machen ...«

»Ach, vergessen Sie den Scheiß mit dem Spiegel. Nummer eins: Wenn Sie Privates und Dienstliches nicht trennen können, reden Sie mit Ihrem Chef. Mit dem hier.« Er schlug sich auf die speckige Brust. »Das ist keine Schande. Das trifft jeden irgendwann. Sie bekommen in meiner Kommission eine zweite Chance. Also verkacken Sie es nicht.«

»Ist klar. Und Nummer zwei?«

Weber sah ihn an und vollbrachte dabei das Kunststück, kompromisslose Strenge in einen Mantel aus Freundlichkeit zu hüllen. »Lügen Sie mich nie wieder an.«

3

Hier war die Pforte zum Reich der Toten. Und der bärtige Muskelprotz in der gläsernen Kanzel auf der anderen Seite der Tür war der Wächter.

Alexander hielt seinen Dienstausweis vor die Linse einer auf Augenhöhe angebrachten Kamera und sprach in eine rot umrandete Mikrofonöffnung.

»Guten Morgen. Ich bin Kommissar Pustin vom LKA. Es geht um den Toten vom Elbstrand.«

Der Wächter erhob sich von seinem Stuhl. Seine aufgepumpte Brust stellte die Knöpfe seines weißen Arbeitskittels vor eine kaum lösbare Aufgabe. Er musterte Alexander mit ausdruckslosem Gesicht, dann betätigte er einen Summer, und die Tür schwenkte auf.

Alexander betrat das Institut für Rechtsmedizin. In diesen Räumen wurden die Leichen all der Hamburger verwahrt und obduziert, deren Tod Fragen aufwarf. Als Kommissar der Mordkommission gehörte er jetzt zu denen, die Antworten liefern mussten.

Der Geruch von allerlei Chemikalien lag in der Luft. Er versuchte, nicht zu tief einzuatmen.

»Da entlang.« Der bärtige Wächter wies mit seiner Pranke auf einen Flur.

Alexander fand sich nach wenigen Schritten vor einer halb offenen Tür wieder. Durch den Spalt sah er eine junge Frau. Sie stand seitlich neben einem Schreibtisch vor dem geöffneten Fenster. Ein weißer Arztkittel hing über der Lehne des Schreibtischstuhls. Die Frau war auffallend schlank. Sie trug hautenge Jeans und ein dunkles T-Shirt.

Die Ärztin hatte ihn noch nicht bemerkt. Sie verharrte regungslos vor dem Fenster, ihr Blick verlor sich in dem wolkenverhangenen Himmel. Von der Seite sah er große Augen in einem schmalen Gesicht, von dem unter dem kräftigen Make-up nicht viel zu sehen war. Ihre halblangen tiefschwarzen Haare klebten ihr am Kopf und waren hinten straff zusammengebunden. Der gerade geschnittene, knapp über den Augen endenden Pony verstärkte den Eindruck, dass sie einen Helm aus Haaren trug statt einer Frisur.

Alexander hob die Hand, um zu klopfen. Aber etwas ließ ihn zögern.

Die Hände der Frau umschlossen ein Teeglas. Eine feine Dampfsäule stieg senkrecht daraus empor und wurde in Höhe des offenen Fensters zum Spielball des Luftzugs. Ein einzelner Sonnenstrahl fand seinen Weg durch die Wolken und das Fenster und brachte den Dampfwirbel zum Leuchten.

Die Ärztin schien es zu genießen, von der Welt für einige Augenblicke vergessen worden zu sein. Ein sanfter, verletzlicher Ausdruck legte sich auf ihr Gesicht. Als traute sich eine zerbrechliche Seele aus ihrem Versteck, um für ein paar Sekunden die Sonne und die frische Luft zu kosten.

Ein magischer Moment, dachte Alexander. Er wagte kaum zu atmen. Jedes unüberlegte Geräusch, jede falsche Bewegung würde den Zauber zerstören, die unsichtbaren Bande zwischen ihm und der Frau zerschneiden. Ein warmer Schauer fuhr in seinen Körper.

Vor dem Fenster tauchte ein Schmetterling auf, seine Flügel glänzten im Sonnenlicht. Er flatterte zielstrebig herein, als würde er dem Licht wie einem Leitstrahl ins Zimmer folgen.

Für einen Augenblick verharrte das Tier im Flug, keine Armlänge von der Ärztin entfernt.

Und die packte schneller zu, als Alexander gucken konnte.

In der linken Hand hielt sie noch immer den dampfenden Tee, zwischen den Fingern der rechten Hand klemmte jetzt der Schmetterling. Sie hob ihn in Höhe ihres Gesichts. Er versuchte, weiter mit den Flügeln zu schlagen, aber der Befreiungsversuch war zum Scheitern verurteilt.

Alexander hielt den Atem an. Er meinte, den Druck am eigenen Leib zu spüren. Ein Hauch fester, und der Traum von Freiheit, jede Hoffnung auf Luft und Sonne, würde als braune Schmiere mit gebrochenen Fühlern und nutzlosen Flügeln an ihren Fingern kleben. Ein bisschen weniger, und der Falter könnte sich aus dem Griff befreien. Mit ein paar Flügelschlägen wäre er der Enge entkommen und frei.

Ein kaum merkliches Mienenspiel huschte über das Gesicht der Ärztin. Als würde sie ein stummes Zwiegespräch mit dem Schmetterling führen, in dem sie über dessen Schicksal und damit über den Ausgang des Dramas entschied.

Alexander war nicht sicher, ob sich der Gesichtsausdruck der Frau verfinsterte oder ihre Körperhaltung straffte. Aber er wusste, was sie gleich tun würde.

»Nein, bitte nicht!« Er sprach leise, mit sanfter Stimme. Die Ärztin zuckte zusammen. Sie schien erst jetzt den Falter zwischen ihren Fingern zu bemerken und ließ ihn sofort los. Das Tier flatterte zum Fenster hinaus.

Die Frau drehte sich zu ihm herum. Ihre Augen weiteten sich. Mit wenigen Schritten war sie an der Tür und starrte ihn an. »Was machen Sie hier?«

»Ich ...« Alexander fiel nichts anderes ein als die Wahrheit. »Ich habe Sie beobachtet.«

Ihre eisige Stimme vertrieb den Rest des warmen Schauers. »Mich beobachtet? Wie lange?«

»Höchstens eine Minute. Ich hatte das Gefühl, dass ...«

Die Tür sauste ihm entgegen und knallte zu. Der Schwung wehte ihm einen Luftzug ins Gesicht, der nach Kräutertee roch.

»Nein, Moment!«, rief er. Sein erster Impuls war, die Tür aufzustoßen, aber er besann sich eines Besseren und klopfte.

Er hörte, wie sie die Tasse abstellte und das Fenster schloss. Etwas raschelte. Schritte, dann schwang die Tür auf, und sie stand erneut vor ihm. Sie trug jetzt ihren Kittel, hatte ihn bis oben zugeknöpft.

»Also: Wer sind Sie? Was wollen Sie?« Sie war einen halben Kopf kleiner als er und präsentierte ihm ein ausdrucksloses Gesicht. Die tatsächliche Größe ihrer Augen war schwer abzuschätzen, weil sie mit dunklem Kajalstift umrandet waren.

»Ich bin Kommissar Pustin vom LKA. Wir ermitteln im Fall des Toten am Elbstrand.«

Sie überließ es dem Namensschild auf ihrem Kittel, sich vorzustellen: Dr. Luise Kellermann, Fachärztin für Rechtsmedizin. »Kommen Sie mit!«, sagte sie.

Sie schritt voran, er folgte ihr in den Gang bis zu einer Tür.

Alexander zögerte. Vor seinem inneren Auge tat sich die Tür zu einem Sektionsraum auf. Er sah Messer, Sägen und Schüsseln und eine geöffnete Leiche, aus der die Ärztin blutige Organe herausschneiden und ihm unter die Nase halten würde. »Brauch ich einen Schutzkittel oder Handschuhe oder so?«

Die Ärztin zog einen Schlüsselbund aus ihrer Kitteltasche und öffnete. »Sie müssen nicht mitkommen, wenn Sie nicht wollen.«

»Wird schon gehen.«

Sie schob ihn hinein, das Licht ging automatisch an. Es war ein kleiner, fensterloser Raum, der mit Metallschrank, Multifunktionsdrucker, Aktenvernichter und einer Telefonanlage vollgestopft war.

Sie trat zu einem Ablagefach neben dem Drucker, blätterte durch einen Stapel loser Zettel und zog drei davon heraus.

»So, das war's.«

Sie ging voran zurück in ihr Zimmer und wies ihm einen Platz vor dem Schreibtisch zu.

Der einzelne Sonnenstrahl hatte sich wieder hinter eine Wolke verzogen, und auch sonst war nichts mehr übrig von dem vorherigen Zauber. Auf der anderen Seite des Schreibtisches saß eine Ärztin, die komplett in ihrer Rolle verschwand.

Ihr Büro bot das dazu passende Bühnenbild aus Tisch, Schrank und Stühlen. Neben der Tür hing eine graue Sommerjacke an einem einsamen Haken. Sie war der einzige persönliche Gegenstand in diesem Raum.

»Ist ein klarer Fall aus unserer Sicht«, sagte die Gerichtsmedizinerin. Sie blätterte durch die Zettel. »Ein einzelner, sauberer Stich genau ins Herz. Eine dünne Klinge, höchstens anderthalb Zentimeter breit, mindestens zehn Zentimeter lang. Der Mann war innerhalb von Sekunden tot.«

Alexander war nicht nach Theater zumute. Er entschied sich für ein direktes Vorgehen. Was hatte er schon zu verlieren? »Hören Sie, Frau Doktor Kellermann. Das von vorhin tut mir leid. Ich wollte Ihnen gewiss nicht zu nahe treten. Bitte lachen Sie mich nicht aus, aber Ihr Anblick, wie Sie vor dem Fenster standen, hat mich irgendwie ...«

Du redest dich um Kopf um Kragen, Idiot, dachte er. Und trotzdem. Diese tiefe Verbundenheit, die er gespürt hatte, konnte er sich nicht eingebildet haben. »Sie haben so verträumt ausgesehen, und ich wollte Sie nicht stören. Dann hatten Sie den Schmetterling in den Fingern. Ich habe befürchtet, Sie würden ihn ...«

»Die Leiche wies keine sonstigen äußeren Verletzungen auf.« Sie sah nicht einmal zu ihm auf, als sie ihn unterbrach. »Keine Spuren eines Kampfes. Es ist nicht leicht, jemanden so zu töten. Das Opfer war ein großer Mann, kräftig und durchtrainiert. Schwer vorstellbar, dass der sich ohne Gegenwehr erstechen lässt.«

»Ein Treffer. Mitten ins Herz.« Alexander entdeckte noch etwas. Auf einem Stuhl in der Zimmerecke waren Fachzeitschriften aufgetürmt. Unter dem Stuhl hatte die Ärztin eine schwarze Umhängetasche deponiert, aus der eine Packung Tierfutter herausragte. Hund oder Katze, überlegte er. Aber eigentlich wusste er die Antwort.

»Hören Sie mir überhaupt zu?«, fragte sie mit strenger Stimme.

»Das Gleiche könnte ich Sie fragen.«

»Also, Kommissar ... Wie war Ihr Name?«

»Pustin.« Er lächelte ihr zu. Genauso gut hätte er in einen Ziegelstein beißen können.

»Also, Kommissar Pustin, so wird das hier nichts.« Ihre Mundwinkel zuckten. »Besser, Sie verschwinden. Ich bitte Hauptkommissar Weber, jemanden zu schicken, der sich auf den Mordfall konzentriert und nicht auf irgendwelche ... romantischen Fantasien.« Die Ärztin verschränkte die Arme vor der Brust.

Heftiges Geschütz, aber er kaufte ihr die Vehemenz nicht ab. Im Gegenteil. Trotzdem fand er es klüger zurückzurudern.

»Schon gut.« Er hob beschwichtigend die Hände. »Natürlich interessiert mich der Fall. Was macht es so schwer, direkt das Herz zu treffen?«

Dr. Kellermann musterte ihn mit verkniffenem Blick, dann senkte sie die Arme und nahm erneut ihre Rolle ein. »Wenn der Täter die Klinge erstmal an die Brust geführt hat, muss die Waffe einen Weg durch die Rippen ins Herz finden. Nur so geht es mit einem einzelnen Stich. Oft wird die Klinge durch die Rippen abgelenkt oder sie prallt ab. Der Angriff muss blitzschnell erfolgt sein. Von jemandem, der entweder einen Zufallstreffer gelandet hat oder der genau wusste, wo und wie er zustechen muss.«

»Also Glückspilz oder Profi.«

»Sozusagen. Gibt es schon ein Motiv?«

Alexander schüttelte den Kopf. »Der Tote scheint der netteste Mensch Hamburgs gewesen zu sein. Wir wissen, dass er bei einer Krankenversicherung gearbeitet hat, im mittleren Management. Er war beliebt bei Kollegen und Vorgesetzten. Auch privat alles picobello. Sportverein, ehrenamtliches Engagement in der Flüchtlingshilfe. Frau, zwei kleine Kinder. Sie hat die Polizei informiert, nachdem er nicht vom Joggen zurückgekommen war. Das grenzt die Tatzeit enorm ein, das ist gut. Aber wir haben nicht den Hauch eines Motivs.«

»Ein Pechvogel, der zur falschen Zeit am falschen Ort war.«

»Darauf läuft es hinaus. Die entscheidende Frage ist: Was war da los, mitten in der Nacht an der Elbe, was Grund genug war für einen Mord?«

»Sie werden es schon herausfinden.« Die Ärztin schob die Zettel über den Schreibtisch. Ihre Hände waren unerwartet kräftig. Ein Netz blauer Äderchen zeichnete sich als feines Muster unter einer Haut ab, die wie blasse Seide aussah. Hände zum Zupacken, aber bedeckt von einem Gewebe, das bei der leichtesten Berührung zu zerreißen drohte.

Alexander griff nach den Papieren, und eher aus Versehen berührten sich ihre Finger. Die Ärztin zuckte zurück, als hätte der Hautkontakt ihr einen Stromschlag versetzt. Die Unterlagen segelten über die Kante des Tisches.

»Entschuldigung.« Alexander tauchte ab, sammelte die Blätter vom Boden auf und kam wieder hoch. »War mein Fehler.«

Die Gerichtsmedizinerin saß ihm stocksteif und mit versteinertem Gesicht gegenüber.

»Tut mir ehrlich leid. Ich hätte nicht ...«

Ihre Miene signalisierte ihm überdeutlich, was sie wollte. Eine Entschuldigung war es nicht.

»Okay«, sagte er. »Ich gehe dann mal.«

4

Man sah dem Ort nicht an, dass hier ein Mensch ermordet worden war. Kein Blut, kein rotes Flatterband. Die Kollegen von der Spurensicherung hatten, bevor sie abgezogen waren, ihre eigenen Spuren gründlich beseitigt. Wer weiß, dachte Alexander, vielleicht hatte sich in der Zwischenzeit ein Liebespaar zwischen den Bäumen vergnügt, oder ein paar jugendliche Schulschwänzer hatten dort einen Joint herumgehen lassen.

An Theorien, in was das Mordopfer versehentlich hineingeraten war, mangelte es nicht. Die Ideen reichten von einer Versammlung aggressiver Neonazis über ein geheimes Treffen der Russenmafia bis zu Junkies, die beim Konsumieren ihres Gifts gestört worden waren.

Überzeugend war das alles nicht. Und außer der Leiche, die der oder die Täter an Ort und Stelle verscharrt hatten, gab es keine Spuren.

Alexander kroch unter dem umgestürzten Baum, hinter dem die Leiche gelegen hatte, hindurch zurück ins Freie.

Das kühle Wetter und der wolkenverhangene Himmel lockten an diesem Nachmittag nur hartgesottene Spaziergänger an den Strand. Der Frühsommer fand in Hamburg dieses Jahr überwiegend im Kalender statt. Auf dem Wasser war immerhin mehr los. Ein mächtiges Containerschiff mit russischem Namen folgte einem im Vergleich winzig erscheinenden Lotsenboot die Elbe rauf zum Hafen.

Es gab in der Nähe zwei Strandzugänge, einer lag östlich, einer westlich des Tatortes. Beamte der Spurensicherung hatten in diesem Bereich jeden Pappbecher umgedreht und den Sand mit Metalldetektoren abgesucht. Sogar ein paar Taucher hatten sie zur Spurensuche ins Wasser gejagt, was angesichts der Strömung von vornherein wenig Aussicht auf Erfolg gehabt hatte.

Er wandte sich nach Osten, Richtung Stadt, und schlenderte los. Jemand, der wusste, wie man einen kräftigen Mann mit einem einzigen Messerstich töten konnte, würde seine Tatwaffe nicht im erstbesten Mülleimer entsorgen.

Er ließ den östlich gelegenen Strandaufgang hinter sich und stapfte drauflos, unschlüssig, worauf er speziell achten sollte.

Nach einigen Minuten wurde er langsamer, blieb schließlich stehen. So kam er nicht weiter.

Ein paar Schritte vor ihm ragte ein riesiger Stein aus dem Sand. Ein Findling, der vor Jahren bei Baggerarbeiten aus dem Fluss gefischt worden war. Die Hamburger hatten ihn aus irgendwelchen Gründen unter großem Medienrummel »Alter Schwede« getauft.

Alexander dachte an die Worte seines neuen Chefs. Vielleicht brauchte er einen Perspektivwechsel. Er kletterte an dem Stein hoch. Es war erheblich schwerer, als er gedacht hatte, aber nach mehreren Anläufen konnte er sich endlich auf die angeschrägte Oberseite ziehen und sich setzen.

Er schwitzte vor Anstrengung. Der Ausblick über den Strand und die jenseits der Elbe gelegene Werft hätte jedes Touristenherz höherschlagen lassen. Eine ältere Dame mit Hut und teuer aussehendem Mantel näherte sich dem Stein und schickte missbilligende Blicke in seine Richtung. Aber eine neue Erkenntnis stellte sich hier nicht ein.

Alexanders Mobiltelefon brummte. Karl Weber, war sein erster Gedanke. Sein Chef wunderte sich bestimmt, warum sich der Besuch in der Gerichtsmedizin so lange hinzog. Er könnte ihm gleich sagen, dass seine Lektion nichts taugte. Er zog das Handy aus der Jackentasche und sah aufs Display.

Es war nicht der Chef.

Er hob den Kopf, und in diesem Augenblick sah er es. Oben am Strand, direkt am Übergang zu einem mit Bäumen bewachsenen Grasstreifen, lagen eine Handvoll kürbisgroßer Findlinge. Die kleinen Geschwister des Schweden bildeten eine Art Steinkreis.

Es zog ihn dorthin. Wie üblich hörte er auf seine Intuition.

Er rutschte die Schräge hinunter und landete mit den Füßen im Sand. Fast wäre ihm das Telefon aus der Hand gefallen.

Er stapfte in Richtung der Steine, vorbei an einer Informationstafel. Er sah besser nicht drauf. Bestimmt stand dort geschrieben, dass das Klettern auf dem Findling streng verboten war.

Sein Mobiltelefon brummte weiter in der Hand und erzwang eine Entscheidung. Nicht ranzugehen würde das Unvermeidliche nur hinauszögern.

Er ging ran.

»Mutter«, sagte er.

Rita Pustin gab sich erkennbare Mühe, ihre Fürsorge, Besserwisserei und den ganzen Rest im Zaum zu halten. Übrig blieben die üblichen Mutterfragen, wie es ihm gehe, was die Arbeit mache und ob er sich in der neuen Wohnung wohlfühle.

Alexander hatte die Steinformation erreicht und betrachtete den Ort genauer. Die freie Stelle in der Mitte der Findlinge war mit kargem, zentimeterhohem Gras bewachsen.

Auf dem Boden verlief eine dunkle Linie, die ein Viereck bildete, etwa so groß wie zwei Blatt Papier. Jemand musste ein Stück Gras samt Wurzeln herausgestochen und später wieder eingepasst haben.

Alexander klemmte das Telefon mit der Schulter ans Ohr. Zwischen ihren Fragen und seinen dürftigen Antworten streute Rita ein paar Informationen über sich und seinen Vater ein: Wochenendbesuch bei Tante Hilde, die sich leider die Hüfte gebrochen hatte. Fahrt zur Bundesgartenschau. Buchen einer Kreuzfahrt im Herbst. Es ging Richtung Mittelmeer.

Alexander kniete sich hin und bohrte beide Hände in die Ränder des Vierecks. Mit etwas Mühe konnte er die Sode anheben und zur Seite legen.

»Weißt du, welcher Tag übermorgen ist?« Die kurze Pause vor der Frage und ein unsicheres Vibrieren in der Stimme ließen ihn erahnen, dass Rita auf den eigentlichen Grund ihres Anrufs zu sprechen kam.

Alexander blickte auf lockeren Sand. Hatte er wirklich gehofft, hier die Tatwaffe zu finden?

»Nein!« Er nahm das Mobiltelefon zurück in die Hand, stocherte mit der anderen in dem Loch herum.

»Übermorgen ist Sarah-Sophies Geburtstag.«

Die Erwähnung des Namens bereitete ihm ein dumpfes Gefühl in der Brust.

»Wir fahren natürlich hin. Dein Vater möchte, dass du diesmal auch kommst. Es ist ihr Dreißigster.«

Als ob das einen Unterschied machte. Er presste die Lippen aufeinander, um sicherzugehen, dass seine Gedanken nicht aus ihm herausplatzten.

»Klar komm ich«, sagte er stattdessen.

»Das wird Vater freuen. Und mich auch.«

Seine Finger berührten etwas, das sich nicht wie Sand anfühlte. Eine weiche Masse, umgeben von einer pelzigen Haut. Ein muffiger Geruch kroch in seine Nase. Unwillkürlich zog er die Hand zurück. Auf dem Zeigefinger zuckte eine weiße Made.

Er musste aufstoßen, zum Glück nur Luft.

»Alexander, ist alles in Ordnung?«

»Ja, aber ich muss jetzt aufhören. Wir sehen uns in zwei Tagen.«

Er versenkte das Handy in seiner Hosentasche und bearbeitete seine Finger mit sauberem Sand, bis er sie wieder als Teil seines Körpers akzeptieren konnte. Er fand ein Stück Plastik und brauchte drei Anläufe, bis er seinen Ekel überwinden und das tote Ding freilegen konnte.

5

Luise stieß die Tür auf und rauschte durch den Flur ins Wohnzimmer. Ihr Kater, der dösend vor der Couch lag, zuckte zusammen. Er presste den Oberkörper flach auf den Boden und spitzte die Ohren.

Ihre Jacke landete auf dem Teppich, die Tasche flog in hohem Bogen aufs Sofa. Die Packung Katzenfutter fiel heraus. Die trockenen Brocken in der Pappschachtel klackerten verheißungsvoll. Das Tier vergaß seinen Schreck, sauste heran und suchte an den Rändern der Verpackung nach einer Öffnung, durch die es einen Happen ergattern konnte.

Luise beachtete ihren Kater nicht weiter.

Sie stieß die Badezimmertür auf, hielt jedoch inne, kehrte in den Flur zurück. Dort verschloss sie die Wohnungstür und hakte die Sicherungskette in die Schiene. Im Wohnzimmer zog sie die Gardinen des einzigen Fensters zu, das dieses Zimmer mit der Außenwelt verband.

Der Kater hatte die Vergeblichkeit seiner Bemühungen eingesehen und maunzte Luise an.

»Jetzt nicht, Sami!« Sie trat mit dem Fuß nach der Futterpackung und kickte sie unters Sofa. Das Tier jagte der Packung hinterher.

Der Druck war nicht zu ertragen. Dieses Arschloch. Was bildete er sich ein.

Sie stürmte ins Bad, riss den Klodeckel hoch und beugte sich über die Schüssel. Es kam von selbst, kaum hatte sie den Zeigefinger Richtung Mund bewegt.

Sie würgte und spuckte, aber mehr als Tee und ein matschiger Rest der Banane, die sie zu Mittag gegessen hatte, kam nicht heraus.

Nicht genug.

Heimlich beobachtet hatte er sie. Sie verspottet und angemacht. Nach ihrer Hand gegriffen.

Sie hob eine Glaskaraffe vom Badezimmerschrank, füllte sie mit Wasser und stürzte die Flüssigkeit hinunter. Ihr Magen spannte sich. Sie trank weiter, bis es sich anfühlte, als würde ihr Bauch platzen. Sie presste ein paar letzte Schlucke hinterher, dann erbrach sie das Wasser als Schwall ins Klo.

Luise sank erschöpft auf die Badezimmerfliesen. Der Magen bockte einige Sekunden, beruhigte sich dann aber.

Sie spürte in sich hinein. Der Druck war weg.

Er hatte sie angefasst.

Sie hob die rechte Hand und meinte, die Berührung noch immer an den Fingern zu spüren. Zu sehen war natürlich nichts.

Luise richtete sich auf, kam erst auf die Knie, dann auf die Füße. Ihr Blick fiel auf den Badezimmerspiegel. Ihre Wasserspiele hatten das Make-up rund um den Mund verschmiert. Sie sah schnell wieder weg. Egal. Außer Sami würde sie heute Abend niemandem mehr unter die Augen treten. Und wenn sie nachher laufen ging, wäre es bereits dunkel.

Sie kannte die Leute von der Mordkommission aus unzähligen Einsätzen und Besprechungen. Alexander Pustin kannte sie nicht. Er musste neu sein.

Sie erinnerte sich, wie er vor ihr gestanden hatte. Schlaksiger Kerl, freches Gesicht. Hübsche Augen. Freundlich, dachte sie. Er hat mich mit freundlichen Augen angesehen.

Mit einem Handtuch tupfte sie sich ein paar Wasserspritzer vom Kinn. Dann ging sie zurück ins Wohnzimmer und ließ sich neben ihre Umhängetasche aufs Sofa fallen. Sofort kam Sami angeschnurrt und forderte Streicheleinheiten.

Luise zögerte. Der Schmetterling. Sie hatte nicht bemerkt, dass sie ihn gefangen und festgehalten hatte. Was wäre geschehen, wenn der Polizist sie nicht angesprochen hätte?

Freigelassen hätte sie ihn. Natürlich. Was denn sonst?

Sie zog ihren Kater zu sich heran, drückte ihn sanft an die Brust und schmiegte ihr Gesicht in das weiche Fell.

Eine wohlige Wärme breitete sich in ihr aus, sie überließ sich dem Gefühl, dämmerte dahin.

6

Superman hatte sich über Nacht in Perry Rhodan verwandelt, aber abgesehen vom frischen T-Shirt schien Polizeihauptmeister Robert Kantig der Alte geblieben zu sein.

»Eine Katze«, sagte er und grinste, dass sich seine dicken Wangen fast vor die Augen schoben. »Die Spurensicherung kann sich nicht auch noch um verbuddelte Haustiere kümmern. Vielleicht hätte Pussy besser bei der Tierbeseitigung angeheuert.«

Jan Tilman trug das gleiche dunkle Sakko wie am Vortag. Er warf Alexander einen prüfenden Blick zu, der nicht schwer zu deuten war. Der Oberkommissar wollte sehen, ob Alexander sich behauptete. Er war der Neue, er musste sich seinen Platz in der Hackordnung erkämpfen. Dass Alexander als Kommissar rangmäßig über Kantig stand, machte seine Sprachlosigkeit umso beschämender.

Der Dritte im Bunde, Polizeiobermeister Stanislaw Kopinski, sprang ihm zu Hilfe. »Er heißt Alex. Was kann der Junge dafür, dass du mit deinen Testikeln denkst.« Der kahlköpfige Mann sprach langsam und betonte die Konsonanten am Wortanfang, als wollte er damit seinen polnischen Akzent wettmachen.

Tilman senkte den Blick. Alexander meinte, einen Anflug von Enttäuschung in dessen Gesicht zu erkennen. Chance verpasst. Kantig würde bei seinem Kosenamen bleiben, und für Kopinski war er nun »der Junge«. Nicht eben besser.

Die vier Polizisten saßen in dem Kabuff, das sich Kantig und Kopinski teilten. Ihre Schreibtische standen sich gegenüber, nur durch einen winzigen Spalt getrennt. Es war, als würde eine Mülldeponie an einen Zierrasen grenzen. Kopinski hatte mit Lineal, Locher und hochgestellten Ordnern eine Barriere gegen den andrängenden Saustall auf Kantigs Schreibtisch errichtet.

»Weber hat es abgesegnet«, sagte Alexander. »Möglich, dass die tote Katze etwas mit dem Mord zu tun hat.«

»Möglich, dass sich mein Schwanz heute Nacht in einen Grottenolm verwandelt.« Kantig kaute auf einem Bleistift herum. Er verzog das Gesicht und spuckte ein Stück roten Radiergummi in den Papierkorb zu seinen Füßen. »Kann sein, ist aber extrem unwahrscheinlich.«

»Wäre doch ein Segen für dich. Endlich wieder Leben in der Hose.« Kopinski blicke nicht hoch, während er sprach. Er saß an seinem Ende des Arbeitsplatzes und drückte mit den Zeigefingern etwas in seine Computertastatur.

»Genug jetzt.« Tilman schaute auf eine Wanduhr in der Form eines Polizeisterns, die schräg über der Zimmertür hing. Sie zeigte 8 Uhr 15. Die Zeit für die morgendliche Besprechung mit Karl Weber. »Jemand 'ne Ahnung, wo der Chef ist?«

Hatte niemand, aber wenig später klingelte das Telefon auf Kantigs Schreibtisch. Der stämmige Hauptmeister angelte den Hörer vom Gerät.

»Jupp.«

Er hörte zu. Nach kurzer Zeit klemmte er den Hörer zwischen Ohr und Schulter, griff einen Zettel und machte sich mit dem abgenagten Bleistift Notizen.

»Alles klar.« Das Gespräch war zu Ende. Kantig hielt den

Zettel in die Höhe. »Sieht aus, als hätte Pussy mit der toten Katze einen Glückstreffer gelandet. Ich hab von Karl eine Liste mit Aufträgen.«

Er zögerte, fasste sich in den Schritt und grinste in die Runde. »Was fressen Grottenolme denn so?«

7

Der Zeh sah aus, als wäre er aus trübem Eis, ein blasses Grau. Dermaßen kalt und tot, dass es fast ansteckend wirkte. Der Zehennagel war ein schrumpeliges Ding, an den Rändern knotig verwachsen und eingerissen, er hatte einen leichten Grünstich. Vermutlich ein Nagelpilz.

Luise griff nach dem Pappkärtchen, das mit einer Schnur an dem Zeh befestigt war. »Anton Stahmer« stand darauf, darunter eine achtstellige Identifikationsnummer. Er war der zwölfte von insgesamt achtzehn Toten, an denen sie heute Vormittag im Krematorium eine Leichenschau durchzuführen hatte. Sie verglich Namen und Nummer mit den Angaben auf ihrem Zettel. Der Besitzer des Zehs hätte nächsten Donnerstag seinen 74. Geburtstag feiern können, wäre er nicht an den Folgen eines Blasenkarzinoms gestorben.

»Also dann«, sagte sie. Ihr Helfer trat neben sie an den Sarg. Ein junger Mann, kräftig gebaut, mit roten Haaren. Er hatte vorhin seinen Vornamen genannt. Mit einem Tonfall und einem Gesichtsausdruck, der zu sagen schien, dass jede Frau, die etwas auf sich hielt, von ihm gehört haben musste. Hatte sie nicht, und den Namen hatte sie sofort wieder vergessen. Er hatte spanisch geklungen und überhaupt nicht zu dem stämmigen Rotschopf gepasst.

Der Helfer hob den Sargdeckel ganz herunter und lehnte ihn seitlich gegen den Unterbau. Ein kalter Schauer umhüllte sie. Es war nicht der Anblick der Leiche, der ihr eine Gänsehaut über den Rücken jagte, sondern deren Temperatur. Vor Kurzem hatte der Tote mitsamt Sarg noch in einer Kühlkammer gelegen.

Sie begann mit dem Kopf. Wangen und Mund waren eingefallen, was am Fehlen des Gebisses lag, aber auch an der insgesamt schlechten Verfassung des Mannes vor seinem Tod. Unter halb geschlossenen Lidern lugten eingetrübte braune Augen hervor.

Luise spulte ihr Programm ab. Sie betastete und inspizierte den Schädel, leuchtete in Mund, Nase und Ohren. Mit einer Pinzette zog sie nacheinander die Augenlider in die Höhe und klappte sie mit einer weiteren Pinzette vorsichtig herum, sodass die Lidinnenseiten sichtbar wurden. »Am Schädel kein Anhalt für äußere Gewalteinwirkungen. Ohren und Gehörgänge unauffällig. Keine Einblutungen an den Bindehäuten und der Mundschleimhaut.« Sie sagte es mehr zu sich selbst, denn der Assistent hatte bereits während der ersten Untersuchungen das Interesse verloren.

Sie arbeitete sich vom Kopf bis zu den Füßen vor, zwischenzeitlich bat sie den Rotschopf, die Leiche zu drehen, damit sie deren Rückseite betrachten konnte. Am Ende landete sie wieder bei dem Pappkärtchen mit dem Namen.

»Alles klar«, sagte sie. Der Helfer packte den Holzdeckel und legte ihn zurück auf den Sarg.

»Ihnen macht das wohl auch nichts aus, was? Den ganzen Tag Leichen und so?«, fragte er.

Luise hielt eine Sekunde den Atem an. Die brauchte sie, um ihr Programm für solche Fälle abzurufen. Mehrere seiner Kollegen vor ihm hatten auf ähnliche Weise versucht, sie anzumachen.

»Überhaupt nicht«, sagte sie. »Ich mag die Ruhe, die von den Toten ausgeht. Kein dummes Gequatsche.«

Ihre Worte und der unterkühlte Tonfall, mit dem sie sie aussprach, reichten in der Regel, um Typen dieses Schlags zu entmutigen. Dieser hier war offenbar hartnäckiger.

»Vielleicht müssen Sie einen Lebenden nur mal richtig ranlassen.«

Sein Lächeln sollte wohl aufreizend wirken und unterstreichen, dass der propere Rotschopf sich für den passenden Lebenden hielt. Sein Irrtum konnte nicht größer sein.

»Hören Sie ...« Sie versuchte, maximale Herablassung in ihre Stimme und ihren Gesichtsausdruck zu legen. »Lassen Sie's einfach, okay?«

Der Mann trollte sich, nuschelte etwas, das verdächtig nach »Fick dich, Bitch!« klang. Würde sie das melden, wäre der Rotschopf seinen Job schneller los, als er das F-Wort buchstabieren konnte. Vielleicht hatte sie sich aber auch verhört. Egal.

Er kam mit Verstärkung zurück. Die zwei Männer hoben den Sarg auf eine Bahre, schoben sie durch den langen, fensterlosen Raum, vorbei an einer Handvoll weiterer Särge, und verschwanden hinter einer Schiebetür.

Es würde die letzte Reise Anton Stahmers werden. Sie würde im Gasofen dieses Krematoriums enden, und der Ofen würde die Leiche innerhalb von Minuten zu einem Haufen Asche verbrennen.

Luise hörte, wie die Männer hinter der Verbindungstür tuschelten. Sie brauchte nicht viel Fantasie, um sich vorzustellen, dass es um sie ging und dass sie dabei nicht allzu gut wegkam.

Umso besser. Dann ließen beide sie in Ruhe.

Sie beugte sich zu dem Sarg mit Leiche Nummer dreizehn herunter und nahm den auf dem Sargdeckel bereitliegenden Schnellhefter zur Hand, der die wichtigsten Unterlagen über den Verstorbenen enthielt.

»Frau Doktor Kellermann?«

Die Stimme ließ sie hochfahren.

Der Polizist. Alexander Pustin. Er stand in der Eingangstür gegenüber dem Durchlass und nickte ihr zu. Als wären sie alte Bekannte. In den Händen hielt er eine Box aus Kunststoff.

Ohne auf eine Reaktion zu warten, betrat er den Raum. Er rümpfte die Nase und beäugte mit sichtlichem Unbehagen die Särge, die an der Wand aufgereiht waren.

Luise richtete sich auf und drehte sich zu ihm. Obwohl sie einen grünen Kittel und Latexhandschuhe trug, fühlte sie sich auf merkwürdige Weise entblößt. Auch das unruhige Brummen in ihrer Brust gefiel ihr nicht.

»Kommissar Pustin«, sagte sie. »Verfolgen Sie mich, oder sind Sie in besonderer Mission unterwegs?«

»Vielleicht beides«, meinte er und lächelte.

Der freut sich, mich zu sehen, dachte Luise.

»Hey, was machen Sie da. Der Zutritt ist verboten!« Der Helfer polterte durch die Schiebetür und hielt auf den Polizisten zu, kurz sah es so aus, als wollte er ihn umrennen. Tatsächlich stoppte er im letzten Moment und baute sich mit breiter Brust vor ihm auf. »Scheren Sie sich raus!«

»Ich bin vom LKA. Kommissar Pustin. Ihr Kollege vorne hat mich reingelassen.« Er stellte die Box auf den Boden und kramte in seiner Jacke, suchte offenkundig nach seinem Dienstausweis, fand ihn aber nicht. Der Rotschopf rückte ihm dichter auf die Pelle. »Das kann jeder behaupten. Wie wär's, wenn Sie draußen weitersuchen.«

»Einen Augenblick, ich hab ihn gleich. Wo ist nur dieser Ausweis? Eben war er doch noch da.« Seine Suchbewegungen wurden hektischer.

Er warf Luise einen betretenen Blick zu. Selbst dabei sahen seine Augen hübsch aus.

»Okay, es reicht.« Der kräftige Rote packte den Polizisten an den Schultern. »Wenn Sie Ärger wollen, kriegen Sie welchen.«

»Lassen Sie ihn los.« Luise mochte nicht länger tatenlos zusehen. »Ich kenne den Mann. Er ist wirklich von der Kripo.«

Der Kerl hatte sichtlich Mühe, ihre zweite Zurechtweisung innerhalb weniger Minuten hinzunehmen. Immerhin gab er den Polizisten frei, verschränkte stattdessen die Arme vor der Brust. »Ohne Ausweis muss er raus.«

»Also gut.« Luise ließ den Schnellhefter auf den Sargdeckel klatschen. »Der Kommissar hat mir etwas Wichtiges mitzuteilen. Wenn das hier nicht geht, müssen wir wohl nach draußen.«

Sie schlüpfte aus dem Kittel und streifte sich die Handschuhe ab, ließ beides demonstrativ auf den Boden fallen.

Langsam fiel bei dem Rotschopf der Groschen. »Moment, es sind noch sechs Leichen übrig. Und meine Schicht endet in einer halben Stunde.«

Alexander Pustin hatte schnell geschaltet und seine Box gegriffen. Er ging bereits auf die Tür zu. »Wir beeilen uns. Versprochen.« Seine Stimme klang so süßlich, dass einem davon schlecht werden konnte.

»Ihr Feierabend liegt uns sehr am Herzen«, ergänzte sie.

Beide strebten zum Ausgang. Kurz darauf standen sie im Freien.

»Wow, Sie haben mir gerade das Leben gerettet.« Der Polizist lachte sie an. »Jetzt gehöre ich Ihnen, das ist Ihnen hoffentlich klar.«

Luise wich seinem Blick aus. Dieses verdammte Vibrieren in der Brust. Vielleicht sollte sie bei Gelegenheit ein

Herzecho machen lassen. Konnte gut eine defekte Herzklappe sein.

Sie versuchte, sich für die meterhohe Hecke zu interessieren, die das Krematorium von allen Seiten umgab. Sehr intensives Grün. Schön dicht gewachsen.

»Da ist ja jede Leiche sympathischer als dieser Wikinger«, sagte der Kommissar.

Luise straffte ihre Haltung und spannte das Zwerchfell an. Ein alter Trick, fast schon ein Reflex, der ihre Selbstsicherheit zurückbrachte. »Woher wissen Sie eigentlich, dass Sie mich hier finden?«

»Wir haben Neuigkeiten bezüglich des Toten an der Elbe. Und eine Bitte.« Er klopfte mit den Fingern gegen die Kunststoffbox.

Graublaue Augen, flüsterte es in ihrem Kopf. Luise hatte, ohne es zu wollen, immer wieder versucht, sich an seine Augenfarbe zu erinnern. Die Farbe des Gletschersees im Hochgebirge, den sie in einem Bildband über die Alpen gesehen hatte. Sie könnte zu Hause nachschauen.

»Mein Chef hat mit Ihrem Chef telefoniert. Der hat verraten, dass Sie heute Vormittag im Krematorium Leichenschauen durchführen.«

Rücken straffen, Zwerchfell anspannen. Das Brummen wurde weniger. »Was ist in der Kiste?«

»Wir, besser gesagt ich habe am Strand unweit des Tatortes eine vergrabene Katze entdeckt. Unsere Biologen haben sie untersucht und meinten, dass der Todeszeitraum mit dem des Toten übereinstimmen könnte. Das Tier wurde mit einem spitzen Gegenstand erstochen. Eine genauere Einschätzung kriegen die aber nicht hin. Die machen dort fast nur DNA-Analysen und haben mit allem, was zu groß ist für ein Reagenzglas, nichts am Hut. Deswegen bin ich jetzt hier.«

»Mmh.« Luise musterte den Kasten in der Hand des Polizisten. Eine Kühlbox.

»Wir möchten Sie bitten, die Verletzungen an der Katze mit denen an der Leiche zu vergleichen.«

Luise nickte. »Sollte machbar sein. Und in dieser Kiste ist das drin, was ich vermute?«

»Ja.« Er hob die Kühlbox in die Höhe. Wie zum Beweis schüttelte er sie leicht. Das, was sich darin befand, polterte gegen die Innenwand.

»Am besten stellen Sie das Ding in den Kofferraum meines Autos.« Sie wies mit dem Kopf in Richtung ihres olivgrünen Austin Mini, der neben der Eingangstür des Krematoriums parkte.

»Ist mir ein Vergnügen.«

Er folgte ihr zum Auto, sie öffnete die Heckklappe. Die Box passte eben hinein.

»Sie können mich nicht zufällig mit in die Stadt nehmen, wenn Sie hier fertig sind, oder? Mein Kollege hat mich abgesetzt und ist gleich weiter.«

Das Brummen in der Brust kam zurück. Heftiger als zuvor. Luise musste alle Willenskraft aufbringen, damit ihr die Gesichtszüge nicht entglitten.

»Ich bin nicht Ihr Chauffeur. Nehmen Sie ein Taxi«, wollte sie antworten. Aber sagen hörte sie sich etwas anderes: »Okay.«

»Ich könnte natürlich auch … Haben Sie ›okay‹ gesagt?«

Mehr als ein Nicken brachte sie nicht zustande.

»Fantastisch.« Er strahlte über das ganze Gesicht. »Wie lange brauchen Sie?«

8

»Eine halbe Stunde«, hatte sie geantwortet. Das war vierzig Minuten her. Es war warm, die Sonne schien, und Alexander machte sich Sorgen um die Haltbarkeit der Kälteakkus in der Kühlbox. Er hatte lange auf die Kriminalbiologin einreden müssen, bis sie ihm die tote Katze mitgegeben hatte. Der Kadaver war immerhin ein mögliches Beweisstück. Und der Vorwand, den er gebraucht hatte, um die Gerichtsmedizinerin persönlich aufsuchen zu können. Leider ein Vorwand, der auf konstant niedrige Temperaturen angewiesen war. Aber hey, es hatte funktioniert, sie nahm ihn mit in die Stadt. Er würde sich nur etwas ausdenken müssen, wie er sein Auto, das er auf der Rückseite des Krematoriums geparkt hatte, später hier wegbekommen könnte.

Nach weiteren fünf Minuten kam die Ärztin heraus, sie hatte sich eine dünne Jacke übergezogen und hielt eine Tasche in der Hand.

Sie sah ihn an mit ihrem ernsten Make-up-Gesicht. »Also los!«

Ihr Mini war ein älteres Modell, er schätzte, aus den frühen 2000ern, und er schien mehr PS unter der Haube zu haben, als auf den ersten Blick erkennbar. Die Gerichtsmedizinerin legte zumindest beim Fahren ihre Beherrschung ab und gab ordentlich Gas.

Die Fahrt führte sie auf einer zweispurigen Hauptverkehrsstraße Richtung Stadtmitte. Die Ärztin wechselte zwischen den Spuren hin und her und überholte die Fahrer, die sich halbwegs an die Geschwindigkeitsbegrenzung hielten.

»Und, haben Sie an einer der Leichen etwas entdeckt? Hinweise auf einen vertuschten Mord oder so? Das ist doch der Grund für die Leichenschau, stimmt's?«

Ihr Blick blieb starr auf die Straße gerichtet, und mit ihrem Tonfall hätte sie ebenso gut eine Aktennotiz auf ein Diktiergerät sprechen können. »An einer weiblichen Leiche fand ich Strangulationszeichen. Dezente Abschürfungen am Hals und punktförmige Einblutungen in den Bindehäuten. Laut Totenschein hatte die Frau Eierstockkrebs in einem fortgeschrittenen Stadium und ist daran verstorben. Den Leichnam habe ich natürlich nicht freigegeben, der muss jetzt obduziert werden. Ich schätze, da kommen auf den Ehemann und den Hausarzt, der den Totenschein ausgestellt hat, unangenehme Fragen zu.«

»Mmh. Ein Mord? Oder nur Sterbehilfe an einer Todkranken?«

»Das haben wir Gerichtsmediziner nicht zu entscheiden.«

»Schon klar.«

Damit endete das Gespräch.

Nach wenigen Sekunden wurde aus der Stille ein bedrückendes Schweigen. Die Ärztin machte keinerlei Anstalten, etwas daran zu ändern. Es hatte im Krematorium hoffnungsvoll begonnen. Aber jetzt war sie ungefähr so zugänglich wie ein Eisblock.

»Um ein Haar hätte ich auch mal Medizin studiert«, sagte er.

Keine Reaktion. Sie starrte weiter geradeaus. Die Stimmung blieb so frostig, dass sie die tote Katze im Kofferraum noch einige Stunden vor der Verwesung hätte schützen können.

»Das war gleich nach dem Abi. Mein Vater hätte gerne einen Arzt als Sohn gehabt. Mein Glück, dass ich erst mal ein Praktikum im Krankenhaus gemacht habe. Ich sollte zwei Wochen bleiben. Ich konnte es nicht ertragen. Die Gerüche waren das Schlimmste. Nach Krankheit, nach Körperflüssigkeiten, nach Desinfektionsmitteln. Am dritten Tag habe ich einen heftigen Streit mit der Oberschwester provoziert, und das war's dann mit der Arztkarriere. Mein Vater war nicht begeistert.«

Mit einem gewagten Manöver umkurvte die Ärztin einen Kleinlaster und bremste auf der linken Fahrspur vor einer roten Ampel. Im Kofferraum polterte die Kühlbox. Der Transporter kam mit quietschenden Reifen hinter ihr zum Stehen, der Fahrer hupte.

Die Gerichtsmedizinerin hielt das Lenkrad mit beiden Händen umschlossen und ließ die Ampel nicht aus den Augen.

»Das dürfte Ihnen anders gegangen sein, oder? Wollten Sie immer Medizin studieren?«

»Was soll das?«

Immerhin. Der Eisblock fand seine Stimme wieder. »Was soll was?«

Jetzt nahm sie die Hände vom Lenkrad und wandte sich ihm zu. Ihre Augen blitzten. »Dieses Gerede von Ihrem Praktikum. Die Fragen nach meinem Privatleben.«

Die Ampel sprang um, die Fahrzeuge auf der rechten Spur setzten sich in Bewegung. Aber offenbar hatte die Ärztin das Interesse an einem Straßenrennen verloren. Sie blieb einfach vor der grünen Ampel stehen. »Sie wollten, dass ich Sie mitnehme. Das tue ich gerade, oder nicht?«

Er nickte.

»Warum, Herr Kommissar Pustin, können Sie mich mit all dem anderen nicht in Ruhe lassen?«

»Alexander. Oder Alex, wenn Ihnen das lieber ist.«

Sie ruckte herum, so weit ihr Sicherheitsgurt das zuließ. Offenbar rutschte ihr Fuß von der Kupplung. Der Wagen machte einen Satz nach vorn, der Motor erstarb. Die Ärztin schien das gar nicht zu bemerken. Trotz des Make-ups sah Alexander, wie ihr das Blut ins Gesicht schoss.

»Ihr Vorname interessiert mich nicht, und alles andere auch nicht. Akzeptieren Sie das endlich.«

Der Fahrer des Kleinwagens hinter ihnen wurde langsam ungeduldig. Er hupte erneut.

Alexander zuckte mit den Achseln. »Ich mag Sie eben.«

»Sie kennen mich überhaupt nicht. Sie wissen nichts von mir. Sie können mich gar nicht mögen.«

Auch Alexander drehte sich auf seinem Sitz, sodass sie sich direkt gegenübersaßen. »Ich sage jetzt offen, was ich denke. Wenn Sie meinen, dass das Hirngespinste sind und ich verschwinden soll, lass ich Sie in Ruhe, versprochen. Aber wenn nicht, dann …«

»Dann was?«

»Dann geben Sie mir eine Chance, Sie besser kennenzulernen.« Er grinste. »Und sagen ›Alexander‹ zu mir.«

Sie lächelte, schien es aber eigentlich nicht zu wollen.

»Abgemacht?«, frage er.

Sie verkniff den Mund. Das war zumindest kein »nein«.

»Okay.« Er strich sich mit den Fingern übers Kinn. Die nächsten Sätze mussten sitzen, einen zweiten Versuch würde es nicht geben. »Als ich Sie das erste Mal gesehen habe, in Ihrem Büro im Institut, hatte ich das Gefühl, als wüsste ich, was in Ihnen vorgeht.«

»Aha. Da bin ich aber gespannt.«

Täuschte er sich, oder sprach doch ein Hauch Neugierde aus ihrem Blick?

»Sie haben geschafft ausgesehen. Nicht einfach erschöpft von der Arbeit. Eher ausgelaugt von der Welt und von sich selbst. Als wären Sie ständig auf der Flucht. Und als würden Sie versuchen ...« Alexander holte tief Luft, um sich Mut zu machen. Er trat ihr sowieso zu nahe, da kam es darauf nicht mehr an. »... als würden Sie mit der Schminke und Ihrem Arztgetue eine riesige Mauer um sich errichten.«

So, das war jetzt raus. Die Ärztin starrte ihn unverwandt an. Wenn seine Worte etwas in ihr auslösten, ließ sie sich nichts davon anmerken.

»Als ich in Ihrer Bürotür stand«, sprach er weiter, »habe ich Ihre versteckte Seite gesehen. Die sich wegträumt, die vielleicht gerne woanders wäre. Oder jemand anderes. Ich kenne das von mir. Ich habe selbst jahrelang hinter einer Mauer gelebt. Deswegen weiß ich auch, warum Sie beinahe diesen Schmetterling zerquetscht hätten.«

Sie schluckte. Das konnte er trotz des Gehupes hören. »Und was von dem, was Sie gesehen haben ... von dem Sie glauben, es gesehen zu haben, mögen Sie?«

»Ich glaube, dass sich hinter dieser Mauer ein liebevoller, sensibler Mensch verbirgt.«

Die Worte standen zwischen ihnen. Die Ärztin wirkte wie versteinert. Alexander hatte gesagt, was er zu sagen gehabt hatte, und kam sich nun wie ein Idiot vor.

»Soll ich aussteigen?«, frage er.

Sie sagte nichts. Saß nur da, starrte auf die Armaturen, die Hände am Lenkrad, das Gesicht verschlossen. Nach einer Weile nickte sie.

Sein Hals schnürte sich zusammen. Was hatte er erwartet? Dass sie in Tränen ausbrechen würde? Ihm in die Arme fallen würde und sie beide glücklich wären bis ans Ende ihrer Tage? Wahrscheinlich etwas in der Art.

»Also gut«, brachte er hervor. Er öffnete die Beifahrertür und wartete auf eine Lücke zwischen den Fahrzeugen, um über die rechte Fahrspur zum Fußweg zu gelangen.

»Adieu!«, hörte er sie sagen, aber ihre Stimme ging im Lärm der vorbeifahrenden Autos unter.

Alexander warf die Tür zu. Das Geräusch hatte etwas Endgültiges.

9

Adieu, Alexander!« Luise war nicht sicher, ob er ihre Worte gehört hatte, denn durch das Öffnen der Beifahrertür wurden das Hupen und der Motorenlärm ohrenbetäubend.

Ein Teil von ihr wäre am liebsten aufgesprungen und hinter ihm hergerannt. Hätte ihn gestoppt, ihn bebend gebeten, ihr zu verzeihen und bitte, bitte nicht zu gehen. Er sollte bei ihr bleiben, um ... ja, um was eigentlich?

Aber die Ampel stand noch auf Grün, und ein anderer Teil von ihr wollte einfach nur weg. Sie startete den Wagen und drückte aufs Gas. Fuhr erst mal los. Weg von den genervten Autofahrern. Weg von diesem Ort. Weg von diesem unverschämten, anmaßenden ...

Alexander.

Seine Worte hatten sich angefühlt wie warmer Regen, der auf eine Eisdecke fällt und sie langsam tauen lässt. Sanfte Berührungen am ganzen Körper, die einen umhüllen. Die die Kälte vertreiben.

Die nächste rote Ampel zwang sie zum Innehalten. Sie schluchzte, erschrak von dem Geräusch und biss sich selbst auf die Fingerknöchel.

Was war sie nur für ein Feigling. Was für ein Dummkopf. Luise brauchte drei, vier Atemzüge, um sich zu beruhigen.

Und dann traf sie eine Entscheidung, die ihr Leben auf den Kopf stellen würde.

Sie kam am Nachmittag nach Hause, früher als üblich. Sami war nirgends zu sehen. Er musste sich unters Sofa verkrochen haben und dösen. Sie hatte am Morgen seinen Transportkäfig in den Flur gestellt. Vielleicht ahnte der Kater, dass ein ungeliebter Besuch beim Tierarzt anstand.

Aber das hatte noch Zeit bis morgen früh.

Luise versteckte sich. Alexander hatte recht. Sie trug eine Maske, und die wollte sie sich jetzt herunterreißen.

Im Badezimmer erwartete sie ihr Spiegelbild mit einem skeptischen Blick. Sie kramte die notwendigen Utensilien aus einer Schublade und begann mit dem Ritual, das sie normalerweise in aller Kürze abends vor dem Schlafengehen vollzog. Und nach dem sie jeden Blick in den Spiegel tunlichst vermied.

Diesmal sah sie hin, als sie fertig war. Frau Dr. Kellermann, die taffe Gerichtsmedizinerin, war zusammen mit dem Make-up verschwunden.

Geblieben war ein Gespenst. Es glotzte sie aus dem Spiegel an. Ein zwielichtiges Wesen, blass und dünn, mit riesigen Augen, das wie in einem Horrorfilm aus dem Rahmen steigen und ihr das Lebenselixier heraussaugen könnte.

Nur war dies keine Gestalt aus einem Horrorfilm. Das war sie. Luise.

Luise, die Hexe, hallte es durch ihren Kopf.

Sie hielt dem Blick stand. Griff nach ihren Haaren, die wie eine schwarze Sturmhaube die Seiten ihres Gesichts bedeckten, und knotete sie mit einem Haargummi locker zusammen.

»Hallo, liebevoller, sensibler Mensch!« Alexanders Worte. Sie musste lachen, laut und schrill. Sie atmete zehnmal ein und aus, bevor sie sich gestattete, wieder wegzuschauen.

So dürfte er sie niemals zu sehen bekommen.

Und wenn doch? Wenn er dich so sieht? Und trotzdem bleibt?

Unvorstellbar!

Der altbekannte Druck baute sich auf. Als würde ein dicker Schlauch anschwellen, der von der Kehle bis zum Bauchnabel reichte. Reflexhaft griff ihre Hand zur Glaskaraffe auf dem Badezimmerschrank. Ein halber Liter, rein und gleich wieder raus, und alles wäre gut. Sie würde Alexander und seine törichten Komplimente einfach aus sich herausspülen.

Ihre Hand schwebte in der Luft.

Sie zog sie zurück.

Nicht töricht. Warmherzig und liebevoll waren seine Worte gewesen. Sie hatte sich entschieden, nicht wegzulaufen. Also würde sie es verdammt noch mal ertragen. Oder konnte sie sogar lernen, sich darüber zu freuen?

Sie sah erneut in den Spiegel, nickte sich aufmunternd zu. Morgen früh würde sie ohne ihre Maske aus dem Haus gehen.

10

Hier ist es weiterhin ruhig. Von Polizei keine Spur. Vielleicht irren die der falschen Fährte hinterher, die ich für sie gelegt habe. Das ist gut. So kann ich in Ruhe weiterschreiben.

Luise schläft noch immer.

Ich streiche über ihren Arm. Mein Finger hinterlässt einen rosa Streifen auf ihrer Haut, der nur langsam verblasst.

Ich wünschte, ich wäre diesem Jogger nie begegnet. Vor langer Zeit habe ich mir geschworen, nie wieder einen Menschen zu töten. Aber der Läufer am Strand, er hat mir keine Wahl gelassen. Das verstehen Sie doch, oder?

Klar, meine Jagd auf Katzen wird Ihnen missfallen. Diese süßen kleinen Dinger abzustechen. Widerlich. Aber dafür hatte ich meine Gründe.

Ja, die hatte ich wirklich.

Das mit dem Mann war nicht vorgesehen. Dass ich ihn töten musste. Dass es so einfach war. Dass es diese krassen Gefühle in mir ausgelöst hat.

Seitdem spürte ich die Versuchung, es wieder zu tun. Aber ich wollte nicht. Ich wusste, ich hatte einen dunklen Pfad betreten, der mich früher oder später ins Verderben führen würde, wenn ich ihm weiter folgte.

Glauben Sie es oder nicht. Ich kämpfte dagegen an.

In der übernächsten Nacht war ich erneut auf die Jagd gegangen. Im Osten Hamburgs, an einem Tümpel, wo es keine Straßenbeleuchtung gab. Ein warmer Tag war es gewesen, und er war in eine milde, windstille Nacht übergegangen. Im Dunkeln hatte der Teich ausgesehen wie ein hinter Bäumen und Rosensträuchern lauernder Schlund, gesäumt von ungepflegten Sandpfaden. Im Uferbereich nisteten Enten. Ich hatte sie mit meinem Erscheinen aufgeschreckt. Sie waren meckernd in Richtung Teichmitte geflüchtet, aber nach ein paar Minuten zurückgekehrt, dann hatten sie sich mit meiner Anwesenheit arrangiert. Vielleicht hatten sie gespürt, dass sie nicht das Ziel meiner Jagd waren.

Ich kniete hinter einer Wand aus dichtem Gestrüpp und musste nicht lange auf Beute warten. Keine halbe Stunde verging, und ein grauer Kater verblutete in meinen Händen. Das Tier drückte in seinem Todeskampf eine dünne, braune Wurst raus. Eklig. Aber so was kam vor.

Meine Finger fuhren durch das warme, vom Blut und der Scheiße klebrige Fell, streichelten über den Kopf.

Sonst passierte nichts. Kein Gefühlssturm. Nicht mal ein laues Lüftchen. Keine Trauer, keine Tränen.

Die ungestillte Gier zerrte an meinen Eingeweiden und schrie nach Befreiung. Es war da drinnen, tief in mir, ich spürte es doch. Es wollte raus. Es musste raus.

Aber so funktionierte es nicht mehr. Das tote Vieh in meinen Händen bedeutete mir nichts. Genauso gut hätte ich einen Sack alter Lumpen abstechen können.

Panik stieg in mir auf.

Ich ließ den Kadaver in den Dreck fallen. Eher aus Gewohnheit zog ich den Pfeil aus dem Kater, reinigte erst das Geschoss, dann das Messer.

Was sollte ich jetzt tun?

Die Vorstellung, meine Sachen einzupacken und einfach nach Hause zu fahren, war unerträglich.

Du weißt es doch. Du weißt es genau.

Die Stimme in meinem Kopf hatte recht. Ich wusste, was den Sturm entfachen würde. Den Orkan, der alle Gefühle durchwirbeln und aus mir herausblasen würde.

Ich spürte, dass es falsch war, diese eine Grenze erneut zu überschreiten, den dunklen Pfad weiterzugehen.

Und doch, heilige Scheiße, ich brauchte diesen Sturm, diese Reinigung mehr als alles andere.

Ich spannte die Armbrust, legte den Pfeil ein und wartete.

Diesmal dauerte es lange. Der Mond kletterte eine unsichtbare Himmelsleiter empor. Er verscheuchte die schützende Dunkelheit und trieb sie, je höher er stieg, zu schrumpfenden Schatten am Fuße der Bäume und Gebüsche zusammen. Er schien mir zeigen zu wollen, wie die Nacht unaufhaltsam voranschritt. Mit jeder Minute, die ich reglos in der Deckung verharrte, wuchs meine Unruhe. Ich tippelte von einem Fuß auf den anderen, überprüfte immer wieder die korrekte Lage des Pfeils und spähte sehnsuchtsvoll den silbrig erleuchteten Trampelpfad entlang.

Irgendwann kam tatsächlich jemand. Die schlurfenden Schritte auf dem Sand ließen mein Herz höherschlagen.

Ein Mann, offensichtlich älter, in einem dünnen Mantel. Er führte einen kleinen Hund an der Leine mit sich.

Als er nur noch wenige Meter von meinem Versteck entfernt war, wurde mir klar, dass es so nicht klappen konnte. Eine Katze war mit einem Armbrustpfeil leicht abzuschießen und an der Flucht zu hindern. Aber ein Mensch? Wohin sollte ich schießen? In die Brust, den Bauch? Oder in den Kopf? Der Mann würde nach einem Treffer um sein Leben kämpfen, und er würde es nicht lautlos tun.

Der Alte schlurfte an dem Busch vorbei, hinter dem ich kauerte. Der Hund war ein Pudel, und er schien sich mehr von der Leine über den Sand schleifen zu lassen, als dass er auf den eigenen Beinen lief.

Die Erkenntnis, dass meine Jagd vergeblich sein würde, riss einen Abgrund unter mir auf und zog mich in die Tiefe. Unwillkürlich stütze ich mich mit der Hand auf dem Boden ab. Ich ertastete meinen Rucksack und einen Gegenstand, der sich darin befand.

Ja, so konnte es gehen. Ich hatte den Gegenstand zu einem anderen Zweck mitgeführt, aber jetzt versprach er die Lösung meines Problems.

So leise ich konnte, legte ich die nutzlose Armbrust ab und zog den Gegenstand aus dem Rucksack. Ich richtete mich auf, huschte seitlich am Gebüsch entlang. Ich würde direkt hinter dem Mann auf den Weg treten. Ich würde ihn handlungsunfähig machen, ins Dunkel zerren und mit meinem Messer abstechen.

Und den Sturm entfachen.

11

Herrmann Buttke war ein Mann mit eiserner Disziplin. Deswegen war er noch am Leben. Deswegen quälte er sich trotz schmerzender Hüftgelenke mindestens dreimal täglich aus seiner Zweizimmerwohnung im dritten Stock runter in den Park und drehte eine Runde um den Teich. Weil er schlecht schlief, tat er das auch in der Nacht. Sein Frühstück bestand hauptsächlich aus Pillen unterschiedlichster Größe und Farbe. Auf seinem letzten Entlassungsbrief vom Krankenhaus hatte die Aufzählung seiner Diagnosen eine ganze Seite gefüllt. Aber Herrmann Buttke würde sich nicht von koronarer Herzkrankheit, Vorhofflimmern, Atherosklerose und den sechs oder sieben anderen Gemeinheiten auf der Liste kleinkriegen lassen.

Seine Lektion hatte er in den Monaten kurz nach Kriegsende gelernt, als er, keine zehn Jahre alt, an einer schweren Lungenentzündung erkrankt war. Seine Mutter war eine Hamburger Trümmerfrau. Während ihr Mann, wie sie Jahre später erfuhr, in einem namenlosen russischen Internierungslager verhungerte, musste sie in der zerbombten Hansestadt den kleinen Herrmann, seine zwei älteren Brüder und seine jüngere Schwester durchbringen.

Er hatte hohes Fieber, Medikamente gab es nicht, und er wurde von Tag zu Tag schwächer. Besserung war nicht in Sicht, und Mutter und Geschwister schienen sich damit abgefunden zu haben, bald nur noch zu viert zu sein.

Herrmann hatte die ganze Nacht durchgehustet und seiner Familie und den anderen Bewohnern der improvisierten Unterkunft in den Ruinen einer Lagerhalle die Nachtruhe geraubt. Seine Mutter weckte ihn am frühen Vormittag aus einem fiebrigen Schlaf. Helfer vom Roten Kreuz hatten Suppe gebracht, und Mutter hielt ihm einen Löffel mit der dünnen Brühe vor die ausgetrockneten Lippen.

Der kleine Herrmann wollte nur schlafen. Irgendwie spürte er, dass er nur ein einziges, ein letztes Mal wegdämmern musste, um erlöst zu sein. Seine Mutter merkte es auch. Die tagtäglichen Entbehrungen, die harte Arbeit und der Schlafmangel ließen auf ihrem verhärmten Gesicht keinen Platz mehr für Liebe und Fürsorge. Wenn ihr Sohn heute starb, so schien es zu sagen, sollte es eben so sein. Der Löffel Suppe war alles, was sie ihm noch zu geben hatte.

Für einen winzigen Augenblick lichtete sich der Schleier, den die Tage schleichender Krankheit auf Herrmanns Bewusstsein gelegt hatten. Ja, er wollte diese Suppe. Er wollte leben. Und irgendwie brachte der Wille seinen ausgezehrten Körper dazu, den Mund zu öffnen und den Kopf vorzuschieben, gerade als Mutter den Löffel wieder wegziehen wollte. Er packte zu, mit Lippen und Zähnen, nahm das Leben in sich auf und gab es nicht wieder her.

Mehrfach im Leben war ihm der Löffel wiederbegegnet. In Gestalt der Hand einer Ersthelferin, die ihn im Alter von 25 aus dem brennenden Wrack seines VW-Käfers zog. Die Hand gehörte der Frau, die er zwei Jahre später heiraten und vierzig Jahre später zu Grabe tragen sollte. Zuletzt war es ein selbst gemaltes Bild seiner Enkelin gewesen. Jemand hatte es auf die Intensivstation geschmuggelt, wo er nach seinem dritten Herzinfarkt um sein Leben gerungen und beinahe aufgegeben hatte. Eine Sonne und einen Baum hatte sie gemalt und »Gute Beserung liba Opi« mit der ungelenken, wunderbaren Schrift einer Erstklässlerin danebengeschrieben.

Er hatte ein weiteres Mal zugepackt und sich zurückgekämpft.

Heute wollte er die Runde um den Teich zum ersten Mal seit seiner Entlassung ohne Verschnaufpause schaffen.

Seinen Sommermantel hätte er ebenso gut in der Wohnung lassen können, genauso die Taschenlampe. Es war warm, fast schwül. Der Mond hing hoch am Himmel und beleuchtete den kleinen Park besser als jede Straßenlaterne.

Seine Hündin Emma stand ihm, was die Liste an altersbedingten Gebrechen anging, in nichts nach. Sie hatte im letzten Jahr massiv abgebaut, nur leider war sie aus einem anderen Holz geschnitzt als er. Sie döste lieber auf ihrer Wolldecke, statt mit ihrem ruhelosen Herrchen um den Teich zu humpeln. Sie konnte immer schlechter sehen. Und sosehr Herrmann Buttke sein Gedächtnis auch bemühte, er konnte sich nicht erinnern, wann sie zum letzten Mal gebellt hatte. Einige Tage vor dem Infarkt hatte ihm der Tierarzt nahegelegt, den alten Dackel zu erlösen. »Sie quält sich«, hatte der Doktor gesagt. Herrmann hatte seiner Hündin tief in die Augen geschaut. »Willst du wirklich sterben, meine Alte?«, hatte er gefragt und gedacht, dass nun er es war, der Emma den Löffel vor die Nase hielt. Sie hatte ihm mit ihrer feuchten Zunge über das Gesicht geleckt, und er hatte das als klares »Nein« interpretiert. Sie konnten ebenso gut weiter gemeinsam alt werden. Der Tod lief ihnen nicht weg.

So trottete Emma hinter ihm her. Ihr Geschäft hatte sie an der Hausecke verrichtet, wohl in der Hoffnung, dass sie gleich wieder hinaufgehen würden. Aber da kannte er kein

Erbarmen. Sie war ihm anstandslos um den Teich gefolgt. In wenigen Minuten würde Emma sich zurück auf ihre Decke und er sich in sein Bett legen. Vielleicht waren noch ein paar Stunden Schlaf drin.

Im Gebüsch auf der rechten Wegseite raschelte es. Er dachte an einen streunenden Hund und zog an der Leine, um den Dackel dichter an sich heranzuholen. Aber das, was in seinem Rücken auf den Weg trat, hatte zwei Beine. Es war schnell und hielt etwas in Händen, das wie ein kleiner Spaten aussah. Das Teil sauste auf ihn nieder und verwandelte seinen Kopf in einen Haufen Sterne und Blitze. Er fiel vornüber auf die Knie, brachte die Hände nicht rechtzeitig nach vorne, um sich abzustützen, und klatschte mit dem Gesicht voran auf den Sandweg. Etwas knackte, seine Brille oder seine Nase, wahrscheinlich beides. Jemand griff nach seinen Füßen und zog ihn vom Weg hinunter. Er versuchte, den Kopf zu drehen, um sein Gesicht vor dem Sand zu schützen, der wie Schmirgelpapier über seine Haut kratzte. Ein Stück seiner zerbrochenen Brille verhakte sich im Boden, schnitt ihm ins Gesicht und blieb liegen. Dann war die Schleifpartie zu Ende. Hände packten seinen linken Oberarm und drehten ihn auf den Rücken.

Eine Gestalt beugte sich über ihn. Ohne seine Brille konnte er nur Umrisse erkennen. Der Angreifer machte sich an seiner Oberbekleidung zu schaffen, entblößte ihm die Brust.

Was will der von mir, dachte er. Geld, fiel ihm ein, aber seine Börse hatte er oben in der Wohnung gelassen. Vielleicht hatte er noch ein paar Münzen in der Tasche, Wechselgeld vom gestrigen Zeitungskauf.

»Ich habe kein Geld bei mir.« Der Alte erkannte seine eigene Stimme nicht, so dünn und heiser war sie.

Statt einer Antwort hob die Gestalt etwas in die Höhe, einen länglichen Gegenstand, der im Mondlicht blitzte.

»Ich bin Rafael.« Es klang mehr wie das Zischen eines Reptils als wie die Stimme eines Menschen.

Herrmann Buttke wusste, dass er sterben würde. Der Fremde würde ihn töten. Einfach so, ohne erkennbaren Grund. Angst verspürte er nicht, höchstens eine Art Bedauern, dass er nach all den Kämpfen nun auf so sinnlose Weise aus dem Leben schied. Er würde seine geliebte Nichte nicht wiedersehen. Und wer würde sich um seine Hündin kümmern?

Emma, ja genau. Wo war sie? Er hatte den Dackel ganz vergessen. Die Leine war ihm beim Sturz aus den Fingern geglitten. Vermutlich war das Tier vor Schreck weggelaufen oder hatte sich in ein Gebüsch verkrochen. Er konnte es ihr nicht verdenken. So kam zumindest sie mit dem Leben davon.

Doch dann hörte er sie. Emma musste in der Nähe sein, keinen Meter entfernt.

Und sie bellte.

Seine alte Hündin kläffte, als wüsste sie, dass es um Leben und Tod ging. Sie bellte laut, scheinbar ohne Luft zu holen.

Die Gestalt über ihm zögerte, blickte sich um, versuchte offenbar, den Dackel mit dem Arm zu verscheuchen. Aber Emma machte einfach weiter.

Der Angreifer wandte sich ihm erneut zu. Etwas Spitzes, Kaltes drückte in seine Brust, knapp unterhalb der linken Brustwarze.

Herrmann Buttke hörte weitere Geräusche. Es waren die Stimmen von Menschen.

Emma schien sie ebenfalls zu hören. Die Hündin holte das Letzte aus sich heraus, legte, was die Lautstärke betraf, sogar noch eine Schippe drauf.

»Hallo?« Jemand rief, weit entfernt.

Er ahnte, dass das Schicksal ihm noch einmal einen Löffel unter die Nase hielt.

Er würde auch dieses Mal zupacken. Es brauchte nur ein einziges Wort, so laut wie möglich. Er atmete ein, so tief er konnte. Die Bewegung seines Brustkorbs ließ die kalte Metallspitze über dem Herzen in die Haut stechen, aber das war jetzt egal. Mit aller Gewalt presste er die Luft heraus.

»Hilfe!«

Sein Schrei durchdrang die Nacht. Er war laut, aber kurz, denn eine Hand drückte sich auf seinen Mund und erstickte das Geräusch. Er roch das Leder eines Handschuhs und stellte eher beiläufig fest, dass er keine Luft bekam. Trotzdem erfüllte ihn eine tiefe Zufriedenheit. Er dachte an seine Mutter, seine Frau und seine Nichte. Und an Emma. Seine tapfere Hündin.

12

Sami ließ sich widerstandslos vom Behandlungstisch in die Transportbox verfrachten. Er war ganz benommen. Der Kater blinzelte, schmiegte den Kopf auf die Pfoten und dämmerte weg. Luise streichelte ihm den Rücken und schloss die Box.

»Die Narkose wird noch einige Minuten anhalten. Er wird den Vormittag über viel schlafen, dann ist er wieder der Alte.« Dr. Haase, der Tierarzt, war ein schlanker, fast schon zierlicher Mann, der vermutlich längst das Rentenalter erreicht hatte. Luise mochte die Sanftheit, die aus seiner Stimme, aber auch aus jeder Bewegung und selbst kleinsten Gesten sprach. Wenn er ihr die Hand zur Begrüßung reichte, Sami aus dem Korb lockte oder ihn mit fachkundigen Handgriffen abtastete.

»Setzen wir uns!« Dr. Haase wies auf zwei Plastikstühle in der Zimmerecke.

Luise war angespannt. Der Tierarzt hatte Sami gründlich untersucht, ihn zuletzt narkotisiert und einige Röntgenbilder gemacht.

»Ihr Kater hat nichts Ernstes, keine Sorge«, sagte er, sobald sie saßen.

»Da bin ich aber froh.« Luise fiel ein Stein vom Herzen. »Ich habe mir Gedanken gemacht, weil er sich immer weniger bewegt.«

Dr. Haase nickte freundlich, als sei er selbst froh, gute Nachrichten überbringen zu können.

Ja, sie mochte ihn wirklich, und von Mal zu Mal fiel es ihr leichter, sich das zuzugestehen. Sie kannte Dr. Haase seit fünf Jahren, seit sie Sami aus dem Tierheim geholt hatte. Dank seines unaufdringlichen Smalltalks wusste sie inzwischen mehr über den Tierarzt und sein Leben als über jeden anderen Menschen. Gleichwohl war er nie aufdringlich oder gar anzüglich gewesen. Im Gegenteil.

Seine Frau war vor knapp zehn Jahren verstorben und hatte ihn kinderlos zurückgelassen. Um nicht der Trauer und Einsamkeit zu verfallen, hatte er damals neu angefangen. Statt weiter Antibiotika an Schweine, Rinder und Geflügel in Großmastanlagen zu verfüttern, hatte er eine Kleintierpraxis eröffnet und damit einen Lebenstraum verwirklicht. Und er hatte begonnen, sich im Tierschutz zu engagieren. Mit glänzenden Augen hatte er ihr einmal erzählt, wie er in einer halsbrecherischen Nacht-und-Nebel-Aktion eingefangene Straßenhunde aus einer rumänischen Tötungseinrichtung befreit hatte.

Dr. Haase wusste, was es bedeutete, dem eigenen Leben eine neue Richtung zu geben.

»Sami hat Arthrose in den Hüftgelenken, nicht ungewöhnlich für einen Kater seines Alters«, sagte er und reichte ihr die Röntgenaufnahmen.

Sie erkannte die hellen Ränder an den Gelenken. Sie blickte auf und erschrak. Dr. Haase hatte sie unverhohlen gemustert, während sie die Bilder studiert hatte. Der Tierarzt fühlte sich offensichtlich ertappt und senkte sofort die Augen.

Natürlich musste ihm aufgefallen sein, dass sich etwas an ihr verändert hatte. Allerdings konnte er unmöglich ahnen, dass sie ihm die entscheidende Rolle am Anfang ihres neuen Weges zugedacht hatte. Er war der Erste, dem sie sich ungeschminkt und mit offenen Haaren zeigte. Und seine Reaktion würde maßgeblich mitbestimmen, ob sie das

Wagnis am Vormittag im Institut mit ihren Kollegen fortsetzen würde oder nicht.

»Ist etwas nicht in Ordnung?«, fragte sie. Er sah wieder hoch, und sie musste all ihren Mut aufbringen, um sich weiter seinem Blick auszusetzen.

»Bitte verzeihen Sie mir. Ich war in Gedanken.« Dr. Haase lächelte. Das milde, warmherzige Lächeln, das sie so an ihm schätzte. Nichts Abfälliges. Nichts Abweisendes.

»Behalten Sie sein Gewicht im Auge. Ich gebe Ihnen ein Schmerzmittel mit. Wenn er humpelt oder schlecht frisst, mischen Sie ihm etwas davon ins Futter. Ich denke, er wird Ihnen noch etliche Jahre ein treuer Freund sein.«

»Herzlichen Dank.« Luise entspannte sich. Er führte sie hinaus und hielt ihr die Tür auf.

»Frau Doktor Kellermann?«

Luise stand im Türrahmen, Samis Transportkäfig in der Hand. »Ja bitte?«

»Entschuldigen Sie, ich möchte nicht aufdringlich erscheinen. Aber …« Der Tierarzt senkte erneut den Blick, knetete die Hände.

Sofort war die Anspannung wieder da. Jetzt würde er die Maske fallen lassen. Ihr die bittere, ungeschminkte Wahrheit über sie sagen, und sie würde erneut Schutz suchen hinter ihrer Mauer. Es konnte nicht anders sein.

»Ja?« Ihre Stimme zitterte.

»Was immer sich gerade in Ihrem Leben verändert …«, sagte er und lächelte wieder. »Halten Sie daran fest. Man sieht, dass es Ihnen guttut.«

13

Der alte Mann hat unverschämtes Glück gehabt. Zigarette?« Tilman hielt Alexander seine Schachtel Benson & Hedges unter die Nase. Er schüttelte den Kopf. Zigaretten waren eines der wenigen Laster, von denen er sich immer hatte fernhalten können. Der Oberkommissar steckte sich eine an, nahm einen tiefen Zug und hustete den Rauch wieder aus.

»Glück und einen Hund.« Alexander schmunzelte, als er an den Anblick des Rentners dachte, den sie soeben vernommen hatten. Herrmann Buttke hatte mit zerbrochener Brille, ramponiertem Gesicht und frisch eingegipstem linkem Unterarm in einem grauen Ohrensessel gesessen, der an strategisch günstiger Stelle zwischen Fernseher und Wohnzimmerschrank platziert war. Er hatte seinen Dackel gestreichelt und zwischendrin immer wieder mit rohen Fleischstückchen gefüttert und dabei auf eine Weise selig geguckt, als hätte ihn gerade eine gute Fee auf die blutverkrustete Stirn geküsst. Als wäre er nicht um ein Haar von einem augenscheinlich wahnsinnigen Nachtschwärmer ermordet worden.

Der hatte jetzt immerhin einen Namen.

»›Ich bin Rafael.‹ Was ist das für eine Scheißantwort auf die Frage, warum jemand auf mir sitzt und mir ein Messer in die Brust rammen will?« Tilman fuhr sich mit der freien Hand durch den grauen Haarschopf. »Wieso sagt der so was?« Er steuerte auf einen kleinen, blassgrün lackierten Hyundai zu.

»Vielleicht ist Töten für ihn eine Art … Selbstverwirklichung.«

»Du meinst ein Hobby?«

Das vertrauliche Du, das der Oberkommissar ihm auf dem Hinweg angeboten hatte, klang noch fremd in Alexanders Ohren.

»Nein, mehr als das.« Alexander zuckte mit den Schultern. »Ich weiß ja auch nicht, ist nur so eine Ahnung.«

»Wenn ich Karl glauben darf, sind deine Ahnungen manchmal mehr wert als die Recherchen eines ganzen Ermittlerteams.«

»Das hat er gesagt?«

»Kein Grund zum Abheben.« Tilman betätigte den elektrischen Türöffner seines Wagens.

Klang da ein Hauch von Missgunst an? Oder Neid? Es lag auf der Hand, dass Weber seinen altgedienten Oberkommissar angewiesen hatte, den Neuen unter seine Fittiche zu nehmen. Er erledigte den Mentorenjob gewissenhaft, das schon. Aber ohne spürbare Sympathie, und Alexander fragte sich, warum. Seinem Alter nach hätte Tilman längst selbst Hauptkommissar sein können. Vielleicht fürchtete er, dass mit Alexander ein weiterer Konkurrent heranwuchs, der ihn eines Tages überflügeln würde.

Tilman drückte seine Kippe an einem Mauervorsprung aus und entsorgte den Filter in einem Mülleimer der Stadtreinigung, der mit der Aufschrift *24 Stunden geöffnet* für sich warb. Sie stiegen in den Wagen. »Ins Präsidium?«, fragte der Oberkommissar.

»Kannst mich unterwegs rauslassen«, sagte Alexander. »Der Chef hat mir den Nachmittag freigegeben. Eine Familiensache, die ich nicht aufschieben kann.«

Tilman begnügte sich mit der knappen Erklärung. »Was sagt deine Ahnung sonst zu unserem Katzenmörder und seinem Hobby?«

»Das Töten von Katzen, jetzt Menschen, macht ihn zu dem, der er ist. Deswegen hat er seinen Namen genannt, bevor er zugestochen hat.«

Tilman startete den Motor.

»Klingt merkwürdig, oder?«, fragte Alexander.

»Nicht merkwürdig. Verrückt. Und gefährlich. Ich hoffe, du irrst dich. Denn wenn du recht hast, kommt noch weit Schlimmeres auf uns zu.«

14

Hallo, Schwesterherz! Alles Liebe zum Geburtstag.« Alexander streichelte seiner Schwester über die Schulter. »Tut mir leid, dass ich so lange nicht da war.«

Das war damit geklärt. Natürlich antwortete sie nicht.

»Wie lange ist mein letzter Besuch jetzt her? Zwei Jahre, oder drei? Egal.«

Sie sah blass und schmal aus im Gesicht, musste etliche Kilos abgenommen haben. Ihre blonden Haare waren kurz geschnitten und ordentlich gekämmt. Ob das regelmäßig geschah oder nur anlässlich ihres Geburtstages, wusste er nicht. Die Augen waren halb geschlossen, über den unteren Lidrändern lugten weiße Augäpfel hervor.

»Ich überspringe einfach den schwierigen Teil. Dass ich sauer war auf dich, weil unsere Eltern dich bevorzugt haben. Neidisch, weil bei dir immer alles lief wie geschmiert. Und dass ich mich bis heute schuldig fühle, wegen …«

Puh, das wurde jetzt echt schwer.

»Egal, Schwamm drüber.«

Er zog sich einen Stuhl heran, setzte sich. »Tatsächlich musste ich neulich daran denken, wie wir die paar Mal zum Mexikaner gegangen sind. Du warst im ersten Semester. Ich stand kurz vor der Exmatrikulation.«

Er lehnte sich in seinem Stuhl zurück, ließ die Erinnerungen lebendig werden. »Wir haben bis zum Umfallen Nachos gegessen, Tequila getrunken und uns unterhalten.«

Alexander ruckte mit dem Stuhl herum, sodass er ihr besser ins Gesicht sehen konnte. Er überlegte, ob er ihre

Hand nehmen sollte. Er probierte es. Die Hand war schlaff und schwer, aber die Haut geschmeidig und warm, sehr warm sogar. Er hatte viel weniger das Gefühl, neben einer Leiche zu sitzen. Also gut.

»Bei einem dieser Gespräche hast du mich nach meinen Frauengeschichten gefragt. Es war das erste Mal, dass wir über so was geredet haben. Ich habe dir von Marina erzählt. Das war die hübsche Rothaarige, die später wegen Selbstmordgedanken in die Psychiatrie musste. Du hast etwas gesagt, das ich nie mehr vergessen habe.«

Er sah auf, blickte ihr direkt ins Gesicht. »Du hast gesagt, ich hätte viel zu feine Antennen. Ich sei viel zu empathisch.«

Ihr Brustkorb hob und senkte sich. Er musste genau hinschauen, um die Atembewegung zu erkennen. Wenn sie plötzlich damit aufhörte und starb, würde er es gar nicht bemerken.

Sie ist doch schon tot, sagte die zynische Stimme in seinem Kopf, die nach den düsteren Monaten der Trauer das Wort ergriffen hatte, immer wenn es um die Familie ging.

Sein Blick wanderte an ihr hoch. Von der Narbe unter ihrem Kehlkopf war nur ein dünner rosafarbener Strich geblieben. Ihre Eltern hatte die Entfernung des Tracheostomas nach knapp zwei Jahren künstlicher Beatmung gefeiert wie Sophies zweite Geburt. Als wäre es von da an nur eine Frage der Zeit gewesen, bis ihre geliebte Tochter die Augen öffnen, mit ihrer immer leicht heiser klingenden Stimme sprechen und aus ihrem Bett aufstehen würde.

Es wäre schön, wieder richtig mit ihr reden zu können. Er würde einen Arm dafür geben. Oder ein Auge, oder beides. Bisher war niemand gekommen, um ihm einen Deal anzubieten.

Sophies Meinung zu Luise würde ihn brennend interessieren. Aber vielleicht ging es auch so.

»Ich habe jemanden kennengelernt«, sagte er. »So etwas wie mit ihr habe ich noch nie erlebt. Sie versteckt und versperrt sich, allerdings spüre ich genau, was in ihr vorgeht. Es ist fast eine Art Seelenverwandtschaft. Nie habe ich mich so zu einer Frau hingezogen gefühlt. Ich verstehe es selbst nicht.«

Er sah in ihr wächsernes Gesicht und wünschte sich, seine Schwester verständnisvoll nicken oder ihm zublinzeln zu sehen.

»Ich will sie haben, und ich glaube, nein, ich weiß, dass sie mich will. Klingt verrückt, oder? Ich kann da nicht zurück. Sogar wenn ...«

Er sah Sophie vor sich, damals beim Mexikaner. Euphorisiert durch ihr neues Leben als Jurastudentin. Über ihrem Mund hatte Salsasoße geklebt, ihre blauen Augen hatten vor Lebenslust und Neugierde geglüht. Sie schienen damals in eine aufregende Zukunft zu blicken und waren trotzdem ganz bei ihrem Bruder und dessen Liebessorgen. »Es gibt nette Frauen«, hatte sie gesagt, »und es gibt Problemfrauen. Die netten sind ehrlich mit dir, so mehr oder weniger zumindest. Sie manipulieren dich nicht, spielen keine Spiele. Die Problemfrauen schon. Die haben ein Talent dafür, sensible Männer wie dich anzulocken und ihre Probleme zu deinen zu machen. Ehe du dichs versiehst, steckst du mittendrin in einem Riesenschlamassel. Und während du darin versinkst, denkst du, dass du es doch nur gut gemeint hast.«

Sie hatte sich vorgebeugt und ihn auf eine Weise ernst angeblickt wie nie zuvor und nie danach. »Halt dich von den Problemfrauen fern. Du bist zu feinfühlig, Alex. Die stürzen dich ins Unglück. Such dir eine Nette.«

Damals hatte er gelacht. Aus reiner Verlegenheit, nicht, weil er es witzig gefunden hätte.

Er legte Sophies Hand vorsichtig zurück auf das Bettlaken. »Bestimmt hast du recht«, sagte er. »Aber vielleicht ist das Leben manchmal auch komplizierter.«

Die Tür ging auf. Alexander erschrak bei dem Gedanken, dass seine Eltern bereits jetzt aufschlagen und ihre Zweisamkeit stören könnten. Tatsächlich war es nur eine Krankenpflegerin in grauer Baumwollmontur. Sie hielt eine schlanke Vase mit einer lilafarbenen Rose in der Hand.

»Oh, der erste Geburtstagsbesuch.« Sie stellte Vase und Rose auf einen Tisch in der Zimmerecke und musterte Alexander flüchtig. »Ich bin Petra. Sie müssen der Bruder sein, richtig?« Die Frau war groß, dünn, hatte schwarze Haare und eine herzliche, rauchig klingende Stimme.

»Alexander Pustin.« Er stand auf und reichte ihr die Hand. Ihr Gesicht wurde ernst, und sie warf einen Blick, der etwas Verschwörerisches hatte, in Richtung der halb geöffneten Tür. »Ich würde gerne mit Ihnen reden, bevor Ihre Eltern kommen«, sagte sie. »Ihrer Schwester geht es nicht gut.«

»Das ist wohl nicht zu übersehen.«

»Ich meine nicht das Wachkoma.« Sie schloss die Zimmertür, trat neben das Bett und streichelte Sophie mit der Hand über die Wange. »Ihre Schwester hat seit einigen Wochen Fieber und nimmt bedrohlich an Gewicht ab. Infektionen der Blase und Nieren, die nicht auf Antibiotika ansprechen. Der Heimarzt hat Urinproben ins Labor geschickt, um die Keime zu untersuchen.«

»Wissen meine Eltern Bescheid?«

»Im Prinzip schon«, sagte sie. »Sie sind die rechtlichen Vormunde. Wir haben nur das Gefühl, dass sie den Ernst der Lage nicht erkennen. Oder nicht erkennen wollen.«

Das klang nicht gut.

Sie kramte in ihrer Kitteltasche und reichte ihm eine Visitenkarte. »Der Arzt ist Doktor Webermeister. Vielleicht rufen Sie ihn mal an?«

Widerwillig nahm er die Karte in Empfang. Die Pflegerin rang sich ein Lächeln ab und verschwand aus dem Zimmer.

Kurz darauf hörte er Schritte und Stimmen auf dem Flur. Seine Eltern. Der nette Teil des Familientreffens war damit vorbei.

Sein Vater ging wie üblich voran.

»Hallo, Junge!« Die Ereignisse der vergangenen Jahre hatten sich tief in Peters Gesicht gegraben und einen Ausdruck von Strenge und Härte darin verewigt. Die schmale, lange Nase wirkte wie eine Zielvorrichtung für die blassgrauen Augen, die einen unbarmherzig ins Visier nehmen konnten. Er hatte die drahtige Gestalt eines Mannes, der sich jedem äußeren Widerstand entgegenzustemmen wusste. Und keinen Millimeter nachgeben würde.

Alexander fragte sich, ob es eine gute Idee gewesen war herzukommen.

Peter drückte ihm zur Begrüßung die Schulter, sehr kräftig, fast schmerzhaft, als wollte er seinen Sohn zusammenstauchen. Dann flog sein Blick an ihm vorbei Richtung Bett. Für eine Sekunde flatterten Vaters Augenlider.

Hinter ihm huschte Alexanders Mutter ins Zimmer und ließ sich in seine Arme fallen. Hätte er sie nicht gehalten, so kam es ihm vor, wäre sie ihm durch die Arme gerutscht und auf den Boden gesunken. Er spürte die weiche Masse ihres Busens und Bauches und hätte sich am liebsten geschüttelt. Sobald er sicher war, dass sie festen Stand hatte, löste er sich von ihr.

Jetzt wusste er, dass es eine schlechte Idee gewesen war.

Seine Eltern nahmen das Zimmer in Beschlag. Ein üppiger Blumenstrauß verdrängte die einzelne Rose vom Tisch auf die Fensterbank, neben den Strauß gesellten sich ein selbst gebackener Kuchen mit Geburtstagskerze und eine Thermoskanne. Peters Cordjacke und Ritas nach Edelboutique aussehende Sommerjacke besetzten zwei der drei Stühle.

Dann wandten sie sich Sophie zu und schienen Alexander für viele Minuten zu vergessen.

Die Begegnung mit der Tochter hatte etwas von einem Ritual. Erst beugte sich Vater, danach Mutter über Sophie und umarmte sie, soweit das mit der schlaff im Bett hängenden Frau möglich war. Sie sprachen dabei mit ihr, laut und in einfachen Worten, wie mit einem schwerhörigen Kleinkind, gratulierten ihr zum Geburtstag und erkundigten sich nach ihrem Befinden. Damit endete der Small Talk, und es folgte der medizinische Teil. Sie zogen ihr die Bettdecke herunter, lupften das Nachthemd und begutachteten gemeinsam die mit Pflastern überklebte Eintrittsstelle des Blasenkatheters oberhalb des Schambeins. Anschließend drehte Peter den Körper auf die Seite, und Rita inspizierte Rücken und Gesäß, offenbar auf der Suche nach Druckstellen. Am Ende lag Sophie wieder rücklings und zugedeckt in ihrem Bett. Die Eltern schienen so weit zufrieden.

»Und, geht's ihr gut?«, fragte Alexander.

Peter feuerte einen Blick auf ihn ab. Ein Warnschuss. »Wir haben gelesen, dass Ansgar von Sahlenberg Juniorpartner einer renommierten Rechtsanwaltskanzlei geworden ist«, sagte er. »Doktor Ansgar von Sahlenberg. Wir überlegen, ob wir uns offiziell an die Anwaltskammer wenden und anzeigen sollen, dass dieser Drogensüchtige unsere Tochter auf dem Gewissen hat.«

»Hat er doch gar nicht.«

Vater nahm ihn erneut ins Visier. Alexander spürte, wie seine Schultern Richtung Ohren wanderten. Als wollte er seinen Kopf in Sicherheit bringen.

»Wäre der Unfall nicht gewesen«, sprach Peter weiter, »hätte Sarah-Sophie inzwischen ihr Examen. Vielleicht ihren Doktortitel. Sie könnte selbst Partnerin in dieser Kanzlei sein.«

Rita zog ein Stofftaschentuch hervor und tupfte sich die Augen.

Sie verklären es von Jahr zu Jahr mehr, dachte Alexander. Tatsächlich hatte der adelige Jurist und frühere Studienfreund Alexanders einen vernachlässigbaren Anteil an Sophies Schicksal. Sie war auf einer ausschweifenden Studentenparty zusammengebrochen. Alexander und Ansgar hatten sie kurzerhand in dessen Auto gehievt, um sie in ein Krankenhaus zu bringen. Eine schlechte Idee war das gewesen, und weit waren sie nicht gekommen. Ansgar hatte so viel Alkohol und Drogen intus gehabt, dass er beim Ausparken in einen Laternenmast gekracht war. Sophie war nicht angeschnallt gewesen und mit dem Kopf gegen die Windschutzscheibe geschlagen. Über ihrer linken Augenbraue war noch die winzige Narbe zu sehen.

Ihr Bewusstsein und damit die Ambitionen ihrer Eltern waren einem unentdeckten Hirnaneurysma zum Opfer gefallen. Und Sophies exzessiver Ecstasykonsum an diesem Abend, so hatten es die Ärzte damals ausgedrückt, war an der plötzlichen Hirnblutung nicht unschuldig gewesen.

Ansgar von Sahlenberg für das Wachkoma seiner Tochter verantwortlich zu machen, war in etwa so, als würde sein Vater eine Mücke zum Sündenbock machen, die jemanden sticht, dem gerade eine Kugel in den Kopf gejagt wird.

Aber andererseits ... Da war es wieder, dieses beklemmende Gefühl. Andererseits war er froh, dass sich seine Eltern auf Ansgar eingeschossen hatten. Und nicht auf ihn.

»Wir dachten, jetzt, wo du Kriminalkommissar bist, hat dein Wort Gewicht«, sagte Peter.

»Vergesst es!« Alexander zwang seine Schultern Richtung Füße. »Ich weiß, ihr wollt es nicht hören. Aber Sophie hatte ein blutendes Hirnaneurysma. Selbst wenn Ansgar sie ins Krankenhaus gebeamt hätte, würde sie jetzt hier liegen.«

Das war der eine Teil der Wahrheit. Alexander hoffte inständig, dass seine Eltern nicht auf den anderen Teil zu sprechen kommen würden.

Sie schauten sich an. In Ritas Blick lag verdutzte Hilflosigkeit, in Peters Gesicht schienen die Augen noch kälter, die Nase noch spitzer zu werden. »Deine Mutter hat sehr gehofft, dass du uns helfen würdest. Dass du Sarah-Sophie helfen würdest.«

Rita nickte zu den Worten. »Bitte tu, was er sagt«, schien ihr Blick ihm zuzuflüstern. »Falls nicht ihm, dann mir zuliebe. Du weißt, wie er ist. Wenn du ihm den Wunsch abschlägst, lässt er seine Launen an mir aus.«

Seine Mutter tat ihm leid. Er kam nicht dagegen an. Die schlimmen Zeiten, in denen ihre Depressionen und Selbstmordgedanken ihn in ständige Sorge versetzt hatten, waren viele Jahre her. Aber noch immer richteten sich seine Antennen wie automatisch auf ihre Stimmungen aus und erlaubten ihr, sich an seinem Verstand vorbei in seine Gefühlswelt zu schleichen.

Nicht mit ihm. Nicht mehr. »Der Einzige, der Sophie noch helfen kann, trägt eine schwarze Kutte und eine Sense. Vor der Anwaltskammer müsst ihr euch alleine blamieren.«

Rita zuckte zurück, als hätte er ihr einen Schlag ins Gesicht verpasst. Peter entglitten die Gesichtszüge. Hinter Strenge und Disziplin brach sich etwas Bahn, das Alexander nur als Abscheu interpretieren konnte. Gegenüber einem Sohn, der nach dem Ausfall der Tochter nicht eine einzige seiner Erwartungen erfüllt hatte. Und der nicht einmal mehr als Seelentröster für seine Frau taugte.

Alexander schielte Richtung Tür. Er würde gehen. Unklar, ob er sie je wiedersehen würde. Dann wären die Blicke seiner Eltern seine letzte Erinnerung an sie. Besser, als dieses absurde Theater nur eine Sekunde länger zu ertragen.

Sophie kam ihm dazwischen. Das Geräusch, das ihr aus der Kehle fuhr, lag irgendwo zwischen Rülpsen und Stöhnen. Es ließ alle herumfahren. Ihr Körper wurde von Zuckungen ergriffen. Angefangen bei den Armen und Beinen, dann bebten Rumpf und Kopf. Sophie ruckelte bedenklich Richtung Bettkante.

Alexander reagierte als Erster. Er sprang ans Bett, packte seine Schwester an den Schultern und verhinderte so den drohenden Sturz. Eine weitere Krampfwelle ließ sie den Kopf tief in den Nacken ziehen. Hinter den halb geschlossenen Lidern rollten ihre Augen. Aus der Nase rann Blut und vermischte sich mit Speichel aus dem Mund.

Die Eltern standen da, als wären sie selbst ins Wachkoma gefallen.

»Sie hat einen Krampfanfall.« Alexander war erstaunt, wie tatkräftig er sich auf einmal fühlte. »Wie wär's, wenn ihr Hilfe holt.«

15

Die Sache mit dem Rentner am Teich war gründlich schiefgegangen. Ich hatte ihn schon so weit. Er hatte vor mir gelegen, nicht bewusstlos, aber still. Das Messer war bereit gewesen.

Und doch habe ich nicht zugestochen.

Sie fragen sich, warum?

Nun, sein Hund hat gebellt. Aus der Entfernung waren Stimmen von Menschen zu hören gewesen, und der Alte hat um Hilfe geschrien.

Sie denken, dass es das war, was mich vom Töten abgehalten hat? Die Wahrheit ist: Ich konnte es nicht. Es hat sich falsch angefühlt.

Ich habe in aller Hektik meinen Kram zusammengepackt und mich davongemacht. Der alte Mann durfte weiterleben, und die Welt da draußen erfuhr meinen Namen.

Aufgewühlt war ich, verzweifelt. Der Druck war noch immer in mir, und er musste raus. Ich stand kurz davor, mir das verdammte Messer ins eigene Herz zu rammen.

Aber ich hielt es aus. Irgendwie ging es. Der Druck ließ nach, und ich fasste den Entschluss, mich vorübergehend zurückzuziehen. Einige Tage, vielleicht sogar ein paar Wochen. Keine Jagd, keine toten Katzen, schon gar keine Menschen.

Ich hoffte, zur Ruhe zu kommen.

Ich glaube, ich hätte es geschafft. Hätte man mich in Ruhe gelassen. Doch dann sind Dinge passiert, die meinen Entschluss komplett über den Haufen geworfen haben. Kein Rückzug. Keine Ruhe. Das Töten musste weitergehen.

16

Draußen war es dunkel, als Dr. Haase seine Praxis verließ. Er schloss die Tür zu seinen Räumen im Erdgeschoss eines kleinen Mietshauses. Seine Praxishelferin hatte er nach Hause geschickt, um in Ruhe Papierkram zu erledigen. Ja, er hatte ein Glas erlesenen Rioja dabei getrunken. Ehrlicherweise sogar zwei. Aber schließlich war Feierabend.

Der Kater Sami war sein erster Patient an diesem Tag gewesen. Seit der Begegnung mit der Ärztin waren über zwölf Stunden vergangen, trotzdem ging Luise Kellermann ihm nicht mehr aus dem Kopf.

Er kannte eine Reihe von Leuten, die sich im Umgang mit anderen Menschen schwertaten und umso innigere Bindungen zu ihren Haustieren eingingen. Die schlanke Ärztin mit ihrem distanzierten Auftreten und dem stark geschminkten Gesicht gehörte eindeutig dazu. Schon bei ihrem ersten Besuch in seiner Praxis vor fünf Jahren hatte er die besondere Verbindung gespürt, die zwischen ihr und Sami bestand. Wer wusste, welche Gedanken, Nöte und Sehnsüchte sie dem Tier anvertraute. Dinge, die sie vermutlich nie im Leben gegenüber einem Menschen äußern würde. Der Tierarzt verstand sich gut auf Small Talk, aber mehr als ein paar berufliche Details hatte er ihr nie entlocken können. Gut, dass sie ihren Kater hatte.

Er trat aus dem Treppenhaus ins Freie. Die Abendluft war frischer als erwartet. Er würde sich einen wärmeren Mantel überziehen, wenn er nachher zum wöchentlichen Treffen des Tierschutzvereins ging.

Er hatte sofort gemerkt, dass sich etwas an ihr verändert hatte, aber es hatte gedauert, bis er realisiert hatte, was es war.

Ihr Gesichtsausdruck war offener gewesen. Sie trug keine Schminke mehr, wodurch sie viel natürlicher wirkte. Die Haare klebten nicht wie früher glatt gebürstet und streng zusammengebunden am Kopf, sondern fielen locker auf die Schulter. Richtig gut hatte sie ausgesehen. Er war froh, sich ein Herz gefasst und es ihr gesagt zu haben. Manchmal brauchten Menschen einen aufmunternden Schubs.

Er ging den Fußweg entlang, der vom Haus zur Straße führte, und achtete auf jeden Schritt. Der rote Spanier machte die Gedanken wunderbar leicht, aber dafür die Beine umso schwerer. Die alten Gehwegplatten standen teilweise mehrere Zentimeter in die Höhe und wurden rasch zur Stolperfalle.

Es war eher eine Ahnung als eine konkrete Wahrnehmung, die ihn sich umdrehen ließ. Das vage Gefühl, beobachtet zu werden.

Der Tierarzt hätte beinahe laut aufgeschrien. Links neben der Hausecke, am Rande eines gemauerten Unterstandes für die Mülleimer, kauerte eine dunkle Gestalt. Sie war einfach da, weitgehend im Schatten verborgen, rührte sich nicht und starrte zu ihm herüber.

Dr. Haases rechter Fuß stieß gegen die Kante einer Gehwegplatte, er machte einen Satz nach vorn und wäre beinahe gestolpert. Ein stechender Schmerz fuhr ihm in den Rücken. »Mist!« Sein Kreuz zahlte den Preis für den verhinderten Sturz.

Er rappelte sich auf, stand wieder sicher auf den Beinen und drehte sich erneut herum. Vorsichtig diesmal, er wollte seinen Rücken kein weiteres Mal herausfordern.

Die Gestalt war verschwunden.

17

Wollen Sie wissen, wie ich auf Luise aufmerksam geworden bin? Die Antwort ist kompliziert. Ich kenne Luise schon eine halbe Ewigkeit. Ich wusste fast alles von ihr. Wo sie wohnte, wo sie arbeitete, wie sie lebte. Die Abende, an denen sie keinen Bereitschaftsdienst hatte, verbrachte sie zu Hause mit ihrem Kater. Keine Freunde, keine Familie. Keinen Liebhaber, natürlich nicht. Laufen gehen war ihr wichtig. So gut wie jeden Tag ist sie los, unter einer Stunde ging nichts. Egal ob es regnete oder stürmte, ob nach zwölf oder zwanzig Stunden Arbeit. Sie ist gerannt wie der Teufel.

Luise hatte nicht den Hauch einer Ahnung, dass es mich gibt. Besser gesagt: Sie hatte mich vergessen. So hätte es bleiben können, wäre sie nicht auf diesen Polizisten reingefallen. Sein romantisches Geseier hat ihr den Kopf verdreht. Verliebt hat sie sich, diese Närrin. Sie plante, ihr Leben zu ändern, just in den Tagen, in denen ich die Wogen glätten wollte, die der dumme Zufall am Elbstrand aufgeworfen hatte.

Welch grausige Ironie. Genau dieser Zwischenfall hat Luise und Alexander zusammengeführt.

Egal, was macht es für einen Sinn, sich über sein Schicksal zu beklagen? Mein schöner Entschluss war dahin. Ich musste etwas tun. Was die Liebe angeht, kennen Sie meine Einstellung.

Die Konsequenzen? Ich wusste, dass der Weg, den ich gehen musste, mich dort hinführen würde, wo ich jetzt bin.

So oder so gab es kein Zurück mehr. Nicht für Luise, nicht für mich.

Nicht für diesen Polizisten.

Die Pleite mit dem Rentner am See hatte mir klargemacht, dass ich meine nächste Jagd besser vorbereiten musste. Ich durfte nichts dem Zufall überlassen.

Sie können sich den Druck, unter dem ich stand, kaum ausmalen. Es musste schnell passieren, am besten sofort. Es durfte keine Panne geben. Keine Störung. Deswegen änderte ich meine Strategie. Statt mich auf die Lauer zu legen und auf glückliche Umstände zu hoffen, brauchte ich ein Opfer, das ich verfolgen und bei dem ich selbst entscheiden konnte, wann und wo ich zuschlage würde.

Luise hat meine Aufmerksamkeit auf den Tierarzt gelenkt. Sie war öfter bei ihm wegen ihres Katers Sami. Sie mochte ihn.

Perfekt.

Ich erspare Ihnen die Details. Sie wissen ja inzwischen, worauf es mir beim Töten ankommt. Nur so viel: Es hat prächtig funktioniert.

18

»Ein bisschen drehen! Vorsicht!« Das schwere Tischbein schrammte gegen den Türrahmen, dann war es geschafft. Die beiden Möbelpacker setzten den Tisch auf dem Boden ab. Den Stuhl hatte Alexander selbst aus der Möbelkammer hergetragen. Auf einem Rollwagen lagen ein Computer samt Tastatur und ein Flachbildschirm.

»Gratuliere!« Jan Tilman stand hinter seinem Schreibtisch, die Hände in die Hüften gestemmt. »Bei mir hat das damals mit den Möbeln zwei Wochen gedauert. Mit dem Computer noch viel länger. Deine Arbeit steht unter einem guten Stern.«

Der Oberkommissar wirkte entspannt. Alexander konnte sich kaum vorstellen, dass es seinem kontrollversessenen Vorgesetzten nichts ausmachte, sein Büro zukünftig mit dem »Neuen« zu teilen. Aber jemand wie Tilman würde das allenfalls indirekt zum Ausdruck bringen. Den Zigarettenstummel in seinem Mundwinkel verstand Alexander als Ansage, dass der Oberkommissar seinem Sitznachbarn zuliebe nicht auf vertraute Gewohnheiten verzichten würde. Natürlich war das Rauchen in den Büros verboten. Und natürlich hielten sich alte Hasen wie Tilman nicht daran. Damit würde Alexander sich abfinden müssen.

Der Schreibtisch seines Vorgesetzten hätte in einem Lehrbuch über Zwangsneurotiker ein Extrakapitel verdient. Jedes Utensil, ob Locher, Telefon, Stiftbehälter oder Ablagefach, war einem dafür vorgesehenen Bereich der Tischfläche zugeordnet. Der Aschenbecher hatte seinen Platz in der linken oberen Ecke, direkt neben dem Kaffeebecher und zwei gerahmten Farbfotos, auf denen eine blonde, blasse Frau sowie ein dickliches Mädchen im Teenageralter vor einem See posierten. Die Bilder sahen aus wie Erinnerungsstücke aus einem früheren Leben des Oberkommissars. Einen Ehering trug er nicht.

Alexander platzierte den Bildschirm und die Tastatur auf, den Computer unter seinem Schreibtisch und tauchte selbst unter die Tischplatte, um alles anzuschließen. Als er fertig war, setzte er sich an seinen neu eingerichteten Arbeitsplatz. Der Bürostuhl schmiegte sich angenehm an den Rücken. Er ließ die Hände über der Computertastatur schweben und tat, als würde er etwas tippen. »Fühlt sich gut an.«

»Bin gespannt, ob du das nach ein paar Jahren bei der Mordkommission immer noch sagst.« Tilman schnappte sich seine Zigarettenpackung und sein Handy. »Ich bin eben bei Karl.«

Alexander blieb allein im Zimmer zurück und startete seinen Rechner, der eine gefühlte Ewigkeit brauchte, bis er erste Lebenszeichen von sich gab.

Er hatte gerade einen Bruchteil der offenbar notwendigen Installationsschritte und Passworteingaben abgearbeitet, als Tilman zurückkehrte. Der Oberkommissar hatte in den Arbeitsmodus geschaltet. »Mach's dir nicht zu gemütlich«, sagte er. »Wir müssen los.«

19

Luise saß an ihrem Schreibtisch und bereitete ein Seminar vor: Die Auswertung von Schussspuren in der Kriminalistik. Morgen Vormittag würde sie einer Gruppe von Medizin- und Kriminologiestudenten den Unterschied zwischen Ein- und Ausschussloch erklären und was ein Nahschuss und was ein Distanzschuss war. Sie würde ihnen anhand ausgewählter Fotos die morphologischen Besonderheiten von Schussverletzungen demonstrieren und zeigen, wie sich von den Spuren des verbrannten Schwarzpulvers auf die Schussentfernung schließen ließ.

Keine große Sache, aber unterhaltsam. Meist herrschte im Seminarraum eine Atmosphäre wie bei einer Fallanalyse der Kripo, und die Studenten rekonstruierten mit viel Scharfsinn und noch mehr Fantasie den wahrscheinlichen Tathergang.

Es fiel ihr schwer, sich zu konzentrieren. Es war bereits der zweite Tag ohne ihre Maske. Die Reaktion des Tierarztes gestern Morgen hatte ihr Mut gemacht. Die Kollegen im Institut, denen sie seitdem begegnet war, hatten mehr oder weniger gar nicht reagiert. Über Jahre hinweg hatte sie sich den Ruf der kühlen, unnahbaren Ärztin erarbeitet, die ordentlich ihre Arbeit erledigte und keinerlei Interesse an privatem Austausch hatte. Warum sollte sich das von einem Tag auf den anderen ändern? Sie ließen sie in Ruhe, das war okay.

Trotzdem musste sie alle paar Minuten den Drang niederringen, ihre Tasche zu schnappen, ins Bad zu rennen und sich mit Concealer, Make-up und Kajal in die Luise Kellermann zurückzuverwandeln, als die die Welt sie kannte.

Sie zwang ihre Aufmerksamkeit zurück zu den Schmauchspuren und kopierte drei Fotos in ihre Präsentation, auf denen der unbekleidete Oberkörper eines Mannes zu sehen war. In den beiden Nahaufnahmen war deutlich die Anhebung der Haut an der Einschussstelle über dem Brustbein zu erkennen. Das dritte Foto zeigte die in der Obduktion eröffnete Schmauchhöhle mit den gut erkennbaren Pulverresten.

Das Klingeln ihres Bereitschaftshandys riss sie aus der Vorbereitung. Auf dem Display erschien die Nummer der Kripo. Sie nahm an. »Guten Morgen«, sagte der Anrufer. Sie kannte Oberkommissar Tilman von diversen Tatortuntersuchungen und schätzte seine sachliche Art. Und sie wusste, dass er der Leiter der neu eingesetzten Sonderkommission war, die wegen Rafael, dem sogenannten Katzenmörder, ermittelte.

»Er hat wieder zugeschlagen.« Mit seiner sonoren Stimme hätte der Beamte gut eine CD mit Einschlafübungen einsprechen können. »Die Spurensicherung ist schon vor Ort. Wäre schön, wenn Sie dazukommen könnten.«

»Wäre schön« war die tilmansche Version von »Wir brauchen Sie, wann können Sie hier sein?« Der Polizist nannte eine Adresse. Luise holte den Koffer mit der Tatortausrüstung aus einem Nebenzimmer und machte sich auf den Weg.

Beim Anlassen schnurrte ihr Mini wie eine kleine Raubkatze, die sich auf einen morgendlichen Streifzug durchs Revier freute. Luise programmierte das Navi und brauste los.

Sie war aufgeregt. Es war interessant, die Mordserie weiterzuverfolgen.

Vielleicht ist Alexander vor Ort, schoss es ihr durch den Kopf. Ihr Herz reagierte mit einem fröhlichen Hopser. Keine Herzrhythmusstörung. Sie wusste, was es in Wirklichkeit war.

Sie war ihm eine Erklärung schuldig. Sie könnte ihm sagen, dass sie auf der Rückfahrt vom Krematorium überfordert gewesen sei und nicht anders gekonnt habe, als abzuhauen. Und dass sie ihn auch ... mochte.

Alexander würde sich alles anhören, lächeln, ihr verzeihen, und dann würden sie ... Ja, was würden sie dann eigentlich tun?

Ihr Herz tat einen weiteren Sprung. Nur fühlte es sich diesmal nach Angst an. Erst jetzt fiel ihr ein, dass sie ihm ungeschminkt entgegentreten würde. Dürr und blass, wie sie eben war.

O Gott.

Der Fluchtimpuls war überwältigend. Draußen glitt eine Tankstelle mit angrenzender Autowerkstatt an ihr vorbei und brachte sie auf eine Idee: Sie könnte Tilman anrufen und ihm sagen, dass sie eine Panne habe und nicht kommen könne.

Was für ein Unsinn.

Atmen. Zehnmal ein und aus, Zwerchfell zusammenpressen.

Besser.

Was wäre, zwang sie sich zu denken, wenn Alexander sie nicht, entgegen aller Wahrscheinlichkeit, hässlich und abstoßend fände?

Dann würde er sie umarmen wollen, sie berühren. Luise hatte keine Ahnung, ob sie das wollte und konnte.

Alexanders Hände gefielen ihr. Sie waren gepflegt, nicht zu groß, trotzdem kräftig. Polizistenhände. Er hatte sie mit Worten gestreichelt. Warum sollte er sie nicht auch mit seinen Händen streicheln. Sie versuchte sich vorzustellen, wie sich seine Berührungen auf ihrer Haut anfühlten, und ein wohliger Schauer breitete sich in ihr aus. Es begann in der Herzgegend und wanderte von dort nach unten.

Puh.

Sie fuhr sich mit der Hand über die Stirn. Heiß. Luise ließ das Fenster herunter, frischer Fahrtwind blies ihr ins Gesicht.

Sie entschied, sich erst mal auf den Straßenverkehr zu konzentrieren.

20

Ein Tatort war meistens ein grässlicher Anblick. Dieser hier war vor weniger als zwölf Stunden das behaglich eingerichtete Wohnzimmer eines verwitweten Tierarztes gewesen. Da hatte der Mann noch auf seinem rot bezogenen Biedermeiersofa gesessen. Er hatte eine CD mit Bach-Sonaten gehört, deren Plastikhülle aufgeklappt auf einer Hi-Fi-Anlage lag, und Rotwein getrunken. Einen von der Sorte, die im Supermarkt in verschlossenen Glasvitrinen aufbewahrt wurden. Hoffentlich hatte er den Abend genossen.

Jetzt lag er mausetot in einer Pfütze aus Blut, rücklings und mit seitlich weggedrehtem Kopf, neben einem teuer aussehenden Brokatteppich.

Am Hinterkopf klaffte eine verkrustete Wunde, die vermutlich von einem heftigen Schlag herrührte. Die Brust des Toten war entblößt. Über der Herzgegend, das war unschwer zu erkennen, hatte jemand mit einem spitzen Gegenstand erfolgreich nach Blut gebohrt.

Dieser jemand war keineswegs spurlos verschwunden. Am Rand der Blutlache zeichneten sich die Umrisse einer Schuhsohle ab. Das ins Blut gedrückte Profil hatte sich von den Rändern her mit nachfließendem Blut aufgefüllt, trotzdem waren eine Mittellinie und davon strahlenförmig ausgehende Streifen gut zu sehen. Von der Pfütze aus führten blutige Fußabdrücke über den Parkettboden bis in den Flur.

Wie ein Dirigent sein Orchester lenkte Jan Tilman sein Team aus Schutzpolizisten, Spurensicherern und SOKO-

Kollegen. Alexander spürte die Nervosität seines Vorgesetzten, die sich in einem gepressten Tonfall und gelegentlichem Augenzucken äußerte. Kein Wunder. Sie hatten es definitiv mit einem Serienmörder zu tun, und das würde öffentliches Interesse erregen. Als Leiter der Sonderkommission durfte Tilman es nicht vermasseln.

Es sah nicht so aus, als müsste er sich da große Sorgen machen. Jeder wusste, was er zu tun hatte. In der Nähe des Tatortes trugen die Beamten Schutzanzüge aus faserarmem Kunststoff, dazu Handschuhe, Mundschutz und Überzieher für die Schuhe. Es tat weh mit anzusehen, wie die Kriminalistik mit ihrer seelenlosen Technik über das heimelige Nest eines Menschen herfiel, der vor wenigen Stunden noch gelebt hatte, und sich dessen bemächtigte.

Ein Mitarbeiter der Spurensicherung markierte die blutigen Fußabdrücke auf dem Parkett mit Nummerntafeln. Ein zweiter machte sich an der Leiche zu schaffen, bedeckte sie mit in Streifen geschnittener Klebefolie, um mögliche Faserspuren zu sichern. Eine mit einer Digitalkamera bewaffnete Polizistin stakste zwischen Kollegen, Leiche, Möbeln und den Schuhabdrücken umher und fotografierte, was für die weiteren Ermittlungen von Interesse sein könnte. Also alles. Zwei Männer krochen auf Knien um den Wohnzimmertisch herum und sicherten mithilfe von Lupe und Pinzette kleinste Spuren.

Es würde Stunden dauern, bis jede Fläche in der Wohnung abgeklebt, jeder Krümel asserviert, jeder Schrank durchsucht und jeder für die Tat relevante Gegenstand dokumentiert war. Mühselige Kleinstarbeit, aber unerlässlich.

Der Oberkommissar nahm Alexander zur Seite. »Komm mal mit nach draußen.«

Im Treppenhaus entledigten sie sich der Schutzkleidung und traten vor die Haustür. Die Wohnung des Tierarztes lag im ersten Stock eines gepflegten Mietshauses in einer bürgerlichen Wohnsiedlung. Tilman hatte Stanislaw Kopinski losgeschickt, um die Nachbarn nach Hinweisen zu befragen. Kantig hatte den Job, die nahe gelegene Tierarztpraxis des Mordopfers unter die Lupe zu nehmen.

Der Oberkommissar zog seine Benson & Hedges hervor und steckte sich eine an. »Okay, was glaubst du, ist hier passiert?«, fragte er.

Ein Test. Sein Vorgesetzter nahm die Rolle des Aufpassers und Mentors ernst.

»Selbstmord scheidet wohl aus.«

Jan Tilman war kein Freund derben Humors, wahrscheinlich jeglichen Humors. Das hätte Alexander sich vorher denken und sich den missbilligenden Blick des Grauhaarigen ersparen können. Also ernsthaft.

»Es gibt keine Einbruchsspuren«, sagte er. »Keine Hinweise auf einen Kampf. Es wurde, soweit wir wissen, nichts gestohlen. Der Stich ins Herz ist die Handschrift unseres Katzenmörders. Der Tierarzt muss ihn kurz vor der Tat selbst in die Wohnung gelassen haben.«

»Täter und Opfer könnten sich doch schon länger dort aufgehalten haben«, meinte Tilman. Eine Wolke aus Zigarettenrauch schwebte über seinem Kopf.

»Unwahrscheinlich. Dann wäre Doktor Haase ein unhöflicher Gastgeber gewesen.« Alexander erinnerte ihn an den Wohnzimmertisch, auf dem ein einsames Weinglas gestanden hatte. Es war gut zur Hälfte mit Rotwein gefüllt, dessen Farbe eine verblüffende Ähnlichkeit mit der Pfütze auf dem Teppich hatte.

»Gut.« Aus dem Munde des SOKO-Leiters war das ein fast überschwängliches Lob.

»Der Schuhabdruck ist hilfreich«, sagte Alexander. »Unsere erste echte Spur. Es sei denn, Rafael hat einen Extraschuh mitgebracht, um uns in die Irre zu führen.«

»Kann nicht schaden, diese Möglichkeit in Betracht zu ziehen. Was erwartest du von der Spurensicherung?«

»Leider nicht viel. Außer toten Tieren und Menschen hat Rafael bisher keine Spuren hinterlassen. Er scheint Handschuhe und faserarme Kleidung zu tragen und überaus behutsam vorzugehen. Keine Fingerabdrücke, keine Tatwaffe. Unwahrscheinlich, dass es diesmal anders ist.«

»Sehe ich genauso. Schlussfolgerungen?«

»Es könnte sein, dass der Tierarzt und Rafael sich gekannt haben. Oder Rafael hat ihm einen guten Grund geboten, die Tür zu öffnen. In jedem Fall ein gänzlich abweichender Tatablauf.«

Alexander schloss die Augen und ließ in seinem Geist einen Film ablaufen. »Rafael klingelt an der Tür. Doktor Haase lässt seinen Mörder herein. Er geht voran ins Wohnzimmer, Rafael zieht ihm eins über den Kopf, mit einem harten Gegenstand, den er mitgebracht hat. Der Tierarzt stürzt zu Boden. Rafael dreht ihn auf den Rücken, entblößt seine Brust und sticht ihm ins Herz. So wie bei dem Rentner am Teich, nur diesmal mit Erfolg. Rafael hat dazugelernt. Haase verblutet, der Mörder packt seine Waffen ein. Er haut ab und tritt in die sich ausbreitende Blutlache.«

Tilman nickte. Er saugte an seiner Kippe, als wollte er sie samt Filter mit einem einzigen Zug einäschern. »Das gefällt mir nicht.« Sein ernstes Gesicht verschwand hinter Zigarettenrauch. »Der Jogger an der Elbe war ein Zufallsopfer. Bis dahin hat es ihm gereicht, Katzen zu töten. Den Rentner am

Teich wollte er gezielt erledigen, wurde gestört und ist geflüchtet. Und jetzt das hier. Ein geplanter, eiskalt ausgeführter Mord. Was treibt Rafael an? Was tut er als Nächstes?«

Ein dunkelgrüner Kleinwagen hielt vor der Polizeiabsperrung. Alexander brauchte mehrere Sekunden, um zu realisieren, dass er den Mini und dessen Insassin kannte. Einer der Uniformierten beugte sich zum Fahrerfenster hinab, grüßte kurz, sah wieder hoch und winkte Tilman zu. Der versenkte den Rest der Zigarette in einer eigens von den Beamten vor der Tür aufgestellten Abfallbox.

»Die Gerichtsmedizinerin«, sagte der Oberkommissar. »Ich nehme an, du kennst Frau Doktor Kellermann?«

Luise stieg aus dem Wagen und zog einen Koffer von der Rückbank.

Ein kloßiges Gefühl walzte durch Alexanders Eingeweide und machte in Höhe des Halses halt. Luises Abfuhr auf der Rückfahrt vom Krematorium war eindeutig gewesen. Er hatte ihr versprochen, sie in Ruhe zu lassen.

Sie kam näher, und Alexander konnte den Blick nicht von ihr abwenden. Luise hatte ihre Maske abgelegt. Sie hatte auch ohne Schminke große Augen, ein leuchtendes Grün, das tief und geheimnisvoll aussah. Ihre schwarzen Haare fielen ihr in Wellen bis zu den Schultern, ein paar Strähnen hingen ihr frech ins Gesicht. Am meisten faszinierte ihn ihre Haut. Sie war beinahe unnatürlich blass. Alexander musste an eine japanische Puppe aus Porzellan denken, die seine Schwester besessen hatte. Sarah-Sophie hatte sie geliebt wie kein anderes ihrer Spielzeuge. Er hatte sie ihr bei einem Streit aus der Hand gerissen und auf den Boden geschleudert. Von dem Gesicht waren nur Scherben geblieben, und seine Schwester hatte einen Monat lang nicht mit ihm gesprochen.

Luise trat vor ihn und sah ihn an. Tilman redete von der Seite auf die Ärztin ein, aber sie schien ihm gar nicht zuzuhören. Ihre Augenlider zitterten, auch die Mundwinkel bebten, er konnte ihre Verunsicherung mit Händen greifen. Sie lächelte ihn an.

»Guten Morgen, Alexander.«

Drei Wörter, mit denen sie alles sagte.

»Hallo, Luise.« Mehr ging nicht. Er starrte sie an. Wollte nie wieder woanders hinsehen. Aus der Nähe sah er das feine Netz aus Äderchen, das durch ihre Haut schimmerte. Ihre hohen Wangenknochen vermittelten einen Hauch von Strenge, den die kleine Stupsnase auf entzückende Weise abmilderte. An ihren Augen konnte er sich nicht sattsehen. Sie luden ein, einzutauchen in eine unerforschte Welt, die Fremdes und Geheimnisvolles versprach. Die Welt um sie herum sollte untergehen oder sich weiterdrehen, egal, wenn man sie beide nur in Ruhe ließ.

Tat man nicht. Tilmans Stimme schob sich zwischen sie.

»Na kommt, es wartet Arbeit auf uns.« Er marschierte los.

»Reden wir nachher?«, fragte Alexander. Luise nickte. Sie lösten sich aus dem Kokon, den sie um sich gesponnen hatten, und folgten Tilman ins Haus.

»Wie es aussieht, hat Rafael wieder zugeschlagen«, sagte der Oberkommissar. Sie erklommen die Treppe zum ersten Stock, streiften sich ihre Schutzkleidung über. »Er hat sein Opfer möglicherweise gekannt.« Tilman betrat die Wohnung, Alexander ging hinterher, Luise kam als Letzte.

Die Beamten der Spurensicherung hatten sich mit Kamera, Klebefolien und Lupe bis zum Flur vorgearbeitet. Tilman bahnte ihnen einen Weg hindurch.

»Wer ist es denn?«, fragte Luise.

»Ein Tierarzt, der hier allein gelebt hat.«

Die Polizisten hatten das Wohnzimmer in unerwarteter Stille zurückgelassen, als wären sie nie da gewesen. Tilman ging in weitem Bogen um die Leiche und den Blutfleck herum. Alexander trat zur Seite und gab Luise den Blick frei.

»Er hat in der Nähe eine Kleintierpraxis und heißt Doktor ...«

Der Koffer fiel Luise aus der Hand, knallte auf den Boden. Der Deckel klappte auf und allerlei technische Kleingeräte, eine Box mit Latexhandschuhen und ein Laptop polterten auf den Teppich. Luise verdrehte die Augen und sackte zusammen.

Alexander war schnell genug. Er sprang an ihre Seite, und sie sank in seine Arme. Federleicht fühlte sie sich an. Ihr Kopf und ihre Schultern drückten sich an seine Brust. Die Berührung hatte etwas Elektrisierendes.

»Luise!« Er hielt sie fest, war besorgt und gleichsam fasziniert von der plötzlichen Nähe. Er streichelte ihr über den Rücken. Er konnte nicht anders.

Sie kam sofort wieder zu sich. »Alexander!«

Es war eher der Hauch ihres Atems in seinem Gesicht als das gesprochene Wort, das er vernahm. Sie war so nah, so vertraut, in ihrer ganzen Verletzlichkeit. Ihre Lippen waren einen winzigen Spalt geöffnet, ihre Augen eine einzige große Frage.

Er würde sie niemals loslassen. So viel stand fest. Mit den Händen vielleicht. Mit dem Herzen nie mehr.

»Was ist los? Brauchen wir einen Rettungswagen?« Tilman beugte sich über sie. Luise rappelte sich hoch. Ihr Blick fiel auf die Leiche auf dem blutgetränkten Teppich.

»Doktor Haase«, sagte sie. Ihre Stimme zitterte. »Ich kenne ihn.«

Alexander fuhr sie in ihrem Mini nach Hause. Klar hätte das auch ein Streifenpolizist übernehmen können, aber Tilman hatte gleich genickt, als Alexander sich angeboten hatte. Vermutlich hatte der Oberkommissar gemerkt, dass er ein Nein nie akzeptiert hätte. Notfalls hätte er eben gekündigt.

Luise saß zusammengesunken auf dem Beifahrersitz und erzählte mit stockender Stimme von Dr. Haase. Wie sie ihn vor fünf Jahren erstmals aufgesucht hatte, nachdem sie ihren Kater aus dem Tierheim geholt hatte, und was er ihr nach und nach alles aus seinem Privatleben anvertraut hatte. Dinge, die ihn ihr offenbar immer liebenswerter hatten erscheinen lassen.

»Glaubst du, dass es Zufall ist?«, fragte sie unvermittelt. »Dass Rafael jemanden tötet, den ich kenne. Jemanden, den ich mag.«

Alexander verstand den Sinn ihrer Frage nicht, drehte sich zu ihr. »Was denn sonst?«

»Ach, keine Ahnung.« Luise zuckte mit den Schultern. »Nur so ein Gedanke.«

Sie lotste ihn einsilbig von der Hauptverkehrsstraße und dirigierte ihn durch ein Gewirr aus schmalen, von Autos zugeparkten Einbahnstraßen.

»Ich will dich noch etwas fragen.« Ihrer dünnen Stimme nach war sie alles andere als sicher, ob sie wirklich fragen wollte.

»Ich bin ganz Ohr.«

»Glaubst du, ich hätte den Schmetterling zerdrückt? Vor ein paar Tagen im Institut?« Sie wagte kaum, ihn anzusehen, und versank noch tiefer im Beifahrersitz, als wollte sie sich vor seiner Antwort wegducken.

Alexander zuckte mit den Schultern. »Ich weiß es nicht. Es war so ein Gefühl.«

»Auf der Rückfahrt vom Krematorium hast du gesagt, du wüsstest, warum ich es tun wollte. Was hast du damit gemeint?« Luise nestelte am Ärmel ihrer Jacke herum.

Vor einem der Mietshäuser fand Alexander eine Parklücke und quetschte den Mini hinein. Er schaltete den Motor ab, löste den Sicherheitsgurt. Er beugte sich zu ihr und legte ihr seine Hand auf die Schulter. »Resignation tötet Hoffnung. So etwas. Bei mir ist es so gewesen.«

»Was meinst du damit? Erzählst du es mir?«, fragte Luise. Sie vermied es weiterhin, ihn anzusehen.

»Es gab mehrere Situationen, in denen ich mich wie gefangen fühlte und ausbrechen wollte, egal was dabei kaputtging. Mit vierzehn habe ich meinem Vater seinen Autoschlüssel aus der Jackentasche geklaut. Ich saß schon auf dem Fahrersitz seines Lexus. Mein Ziel war eine nahe gelegene Autobahnbrücke. Ich habe mir sein Gesicht vorgestellt, wenn er erfuhr, dass ich mit einem Schlag zwei seiner drei wichtigsten Statussymbole ausgelöscht hatte.«

»Du hast es nicht getan.« Luise hing noch immer in ihrem Sitz. »Was hat dich abgehalten?«

»Damals ist mein gerechter Zorn erwacht. Ich habe nicht eingesehen, dass ich sterben sollte, nur weil meine Eltern es nicht schafften, ihre gewaltigen Macken aus der Erziehung ihrer Kinder herauszuhalten.« Er grinste. »Losgefahren bin ich trotzdem. Ich habe das Auto mit Tempo dreißig an einen Baum gesetzt und den Schlüssel in einen Gully geworfen. Es war der Beginn dessen, was meine Schwester als meine Chaosjahre bezeichnet hat.«

Luise blickte starr nach unten, als studierte sie das feine Muster auf der Innenverkleidung ihres Minis. »Ich habe immer wieder den gleichen Albtraum, mehrmals im Monat«, sagte sie. »Ich träume, dass ich aus dem Schlaf hochschrecke. Ich schalte Licht an, und an mir klebt Blut. Kleine rote Flecken an den Unterarmen, den Händen und unter den Fingernägeln. Mitunter an der Stirn oder den Wangen. Ich stehe aus dem Bett auf, mehr schlafend als wach, taumele ins Bad und schrubbe mir mit Bürste und Waschlappen die Krusten von der Haut.« Endlich sah sie hoch. »Hast du manchmal Angst vor deinem gerechten Zorn? Ich schon.«

Alexander nickte. Sie schauten sich an, das Schweigen hüllte sie ein und verband sie wie mit unsichtbaren Fäden.

»Was wirst du tun?«, fragte er nach einer Weile.

»Etwas ausruhen. Eine Tasse schwarzen Tee. Und zurück ins Institut. Vielleicht kann ich dort die Arbeit des Kollegen übernehmen, der für mich am Tatort einspringen muss.« Luise richtete sich in ihrem Sitz auf, löste den Gurt. »Danke fürs Bringen.«

»Der polizeiliche Begleitservice endet an der Haustür. Besser erst im Wohnzimmer. Mein Chef erwartet mich frühestens gegen Mittag im Präsidium.«

Ihre Gesichtszüge wurden starr. Aber dann lächelte sie doch. »Ich kann das nicht so schnell«, sagte sie. »Das mit uns. Lass mir etwas Zeit. Bitte!«

Er berührte sie sanft an der Schulter. Ihr Kopf und Oberkörper zitterten, wurden von den unsichtbaren Fäden in seine Richtung gezogen. Und plötzlich lag sie in seinen Armen, schien regelrecht in seine Umarmung zu fließen. Ihr Atem bebte, ihr Herz wummerte, und es fühlte sich an, als wären es sein eigener Atem und sein eigenes Herz.

»Wir haben alle Zeit der Welt«, flüsterte er.

21

Die frische Abendluft strömte in ihre Lungen, mehr aber noch, so fühlte es sich an, in ihren Kopf. Dort wirbelte sie die Gedanken kräftig durcheinander und blies sie einfach fort. Der Mord an Dr. Haase und ihre Ohnmacht am Tatort. Raus. Ihr Erwachen in Alexanders Armen in einem Gefühl unbedingter Vertrautheit, das sie sich vorher nie hätte vorstellen können. Weg damit. Die Frotzeleien ihres Chefs am Nachmittag im Institut, der hatte durchblicken lassen, dass er in einer solchen Situation die Nerven bewahrt und seine Arbeit gemacht hätte. Geschenkt.

Ihre Füße trugen sie von selbst durch die aufkommende Dämmerung, und Luise ließ sie machen. Sie rannte ihre Wohnstraße hinauf, an der alten Fabrikhalle vorbei. Bereits beim Überqueren der Hauptverkehrsstraße hatte sie ihren Rhythmus gefunden. Der Körper war aufgewärmt und surrte wie ein Uhrwerk. Füße, Beine, Rumpf und Arme, jedes Rädchen hatte seinen Platz und trieb sie voran. Jeder Schritt entfernte sie von den Erinnerungen an diesen Tag.

Linker Hand schob sich die lange dunkle Treppe runter zum Elbstrand in ihr Blickfeld. Ihre Füße bogen ab, flogen die Stufen hinab, tauchten in den weichen Sand, strebten zum Wasser, das sich als dunkel schimmernde Fläche vor ihr ausbreitete, und stoppten erst, als das Wasser unmittelbar vor ihr in seichten Wellen auf den Kies schwappte.

Luise atmete tief und lang. Nicht, dass sie außer Atem gewesen wäre, aber es tat gut, den weiten, leeren Raum in Brust und Bauch zu spüren.

Die Füße machten Pause, also konnte der Kopf entscheiden. Rechts rum, an der geschlossenen Strandbar und dem Findling vorbei, nach zwanzig oder dreißig Minuten hoch zum Wanderweg und zurück Richtung Stadt. Perfekt.

Sie lief los, und erst jetzt wurde ihr klar, wohin ihre Füße sie geführt hatten.

Dort oben zwischen den Bäumen hatte Rafaels erstes Mordopfer gelegen.

Sie hatte zusammen mit der Spurensicherung am Morgen nach der Tat den Fundort der Leiche besichtigt und die üblichen Untersuchungen vorgenommen. Äußere Leichenschau, Messung von Körper- und Außentemperatur und manches mehr. Außer dem Offensichtlichen, dass der Jogger mit einem Stich ins Herz ermordet worden war, hatte sie nichts beitragen können, auch nicht durch die spätere Obduktion im Institut. Der Todeszeitpunkt hatte sich aus den Angaben der Ehefrau sicherer bestimmen lassen als anhand des ausgekühlten Leichnams.

Er war hier gewesen. Rafael.

Der Name bereitete ihr eine Gänsehaut.

Er hatte Dr. Haase auf dem Gewissen. Und er würde weiter töten. Den Jogger hatte es zufällig erwischt. Dr. Haase musste Rafael sich gezielt ausgesucht haben. Warum ihn?

Vielleicht hatte er bereits sein nächstes Opfer ausgewählt und sich an seine Fersen geheftet.

Etwas stach in ihre Seite.

Seitenstechen. Sie war, ohne es zu merken, die letzten Meter zu schnell gerannt, fast schon gesprintet.

Hatte sie etwa Angst?

Falls ja, war es ein ungünstiger Zeitpunkt. Dieser Abschnitt des Strandes war menschenleer, und den oben hinter den Bäumen gelegenen Wanderweg hätte sich ein Thrillerautor als Tatort kaum besser ausdenken können. Verrückter Killer jagt ahnungslose Frau. Er lauert ihr an dem schummerig beleuchteten, von dichten Bäumen abgeschirmten Pfad auf. Es gibt viel Schatten, in dem er sich verbergen kann. In einer Hand hält er einen kleinen Knüppel, in der anderen ein spitzes Messer, das er seinem Opfer, nachdem er es niedergestreckt hat, ins Herz rammen würde.

Verdammt. Jetzt hatte sie tatsächlich Angst. Vielleicht sollte sie einfach am Strand zurücklaufen?

Nein. Sie wollte sich nicht von ihrer Fantasie ins Bockshorn jagen lassen. Sie war diese Strecke Dutzende Male im Dunkeln gelaufen und hatte die Stille des Strandweges genossen, ohne einen Hauch von Angst.

Sie musste Rafael aus ihrem Kopf vertreiben. Das sollte doch möglich sein.

Sie rannte weiter, ihre Gedanken suchten nach etwas Schönem, und sofort war er da. Alexander.

Sein Gesicht war das Erste, was sie gesehen hatte, als sie aus der Ohnmacht erwacht war. Er hatte ein kleines Grübchen am Kinn. An seiner rechten Wange hatte sie einzelne Bartstoppeln entdeckt, die offenbar der morgendlichen Rasur entkommen waren. Sie konnte sich nicht erinnern, einem lebenden Menschen je so nah gewesen zu sein. Gerochen hatte sie ihn. Sein dezentes Aftershave, darunter ein satter, maskuliner Geruch, der nur sein eigener sein konnte. Seine Hände hatten ihren Rücken gestreichelt, und seine Brust hatte die ihre berührt. Ihre Brustwarzen waren hart gewesen und hätten sich am liebsten durch den Stoff der Kleidung bis zu seiner Haut vorgetastet.

So weit zur Frage, ob sie von ihm berührt werden wollte. Wie es wohl wäre, von ihm geküsst zu werden? Und wenn er sie an ganz anderen Stellen streichelte?

Ein ungewohnter Schauer fuhr durch ihren Körper. Der Stoff ihrer Jogginghose rieb aufregend in ihrem Schritt, das Kribbeln wurde noch stärker, wenn sie irgendwelche Muskeln dort unten anspannte. Der Schauer und das Kribbeln trafen sich knapp unterhalb ihres Bauchnabels und wurden zu einem süßen, köstlichen Strudel, in dessen Zentrum sie sich Alexander vorstellte.

Wahnsinn.

In der Theorie wusste sie, was in ihrem Körper passierte, aber die Praxis hätte sie sich nie so ... so.

Luise hatte gar nicht bemerkt, wie ihre Füße den Strand auf einem mit Betonplatten befestigen Pfad verlassen hatten und auf die schmale Asphaltstraße eingebogen waren, die parallel zum Strand zurück Richtung Stadt führte.

Falls Rafael sie ermordete, dachte sie, hätte sie zumindest, zum ersten Mal in ihrem Leben, einen Orgasmus erlebt.

22

»Es steht leider nicht gut um Ihre Schwester.« Dr. Webermeister senkte den Kopf und sah über den Rand seiner filigranen Lesebrille hinweg, die auf seiner mächtigen Nase tänzelte. Ein Ausdruck professioneller Sorge und Anteilnahme, der jedem Fernseharzt gut zu Gesicht gestanden hätte. »Nehmen Sie einen Kaffee?«

»Nein, danke.« Es war früh am Morgen, aber der Appetit auf Kaffee war ihm vergangen, noch bevor er die Arztpraxis betreten hatte.

»Wir bekommen den Harnwegsinfekt nicht in den Griff, trotz diverser Antibiotika. Wir haben den Erreger identifiziert und gezielt behandelt, aber es stellt sich keine Besserung ein. Sie wird täglich schwächer, verliert an Gewicht, die Nierenfunktion verschlechtert sich.«

Der Arzt sah aus wie ein Mann, der den Gipfel seiner Schaffenskraft schon vor langer Zeit überschritten hatte, aber die Signale zum Aufhören geflissentlich ignorierte. Signale, die sich ihm in Form einer aufgedunsenen, mit roten Äderchen gesprenkelten Gesichtshaut und dunkel gefärbter Tränensäcke jeden Morgen im Spiegel präsentieren mussten.

Egal, nicht Alexanders Problem. Webermeister sah ihn an, erwartete offenbar eine Reaktion.

»Und?« Alexander strich sich mit der Hand übers Kinn. »Was bedeutet das?«

Der Arzt beugte sich über den kleinen Besprechungstisch. Alexander stieg der Duft eines Rasierwassers in die

Nase, der ihn an Desinfektionsmittel erinnerte, aber auch kaum von einer Alkoholfahne zu unterscheiden war.

»Ich behandele seit gut dreißig Jahren Wachkomapatienten und habe allerhand gesehen. Wie Sie wissen, können diese Menschen nicht aktiv kommunizieren und ihren Willen äußern. Die Wissenschaft geht davon aus, dass diese Patienten keinerlei Bewusstsein haben und nicht mitbekommen, was mit ihnen geschieht. Mit Sicherheit sagen kann das natürlich niemand. Für mich ist es ein untrügliches Zeichen, wenn sich die körperliche Verfassung trotz ausreichender Versorgung und Behandlung verschlechtert. Ich glaube, dass diese Patienten auf diese Weise ihren Willen zum Ausdruck bringen.«

Alexander nickte. Der Mann sprach ihm aus der Seele. »Sie will nicht mehr. Wollen Sie das sagen?«

»Ja.« Es war raus, der Arzt lehnte sich zurück. »Das ist meine persönliche Meinung.«

Er zog eine Tasse und eine Thermoskanne aus einem Regal hervor. »Sicher keinen Kaffee?« Alexander schüttelte den Kopf. Webermeister schenkte sich ein und nahm einen Schluck.

»Wissenschaftlich betrachtet, würde man von einer unklaren Antibiotikaresistenz sprechen und mit neuen Medikamenten weitermachen. Hochdosiert und intravenös. Man würde den suprapubischen Katheter vorübergehend entfernen, um ihn als Keimquelle auszuschließen. In der Konsequenz müsste ihre Schwester auf unbestimmte Zeit gewindelt werden, was die Gefahr des Wundliegens enorm erhöht.«

»Was für ein Wahnsinn.«

»Sie sagen es. Und dann haben wir noch das Problem mit dem Aneurysma.«

»Das Aneurysma?« Alexander horchte auf. »Ich dachte, das sei operiert.«

»Nach der Massenblutung wurde die geplatzte Stelle mit einem Clip ausgeschaltet, richtig. Offenbar gibt es im Verlauf der Arterie jedoch weitere Schwächen in der Gefäßwand, aus denen es zu neuen Blutungen gekommen ist. Das hat die jüngste Kernspintomografie gezeigt. Das ist auch der Grund für den Krampfanfall vor zwei Tagen.«

»Gott.« Alexander fuhr sich mit den Fingern durch die Haare. Jetzt bereute er, den Kaffee abgelehnt zu haben. Er hätte sich gerne an der Tasse festgehalten. »Also wird Sarah-Sophie bald sterben?« Es auszusprechen war eine Erleichterung.

»Wenn man sie lässt.« Webermeister hob die Augenbrauen. Wieder so eine bedeutungsschwangere Geste.

Alexander traf die Erkenntnis wie ein Vorschlaghammer. »Meine Eltern«, sagte er. »Sie wollen nicht.«

Der Arzt presste die Lippen zusammen, als müsste er sich bemühen, diverse Missfallensäußerungen zurückzuhalten. Er nickte nur.

»Was haben die vor?«

»Ich habe gestern mit ihnen gesprochen, als das Ergebnis der Kernspintomografie vorlag. Sie sind die gesetzlichen Betreuer. Und sie bestehen darauf, dass Ihre Schwester ein weiteres Mal am Gehirn operiert wird. Trotz schlechter Prognose. Sie haben sich bereits an die Uniklinik gewandt und machen jede Menge Druck. Ihre Eltern wollen diese OP. Koste es, was es wolle.«

23

Luise fühlte sich beobachtet. Es begann am Morgen.
Sie zog den Vorhang auf, der ihr Wohnzimmer sorgfältig vor der Außenwelt abschirmte, und das Gefühl war auf einmal da. Es kribbelte im Nacken und pochte tief in der Brust, die Vorahnung eines jähen Erschreckens. Als würde ein gruseliger Spuk in einem dunklen Versteck lauern, um irgendwann, wenn sie ihn eben vergessen hatte, urplötzlich hervorzustoßen.

Dabei war augenscheinlich nichts los. Hinter den Fenstern im Haus auf der gegenüberliegenden Straßenseite war das Leben längst erwacht. Im dritten Stock lehnte ein mit Unterhemd bekleideter, unrasierter Mann auf der Fensterbank und feierte den jungen Morgen mit einer Zigarette und einem Becher Kaffee.

Unten auf der Einbahnstraße, die mehr ein lang gestreckter Parkplatz war, tropften die Menschen aus den Hauseingängen und strömten zu Fuß, auf Rädern oder in ihren Autos, vereinzelt auf Skateboards oder Tretrollern, ihrem Tagewerk entgegen.

Trotz der kühlen Temperaturen schienen sich die meisten der Leute den Spaß am Frühsommer nicht verderben lassen zu wollen und hatten sich für leichte Kleidung entschieden.

Alles war normal wie immer. Es gab nichts, was ihr Anlass zu ihrem Gefühl gegeben hätte. Kein geheimnisvoller Fremder, der von unten zu ihr hochstarrte. Kein Gesicht, das flüchtig hinter einem der Vorhänge auf der gegenüberliegenden Hausfront auftauchte und wieder verschwand, sobald sie hinsah.

Trotzdem fühlte es sich genauso an.

Sie wandte sich vom Fenster ab und trat an die Küchenzeile. Dann ging sie doch zurück und zog die Gardine wieder zu. Das machte es besser.

Im Licht der Küchenlampe zwang sie sich eine Portion Müsli und einen Becher schwarzen Tee rein.

Sami kam angeschnurrt, forderte Streicheleinheiten und Frühstück und bekam beides in Verwöhnmengen.

Das Gefühl, beobachtet zu werden, begleitete sie auf dem Weg zur Arbeit. Sie fuhr mit dem Rad zum Institut und konnte dem Drang nicht widerstehen, sich an jeder Ampel in alle Richtungen umzudrehen. Tatsächlich fielen ihr einige verdächtige Gestalten auf. Sie versuchte, sich Gesichter und äußere Merkmale einzuprägen, damit sie einen möglichen Verfolger später wiedererkennen würde.

Ich werde verrückt, dachte sie. Es war als Scherz gemeint, erzielte allerdings den gegenteiligen Effekt. Sie wurde noch unsicherer.

Da war dieser junge Radfahrer mit Baskenmütze und dunklem Hemd, der schon etliche Minuten hinter ihr herradelte. Er schien auffällig darum bemüht, an den Ampeln nicht zu dicht zu ihr aufzuschließen. Und so ein kahlköpfiger Typ mit braunem Anzug. Sein Gesicht zierte ein mächtiger Bart, wie sie seit einiger Zeit modern waren, und er sah auf seinem Rennrad aus wie ein domestizierter Neandertaler.

Sie hatte sich nie versucht vorzustellen, wie Rafael eigentlich aussah, und konnte es auch jetzt nicht. Aber wer immer es war, der den Tierarzt ermordet hatte: Er würde sie nicht zur Hauptverkehrszeit in aller Öffentlichkeit auf einem Fahrrad verfolgen.

Sie trat in die Pedale, und tatsächlich bogen erst Baskenmütze, kurz darauf Neandertaler in Querstraßen ab und verschwanden.

Das Gefühl blieb.

24

Spätestens nach dem Tod des Tierarztes wusste Luise, dass es mich gab. Sie hat geahnt, dass ich in ihrer Nähe war. Sie wusste nur nicht, wo sie nach mir suchen sollte. Das hat ihr, glaube ich, ordentlich Angst gemacht.

Sie hat es sich selbst zuzuschreiben. Luise hätte es besser wissen können. Als sie sich auf diesen Polizisten eingelassen hat, hat sie ungeschriebene Regeln gebrochen.

Meine Regeln.

Die wichtigste kennen Sie bereits. Es sollte nur eine Frage der Zeit sein, bis der Polizist sie auch kennenlernte.

Die zweitwichtigste: Ich lasse Luise in Ruhe, solange sie das empfindliche Gleichgewicht nicht stört, das uns beide seit Langem verbindet.

Ich habe mich daran gehalten. Immer. Und sie?

Drauf geschissen hat sie. Sie hat meinen Zorn geweckt und alles aufs Spiel gesetzt, was sich eingespielt und jahrelang funktioniert hat. Sie hat den Geist aus der Flasche gelassen, und dieser Geist irrte fortan durch die Nacht und tötete Menschen.

Nach dem Tod des Tierarztes gab es kein Zurück, es ließ sich nicht mehr aufhalten. Es gab nur eine Richtung: vorwärts, einem grausigen Ende entgegen. Ich glaube, auch das hat sie geahnt.

Luise hat schon jetzt einen hohen Preis für ihre Liebe bezahlt, und sie steht noch immer in meiner Schuld.

Wenn nachher die Polizisten kommen und es mir an den Kragen geht, werde ich die letzte Rate einfordern.

25

Der Tag war okay gewesen und das Seminar über Schmauchspuren erwartungsgemäß kurzweilig verlaufen.

Den Nachmittag verbrachte Luise mit der Obduktion eines jungen Junkies, den Passanten leblos in der Nähe des Hauptbahnhofs aufgefunden hatten. Allein die Identifizierung der Leiche stellte eine Herausforderung dar. Für die Erhebung eines Zahnstatus fehlte dem obdachlosen Mann die wichtigste Voraussetzung: Zähne. Besondere Brisanz erhielt der Fall dadurch, dass der Tote nicht an dem Drogencocktail gestorben war, den das Labor aller Voraussicht nach in seinem Blut nachweisen würde. Er war ermordet worden. Die Täter mussten ihn minutenlang mit Faustschlägen und Tritten traktiert haben. Sein Bauch war ein einziges Hämatom, und unterhalb der Haut sah es noch schlimmer aus. Gebrochene Rippen und Einrisse an Leber und Milz dokumentierten den Gewaltexzess. Ein Übergriff, wie er immer häufiger vorkam, wahlweise von rechtsradikalen Schlägern, jugendlichen Gewalttätern oder aufgebrachten anderen Obdachlosen begangen.

Luise kam mit der Arbeit gut voran. Sie präsentierte den anwesenden Kripobeamten ihre Befunde, brachte die geöffnete Leiche in einen bestattungsfähigen Zustand und erledigte den Papierkram.

Auf dem abendlichen Nachhauseweg kroch das Verfolgungsgefühl wieder aus seinem Versteck hervor. Der böse Spuk krallte sich in ihren Nacken.

Sie konnte ihn nicht abschütteln, so schnell sie auch fuhr. Zum ersten Mal gruselte sie die Vorstellung, ihr Fahrrad in den muffigen, fensterlosen Keller hinunterzutragen. Die Lampe an der Decke entwickelte gerne ein Eigenleben. Bevorzugt, wenn man umringt von Fahrrädern mit dem Schlüsselbund in der Hand am Kettenschloss hantierte.

Luise vergewisserte sich, dass ihr niemand gefolgt war oder sie beobachtete, bevor sie den Abstieg auf der steilen Treppe wagte. Vorsichtshalber aktivierte sie das eingebaute LED-Licht ihres Handys und deponierte es in der Jackentasche.

Entgegen ihrer Befürchtung tat die Deckenlampe zuverlässig ihren Job. Kein Flackern, keine plötzliche Dunkelheit. Es klangen keine verhaltenen Schritte durch die Kellerflure, und es zuckten keine Schatten über die kalkweißen Wände. Trotzdem zitterten ihre Finger, und sie brauchte drei Versuche, bis sie ihr Fahrradschloss auf- und wieder zugeschlossen hatte.

Verdammt! Was war nur mit ihr los?

Oben in der Wohnung versorgte sie Sami mit Streicheleinheiten und Futter und trank selbst eine große Tasse kalten Tee, der vom Morgen übrig geblieben war. Sie würde tun, was sie immer tat. Rennen half bei fast allem. Sie zog sich ihre Laufsachen über. Sie überlegte einige Sekunden, dann steckte sie, entgegen ihrer Gewohnheit, das Handy in die Seitentasche ihrer Weste.

Diesmal nahm sie ihren Füßen die Entscheidung ab. Nicht runter zur Elbe, sondern quer durch die Stadt. Wo jederzeit Menschen um sie herum waren.

Sie rannte in die aufkommende Dunkelheit. Ihr Körper fiel in den vertrauten Rhythmus. Nach kurzer Zeit verschmolzen Ampeln und Straßenlaternen, Hochhäuser und

Straßen, abendliche Pistengänger, Radfahrer und unendlich viele Autos zu einem Strom von Lichtern und Geräuschen, der im Takt der Schritte an ihr vorbeifloss.

Ihr Kopf kam ein wenig zur Ruhe. Also noch einmal. Was war mit ihr los?

Sicher war viel passiert in den letzten Tagen. Sehr viel. Wenn sie ehrlich war, hatte sich ihr Leben einmal komplett auf den Kopf gestellt. Machte sie das unsicher?

Sie hatte sich verliebt. Etwas, was sie vor einer Woche bestenfalls aus Büchern gekannt hatte. Bücher von der Art, die sie immer rasch wieder zugeklappt hatte. Sie hatte ihre Maske aus Schminke abgelegt, ohne die sie sich seit der Pubertät nicht mehr unter Leute gewagt hatte. Und wer weiß, wozu sie sich durch Alexander noch hinreißen ließ. Sie fühlte sich so neugierig und lebendig wie nie zuvor in ihrem Leben. Solange sie zurückdenken konnte.

Warum also die Angst?

Klar. Der tote Tierarzt. Rafael. Er geisterte durch ihren Verstand. Als dunkler Schemen einer gesichtslosen Gestalt, ein langes, spitzes Messer in der Hand. Bereit zuzustechen.

Alexander glaubte, dass es Zufall war, dass sie Rafaels letztes Mordopfer persönlich gekannt hatte. Ihr Gefühl sagte etwas anderes. Es sagte, dass Rafael hinter ihr her war. Dass Dr. Haase sterben musste, weil Luise ihn gekannt hatte. Weil sie ihn gemocht hatte. Es klang verrückt, richtig. Aber so empfand sie eben.

Eigentlich Gründe genug für ihr Unbehagen.

Und doch war da noch etwas, tief in ihrem Inneren, das sie nicht zu fassen bekam.

Sie lief und lief, und endlich schaltete das Gehirn auf Durchzug, ihre Beine übernahmen das Kommando, und sie trabte durch die Straßen.

Stundenlang konnte sie das, sie dämmerte dabei regelrecht weg. Reines Laufen. Ihr Denken und Wollen verschwanden in einem wohligen, dunklen Nichts.

Irgendwann tauchte sie daraus wieder auf. Die Abenddämmerung war zur Nacht geworden, und sie kannte die Gasse, in die ihre Füße gerade einbogen. Sie brauchte mehrere Sekunden, bis sie sich orientiert hatte. Ihre Straße. Hier wohnte sie.

Sie spürte sofort, dass es sich verschlimmert hatte. Normalerweise war sie wach und erfrischt, wenn sie aus ihrer Lauftrance erwachte. Diesmal nicht. Im Gegenteil. Das dumpfe Unbehagen, das sie den Tag über begleitet hatte, hatte sich klammheimlich in einen ausgewachsenen Albtraum verwandelt.

Die Panik traf sie mit voller Wucht und komplett unvorbereitet. Ihr Verstand, auf den sie sich immer hatte verlassen können, schien sich in einem Morast aus Angst aufzulösen, die aus einer verborgenen Quelle in ihrem Inneren emporblubberte.

O Gott, was ist nur los mit mir? Ich werde tatsächlich verrückt.

Ihre Sinne scannten die Umgebung. Fast schon hoffte sie, etwas zu entdecken, das ihre unbändige Angst erklärte.

In der Straße vor ihr war es ruhig. Vielleicht unheimlich ruhig. Der Hauseingang, der zu ihrer Wohnung führte, lag keine fünfzig Meter voraus. In einem Beet neben der Haustür machte sich ein stattlicher Rhododendron breit, der seine längsten Triebe bis zu den Fenstern der Erdgeschosswohnung streckte.

Sie trat in die dunkle Gasse. Ihre Beine, auf die sie sich ebenfalls immer hatte verlassen können, fühlten sich an wie Pudding.

Eine Lampe an der Hauswand klatschte einen verschwommenen Lichtfleck auf die Gehwegplatten. Daneben räkelte sich der Schatten des Busches wie ein verkrüppeltes, vielarmiges Monster.

Luise blieb stehen. Ihr Herz pochte bis unters Schädeldach.

Auf einmal wusste sie es.

Rafael war hier! Es konnte nicht anders sein.

Die zu beiden Seiten der Straße geparkten Autos boten einem Angreifer mehr als genug Deckung. Auch ein Teil des Hauseinganges lag im Dunkeln. Er war erst einsehbar, wenn man direkt vor der Tür stand. Und der Rhododendron war so groß, dass sich ein erwachsener Mann locker dahinter verbergen konnte.

Rafael konnte überall sein und auf sie lauern. Falls er es geschickt anstellte, könnte er sich sogar Zutritt ins Treppenhaus verschafft haben. Für einen Profi wäre selbst ihr Türschloss kein Hindernis.

Verdammt!

Sie konnte nicht zurück in ihre Wohnung. Dort war sie nicht sicher.

Ihr Zuhause, die Straße, die Häuser, all die geparkten Autos, die Lichter, Geräusche und Gerüche kamen ihr auf einmal fremd und feindselig vor.

Sie trat einen Schritt vor. Und erstarrte.

Nahe dem Hauseingang bewegte sich etwas. War es die Gestalt eines dunkel gekleideten Mannes?

Hörte sie Atemgeräusche?

Ein Schrei blieb in ihrem Hals stecken, aber ihre Füße reagierten. Luise drehte sich um und lief davon. Hörte sie den Mann hinter sich? Folgte er ihr? Sie wusste es nicht. Sie rannte einfach, so schnell sie konnte.

26

Alexanders Eltern wohnten keine zwanzig Kilometer von seiner Wohnung entfernt in einem Hamburger Vorort, und es wäre eigentlich kein Problem gewesen, sich leibhaftig zu treffen. Aber so war es viel besser:

Auf dem Bildschirm wirkte Vaters Blick weit weniger bedrohlich als in Wirklichkeit. Und durch den Lautstärkeregler am Computer ließ sich sogar seine Stimme leiser stellen. Wenn es zu schlimm wurde: Ein Knopfdruck, und es war vorbei.

Wunderbar. Falls er nach der Sache mit Sophie überhaupt noch Kontakt mit seinen Eltern haben würde, dann nur noch per Skype.

Die beiden taten sich schwer mit der Technik. Teils war nur Peters Stirn, manchmal nur der Mund zu sehen. Rita schlich hinter seinem Rücken herum und wandte hier und da etwas ein, jedes Mal aufs Neue unschlüssig, ob sie sich an Vater, die Kamera des Computers oder den Bildschirm wenden sollte.

Umso sicherer waren sie sich bezüglich ihrer Entscheidung zu Sophies Operation. »Wir werden unser Kind niemals aufgeben. Die Aussichten des Eingriffs sind gut. Das sagen auch die Neurochirurgen.« Peter hatte seine Lesebrille aufgesetzt, ein Ungetüm von einem Plastikgestell. Es sah aus wie eine Vorrichtung, die seinen schmalen Kopf zusammenhalten und beim nächsten Wutanfall vor dem Zerbersten schützen sollte.

»Die würden den Eingriff sonst gar nicht wagen«, warf Rita ein. Der Kragen ihrer Bluse tauchte hinter Vaters Ohr auf.

»Es geht euch doch schon lange nicht mehr um Sophie. Sie hat das Leben genossen wie kaum ein anderer. Aber sie wollte nie als lebende Leiche in einem Pflegeheim dahinvegetieren.«

»Du verletzt deine Mutter, wenn du so sprichst, Alexander.« Peters Tonfall schwankte zwischen Drohung und Schuldzuweisung. »Wir wollten immer nur das Beste für dich und deine Schwester.« Wie zur Bekräftigung schluchzte Rita im Hintergrund.

»Sophie würde diesen Eingriff nicht wollen. Auf keinen Fall. Lasst sie doch bitte einfach gehen!«

»Der Richter hat uns zu ihren Vormunden bestellt, weil er wusste, dass wir ihren Willen gut vertreten würden. Genau das werden wir tun.«

»Schwachsinn. Soll ich euch sagen, warum ihr diese Operation unbedingt wollt?« Alexander packte den Rahmen des Bildschirms mit beiden Händen. Er musste sich beherrschen, ihn nicht zu schütteln. Seine Worte wollte er nicht mäßigen. Im Gegenteil. »Weil ihr euch fürchtet. Vor dem, was euch bleibt, wenn Sophie stirbt. Ihr wärt auf euch selbst zurückgeworfen. Auf deine unerträgliche Besserwisserei, deine Kaltherzigkeit und üblen Launen. Auf Ritas Rumgejammer. Ihren vorwurfsvollen Blick, der jeden mit Schuldgefühlen eindeckt, der ihr zu nahe kommt. Ohne eure heiß geliebte Tochter würdet ihr merken, dass ihr es miteinander nicht aushalten könnt. Statt das einzusehen, quält ihr Sophie mit diesem absurden Eingriff.«

Etwas tropfte auf die Tastatur. Alexander hatte nicht gemerkt, dass sich Tränen in seinen Augen gesammelt hatten.

Peters Gesicht erstarrte zu einer Eissäule. »Das ist also der Dank eines Sohnes, für den sich seine Eltern aufgerieben haben.«

»Aufgerieben habt ihr euch für Sophie, nicht für mich. Sie habt ihr aufs Eliteinternat geschickt. Mich zu einem Psychiater.«

Peters Augen feuerten Hass und Verachtung. Säßen sie nicht Kilometer voneinander entfernt an Computern, hätte er wahrscheinlich die Hand erhoben, um ihm eine Ohrfeige zu verpassen. »Sarah-Sophie hat uns immer mit Respekt behandelt. Im Gegensatz zu dir.« Er spuckte die Worte aus.

»Als ich klein war, war Rita schwer depressiv und hat damit gedroht, sich umzubringen. Du hast uns einfach mit ihr alleingelassen und dich in die Arbeit geflüchtet. Habt ihr euch nie gefragt, woher euer Sohn dieses klitzekleine Aggressionsproblem hat?«

»Bist du fertig?« Peter war dicht an seine Kamera herangerückt. Seine strengen Gesichtszüge füllten den Bildschirm nahezu aus. »Diese Unverschämtheiten von meinem eigenen Sohn sind der Höhepunkt einer endlosen Reihe von Enttäuschungen.« Aus seinem Blick sprach die pure Verachtung, seine Worte spritzten wie Gift aus seinem Mund. »Die Wahrheit, Alexander, die du nicht hören möchtest, ist die: Wenn Sarah-Sophie stirbt, verlieren wir das einzige Kind, das unsere Liebe je wirklich verdient hat. Sie musste sterben, weil du sie in dein armseliges Lotterleben hineingezogen hast.«

Peter lehnte sich ein Stück zurück. »Ich habe dir nichts mehr zu sagen. Geh deinen Weg und enttäusche jemand anderes.«

Damit endete es.

Alexander knallte den Laptop zu. Tränen schossen ihm aus den Augen, und seine Fäuste donnerten auf das Gerät. Ein knackendes Geräusch aus dem Inneren des Computers sagte ihm, dass er Vaters Antlitz nie wieder auf diesem

Bildschirm würde ertragen müssen. Die Aussicht beflügelte seinen Zorn. Er drosch auf die Oberseite des Laptops ein, bis er ihn gefühlt auf die Hälfte seiner ursprünglichen Höhe zusammengestaucht hatte.

Jetzt war es besser. Den Computer hatte er besiegt. Getötet. Das Plastikgehäuse bestand nur noch aus Bruchstücken, und an den Seiten quollen metallene Eingeweide hervor.

Nicht schlimm, sagte er sich. Das Teil war ohnehin alt und hatte seine Macken. Genauso wie seine Eltern. Er konnte gut darauf verzichten.

Blieb seine Schwester. Er würde in den nächsten Tagen zu ihr fahren, sich an ihr Bett setzen. Vielleicht half ihm das, sich wieder auf die Reihe zu kriegen. Was die Operation anging, konnte er nichts tun. Peter und Rita saßen am längeren Hebel.

Alexander beförderte den kaputten Laptop auf den untersten Boden des Ikea-Regals in seinem kombinierten Wohn-, Arbeits- und Schlafzimmer. Er köpfte ein Bier. Fernsehen ging nicht mehr, dazu brauchte er den Computer. Er blätterte durch ein paar Bücher, die seit unbestimmter Zeit auf einem Stapel neben der Schlafcouch lagen. Letztlich schaltete er das Radio an seiner Stereoanlage an, hörte Jazz, trank sein Bier und fragte sich, was Luise gerade trieb.

27

Luise konnte nicht sagen, ob sie Minuten oder Stunden gelaufen war. Irgendwann war die Erschöpfung größer als die Panik, und sie blieb einfach stehen. In der Nähe einer Bar, vor der sich eine Gruppe Raucher versammelt hatte. Einige hielten Bierflaschen in der Hand, alle schwatzten durcheinander.

Kühl war es geworden. Luises Laufkleidung klebte auf der Haut, feucht von Schweiß. Sie fror. Und sie hatte keine Ahnung, wo sie war.

Einige der Männer wurden auf sie aufmerksam, sahen zu ihr herüber, teils belustigt, teils besorgt. Kein Wunder: eine verschwitzte junge Frau in Laufkleidung, die weit nach Mitternacht verloren in der Gegend herumstand.

Nie hatte Luise sich so einsam gefühlt. Gejagt. Heimatlos. Am liebsten hätte sie sich an Ort und Stelle zusammengekauert. Aber sie wollte nicht riskieren, von einem der Raucher angesprochen zu werden. Was hätte sie auch sagen sollen.

Also erstmal weg von der Bar und diesen Leuten. Sie ging ein paar Meter die Straße hinunter, bis sie vor einer mit Plakaten vollgeklebten Steinmauer stand.

Was jetzt?

Ihr Handy kam ihr in den Sinn.

Ein Taxi bestellen und ab nach Hause? Unmöglich.

Sie könnte die Polizei rufen.

Nein, nicht die Polizei. Einen Polizisten.

Luise wählte seine Nummer. Wartete.

Er ging nicht ran. Alexander schlief vermutlich oder war unterwegs. Vielleicht mit einer anderen Frau?

Sie ließ ihr Handy sinken. Der letzte Rest Kraft floss aus ihrem Körper. Inzwischen war ihr eiskalt. Sie spürte ihre Beine kaum noch. Mit der geschwundenen Hoffnung, seine Stimme am Telefon zu hören, schien das Leben selbst sie zu verlassen. Sie sank in die Hocke. Wollte nichts mehr sehen und hören, nichts fühlen und denken. Nie wieder. Tränen sammelten sich in ihren Augen.

Eine gefühlte Ewigkeit verging. Luise schlang die Arme um ihre Beine. Sie zitterte und wünschte nur, dass es irgendwie vorbei wäre.

28

Alexander schreckte aus dem Halbschlaf hoch. Der Moderator im Radio kündigte eine Live-Aufnahme von Ella Fitzgerald aus den 1960er-Jahren an. Mit einer Begeisterung, bei der die Hälfte der Zuhörer vermutlich eingeschlafen war, bevor Ella überhaupt den ersten Ton anstimmen konnte. Die Bierflasche klemmte ausgetrunken in seiner Hand, der Kopf war vornüber auf die Brust gesunken. Sein Nacken würde ihn die nächsten Tage daran erinnern, besser nicht im Sitzen einzuschlafen.

Das Mobiltelefon hatte ihn geweckt. Es dudelte in der Jackentasche. Er hatte keine Ahnung, wie lange schon.

Alexander stand auf, stellte die Bierflasche auf den Fußboden neben die Schlafcouch, drehte das Radio leise und kramte sein Telefon aus der Tasche. Als er es endlich herausgenommen hatte, hatte es aufgehört zu klingeln.

Es zeigte Luises Handynummer an.

Er rief sofort zurück.

Sie ging ran. Sekundenlang hörte er nur ihr leises Schluchzen. »Luise, was ist los?«, fragte er. Müdigkeit und Nackenschmerzen waren vergessen.

»Alexander, hilf mir bitte!«

Er wagte kaum zu atmen. Luises Stimme klang so zart und zerbrechlich, als könnte allein ein zu starker Lufthauch durchs Telefon sie gänzlich zum Verstummen bringen.

Es dauerte eine Weile, bis Alexander aus ihr herausgekitzelt hatte, wo sie sich befand. Schlau wurde er nicht aus dem wenigen, was sie hervorbrachte. Er klemmte sich das Handy ans Ohr und sprach mit ihr, während er aus der Wohnung und zu seinem Auto rannte.

Auf der Fahrt war er versucht, sein mobiles Blaulicht aus dem Handschuhfach zu kramen, aber letztlich war es nur ein Katzensprung. Als er sie entdeckte, hockte Luise an einer Hauswand in einem dunklen Niemandsland zwischen einer gut besuchten Bar und einem Schnellrestaurant. In ihrem Rücken kündigten diverse Plakate die Auftritte unbekannter Bands in bekannten Hamburger Clubs an.

Nichts Lebendiges, nichts Lebensfrohes, nichts Stolzes war mehr an ihr. Ein elendes Häufchen Mensch, das im Dunkeln saß, als hätte jemand es dort entsorgt.

»Luise!« Alexander sprang aus dem Wagen, lief auf sie zu, kniete sich neben sie. Sie ließ sich in seine Arme fallen. Er hielt sie fest, und sie schien seine Wärme aufzunehmen wie eine gefrorene Blume einen Sonnenstrahl. Mehr brauchte es im Moment nicht.

29

Im Schlaf fand Alexander keine Ruhe. Er irrte durch eine Landschaft ohne Farben und Formen. Nur gelegentlich boten vage Umrisse von Bäumen, Hügeln oder Häusern seinem Verstand ein wenig Orientierung.

Er suchte etwas, so viel war klar. Aber was?

Wahllos wandte er sich nach links, dann nach rechts, lief einige Schritte vorwärts, um zu verharren und ratlos ins leere Grau zu starren.

Irgendwann entdeckte er ein geheimnisvolles Licht, das in der Ferne pulsierte. Er wusste, er hatte gefunden, wonach er suchte, und rannte darauf zu. Das leuchtende Ding setzte sich in Bewegung, schien durch die Luft zu schweben, zum Glück so langsam, dass Alexander es leicht einholen konnte.

Es war ein Schmetterling, groß und bunt. Das Tier saß auf etwas, das eine versteinerte Blume sein mochte, und spreizte stolz die prächtigen Flügel.

Er musste ihn fangen, das war klar, mit der zweifelsfreien Gewissheit, die es nur in Träumen gibt. Sie beide wären sonst verloren in dieser tristen Welt.

Er formte mit den Händen einen Trichter und legte sie um den Falter, doch so einfach war es nicht. Seine Finger streiften die Flügel, feiner Pulverstaub zerstob in der Luft, das Tier flatterte los. Am Rand seines rechten Flügels fehlte ein Stück.

Alexander setzte nach, griff zu, aber erneut verfehlte er das Tier, und ein weiteres Stück Flügel zerfiel zu Staub. Der Schmetterling trudelte durch die Luft, sein Licht blitzte in grellen Farben auf, die in Alexanders Augen stachen und sich ihm wie ein fieser Kopfschmerz in den Schädel bohrten.

Verzweiflung ergriff ihn. Aber jetzt gab es kein Zurück. Er scheiterte ein ums andere Mal. Jeder Versuch, den Falter zu fassen, verstümmelte ihn. Statt Flügeln zuckten schließlich kümmerliche Fetzen an seinem Samtkörper. Wegfliegen konnte er nicht mehr. So endete er in Alexanders Hand und wackelte mit seinen Stummeln.

Alexander betrachtete das Tier, beklommen und fasziniert zugleich. Das Farbenspiel beruhigte sich, die Farbtöne wurden wärmer und tauchten die leblose Landschaft in ein freundliches Licht. Für eine Sekunde schien es, als würde sich alles zum Guten wenden, als könnte das Licht sogar die zerstörten Flügel auf magische Weise erneuern.

Aber dann erstarb das farbige Leuchten. Grauer Rauch strömte aus dem pelzigen Leib, der Schmetterling zerfiel zu einem Häufchen Asche.

Der Schlaf entließ Alexander am frühen Morgen. Den Schmerz in seinem steifen Rücken verdankte er vermutlich seiner improvisierten Schlafstätte aus Schlafsack und Isomatte. Das erste Tageslicht schimmerte an den Rändern der Gardine vorbei ins Zimmer. Die bedrückende Stimmung des Traums lastete auf seinem Gemüt, und unwillkürlich wandte er sich zur Seite.

Luise war nicht zu Staub zerfallen, sie saß aufrecht neben ihm auf dem Schlafsofa. Das T-Shirt, das er ihr gegeben hatte, war feucht von Schweiß, auf ihrer Stirn glänzten feine Tröpfchen. Sie starrte auf ihre Hände.

»Luise!«, sagte er. Sie schreckte auf, schien erst jetzt richtig zu erwachen.

Alexander schälte sich aus dem Schlafsack, setzte sich auf den Rand des Sofas und fasste ihre Hände.

Luise zuckte kurz zusammen, ließ es aber geschehen.

»Blut?«, fragte er. »Dein Traum?«

Sie nickte, sah zu ihm hinüber. Die Angst löste sich aus ihrem Gesicht, machte Platz für ein angedeutetes Lächeln.

Er beugte sich hinunter und drückte seine Lippen auf ihren rechten Handrücken. »Da ist nichts!«

Luise gab einen Laut von sich, der ebenso gut ein Schluchzen wie ein Lachen sein konnte.

Er drehte die Hand herum, küsste die Innenfläche und einzeln jeden Finger.

Wieder ein Geräusch. Eindeutig ein Lachen. Er wiederholte die Prozedur an der linken Hand.

»Da auch nicht. Siehst du?«

Er streichelte über ihre Unterarme. Dann hob er den Kopf und sah in ihr lächelndes Gesicht. Eine freche Haarsträhne hatte sich darin verirrt.

»Kaffee?«, fragte er.

30

Luise beobachtete, was mit ihr geschah, und konnte es kaum glauben. Sie war, wie so oft, in dunkler Nacht hochgeschreckt und gefangen gewesen in dem dämmerigen Zustand zwischen Wachen und Schlafen. Alexander hatte den Schrecken einfach weggeküsst.

Er stand auf, machte sich an der Küchenzeile zu schaffen.

Luise sah an sich herab. Sie trug ein T-Shirt, in das sie gut zweimal gepasst hätte.

Ihr fiel alles wieder ein. Die Panikattacke. Ihre Lauftour quer durch Hamburg, weil sie geglaubt hatte, Rafael würde ihr auflauern und sie verfolgen.

Irre. Welcher Teufel hatte sie nur geritten?

Genau wie ihre Bluthände kam ihr nun der gesamte gestrige Abend unwirklich vor. Ein Albtraum, der schlimm gewesen, aus dem sie aber endlich aufgewacht war.

Alexander hatte sie daraus erweckt. Er hatte sie eingesammelt, zu sich nach Hause gefahren, ihr Tee und Tütensuppe eingeflößt und ihr ein T-Shirt und sein Bett zur Verfügung gestellt. Ihr Held.

Jetzt kroch er, nur mit Shorts und Pyjamaoberteil bekleidet, mit zwei dampfenden Bechern in der Hand zu ihr unter die Decke. Ihre nackten Beine berührten sich dabei.

Aufregend!

Eigentlich trank Luise keinen Kaffee. Mit Alexander an der Seite, der Bettdecke über den Beinen und verirrten Sonnenstrahlen im Gesicht war das aber etwas anderes.

»Hast du manchmal auch schöne Träume?«, fragte er.

Das hier kam dem sehr nahe. Doch es gab noch was.

»Manchmal habe ich Tagträume von den Bergen«, sagte sie. Sie nahm einen Schluck, der Kaffee schmeckte köstlich. »Ich stelle mir vor, ich stehe auf einem Gipfel, so hoch, dass ich mit den Händen beinahe die Wolken greifen kann. Rings um mich herum erstrecken sich Berge und Täler, kleine Wäldchen mit Flüssen. Es fühlt sich wunderbar frei an. Als ob ich alle erdenklichen Hindernisse überwunden hätte. Ich habe diesen Berg bezwungen, dann schaffe ich auch jede andere Herausforderung.« Sie lächelte ihn an. »Daran habe ich gedacht, als du mich im Institut beobachtet hast. Bei unserem ersten Treffen. Du hast es gespürt.«

Alexander nickte. Er beugte sich zu ihr. »Weißt du was? Vielleicht machen wir eines Tages gemeinsam Urlaub. In den Bergen. Was meinst du?« Seine freie Hand streichelte ihre Schulter. »Zusammen Hindernisse überwinden geht viel leichter.«

Sein Gesicht war nur Zentimeter von ihrem entfernt. Sie spürte seinen Atem auf ihrer Haut, roch seinen Duft, der ihr jetzt, am frühen Morgen, noch aufregender vorkam. O Gott, was passierte mit ihr?

Ihre Finger machten sich an Alexander selbstständig, berührten seine Hände und wanderten seine Arme entlang.

In seinen Augen stand eine unausgesprochene Frage.

Sie antworte mit einem Kuss. Unsicher und flüchtig. Aber er schmeckte nach mehr.

31

Sie schwiegen lange während der Autofahrt. Es war ein warmes, inniges Schweigen. Alexander fühlte sich auf merkwürdige Weise gleichzeitig müde und euphorisiert. Sooft der morgendliche Autoverkehr es zuließ, sah er zu Luise hinüber und fasste nach ihrer Hand. Und sie griff sofort zu. Sie sah einfach entzückend aus in seiner für sie viel zu großen Jeans und dem ausgewaschenen Sweatshirt.

Er hatte ihr angeboten, vorübergehend bei ihm einzuziehen. Davon wollte sie nichts wissen.

»Ich könnte mit meinem Chef sprechen«, sagte er. »Ein paar Kollegen könnten sich mal vor deiner Haustür umsehen.«

Luise zog ihre Hand zurück, ihre Haltung versteifte sich. »Es war ein böser Traum gestern Nacht, weiter nichts. Ich habe Dinge gesehen und gehört, die nicht da waren. Okay?«

Das war ihm zu einfach. Aber mehr ging wohl gerade nicht. Er zuckte mit den Schultern.

Sie bogen in ihre Straße ein.

»Wann sehen wir uns?«, fragte er. Eigentlich konnte er sich kaum vorstellen, auch nur die folgenden Minuten ohne sie zu verbringen, und er gab sich wenig Mühe, das zu verbergen.

»Bald«, sagte sie, fast etwas zu zögerlich. »Ich habe Tagdienst im Institut. Und ich brauche Zeit, das alles zu verarbeiten.«

»Ich melde mich am Nachmittag, in Ordnung?«

Luise nickte, lächelte, beugte sich zu ihm hinüber und küsste ihn.

Jan Tilman saß auf seinem Bürostuhl, als hätte er einen Besenstiel verschluckt. Das Telefonat, das er führte, schien an seiner übersteifen Haltung wesentlichen Anteil zu haben.

Alexander schloss die Zimmertür, so leise es ging. Der Oberkommissar nickte ihm zu. Alexander setzte sich geräuschlos an seinen Platz, startete seinen Rechner.

»Wir verfolgen diverse Hinweise«, sagte Tilman mit angestrengter Stimme. »Ja, natürlich ist Hauptkommissar Weber in sämtliche Ermittlungsschritte eingeweiht.« Eine einsame Zigarette verrauchte im Aschenbecher neben dem Telefon. Die Glut hatte sich fast bis zum Filter hochgearbeitet. Viel konnte sein Vorgesetzter nicht von der Kippe gehabt haben.

»Wir haben einen Profiler einbezogen. Zwei Mitarbeiter durchstöbern die Akten mit ungeklärten Mordfällen. Und wir klopfen alle polizeibekannten Gewaltverbrecher auf parallele Vorgehensweisen ab.«

In Tilmans Gesicht schien sich die Begeisterung seines Gesprächspartners widerzuspiegeln. Der Oberkommissar war nicht zu beneiden.

»Keine heiße Spur, leider. Ja, ich werde Sie persönlich informieren, wenn es Neuigkeiten gibt.«

Alexander ging seine internen Mails durch: Der Obduktionsbericht über den Tierarzt enthielt nichts, was sie nicht schon wussten. Die Stellungnahme des Profilers führte in gehobenem Beamtendeutsch auf anderthalb Seiten aus, was sich in zwei Sätzen zusammenfassen ließ. Demnach suchten sie einen psychisch gestörten Einzeltäter mit sadistischer Neigung und einer Affinität zu Katzen und Stichwaffen. Wahrscheinlich männlich, zwischen 20 und 35 Jahre alt, Schuhgröße 37 bis 39 und damit kaum größer als ein Meter siebzig. Das hätte auch ein Polizeischüler mithilfe zweier Fachbücher und einer Statistiktabelle hingekriegt.

Zuletzt die Protokolle der Zeugenbefragungen im Wohnhaus und der Praxis des Tierarztes. Nichts davon lieferte einen brauchbaren Hinweis.

Mit anderen Worten: Die Ermittlungen traten auf der Stelle. Und das würde den Unsichtbaren am jenseitigen Ende des Telefons sicher nicht in Freude versetzen. Das einzig Gute war, dass die Presse noch keine Lunte gerochen hatte und sich lieber über die nächtliche Alkoholfahrt eines Hamburger Bundesligaprofis ausließ. Fußball war doch zu etwas gut.

»Vielen Dank für Ihr Interesse!« Tilman legte den Hörer auf. »Lecken Sie mich am Arsch und lassen Sie uns unsere Arbeit tun«, hätte es seinem Tonfall nach besser getroffen. Er kramte nach einer neuen Zigarette.

»Polizeipräsident?«, fragte Alexander.

Der Oberkommissar reckte den Zeigefinger in die Höhe. »Innensenator«, sagte er. Seine Wirbelsäule fand zu einer entspannten Haltung zurück. »Die Politiker glauben, wir können uns zur Not einen Tatverdächtigen aus der Asservatenkammer holen.«

Er steckte sich eine an. »Gibt's wenigstens bei dir gute Neuigkeiten?«

Sensationelle, dachte Alexander. Aber keine, die er seinem Vorgesetzten unter die Nase reiben würde. Er zuckte mit den Schultern.

»Dann ans Werk!« Tilman klopfte auf einen Aktenstapel, der neben dem Schreibtisch auf der Fensterbank aufgetürmt war. Alexander ahnte, dass dies die Akten der ungeklärten Mordfälle waren, die der Oberkommissar erwähnt hatte. Und dass nicht zwei Mitarbeiter sie durchsehen würden, sondern er allein.

Akten also. Er würde sich nur schwer auf die Arbeit konzentrieren können. Aber er konnte Luise am Nachmittag anrufen. Vielleicht hielt der Abend noch positive Überraschungen bereit.

32

Luise war nicht an ihr Handy gegangen, also hatte er ihr auf die Mailbox gesprochen und war am Abend einfach losgefahren. Dass er ihr die Sportklamotten vorbeibringen wollte, die sie in seinem Badezimmer vergessen hatte, war natürlich nur ein Vorwand. Womöglich hatte sie die Tüte mit der Laufkleidung absichtlich bei ihm gelassen, quasi als Einladung.

Er würde sie fragen, ob sie sich zu Hause sicher fühlte, und anbieten, über Nacht bei ihr zu bleiben. Zufällig hatte er eine Tasche mit dem Nötigsten im Kofferraum seines Autos deponiert, zusammen mit einer Flasche Rotwein.

Er fand sogar einen Parkplatz direkt vor der Haustür. Das einzige Problem war, dass Luise nicht auf sein Klingeln reagierte. Alexander trat einen Schritt vom Hauseingang zurück.

Viergeschossige Altbauten ragten zu beiden Seiten der engen Straße in die Höhe und bescherten der Straßenschlucht eine frühe Abenddämmerung. Die wenigen Straßenlaternen und kargen Leuchten über den Zugängen machten bestenfalls Dienst nach Vorschrift. Tatsächlich hatte der Straßenzug etwas Düsteres und Unheimliches.

Der mächtige Rhododendron neben dem Eingangspodest schien sich aus dem Boden reißen und die Hauswand hinaufklettern zu wollen. Im Erdgeschoss und im vierten Stock brannte Licht, alle anderen Fenster waren dunkel. Der Anordnung der Namen auf dem Klingelschild nach musste Luise in der zweiten oder dritten Etage wohnen. Dass sie schlief, konnte er sich nicht vorstellen. Bereitschaftsdienst hatte sie am Abend auch nicht, soweit er wusste.

Wo war sie also? Wieder joggen?

Ein erster Anflug von Sorge ließ ihn die Straße entlanglaufen. Kurz vor der Einmündung in die Hauptstraße fand er ihren olivgrünen Mini. Alexander leuchtete mit der Taschenlampen-Funktion seines Handys ins Innere des Fahrzeugs. Eins a aufgeräumt. Nicht einmal ein leerer Pappbecher.

Er ging zurück, klingelte ein weiteres Mal. Null Reaktion.

Wenn Luise recht hatte mit ihrer Befürchtung, hatte ihr Rafael gestern Nacht an genau der Stelle aufgelauert, an der Alexander jetzt stand.

Am Morgen hatte sie davon nichts mehr wissen wollen. Ihre Einbildung habe ihr einen Streich gespielt, hatte sie gesagt, und sich strikt geweigert, die Polizei einzuschalten.

Alexander zog erneut sein Handy hervor, schaltete die LEDs ein und beleuchtete den Boden rund um den Hauseingang. Das helle Licht brachte ein paar Kippen, Kronkorken und die Verpackung eines Schokoriegels zum Vorschein. Das war keine heiße Spur. Ein Täter von Rafaels Kaliber würde nicht rauchend, colatrinkend und mit einem Snickers in der Hand auf sein Opfer warten. Links neben dem Eingang gab es zwischen dem mächtigen Gebüsch und der Hauswand eine schmale Nische, in der sich ein erwachsener Mann verbergen konnte.

Alexander richtete den Lichtstrahl auf den dunklen Grund des Spalts.

Die Erde war plattgetreten, und auch hierher hatten sich Abfälle verirrt. Aber einen guten Meter vom Türpodest entfernt war der Boden locker. Und dort war ein Schuhabdruck. Prägnante Mittellinie, symmetrische Streifen, die zu beiden Seiten strahlenförmig bis zum Rand der Sohle reichten.

Seine Knie wurden weich. Es war derselbe Abdruck wie in der Wohnung des Tierarztes.

Luise war nicht ihren Ängsten aufgesessen. Und Dr. Haase war kein zufälliges Opfer. Rafael war tatsächlich hier gewesen, und er war hinter Luise her.

Alexander ging an der Hauswand in die Knie. Ein Zweig des Rhododendrons kratzte ihm übers Gesicht.

Falls Luise nicht laufen gegangen war, befand sie sich womöglich in seiner Gewalt. Verblutete an einem dunklen Ort aus einem Stich im Herzen oder war gar nicht mehr am Leben.

Das durfte nicht wahr sein.

Lähmende Angst flutete durch seinen Körper, aber er zwang seinen Verstand, das Steuer zu übernehmen. Klar, was zu tun war. Notruf bei der Polizei, Anruf beim Kriminaldauerdienst, bei Jan Tilman und Weber. Vielleicht in umgekehrter Reihenfolge. Bis jemand kam, würde er Luises Wohnung aufbrechen und hoffen, kein blutiges Schlachtfeld vorzufinden.

Oder machte er zu viel Wirbel? Verhinderte seine übersteigerte Sorge eine sachliche Einschätzung? Faktisch hatte er nicht mehr als einen Schuhabdruck. Wenn es den dazugehörigen Schuh bei Aldi im Sonderangebot gab, könnten Zigtausende Hamburger damit herumlaufen.

Er würde erst mal Tilman informieren, bevor er eigenmächtig Dutzende Beamte in Aufruhr versetzte und Luises Wohnungstür demolierte.

Aber vorher ein letzter Versuch.

Er schaltete das LED-Licht ab und wählte Luises Handynummer. Noch vor dem ersten Klingeln ertönte eine automatische Ansage.

Er überlegte, ob er ihr eine zweite Mailboxnachricht hinterlassen sollte, da entdeckte er die Gestalt, die die andere Straßenseite entlangschlich. Ein Kerl in dunkler Kleidung. Eine Kapuze verdeckte Kopf und Gesicht. Er hielt sich dicht bei den geparkten Autos, um, so schien es, jederzeit in eine Lücke abtauchen zu können, falls jemand unerwartet die Straße betreten sollte. Seine Aufmerksamkeit, das konnte Alexander aus den Kopfbewegungen schließen, galt dem Hauseingang und der dazugehörigen Fensterfront, unter der Alexander sich verbarg. Er zwängte sich hinter den Busch, so weit es ging, was ihm weitere Kratzer einbrachte.

Die Gestalt verharrte auf dem gegenüberliegenden Bürgersteig in Höhe der Eingangstür, neben der Alexander sich versteckte.

In seinem Kopf schwirrten die Gedanken umher wie Mücken um eine Straßenlaterne. Mit Mühe brachte er Ordnung ins Gewirr.

Erstens: Der da auf der anderen Straßenseite war Rafael. Daran gab es keinen ernsthaften Zweifel. Zweitens: Wenn er hier herumlungerte, hatte er Luise nicht erwischt. Er war gekommen, um das nachzuholen.

Drittens: Rafael war gefährlich. Er trug vermutlich sein spitzes Messer bei sich und hatte mehrfach bewiesen, damit umgehen zu können. Alexanders Dienstwaffe hingegen lag, noch originalverpackt, in seinem Spind im Polizeikommissariat. Dumm gelaufen.

Rafael zwängte sich zwischen zwei Autos hindurch und huschte über die Straße.

Blieb das Überraschungsmoment. Und eine improvisierte Waffe. Er tastete mit den Händen den Boden ab. Mit den Steinen, die er fand, könnte er nicht einmal einen Spatz besiegen.

Rafael stoppte vor der Autoreihe auf Alexanders Seite der Straße, nur wenige Schritte von seinem parkenden Golf entfernt. Rafael zögerte, hob den Kopf. Alexander versuchte, einen Blick unter die Kapuze zu erhaschen, aber ein dicker Ast versperrte die Sicht. Er bemühte sich um eine bessere Position, ohne durch zu heftige Bewegungen auf sich aufmerksam zu machen oder sich von einem Zweig ein Auge ausstechen zu lassen. Die Funzel an der Hauswand war keine Hilfe. Dann sah er doch etwas. Ein dunkles Gesicht, entweder mit Tarnfarbe geschminkt oder mit einer Sturmhaube verdeckt. Rafael war nicht groß, wahrscheinlich kleiner als Alexander, und von kräftiger Statur.

Trotzdem schlechte Voraussetzungen für einen Nahkampf. Alexander konnte weder Kung-Fu noch Karate, allenfalls ein paar Basistechniken aus der Polizeischule. Nichts, um gegen einen bewaffneten Killer bestehen zu können. Im Zweifel müsste er laut schreien. Nicht heldenhaft, aber bewährt.

Sein Problem erledigte sich von selbst. Rafael rannte zurück über die Straße, duckte sich hinter die Autos und hastete den Weg entlang, den er gekommen war.

Was war da los? Hatte etwas sein Misstrauen erweckt? Hatte Rafael ihn gesehen? Keine Ahnung. Allerdings tat sich hier eine einmalige Chance auf. Alexander schälte sich aus dem Gebüsch und nahm die Verfolgung auf.

An der Querstraße wusste er zunächst nicht wohin. Dann entdeckte er die Gestalt auf halbem Weg. Also rechts herum.

Er folgte ihr in einer, wie er fand, sicheren Entfernung durch weitere Nebenstraßen. Alexander war versucht, sein Handy zu zücken und einen Notruf abzusetzen, fürchtete aber, Rafael dabei aus den Augen zu verlieren. Der drückte sich wahlweise nahe an die Hauswände oder dicht an die Autos. Alexander tat es ihm gleich. Den wenigen Nachtschwärmern, denen sie begegneten, konnte Rafael auf diese Weise aus dem Weg gehen. Nur einmal klappte es nicht, als direkt vor ihm ein eng umschlungenes Pärchen aus einer Tür kam. Rafael reagierte geistesgegenwärtig, senkte den Kopf und trottete an den beiden vorbei.

Die Verfolgungsjagd endete an einem gemauerten Torbogen, hinter dem sich ein dunkler Hinterhof auftat. Irgendwo da drinnen musste sich Rafael versteckt haben.

Scheiße, dachte Alexander. In jedem zweiten Actionfilm gab es so eine Szene. Jeder, einschließlich des Helden, ahnte, dass der Schurke einen Hinterhalt gelegt hatte und es ein fataler Fehler wäre hineinzutappen.

Er trat einen Schritt auf die schwarze Öffnung zu.

Er könnte sich auf der Straße unter eine Laterne setzen, das Sondereinsatzkommando rufen und denen die gefährliche Arbeit überlassen.

Noch ein Schritt.

Eine hypnotische Anziehungskraft ging von der Dunkelheit aus. Vielleicht gab es einen zusätzlichen Ausgang aus dem Hinterhof, und Rafael wäre längst weg, wenn die Verstärkung kam.

Das wäre schade.

Ein weiterer Schritt.

Er musste es eben geschickt anstellen. Dann hatte er eine Chance.

Ein guter Meter, und er würde die Grenze überschreiten. Er konnte die Finsternis beinahe mit Händen greifen.

Seine Augen entlockten der Dunkelheit das eine oder andere Detail: ein einsamer Baum auf der rechten, ein überdimensionaler Müllcontainer auf der linken Seite des Hofs, der durch einen Wellblechzaun begrenzt war. Sperrige Gegenstände waren in der Mitte zu einem mannshohen Haufen aufgetürmt, dahinter erhoben sich die Umrisse eines Schuppens.

Alexander kniff die Lider zusammen, um mehr zu erkennen. Aber er wusste, dass der Held das Rätsel nur lösen konnte, wenn er sich der Gefahr wirklich aussetzte.

Er hob den Fuß, bereit, den entscheidenden Schritt zu tun.

Etwas sauste heran. Nicht aus der Dunkelheit. Von hinten, von der Straße. Vielleicht war es eine Vorahnung, vielleicht das pfeifende Geräusch. Er zuckte heftig, sodass der heranschwirrende Gegenstand nicht seinen Hinterkopf zertrümmerte, sondern ihm nur über den Scheitel hobelte.

Der Effekt war zunächst derselbe.

Alexander stolperte, benommen vor Schreck und Schmerz, in den Innenhof.

Doch statt dort zusammenzubrechen, rappelte er sich auf, fasste sich an den blutenden Kopf und drehte sich herum.

Rafael stand im Torbogen. Er trug dunkle Schuhe und eine schwarze Hose aus Leder oder Synthetik, am Oberkörper eine dünne Lederjacke, darunter offenbar einen Kapuzenpulli. Die Kapuze hatte er sich über den Kopf gezogen, eine Sturmhaube vermummte den Rest des Gesichts. Die Hände steckten in Lederhandschuhen. In der Rechten hielt er einen ausgezogenen Teleskopschlagstock.

Scheiße noch mal! Warmes Blut sickerte Alexander über den Kopf. Während er darüber sinniert hatte, ob er das Zeug zum Actionhelden hatte, war Rafael von hinten an ihn herangeschlichen und hatte ihm mit seinem Profiprügel eins übergezogen.

Rafael hob den Stock in die Höhe und trat auf ihn zu.

Alexander sah sich hastig um. Jetzt, wo die Bedrohung aus dem Licht kam, erschien ihm der dunkle Hinterhof wie ein Hort größtmöglicher Sicherheit. Er stolperte in die Finsternis. Nach einigen Schritten hatte er den aufgeschichteten Haufen erreicht, der sich aus der Nähe als wilde Halde aus Autoreifen, Holzpaletten, leeren Plastikfässern und Bauschutt herausstellte. Er sprang dahinter in Deckung.

Sein Herz wummerte wie ein Presslufthammer. Die Wunde auf dem Kopf pochte im Takt, und sein Blut floss in Strömen in den Nacken, die Ohren und das Gesicht. Alexander konnte sich nicht erinnern, in seiner Ausbildung auf so etwas vorbereitet worden zu sein. Aber den Atem zu beruhigen und in der Dunkelheit nach Fußschritten zu lauschen, schienen ihm gute Ideen zu sein.

Und dringender denn je brauchte er eine Waffe. Die Suche war hier aussichtsreicher als im Blumenbeet vor dem Haus. Er tastete mit den Fingern über den Boden und fand einen kapitalen Stein, der gut in der Hand lag.

Was jetzt? Auf Rafael und seinen Stock warten? Besser nicht.

In gebückter Haltung schlich er rückwärts, achtete darauf, den Schutthaufen zwischen sich und dem erleuchteten Hofeingang zu halten.

Im hinteren Teil des Hofs war es stockfinster. Alexander konnte sich nicht vorstellen, dass Rafael ihn rasch entdecken würde.

Er fasste hinter sich und berührte die metallene Wand des Schuppens. Er hatte den Rand der Freifläche erreicht, ohne ein nennenswertes Geräusch zu machen.

Dadurch ermuntert wagte er einige Schritte zur Seite. Neben der dunklen Silhouette des Schuttberges schob sich der helle Torbogen ins Sichtfeld.

Rafael war nicht zu sehen. Für eine Sekunde hoffte Alexander, dass er aufgegeben hatte und verschwunden war. Dann entdeckte er eine Gestalt, die seitlich um den Haufen herumschlich, den Ausziehknüppel im Anschlag.

Alexander schlug das Herz bis zum Hals. Er wischte sich Blut aus den Augen und von der Stirn. Es waren gute fünfzehn Meter bis zur Straße. Wenn er jetzt losrannte, würde Rafael ihm den Weg abschneiden und es käme zu einem Kampf, bei dem er sein Geld nicht auf sich wetten würde.

Also leise weiter.

Schritt für Schritt schlich er voran, vorbei an dem Müllcontainer. Zeitgleich umrundete Rafael den Schutthaufen. Nur wenige Meter, und er könnte …

Es klickte, grelles Licht flutete den Innenhof und raubte Alexander für Sekunden jede Orientierung.

Ein Halogenstrahler mit Bewegungsmelder, am Zaun oberhalb des Containers montiert.

Alexanders Augen brannten, er war halbblind, und der Schreck steckte ihm in den Gliedern, aber er sprintete los, in Richtung Hofeingang. Rafael reagierte blitzschnell, fuhr herum und rannte auf ihn zu, um ihm den Weg abzuschneiden. Alexander sah sofort, dass Rafaels Plan der erfolgversprechendere war.

Er stoppte. Rafael sauste heran, schwang den Prügel. Alexander holte aus und schleuderte seinen Stein. Ein Hollywoodheld hätte Rafael am Kopf getroffen, ihn von den Füßen geholt und als Hauptgewinn seinen jubelnden Kumpels präsentiert. Alexander traf nur das rechte Bein, irgendwo zwischen Knie und Hüfte, aber auch das zeigte Wirkung.

Rafaels Bein knickte weg, er strauchelte.

Alexander sprang voran. Er war vorbei und erreichte den rettenden Torbogen.

33

„Zwölf Stiche, damit gehen Sie in Führung heute Nacht.« Der Chirurg der Notaufnahme, ein schmächtiger Kerl mit offenem Arztkittel, Strubbelbart und verschmitzten Augen, versuchte trotz nächtlicher Stunde und rappelvollem Wartezimmer gute Laune zu verbreiten. Das Nähen hatte sich angefühlt, als hätte der Doktor ihm seinen verdammten Skalp wieder auf den Schädel getackert. Die Betäubung schien erst jetzt richtig zu wirken, zumindest klang der schneidende Schmerz auf der Kopfhaut ab und wich einem dumpfen Druckgefühl. Der fröhliche Arzt verließ das Behandlungszimmer und überließ ihn der Obhut eines Krankenpflegers, ein junger Mann mit blonder Mähne, den man sich eher mit einem Surfboard an einem Südseestrand vorstellen konnte als nachts in der Notaufnahme eines Krankenhauses. Er brachte einen Haufen Verbandsmaterial, Pflaster, Jodsalbe und eine Schere neben der Behandlungsliege in Stellung.

Jan Tilman kehrte vom Telefonieren zurück. Er schob den Geruch von Zigarettenrauch vor sich her. Dunkle Augenringe, wirr abstehende Haare und ein mürrisches Gesicht bezeugten, dass er aus dem Tiefschlaf geklingelt worden war.

Die besorgten Mienen, in die Alexander blickte, seit ihn ein herbeigerufener Streifenwagen aufgesammelt hatte, irritierten ihn. Die Polizisten, die Rettungssanitäter, das Klinikpersonal, ja sogar Tilman, der zeitgleich mit dem Rettungswagen in der Klinik eingetroffen war, hatten ihn angesehen, als wäre er dem Tod nur knapp von der Schippe gesprungen. Das Irritierende war, dass sie recht hatten. Nur war Alexanders Gefühlsleben so taub wie jetzt seine Kopfhaut. Wahrscheinlich stand er unter Schock.

»Rafael ist entkommen«, sagte Tilman. »Aber wir haben Frau Doktor Kellermann.« Er setzte sich auf den freien Stuhl neben die Behandlungsliege. »Die Kollegen wollten gerade ihre Wohnungstür aufbrechen, als sie das Treppenhaus raufkam.«

Die erlösende Nachricht. Alexander konnte nur mühsam die Tränen unterdrücken, die ihm in die Augen schießen wollten. Er hatte keinen Schock. Die Ungewissheit um Luise hatte seine Gefühle gelähmt. »Ist sie in Ordnung? Autsch.«

»Sie müssen stillhalten! Nur einen Augenblick.« Der Sonnyboy machte sich an der kahlrasierten Stelle zu schaffen, die vor gut zwei Stunden noch Teil von Alexanders Frisur gewesen war.

»Sie war joggen. Keine Ahnung, warum jemand mitten in der Nacht Sport treiben muss.« Tilman sprach das Wort mit einer Verachtung aus, als würde er am schönsten Frühlingstag lieber in einem staubigen Büro einen Aktenordner mit Verfahrensanweisungen auswendig lernen, als in ein Paar Turnschuhe zu schlüpfen. »Als man ihr erzählt hat, was passiert ist, hat sie drauf bestanden, dich sofort zu sehen.«

»Sie kommt hierher?«

Der Oberkommissar nickte. »Ein Streifenwagen bringt sie her. Dann kann sie sich schon mal an Polizeibegleitung gewöhnen.« Er warf einen Blick auf seine Armbanduhr. »Ich hau mal ab. Es wird Zeit, dass ich etwas Schlaf nachhole.«

»Woran gewöhnen?«

»Wir stellen sie unter Polizeischutz. Sieht ja so aus, als hätte Rafael ein Auge auf sie geworfen.« Tilman stand von dem Stuhl auf, wandte sich zum Gehen.

Wird ihr nicht gefallen, dachte Alexander. »Danke, dass du gekommen bist«, rief er seinem Vorgesetzten hinterher.

Der Krankenpfleger trat einen Schritt von der Behandlungsliege zurück. »So, fertig«, sagte er und musterte sein Werk. Alexander konnte an seinem Gesichtsausdruck nicht ablesen, ob er zufrieden war oder nicht. Den Kamm konnte er so oder so erst mal im Badezimmerschrank lassen. Der Blondschopf entsorgte Verbandsreste und Plastikverpackungen in einem Abfallbehälter und zog sich die Handschuhe aus.

Plötzlich stand Luise neben ihm. Sie trug einen Schlabberpulli und eine lange Sporthose, die Haare hingen ihr zerzaust ins Gesicht. Sie hatte nach der Begegnung mit den Polizisten im Treppenhaus offenbar keine Zeit verloren. In ihrer Mimik rangen Sorge und Erleichterung miteinander.

»O Gott, Alexander ...« Luise schluchzte, fiel in seine Arme. Sie streichelte mit den Händen über seinen Rücken, seinen Hals und seine Schultern, als wollte sie sich vergewissern, dass noch alles dran war an ihm.

»Sie werden gleich auf Station gebracht.« Dem Krankenpfleger schien einzufallen, dass er woanders dringender gebraucht wurde, und er ließ sie allein.

Luises Wärme, ihr Geruch, vor allem der Blick in ihre Augen ließen Alexander zum ersten Mal realisieren, was in den letzten Stunden geschehen war. Ihm wurde schwindelig, und seine Hände zitterten. Langsam und stockend erzählte er Luise, was passiert war.

Es vergingen etliche Minuten, bis der Krankenpfleger seine Ankündigung wahrmachte und ein Bett in den Behandlungsraum schob. »Ich störe nur ungern, aber wir müssen dann mal.«

»Ich würde so gerne bei dir bleiben«, sagte Luise.

Alexander streichelte über ihre Hände, mit denen sie seinen Arm festhielt, als ob sie ihn nicht hergeben wollte. »Ist nur für eine Nacht.«

Luise ließ ihn los, nickte widerwillig. »Ich hol dich morgen ab.« Sie lächelte, gab ihm einen Kuss auf die Lippen, ging Richtung Ausgangstür und warf ihm von dort noch einen zweiten zu.

Sie schritt durch die Tür und war weg, so schnell, wie sie gekommen war. Alexander sah ihr nach. Etwas irritierte ihn an der Art, wie Luise verschwunden war, nur kam er nicht drauf, was. Wie ein flüchtiger Schatten, den man am Rande seines Blickfeldes wahrnahm, der aber sofort weghuschte, wenn man die Augen darauf richtete. Er malträtierte sein Kurzzeitgedächtnis.

Der Pfleger half ihm, von der Behandlungsliege ins Krankenbett umzuziehen.

Plötzlich hatte er es, und ohne recht zu wissen warum, gaben seine Beine nach, und er rutschte von der Bettkante.

Der Blondschopf reagierte blitzschnell, hielt ihn fest und verhinderte so einen Sturz, der gut zu einer zweiten Kopfwunde hätte führen können. »Ja, der Kreislauf«, sagte er.

Aber der war es nicht. Alexander versuchte zu erfassen, was er gesehen hatte. Er drückte daran herum wie ein Nussknacker an einer zu großen Nuss, die nicht in die dafür vorgesehene Auswölbung passte. Für den Bruchteil einer Sekunde tauchte aus einer abgründigen Tiefe ein Gedanke auf, zu unglaublich, zu schrecklich, um sich im Verstand einzunisten. Er versank wieder, bevor er Unruhe stiften konnte.

Was blieb, war das unbehagliche Gefühl, das, was sich vor seinen Augen abgespielt hatte, nicht begreifen zu können, es nicht begreifen zu wollen. Aber der Moment, in dem Luise aus dem Krankenzimmer geschritten war, lief als Film fortan in einer Dauerschleife durch sein Bewusstsein.

Luise hatte beim Gehen ihr rechtes Bein nachgezogen. Sie hatte gehumpelt.

34

Die Nacht im Krankenhaus war eine Katastrophe. Der sich wiederholende Film im Kopf und ein angetrunkener Jugendlicher im Nachbarbett, der eine Fußgängerampel als Notbremse bei einem innerstädtischen Radrennen zweckentfremdet hatte, raubten ihm den Schlaf. Der Junge wälzte sich permanent im Bett herum und ließ Alexander in Form schwer verständlicher Satzfetzen an seinen Triumphgefühlen gegenüber dem offenbar unterlegenen Rivalen teilhaben.

Luise erlöste ihn am Vormittag. Ihr strahlendes Lächeln, ihre Umarmung und ihr Kuss vertrieben den düsteren Schatten der Nacht aus seinem Gemüt.

Sie trug einen dezenten roten Lippenstift. Der Ton erinnerte Alexander an die Farbe von Himbeeren, er brachte ihr helles Gesicht zum Leuchten.

»Du bist wunderschön!«, wollte er sagen, aber ein zweiter Kuss stahl ihm die Worte von den Lippen.

Sie gingen nebeneinander über den Parkplatz. Bei einzelnen Schritten meinte Alexander, noch immer ein leichtes Humpeln bei ihr zu erkennen. Zwei Polizeibeamte in Zivilkleidung nahmen sie in Empfang und trotteten in angemessenem Abstand hinter ihnen her. Tilman hatte Wort gehalten. Luise stand jetzt unter Polizeischutz.

»Hast du dich verletzt?« Alexander versuchte, die Frage so beiläufig wie möglich klingen zu lassen. Er nestelte an seiner Jacke herum, um Luise nicht anschauen zu müssen.

Ihre Antwort klang ebenso nebensächlich. »Gestern Abend, ja. Das muss in meiner Wohnung passiert sein, nachdem die Polizisten mir von dem Angriff auf dich erzählt hatten. Ich war außer mir und bin mit voller Wucht gegen meinen Wohnzimmertisch gelaufen. Wieso fragst du?«

»Nur so. Ist mir halt aufgefallen.« Er zog sie an sich. Arm in Arm schlenderten sie zu ihrem Wagen.

Er wäre gerne erleichtert gewesen, war es aber nicht. Das Misstrauen stand zwischen ihnen wie eine gläserne Wand.

So durfte es nicht sein.

»Warte mal!« Er blieb stehen, drehte sich zu ihr. »Nicht nur so. Ich habe dich humpeln sehen, gestern Abend, als du den Behandlungsraum verlassen hast. Und seitdem ist mir etwas nicht mehr aus dem Kopf gegangen.«

Seine Stimme zitterte. Luises offener, besorgter Gesichtsausdruck ließ seinen Verdacht noch abwegiger erscheinen. Trotzdem musste es raus. Jetzt.

»Ich habe Rafael am Bein verletzt, mit einem Stein, ungefähr dort.« Er strich mit seiner Hand über die Innenseite seines rechten Oberschenkels. »Und nachdem du gegangen warst, habe ich ... dachte ich ...«

»Alex!« Sie sah ihn an wie eine Mutter ihren Sohn, der behauptete, ein Monster unter dem Bett gesehen zu haben. Ein Monster mit Mutters Gesicht. »Du glaubst, dass ich Rafael bin? Wie kannst du das nur denken?«

Überraschung lag in ihrem Blick und ihrer Stimme, aber auch etwas Empörung und ein Hauch Mitgefühl wegen seiner Verunsicherung. Keine Ausflucht, keine wilde Szene.

»Das ist absurd«, sagte sie nur.

Es war die Wahrheit, das spürte er. Und schämte sich schlagartig für seinen ungeheuerlichen Verdacht. Er presste die Lippen aufeinander, nickte. »Tut mir leid.« Er tastete mit den Fingern nach dem Verband auf seinem Kopf. »Vielleicht hat mein Gehirn ja doch etwas abgekriegt.« Er versuchte zu lächeln.

Sie lächelte zurück. »Ich könnte dir nie etwas tun. Okay?« Sie streichelte ihm über die Wange.

»Okay!«, sagte er und meinte es auch so.

Sie fuhren zu ihr. Das Fahrzeug mit den Zivilbeamten folgte ihnen wie ein Schatten. Die Polizisten würden es sich unten an der Straße in ihrem Auto bequem machen müssen.

Luises Wohnung war super. Schicker Altbau, nichts für das Portemonnaie eines Kommissars im ersten Dienstjahr. Ihr Kater versteckte sich vor dem unerwarteten Besuch unter dem Wohnzimmersofa. Darüber hing der Kunstdruck eines Gemäldes, das aus einer blauen und einer orangefarbenen Farbfläche bestand. Ein amerikanischer Expressionist, Alexander hatte den Namen vergessen. Ein paar medizinische Fachbücher standen im Wohnzimmerschrank und auf dem Schreibtisch im Schlafzimmer. Alles astrein aufgeräumt.

Falls Luise persönliche Dinge in ihrer Wohnung aufbewahrte, hatte sie die in den beiden Schränken im Wohn- und Schlafzimmer versteckt. Keine Fotos. Keine Bücher, die auf ihre Lesegewohnheiten schließen ließen, nicht einmal eine CD- oder Plattensammlung.

Luises neuentdeckter Mut, sich der Welt offener zu zeigen, war noch nicht bis in ihre Wohnung vorgedrungen, dachte er.

Ihr Arm umschlang ihn von hinten. »Kaffee, Tee oder beides?«

Eine winzige, offenbar nagelneue Espressomaschine bereitete duftenden Kaffee. Luise hatte ein kleines Buffet mit

Brötchen und frischen Früchten auf dem Küchentresen angerichtet, aber ihr Blick, der Lippenstift und ihre zärtlichen Berührungen verrieten, dass sie Hunger auf etwas anderes hatte. Luise nahm ihm die geleerte Tasse aus der Hand. Das muss erst mal reichen, schien sie sagen zu wollen. Nie hatte Alexander lieber aufs Essen verzichtet.

Das Sonntagsfrühstück zog sich bis in den frühen Nachmittag. Alexander hätte den Rest seines Lebens mit Lieben, Schlafen und Essen verbringen können. Aber mit den fortschreitenden Stunden schlich sich etwas in seine Gedanken.

Luise fragte ihn, was los sei.

»Ich muss heute noch jemanden besuchen.« Er erzählte es ihr, und Luise bot kurzerhand an, ihn zu begleiten.

Das war gut. Trotzdem wusste Alexander, dass der schöne Teil des Wochenendes damit zu Ende war.

35

Die Geburtstagsrose war verwelkt und hing schlapp über den Rand der Vase, die verschrumpelten Blütenblätter lagen drum herum. Wie ein grüner Wurm, der stiften gegangen war und kopfüber hängend etwas Halbverdautes erbrochen hatte. Das Stillleben auf der Fensterbank brachte Alexanders Stimmung auf den Punkt.

Sophie lag unter ihrer Decke. Abgesehen von ihrem kurz geschorenen Haar war der Infusionsständer neben dem Bett das Einzige, das auf eine Veränderung hindeutete.

»Darf ich vorstellen: Sophie, das ist Luise. Luise, das ist Sophie.«

Luise trat ans Bett und schien keine Sekunde verunsichert von der leblosen Frau, die einmal Alexanders Schwester gewesen war.

»Hallo!«, flüsterte sie und streichelte ihr über die Stoppelhaare.

Alexander zog sich einen Stuhl heran. Wie nimmt man Abschied von jemandem, der im Wachkoma liegt? Dr. Webermeister hatte Sophies Überlebenschancen während und nach der Operation, die für übermorgen angesetzt war, auf circa fünfzig Prozent beziffert. Für eine Fifty-fifty-Chance auf weitere Jahre in geistiger Umnachtung hatten sie ihr den Schädel kahl rasiert und ihr Antibiotika und Medikamente gegen die Krampfanfälle in die Adern gedrückt. Morgen früh würden sie Sophie in die Universitätsklinik verlegen.

Was tun sie dir an, kleine Schwester?

»Ich wünschte, ich könnte es verhindern«, sagte er. Luise stand neben ihm und sah ihn an. Es lag viel Wärme in ihren Augen. Sie legte ihre Hand zwischen seine Schulterblätter.

»Ein paar Wochen vor der Hirnblutung habe ich sie auf eine Studentenparty mitgenommen, in einen Club in der Nähe der Reeperbahn. Eine tolle Sache für sie. Eine neue Welt. Für mich waren es schwere Zeiten damals. Ich kam mit dem Studium nicht zurecht. Eigentlich kam ich mit gar nichts zurecht. An dem Abend hatte ich einiges eingeschmissen, Ecstasy und so 'n Zeug. Ich war high, habe wie ein Irrer getanzt. Sophie war auch auf der Tanzfläche. Sie war super drauf und hat mir ins Ohr gebrüllt: ›Lebe dein Leben, Alexander. Und wenn es vorbei ist, weine ihm keine Träne nach.‹«

Alexander schluchzte. »Ich weiß nicht, ob sie den Spruch irgendwo gelesen hat. So wie sie gestrahlt hat, hat sie ihn jedenfalls mit Haut und Haaren gelebt. Sie hätte nicht gewollt, was unsere Eltern mit ihr vorhaben. Ganz sicher nicht.«

Er suchte Luises Blick, aber die schien abgelenkt. Sie starrte auf Sophies Mund, dann auf ihren Oberkörper.

»Was ist denn los?«

Statt einer Antwort beugte sie sich über das Bett und führte ihre Wange nah an Nase und Mund seiner Schwester heran. »Sie atmet nicht mehr.«

Sie hätte ebenso gut »Draußen fliegt ein Schwarm Makrelen am Fenster vorbei« sagen können. Alexander hörte die Worte, aber sein Verstand weigerte sich, ihre Bedeutung zu erfassen.

Luise packte ihn an den Schultern und sah ihn an. Wie ernst ihr Blick auf einmal war. »Deine Schwester stirbt, Alexander. Jetzt.«

»Mein Gott.« Sein Gehirn schaltete auf Notprogramm. Das reichte, um vom Stuhl aufzustehen, sich neben Luise zu stellen, auf Sophie hinabzublicken und zwei Wörter zu wiederholen. »Mein Gott.«

Seine Gedanken schienen sich durch einen zähen Brei kämpfen zu müssen. »Was sollen wir tun?«, fragte er.

Luise war die Ruhe in Person, sie sah ihm fest in die Augen. »Wir können versuchen, sie wiederzubeleben. So, wie deine Eltern es angewiesen haben. Als Ärztin bin ich sogar dazu verpflichtet. Du würdest Hilfe holen. Die Pfleger würden ins Zimmer stürmen und mich bei der Reanimation unterstützen. Gut möglich, dass wir Sophie zurückholen würden.«

»Scheiße!«, sagte er.

»Es gibt eine Alternative.« In die Wärme in Luises Augen mischten sich Sachlichkeit und kühle Intelligenz. »Ich gehe für ein paar Minuten auf die Toilette. Du kannst dich in der Zeit von ihr verabschieden. Wenn du fertig bist, kommst du raus. Wir wünschen der Stationsschwester einen ruhigen Abend und fahren nach Hause.«

»Du meinst, wir lassen sie einfach hier liegen?«

»Als wäre sie am Leben. Genau. Es wird sicher eine Weile dauern, bis jemand zu ihr kommt. Dann wird es zu spät sein.«

»Das ist unterlassene Hilfeleistung. Wir machen uns strafbar.«

»Deswegen müsste es unser Geheimnis bleiben.«

Ihre Worte tropften in seinen Verstand. Er nickte. »Okay«, sagte er.

»Es ist das Richtige. Du weißt es.« Sie strich ihm über die Schulter, griff ihre Handtasche und war weg.

Alexander fühlte sich wie in einem schlechten Film. Er zog seinen Stuhl wieder heran und setzte sich, nahm Sophies Hand und betrachtete seine sterbende Schwester. Oder war sie vielleicht schon tot?

Er konnte keinen Unterschied feststellen. Ihre Hand war warm, ihr Gesicht sah aus wie immer. Aber natürlich hatte Luise recht. Die kaum merkliche Bewegung des Brustkorbs hatte aufgehört.

Ihr Bild verschwamm hinter feuchten Schlieren. Das dumpfe Gefühl pochte in seiner Brust wie eine mächtige Faust gegen eine lange verschlossene Tür. »Es tut mir leid, kleine Schwester. Es tut mir so leid.«

36

Jan Tilman sah am Montagmorgen nicht so aus, als hätte er am Sonntag noch viel Schlaf gefunden.

»Wir haben nichts«, sagte er und fuchtelte mit der Zigarette zwischen seinen Fingern herum. Für seine Verhältnisse schon fast ein Wutanfall. »Einen dämlichen Namen, einen Fußabdruck und biometrische Spielereien. Dazu zwei Leichen, eine tote Katze und zwei Verletzte.«

Auf Tilmans Schreibtisch lagen die aktuellen Ausgaben von *Bild* und *Morgenpost*. Beide Blätter hatten Lunte gerochen, mutmaßten über einen Serienkiller und stellten Verknüpfungen her, die der Wahrheit verblüffend nahekamen. Und den Stillstand der Ermittlungen schonungslos aufdeckten.

»Wie können die das alles wissen?«, fragte Alexander.

»Irgendwie kriegen die das immer raus.« Der Oberkommissar wischte mit der Hand über das Papier. »Sie haben den Rentner interviewt. Und meistens finden sie den einen oder anderen Beamten, der gerne sein Gehalt etwas aufbessert. Scheiße!« Er faltete die Zeitungen zusammen, trotz seines Ärgers mit erstaunlicher Sorgfalt. »Der Innensenator hat mich noch vor dem ersten Kaffee angerufen. Er hat sofort zum Hörer gegriffen, als er die Schlagzeilen gesehen hat. Karl Weber hat auf Druck des Präsidiums für heute Mittag eine Pressekonferenz angesetzt.«

Bis dahin bräuchte Tilman dringend eine Dusche, eine

Rasur und ein frisches Hemd, dachte Alexander. Aber darauf würde der Pressesprecher schon achten.

»Ich wünschte, wir hätten mehr über den Kerl.« Tilman starrte auf die Zeitungen, als könnte er die Berichte aus der Welt schaffen, wenn er sie nur beharrlich genug mit seinem Blick fixierte.

»Wieso eigentlich ein Kerl?« Die Frage war Alexander rausgerutscht. Eine Nacht lang hatte er Luise für Rafael gehalten. Das war Quatsch, klar. Aber ...

»Wie meinst du das?« Tilman sah nicht hoch. Seine Stimme klang erschöpft.

»Die Schuh- und Körpergröße, die Verbindung zu den Katzen. Allesamt männliche Opfer. Warum sollte Rafael keine Frau und der Name nicht eine Täuschung sein?«

»Der gesunde Menschenverstand spricht dagegen. Und die Statistik.« Tilman zuckte mit den Schultern. Er schien nicht weiter auf die Frage eingehen zu wollen, blickte aber doch auf und musterte Alexander mit zusammengekniffenen Augen. »Nur so eine Ahnung?«, fragte er.

Alexander strich sich mit der Hand übers Kinn. Sollte er seinem Vorgesetzten wirklich von dem albernen Verdacht erzählen?

»Na komm schon, raus damit«, sagte Tilman, jetzt deutlich wacher. »Jedes Detail kann uns weiterhelfen.«

»Also gut.« Er erzählte von seiner Beobachtung und dem Verdacht gegenüber Luise. »Das waren natürlich Hirngespinste, sie hat sich nur am Wohnzimmertisch gestoßen. Aber das hat mich auf den Gedanken gebracht. Eine Frau mit medizinischen Kenntnissen, die mit Messern und Schlagwerkzeugen umgehen kann und ein Problem mit Männern hat. Warum nicht?«

Tilman starrte in die Luft, in seinem Gehirn schienen

sich diverse Schalter umzulegen. Es fehlten nur begleitende Klick- und Surrgeräusche.

Nach einer halben Minute kehrte das Leben in seinen Körper zurück. Tilman griff zum Telefonhörer.

Und weitere zwei Minuten später war nichts mehr, wie es einmal war.

37

Er raste zum Institut für Rechtsmedizin. Der Mann am Empfang kannte ihn inzwischen, und Alexander kannte den Weg in Luises Büro.

Sie war nicht da. Er lief zurück, und der Muskelmann brauchte zwei Telefonate, um herauszufinden, dass sie am Seziertisch stand und nicht gestört werden durfte.

Alexander wartete eine geschlagene Stunde in seinem Auto, in der er sich bemühte, nicht weiter über alles nachzudenken. Er hörte die Nachricht ab, die seine Mutter ihm am Vorabend auf die Mailbox gesprochen hatte. Nachdem sie vorher gefühlte hundert Mal vergeblich versucht hatte, ihn ans Telefon zu kriegen. Mit tränenerstickter Stimme teilte sie ihm mit, dass Sophie unerwartet verstorben sei.

Seine Stimmung war so oder so am Boden, als er zum zweiten Mal das Institut betrat.

Jetzt saß Luise an ihrem Schreibtisch, eine aufgeschlagene Akte in der einen, ein Diktiergerät in der anderen Hand. Sie sah auf, als er in ihr Büro trat.

»Tilman hat mit den Polizisten gesprochen!« Es platzte aus ihm heraus. Die Wunde auf dem Kopf pochte.

»Alexander!«

Ihr liebevolles Lächeln nahm seinen Verstand in die Mangel. Sie stand von ihrem Stuhl auf, als ob nichts wäre, ging auf ihn zu, hob die Hände zu einer Umarmung.

Alexander wehrte sie ab. Das Lächeln erstarrte auf ihrem Gesicht. »Was hast du denn?«

»Die Polizisten, die dich ins Krankenhaus gefahren haben, haben beide gesagt, dass du schon gehumpelt hast, als du in die Wohnung gekommen bist.«

Luise zuckte mit den Achseln. »Ja und?«

Alexander seufzte. Seine Worte würden den Traum zerstören, den sie gemeinsam geträumt hatten, seit sie sich im Institut zum ersten Mal begegnet waren. Eigentlich war er bereits zerplatzt.

»Du hast mich angelogen, Luise. Du hast gesagt, du hättest dich in deiner Wohnung am Tisch gestoßen. Nachdem du vom Laufen zurückgekommen bist.«

»Möglich. Warum ist das denn wichtig?« Ihre Stimme klang auf einmal ganz dünn.

Er fasste sie an die Schultern. Die Berührung fühlte sich auf eine Weise fremd an, die wehtat. »Ich habe Angst, dass du nicht die bist, für die ich dich halte.«

Luises Blick verlor sich an einen unbekannten Ort. Sie nickte kaum merklich. »Ich habe dich angelogen«, sagte sie, so leise, dass er sie kaum verstehen konnte. »Der Schmerz im Oberschenkel ist mir erst auf dem Weg zum Streifenwagen aufgefallen. Ich habe mein Bein später vor dem Schlafengehen untersucht. Dort war ein großes Hämatom. Die Wahrheit ist, dass ich mich nicht erinnern kann, wobei ich mich verletzt habe.«

Sie atmete tief durch, suchte seinen Blick. »Was ich weiß, ist, dass ich dich liebe. Ich könnte dir nie etwas zuleide tun. Das musst du mir glauben!«

Er hörte ihre Worte, sah sie an, lange und intensiv.

»Bitte!«, sagte sie.

Wenn er sich je bei einer Sache sicher war, dann darin, dass Luise die Wahrheit sagte. Er nickte. »Aber was ist los mit dir? Warum passieren dir Sachen, an die du dich nicht erinnerst?«

Luise schwieg. Durch ihr Gesicht arbeitete sich ein gequälter Ausdruck, als kostete es sie enorme Überwindung, über dieses Thema nachzudenken.

»Ich kann ... ich glaube ...«

Die Zimmertür wurde aufgestoßen. Drei uniformierte Polizisten betraten den Raum, dicht gefolgt von Jan Tilman. Der muskulöse Institutswärter trottete hinter ihnen her, schlackerte hilflos mit den Armen.

Der Oberkommissar baute sich in der Mitte des Zimmers auf. Sein ohnehin neutrales Gesicht schien vor Förmlichkeit zu stauben.

»Doktor Luise Kellermann, es tut mir sehr leid, aber ich muss Sie bitten, uns zu begleiten. Sie sind vorläufig festgenommen.«

38

Alexander polterte in Webers Büro. »Haben Sie davon gewusst? Haben Sie es genehmigt?« Er brachte sich vor dem Schreibtisch in Position.

Der Chef der Mordkommission zog die Augenbrauen in die Höhe. »Guten Morgen! Danke, dass Sie anklopfen, Herr Kommissar.« Weber legte die Akte, die er in den Händen hielt, zurück auf einen Stapel. Provozierend langsam, wie Alexander fand. Er wäre am liebsten über den Tisch gesprungen und hätte seinen Chef zu einer schnelleren Antwort ermuntert. Mit den Fäusten.

»Jan Tilman hat mich vorhin informiert. Wir waren zusammen beim Staatsanwalt, haben die Lage besprochen. Er hat die vorläufige Festnahme von Frau Doktor Kellermann und die Durchsuchung ihrer Wohnung und ihres Büros angeordnet. Auf meine Empfehlung hin.« Er lehnte sich in seinem Stuhl zurück. »Beantwortet das Ihre Fragen?«

Alexander stützte sich auf Webers Schreibtisch und beugte sich vor. »Tilman hat nichts in der Hand gegen Luise Kellermann. Nichts als Vermutungen und Spekulationen. Die Ermittlungen stecken in einer Sackgasse. Er steht unter Druck und braucht gegenüber dem Senator und der Presse einen Ermittlungserfolg. Das ist es doch.«

»Sie selbst haben ihn auf die Spur gebracht. Oder habe ich das missverstanden?«

Alexanders Hände krallten sich an die Tischplatte. Die Gelenke knackten. »Ich habe die Idee geäußert, dass der Täter eine Frau sein könnte. Nicht, dass Luise Rafael ist.«

Weber atmete tief aus, faltete seine Hände über dem Bauch, der sich unter einem blauen Flanellhemd abzeichnete.

»Sie unterschätzen Tilman. Es gibt keine Beweise, dass Frau Doktor Kellermann Rafael ist. Das stimmt. Aber gewichtige Indizien, die einen dringenden Tatverdacht nahelegen.«

»Da bin ich mal gespannt.«

»Tilman hat sich vom Chef des Instituts für Rechtsmedizin den Dienstplan der Ärztin geben lassen. Sie hat regelmäßig Dienste, an ungefähr jedem dritten Tag. Rufbereitschaft, falls ein Mordopfer oder ein lebendes Opfer einer Gewalttat untersucht werden muss. Wenn bei einem Tatverdächtigen eine Blutabnahme angeordnet wird oder jemand auf seine Haftfähigkeit hin begutachtet werden muss. Rafaels Überfälle fanden allesamt in Nächten statt, in denen sie dienstfrei hatte.« Er suchte Alexanders Blick, musterte ihn mit einem undurchdringlichen Ausdruck im Gesicht.

»Oder können Sie ihr vielleicht ein Alibi liefern? Wie man so hört, hat sich Ihr Verhältnis zu Frau Doktor Kellermann deutlich intensiviert.«

Alexander schnaufte. »Wie man so hört, halten Sie große Stücke auf mich. Wie man hört, ist eine Ahnung von mir mehr wert als die Recherchen eines ganzen Ermittlerteams. Ich habe mit ihr gesprochen. Und ja, ich kenne sie besser als jeder andere hier. Ich hätte es bemerkt, wenn sie gelogen hätte. Sie ist nicht Rafael.«

»Wir haben den Fußabdruck aus der Wohnung des Tierarztes. Schuhgröße 37 bis 39. Die Ärztin trägt 38. Sie hat die Fähigkeiten und die Sachkenntnis, um solche Morde zu begehen, ohne Spuren zu hinterlassen. Dazu kommt die

Verletzung am Bein. Und ihre Beschreibung von Rafaels Größe und Körperbau treffen ebenfalls auf sie zu.«

»Er ist viel kräftiger als Luise.«

»Er oder sie hat eine Lederjacke getragen, darunter eine Kapuzenjacke. Ein oder zwei Stofflagen mehr, ein zweiter Pullover, ein dickes Hemd unter der Jacke, und voilà.«

»Und was ist mit dem Motiv?«

Weber zuckte mit den Achseln. »Sie kennen die Geschichten von Feuerwehrleuten, die zu Pyromanen werden? Die selbst Brände legen, um sich dadurch in Szene zu setzen? Vielleicht so etwas.«

Der Hauptkommissar musterte ihn mit ernstem Gesicht. »Ich weiß nicht, wie Sie das objektiv einschätzen. Aber nach allem, was ich im Polizeidienst gelernt habe, reicht das für einen Tatverdacht. Tilman wird sie intensiv befragen, ihre Alibis prüfen. Morgen wird sie dem Haftrichter vorgeführt. Sie wäre nicht die Erste, die unter solchen Umständen ein Geständnis ablegt.«

Alexanders Blick glitt über die Akten, die halb leere Kaffeetasse, den Kugelschreiber und das Telefon auf dem Schreibtisch seines Chefs. Daneben lag eine blaue Plastikbox, in der sich vermutlich ein zweites Frühstück befand. Wenn er weit ausholte, könnte er die ganze Tischplatte mit einem einzigen Schwingen seines Arms abräumen.

»Sie bauen auf ihre psychische Labilität, setzen sie unter Druck«, sagte er stattdessen. Seine Stimme zitterte. »Sie zerstören ihre Existenz. Aber sie wird nicht gestehen, was sie nicht getan hat.«

»Öffnen Sie die Augen, Alexander Pustin. Wir werden sie fair behandeln. Alles geschieht unter größtmöglicher Diskretion. Wenn sie unschuldig ist, ist sie morgen wieder auf freiem Fuß, und es wird nichts an ihr hängen bleiben.«

»Es bleibt immer etwas hängen, das wissen Sie so gut wie ich.« Alexander hatte genug gehört. Er wandte sich um und stapfte Richtung Tür.

Weber donnerte los, in einer Lautstärke, die Alexander zusammenfahren ließ. »Sie werden dieses Büro nicht verlassen. Sie kommen jetzt hierher zurück und pflanzen Ihren gottverdammten Arsch auf diesen Stuhl da.«

Alexander blieb vor der Tür stehen. Drehte sich herum. Der Chef der Mordkommission war aufgesprungen, wies mit seinem fleischigen Zeigefinger auf den Ledersessel. Ein Anflug von Röte zeichnete sich auf seinen Wangen ab.

»Ich habe etwas zu erledigen«, sagte Alexander.

»Warum habe ich das drängende Gefühl, dass Sie meinem Oberkommissar die Fresse polieren wollen?«

Alexander zuckte mit den Achseln. Weil es so ist, dachte er.

»Kommen Sie her!« Weber stand da, als könnte er aus seinem Finger einen Traktorstrahl abschießen, der die Zimmertür verriegeln und Alexander auf den zugewiesenen Stuhl zwingen würde.

Das war natürlich Quatsch. Alexander trottete trotzdem zurück vor den Schreibtisch. Er ignorierte den Stuhl, den sein Chef noch immer mit dem Zeigefinger anvisierte.

»Ich sehe genau zwei Möglichkeiten, was Sie tun können, bevor Sie diesen Raum wieder verlassen«, sagte er. »Wollen Sie wissen, welche?«

Blöde rhetorische Frage. Alexander wackelte unschlüssig mit dem Kopf. Dem Hauptkommissar schien das als Zustimmung auszureichen.

»Variante eins: Sie versprechen mir in die Hand, dass Sie keine Scheiße bauen werden. Ich erwarte nicht, dass Sie Tilmans bester Kumpel werden. Aber Sie reißen sich zusammen und arbeiten professionell weiter, bis wir diese Mordserie aufgeklärt haben. Ich muss Sie aus den direkten Ermittlungen abziehen, weil sie befangen sind. Aber wir finden sicher einen Weg, wie Sie uns aus dem Hintergrund helfen können.«

»Variante zwei?«

»Sie händigen mir sofort Ihren Dienstausweis aus. Ein Beamter eskortiert Sie aus diesen heiligen Hallen, und Sie können sich noch heute bei der S-Bahn-Wache bewerben.«

Alexander stand verdattert vor seinem Chef. Sein Zorn war keineswegs verraucht, aber Weber und sein Zeigefinger schafften es tatsächlich, ihn auszubremsen. Er wusste nicht, was er sagen sollte.

Weber watschelte um seinen Schreibtisch herum, stellte sich vor ihn und packte ihn mit den Händen an den Schultern. »Sie sind ein hervorragender Polizist, Alexander! Ich brauche Sie hier. Und Luise braucht Sie auch. Fahren Sie zu ihr, stehen Sie ihr bei. Sie helfen ihr nicht, wenn Sie wegen einer Tätlichkeit gegen einen Beamten Ihre Karriere verkacken.«

Die Worte rauschten durch Alexanders Kopf. Eine zweite Stimme gesellte sich dazu. »Du bist eine Enttäuschung«, brüllte Vater.

Alexander war voller Wut. Er rang mit dem übermächtigen Wunsch, etwas zu zerstören, bevorzugt die Visage seines Vorgesetzten.

Webers Blick gab ihn nicht frei. »Ich warte auf Ihre Entscheidung, Herr Kommissar.«

39

Alexander kannte die Untersuchungshaftanstalt bisher nur von außen. Als monumentalen, mit Fenstergittern, Wachturm und Natodraht bewehrten Rotklinkerklotz, dessen Erscheinungsbild auf das Elend schließen ließ, das den Insassen im Inneren der Mauern widerfuhr.

Er saß in einer muffigen Besucherzelle im kalten Licht einer Neonlampe und konnte nicht fassen, dass Luise ihm als Untersuchungshäftling gegenübertreten würde.

Ein Vollzugsbeamter schob sie durch eine gesicherte Stahltür herein. Die Tür fiel mit Nachdruck ins Schloss.

Alexander sprang auf, streckte seine Arme nach ihr aus. Luise ignorierte die Geste und sank auf ihren Stuhl.

Er blieb neben ihr stehen, strich ihr über den Rücken. Die Berührung schien an ihr abzuprallen.

Luises Kopf hing kraftlos zwischen ihren knochigen Schultern, die Haare waren zerzaust, die Miene war erstarrt. Wie ein angeschossenes Reh, das von seinem Jäger blutend und verängstigt in einem engen Käfig zurückgelassen worden war.

»Was willst du?« Sie sah ihn nicht an, die Schärfe in ihrer Stimme schnitt ihm ins Herz.

»Luise, es tut mir so furchtbar leid. Ich habe das nicht gewusst. Nicht gewollt.« Er schluchzte.

Ihr Oberkörper sank noch tiefer Richtung Tischplatte. »Oberkommissar Tilman fand deine Schlussfolgerungen offenbar sehr überzeugend.«

»Sie haben nichts gegen dich in der Hand, verstehst du? Ein paar vage Indizien, wilde Spekulationen, nichts weiter.« Alexander kniete sich neben sie. »Du bist hier im Nu wieder raus. Hab keine Angst.«

»Weißt du, wovor ich mich wirklich fürchte, Alexander?«

Zumindest sah sie ihn nun an. Er schüttelte den Kopf.

»Was weißt du eigentlich von mir?«

»Ich weiß, dass du ein ...«

»Nein, nicht das. Was weißt du von dem Leben, das ich geführt habe, bevor wir uns kennengelernt haben? Was ich früher gemacht habe? Wer meine Eltern waren? Wie ich aufgewachsen bin?«

Alexander zuckte mit den Schultern. »Das ist nicht wichtig.«

»Du glaubst zu wissen, wer ich bin. Aber du weißt es nicht. Tatsächlich weiß ich es selbst nicht. Ich habe daran keine Erinnerungen.«

Tränen rannen ihr über das Gesicht, bildeten neben der Nase ein trauriges Rinnsal. Ihre Augen waren wie tot.

»In den Nächten, in denen Rafael zugeschlagen hat, hatte ich dienstfrei. Ich war jedes Mal draußen unterwegs. Laufen. Stundenlang.«

Ihre Augen weiteten sich. Die Pupillen waren zwei kalte schwarze Löcher, die alles Lebendige verschlangen.

»Ich habe geglaubt, dass das mit uns echt ist. Dass wir zusammenbleiben und ein Liebespaar sein könnten. Dass wir ...« Ein Weinkrampf schüttelte ihren Körper.

Alexander umschlang sie mit den Armen. Es fühlte sich an, als umarmte er eine Schaufensterpuppe.

»Dass wir zusammen die Berge sehen werden. Aber die Wirklichkeit, Alexander, ist eine andere.«

Luises Worte schienen das Besucherzimmer um sie herum schrumpfen zu lassen. Er wollte, dass sie aufhörte zu sprechen. Er wollte die alte Wirklichkeit zurück, die Luise mit jedem einzelnen Wort ein Stück mehr zerlegte. Aber es ließ sich nicht stoppen.

»Ich kann mich nicht erinnern, wo ich gewesen bin. Ob ich die ganze Zeit über gejoggt bin. Oder was ich sonst gemacht habe.«

»Nein!« In seinem Kopf schrie er. Die Lautstärke des Ausrufs konnte er mäßigen. »Das darfst du nicht denken. Genau dahin wollen sie dich kriegen. Dass du unsicher wirst. Am Ende etwas gestehst, was du nicht getan hast.« Er löste sie aus der Umarmung, schob sie von sich und sah ihr ins Gesicht. »Luise, gib jetzt nicht auf! Bitte!«

»Was ist«, sagte sie, als ob er zu der nackten Zimmerwand gesprochen hätte, »wenn ich Rafael bin?«

40

Sie waren mir dicht auf den Fersen, hofften, mich zu schnappen. Mich aus meiner Behausung ausgraben und hervorzerren zu können wie eine Ratte aus ihrem Loch.

Aber da kannten sie mich schlecht. Ich wusste, wann es Zeit war, in Deckung zu gehen und mich zu verkriechen. Genau das habe ich getan. Verborgen an einem Ort, an dem sie mich nicht finden konnten. Nicht, solange ich nicht gefunden werden wollte.

Sie fragen sich, ob es mir schwergefallen ist?

O ja, das ist es. Die Jagd fehlte mir. Das Töten, das den Schmerz in mir befreite.

Ich litt und ertrug es. Jeder hatte seinen Preis zu zahlen, dies war meiner. Es tröstete mich zu wissen, dass Luise in ihrem eigenen Kerker saß und ebenfalls litt. Sie zahlte ihren Preis für das, was sie kaputt gemacht hatte.

Was mich viel mehr tröstete: Ich wusste, meine Zeit würde kommen. Wenn ich aus meinem Versteck hervorstoßen und ihnen meinen Namen entgegenschreien würde.

41

Die Nacht und der nächste Vormittag zogen sich hin wie ein nicht endender Fiebertraum. Mit dem Unterschied, dass Alexander sich bei hohem Fieber eine volle Dröhnung Ibuprofen verpasst und die Zeit schlafend im Bett verbracht hätte. So hing er seit den Morgenstunden im Polizeipräsidium herum und ließ die Neuigkeiten auf sich einprasseln. Die Durchsuchungen von Luises Wohnung und Büro hatten nach vorläufiger Auswertung keine neuen Erkenntnisse gebracht.

Ein schwacher Trost.

Zwischendurch rief seine Mutter auf dem Handy an. Er ging nicht ran, hörte aber ihre Mailboxnachricht ab. Rita bat mit gebrochener Stimme um einen raschen Rückruf, um Details der bevorstehenden Trauerfeier und Beerdigung von Sophie zu besprechen.

Alexander rief natürlich nicht zurück. Er ignorierte auch Mutters nachfolgende Anrufe.

Der K.-o.-Schlag erfolgte um die Mittagszeit. Weber bat Alexander zu sich ins Büro und teilte ihm mit, dass Luise gegenüber der Haftrichterin angegeben hatte, nicht zu wissen, ob sie die Morde begangen habe. Die Richterin hatte dies offenbar als halbes Geständnis gewertet, einen hinreichenden Tatverdacht abgeleitet und die weitere Untersuchungshaft angeordnet.

»Zumindest hat sie einen hervorragenden Strafverteidiger«, sagte Weber. »Er war bei der Anhörung dabei und will erreichen, dass Doktor Kellermann in eine psychiatrische

Klinik verlegt wird. Er argumentiert, falls sie tatsächlich diese Morde begangen hat, müsste bei ihr ein ernsthaftes psychisches Problem vorliegen. Das wiederum hätte dann Einfluss auf ihre Schuldfähigkeit.«

Falls die Mitteilung ihn irgendwie aufmuntern sollte, hatte sie ihren Zweck verfehlt. Die Psychiatrie! Als ob dort irgendetwas anders wäre. Luise war unschuldig, scheiße noch mal!

Weber schickte ihn nach Hause.

Alexander zwang sich zu einem Spaziergang. Er holte sich Nudeln vom Asiaten, vertilgte ein paar Gabeln auf dem Rückweg und entsorgte den Rest in die Mülltonne.

Zu Hause wälzte er sich auf seinem Bett herum. Sein bescheidener Biervorrat war aufgebraucht. Statt der Glutamat-Nudeln hätte er sich besser ein Sixpack besorgt. Jetzt fühlte er sich nicht mehr in der Lage loszuziehen.

Irgendwann fiel ihm die Weinflasche ein, die zusammen mit Luises Sportklamotten und den Übernachtungssachen in seinem Kofferraum lag. Der Wein hatte einen romantischen Abend begleiten sollen.

Alexander lachte bittere Tränen.

Absurd. Sein spontaner Abendbesuch hatte das Ende eingeläutet. Das Ende von allem.

Irgendwie schaffte er es aus der Wohnung bis zu seinem Auto und mit der Flasche wieder zurück.

Ein Blauburgunder, guter Jahrgang.

Er schenkte ihm einen unruhigen, traumlosen Schlaf.

42

Luise schlief, schon seit einer halben Stunde. Zumindest würde das die Überwachungskamera an der Zimmerdecke den Vollzugsbeamten auf den Bildschirmen zeigen.

Tatsächlich war sie hellwach. Sie hatte sich mit dem Gesicht von der Kamera weggedreht und den Reißverschlussgriff ihrer Jeans, den sie beim abendlichen Ausziehen herausgebrochen und in der Hand versteckt hatte, in Position gebracht.

Ihr linker Oberarm lag angewinkelt unter dem Oberkörper. Zusätzlich hatte sie den Ärmel des Nachthemds hochgekrempelt und einen Teil des so entstandenen Stoffringes in die Arminnenseite gedrückt. Nach wenigen Minuten hatte der Arm gekribbelt, nach weiteren Minuten war er taub geworden. Jetzt lag er wie eine riesige Fleischwurst, die durch einen irren Zufall mit ihrer Schulter verwachsen war, mit ihr unter der Bettdecke.

So würde es nicht wehtun.

Die Unvermeidlichkeit dessen, was sie vorhatte, war ihr in dem Augenblick klar geworden, als die Polizisten sie aus ihrem Arbeitszimmer geführt hatten.

Sie hatte sich ihre Maske heruntergerissen. Sich auf Alexander eingelassen und Dinge erlebt und gefühlt, die sie sich vorher nie hätte erträumen können.

Vielleicht war sie zu weit gegangen, hatte die Zeichen nicht erkennen wollen. Ihr Leben kam ihr vor wie eine Burg aus Eis, die lange Zeit Sicherheit und Festigkeit vorgetäuscht hatte und nun beim ersten warmen Regen dahinschmolz. Ihr war das Glück durch die Hände geronnen. Es war nichts mehr übrig.

Gleich würde es ihr warmes Blut sein, das floss. Der Körper würde tun, was ihrem Geist bereits widerfahren war. Ausbluten, leer werden.

Sie drückte mit den Fingern der rechten Hand gegen das Ende des Reißverschlussgriffs. Dort, wo er abgebrochen war, ragten zwei winzige, scharfe Spitzen heraus. Sie würde etwas kratzen und bohren müssen. Das sollte kein Problem sein.

Sie ertastete die Vertiefung zwischen den Sehnen des linken Handgelenks, in der die Radialisarterie Richtung Ellenbeuge verlief. Es gab keinen Puls, der ihr bei der Suche half, den hatte sie durch den improvisierten Stauverband am Oberarm unterbunden. Wenn sie die Arterie aufgeschlitzt hatte, würde sie das Blut wieder freigeben.

Die Vorstellung, dass sie diese schrecklichen Taten begangen haben könnte, war grauenhaft. Beinahe schlimmer war, dass sie tatsächlich nicht wusste, ob sie es getan hatte. Erinnerungen, Verstand und Gefühl blieben ihr die Antwort schuldig.

Unerträglich.

Mit der Schuld könnte sie unmöglich leben. Mit der Ungewissheit schon gar nicht. Der Gedanke, gar nicht erst erfahren zu müssen, ob in ihr eine andere, eine mörderische Seite lauerte, war unglaublich erleichternd.

Sie drückte den Reißverschlussgriff gegen die Haut, die scharfe Spitze bohrte sich in die Tiefe. Wenn sie ihr improvisiertes Skalpell nach oben riss und die Stauung löste, war es eine Sache weniger Minuten. Die Bettdecke würde den sich ausbreitenden Blutfleck lange genug vor den Blicken der Wärter verbergen.

Sie atmete aus.

Spannte die Muskeln im rechten Arm an.

Erhöhte den Druck des Metallgriffs.

Und zögerte.

War es die Angst vor dem letzten Schritt? Oder ein Rest Hoffnung, dass es doch eine Alternative gab?

Im Gegensatz zu ihr schien Alexander nicht zu zweifeln. Reichte sein Vertrauen für sie beide? Um sich eine Chance zu geben? Und wenn ja, wie konnte der andere Weg aussehen?

Ihr Anwalt wollte ihre Verlegung in die Forensische Psychiatrie erreichen. Als möglicherweise psychisch kranke Straftäterin, die im Falle einer Verurteilung zur Therapie geschlossen untergebracht würde, statt ins Gefängnis gesperrt zu werden.

Was für Aussichten!

Luise dachte darüber nach. Das Wissen, an der Schwelle zwischen Leben und Tod zu stehen und es selbst in der Hand zu haben, entspannte sie. Unwillkürlich tauchten Erinnerungen aus einer vergessenen Zeit auf. Das Gelächter zweier Kinder, das den Gesang von Vögeln übertönte. Der Geschmack von Himbeeren. Eine ruhige, freundliche Frauenstimme, die ihr gut zuredete. Ein rotes Leuchten, das ihr unglaubliche Angst machte. Und sie sah Blut. Unmengen davon.

O Gott. Welchen Weg sie auch immer wählte, den kurzen, endgültigen oder den langen und qualvollen.

Es würde ein blutiger werden.

Sie traf eine Entscheidung. Und ließ die scharfe Kante durch ihre Haut gleiten.

Blut floss. Schmerz spürte sie keinen.

43

Der Klingelton seines Handys bahnte sich einen Weg durch Halbschlaf und Brummschädel. Alexander schlug die Augen auf und tastete nach dem Telefon, das irgendwo vor dem Bett auf dem Fußboden lag. Es gab Schöneres, als verkatert und übellaunig am frühen Morgen von Stanislav Kopinski geweckt zu werden.

»Hallo, Alexander. Entschuldige, dass ich dich wecke«, sagte der Polizeiobermeister mit seiner angestrengt klingenden Aussprache. »Ich dachte, du solltest es sofort erfahren.« Er ließ Alexander eine Sekunde, um wach zu werden und sich innerlich auf das einzustellen, was dem Tonfall nach nur eine schlechte Nachricht sein konnte. Er rückte gleich damit heraus. »Luise Kellermann hat heute Nacht versucht, sich das Leben zu nehmen.«

Die Klinik für Forensische Psychiatrie war ähnlich gesichert wie die Untersuchungshaftanstalt, bemühte sich aber um ein freundlicheres Gesicht. Hohe Plexiglaswände umgaben den Außenbereich und ermöglichten den Blick auf das Gebäude und eine darum herum angelegte Grünfläche.

Alexanders Dienstausweis öffnete ihm die Sicherheitsschleusen. Statt Stahl und Beton überwogen im Inneren des Baus Elemente aus Panzerglas, die dem Eindruck von Enge und Eingesperrtsein entgegenwirken sollten.

Ein schmerbäuchiger Krankenpfleger empfing ihn und geleitete ihn über die Station. Warme Beigetöne und sanftes, indirektes Deckenlicht sollten wohl eine ruhige, behagliche Atmosphäre schaffen. Eine junge, dunkelhäutige Frau saß auf einem Stuhl, starrte vor sich auf den Fußboden und knetete einen Gummiball mit Noppen in den Händen. An einer großen, blonden Frau mit finsterem Blick schienen auch die Segnungen von Feng-Shui und Farbpsychologie einfach abzuprallen. Sie tigerte auf dem Flur auf und ab, schnaufte dabei wie eine Hundertmeterläuferin, die versehentlich auf die Zehntausendmeterstrecke geraten war. Von irgendwo ertönten gedämpfte Schreie. Willkommen in der Klapse, dachte er.

Der Pfleger führte ihn zu einer Tür am Flurende, klopfte und wartete eine Sekunde, bis er öffnete und hineinschaute. Er ließ Alexander ins Zimmer und zog die Tür von außen zu.

Alexander hatte sich vieles ausgemalt. Luise mit verquollenen Augen und zerzausten Haaren. Luise bis zur Benommenheit mit Medikamenten vollgepumpt. Luise mit Gurten ans Bett gefesselt.

Tatsächlich saß sie auf einem Stuhl. Ihr Bett war ordentlich bezogen, wirkte unberührt. Ihr Gesicht war blass wie Kreide, aber in ihre Augen war das Leben zurückgekehrt. Die Haare hatte sie zu einem lockeren Pferdeschwanz zusammengebunden, wodurch sie ungewöhnlich jung aussah.

In der rechten Hand hielt sie eine medizinische Fachzeitschrift, die linke zierte am Gelenk ein sauberer Verband.

Sie lächelte unsicher, als sie ihn sah, stand auf und trat ihm entgegen.

Er hob die Arme, zögerte. »Was dagegen, wenn ich dich umarme?«, fragte er.

Statt einer Antwort seufzte sie, drückte sich an ihn. »Ich habe so sehr gehofft, dass du kommen würdest.«

»Geht es dir ... besser?«

»Mmh.« Sie nickte an seiner Schulter. »Ich habe lange nachgedacht letzte Nacht. Und einen Weg gefunden.«

»Indem du dir das Leben nimmst?«

Luise sah ihn an. »Nein«, sagte sie und schüttelte den Kopf. »Ich habe erwogen, mich umzubringen. Ich konnte mir zunächst nicht vorstellen, wie ich mit der Ungewissheit leben sollte. Mit den Fragen. Meiner möglichen Schuld. Aber dann ist mir etwas eingefallen.«

»Der Schnitt an der Pulsader ...«

Sie hob den Arm mit dem Verband. »Mir war klar, dass ich daran nicht sterben würde. Ein stumpfer Schnitt, quer über das Handgelenk. Ich habe die Arterie nicht einmal angeritzt. Hätte ich wirklich sterben wollen, hätte ich anders geschnitten, und wir säßen jetzt nicht hier.«

Alexander gab sich keine Mühe, seine Verwirrung zu verbergen. »Ein angetäuschter Selbstmordversuch? Wozu?«

Sie lächelte, müde zwar, jedoch gelöst. Es tat gut, sie lächeln zu sehen. Ein Hauch der alten Luise, die er liebte. Die er so sehr vermisste.

»Ich wusste, dass der Untersuchungsrichter die U-Haft dann eher in eine vorläufige psychiatrische Unterbringung umwandeln würde. Das ist zulässig, wenn bei einem Untersuchungsgefangenen der Verdacht auf eine gravierende psychische Erkrankung besteht. Somit bin ich jetzt offiziell verrückt.«

Alexander sah sich um. Vor das Fenster waren Gitter montiert, aber drinnen flatterte eine Gardine in freundlichen Pastelltönen. Statt abgestumpfter Schließer liefen Krankenpfleger und -schwestern über den Flur. Wahrscheinlich waren auch Essen und Kaffee besser als in der Untersuchungshaft.

Luise schien seine Gedanken zu erraten. »Es ist nicht wegen der angenehmeren Atmosphäre.«

»Wäre für mich Grund genug, ehrlich gesagt.«

»Ich möchte herausfinden, was mit mir nicht stimmt. Ob die Vorwürfe gegen mich zutreffen oder nicht. Alleine in der U-Haft schaffe ich das nicht.«

»Hier schon? In der Psychiatrie?«

»Ich war bereits in einer ähnlichen Einrichtung. Als Jugendliche. Das ist eines der Dinge, die mir letzte Nacht wieder eingefallen sind.«

Sie nahm einen Becher, befüllte ihn aus einer Wasserflasche. Alles aus Kunststoff, damit niemand auf die Idee kam, Keramik oder Glas zu zerbrechen und Unfug anzustellen.

»Es gab damals jemanden, der versucht hat, mir zu helfen. Ich habe dieser Person vertraut, aber mich nicht öffnen können.«

Sie lehnte sich vor, fasste seinen Arm. Die Berührung tat so gut.

»Ich glaube, dass mir diese Person jetzt helfen kann, Antworten auf die Fragen zu finden, die mich quälen.«

Sie schritt zu ihrem Nachtschrank, zog einen Briefumschlag aus der Schublade und kam damit zu ihm zurück. »Das ist ein Brief an meine frühere Therapeutin.« Sie hielt den Umschlag in die Höhe. »Ich möchte, dass du sie aufsuchst, ihr von meiner Lage erzählst, ihr das Schreiben aushändigst. Und sie um Hilfe bittest.« Sie streichelte über seinen Arm. »Würdest du das für mich tun?«

Er beugte sich vor, drückte ihr einen Kuss auf den Mund. Ihre Lippen waren ganz trocken. »Ich würde alles für dich tun, Luise!« Er pflückte ihr den Brief aus der Hand.

Der Rest an Starre löste sich aus ihrem Gesicht. »Ich fürchte mich vor dem, was ich entdecken werde«, sagte sie. »Du bist der Mensch, dem ich vertraue. Wenn du erträgst, was dabei herauskommt, kann ich es auch ertragen.«

Alexander musste schlucken. Das änderte nichts an dem Kloß, der seinen Hals verstopfte. Er nickte.

44

Stefan Kloppstock war eher ein Schatten als ein Mensch. Wenn er tagsüber, in seinen dunklen Parka gehüllt, durch die Straßen seines Stadtteils im Hamburger Westen schlich, beachteten ihn die Leute gar nicht. Sie wechselten nicht unwillkürlich die Straßenseite, wenn er ihnen begegnete. Aber sie schauten weg, hatten etwas Wichtiges auf dem Smartphone zu erledigen oder wandten sich mit einem Anflug erhöhter Aufmerksamkeit ihrem Gesprächspartner zu. Selten sah ihn jemand genauer an, nie wurde er gegrüßt oder gar in ein Gespräch verwickelt. Es mochte an seiner gekrümmten Körperhaltung liegen. Er ging und stand auf eine Weise, als fehlten ihm an zentralen Stellen des Körpers Knochen und Muskeln zum Aufrichten und als sei er dazu verdammt, Rumpf und Extremitäten auf eine widernatürliche Art zu verdrehen, um gegen die Schwerkraft zu bestehen. Sein Gesicht verschwand unter einem ungepflegten Bart und wirrem Kopfhaar.

In der Morgen- oder Abenddämmerung suchte er im kleinen Park hinter dem Rathaus in den Mülleimern nach Pfandflaschen. Am späten Vormittag tauschte er im schmuddeligen Discounter seine Beute in Münzen um und kaufte sich zu essen: Eintöpfe in Dosen, einen Beutel Kartoffeln oder Bohnen. Immer nur so viel, wie er in zwei Einkaufstüten zu Fuß in seine winzige Wohnung tragen konnte.

Dort verbrachte er die meiste Zeit des Tages.

Sein einziger Besucher war ein Mitarbeiter des sozialpsychiatrischen Dienstes, der jeden zweiten Mittwoch vorbeikam, um nach dem Rechten zu sehen.

Stefan war meisterlich darin geübt, keinen Grund zum Beanstanden zu geben. Er trank keinen Alkohol, nahm niemals Drogen und hielt sich von Kindern und alten Leuten fern. Seine Einzimmerwohnung war unaufgeräumt, er selbst ungepflegt, aber auch da hatte er ein untrügliches Gespür, wie weit er gehen konnte, um nicht unangenehm aufzufallen. Er roch ungewaschen, aber er stank nicht. Sein Zuhause war chaotisch, jedoch nicht vermüllt. Er entsprach perfekt dem Bild eines geistig minderbemittelten und etwas verrückten, dabei friedlichen und halbwegs in die Gesellschaft integrierten Sonderlings. Verbotenes tat er nie. Besser gesagt: nie, wenn jemand hinsah.

Man hätte ihn minutenlang unbemerkt beobachten müssen, um seine kleinen, hellwachen Augen aufblitzen zu sehen, die die Fähigkeit perfektioniert hatten, jede scheinbar unbedeutende Kleinigkeit aus den Augenwinkeln zu erfassen.

Für den normalen Verstand wären es tatsächlich Nebensächlichkeiten, die diese Augen tagtäglich zu Gesicht bekamen. Nicht jedoch für Stefan. Denn seine Welt war gefährlich. Er hütete ein dunkles Geheimnis, und all sein Sein und Schaffen waren darauf ausgerichtet, es vor der Welt zu verbergen. Das war sein Lebensinhalt, darin war er gut. Eine einzige Unachtsamkeit oder Fahrlässigkeit konnte alles zerstören.

Sein Sozialarbeiter hieß Thorsten Geppert. Er wartete auch diesen Mittwoch an der Eingangstür des Mietshauses, in dem Stefan wohnte. Sozialer Wohnungsbau aus den späten Siebzigerjahren, gelegen an einer vielbefahrenen Hauptstraße. Sechs Stockwerke, flaches Dach, graue Fassade und schmale Fenster. Oft hörte Stefan im Hausflur oder unten an der Tür, wie sich die anderen Bewohner über den Zustand der Wohnungen beschwerten: über die uralten Heizungen, die im Spätherbst blubberten und knackten und mehr Geräusche als Wärme erzeugten. Die zugigen, schwergängigen Fenster. Einen Hausmeister, der, falls er überhaupt mal auftauchte, sich die Leute mit Ignoranz und schlechter Laune vom Hals zu halten versuchte. Oder sie meckerten über die Ausländerfamilien mit ihren vielen Kindern, die im Treppenhaus lärmten.

Stefan hielt sich raus aus dem Gerede. Er konnte sich mit allem arrangieren. Sofern man ihn nur in Ruhe ließ.

»Ey Stefan! Bist spät dran heute.«

Das stimmte natürlich nicht. Es war Gepperts Art, Stefans minutengenaue Zuverlässigkeit auf die Schippe zu nehmen.

Thorsten Geppert war in Ordnung. Ein hemdsärmeliger Typ jenseits der vierzig, der mit routinierter Kumpelhaftigkeit seinen Job erledigte und Stefan nie spüren ließ, was der eigentliche Anlass der Besuche war: ihn zu überwachen und zu kontrollieren.

Im Treppenhaus stand der Geruch von Zigaretten, in zu viel Fett gebratenem Essen und jahrzehntealtem Muff. Stefan stellte seine Einkaufstüten vor die Wohnungstür im vierten Stock und schloss auf.

Sein Blick flog durchs Zimmer, aber wie immer vor dem Termin hatte er an alles gedacht. Die Tücher, mit denen er die Fenster normalerweise verhängte, um neugierige Beobachter fernzuhalten und im Winter die Kälte, lagen ordentlich zusammengefaltet auf dem Fußboden unter dem Sofa. Das Geschirr der vergangenen zwei Tage, niemals mehr, stapelte sich in der Spüle. An der Wand neben der Tür wartete eine Plastiktüte mit Schmutzwäsche auf den nächsten Waschtag.

Der Besuch folgte dem immer gleichen Ablauf, der sich in den Jahren zwischen ihnen eingespielt hatte. Thorsten Geppert sah sich in der Wohnung um. Er tat dies beiläufig, als ob es ohne Bedeutung wäre. Dann setzte er sich an den Wohnzimmertisch, öffnete seine Umhängetasche und holte eine Zeitung, seine Thermoskanne und eine Brötchentüte hervor. Stefan steuerte zwei Becher, einen Teller und ein Messer aus dem Küchenschrank bei. Geppert zog ein Franzbrötchen aus der Tüte, schnitt es in kleine Teile und schenkte Kaffee ein. »Was gibt es Neues?«

Natürlich gab es nichts. Zumindest nichts, was er seinem Betreuer erzählen würde. Stefan ließ Geppert an der eintönigen Seite seines Lebens teilhaben. Er hatte vierzehn Tage Zeit, ein paar Erlebnisse zu sammeln oder notfalls zu erfinden, um die ersten Minuten ihres Treffens mit Inhalt zu füllen. Ein Streit mit einem Hundebesitzer im Park, Unterlagen von einer Behörde, Beschwerden im Haus. Wenn er endete, waren das Brötchen meist vertilgt und der Kaffee war zur Hälfte geleert. Den Rest der Zeit plauderten sie über dies und das. Selten mal erzählte Geppert etwas von sich. Wenn, dann unverfängliche Anekdoten von Wanderurlauben auf den Kanaren oder beruflichen Erfolgen seines erwachsenen Sohnes, der Lehramt studiert hatte und als Referendar in einer Grundschule in Süddeutschland arbeitete.

Aber heute lief es anders.

Stefan erzählte von einer Supermarktkassiererin, die sich geweigert hatte, den Pfandbon für ein gutes Dutzend Pfandflaschen einzulösen. Er schob sich ein Brötchenstück in den Mund und griff nach dem Kaffeebecher. Dabei fiel sein Blick auf die Tageszeitung, die zusammengefaltet neben der Brötchentüte lag.

»Mordverdacht. Gerichtsmedizinerin in U-Haft«, schrie es in fetten Buchstaben von der Titelseite. Darunter ein unscharfes Foto der vermeintlichen Killerin mit Bildunterschrift: »Dr. Luise K.«

Ein plötzlicher Hustenanfall ließ seine Hand zucken. Kaffee schwappte über den Becherrand und spritzte auf die Zeitung.

»Alles in Ordnung?«

Stefan brauchte eine Sekunde, bis er den Schreck verdaut hatte. Er stellte den Becher zurück auf den Tisch. »O Mist«, sagte er und wischte mit dem Handrücken über den nassen Fleck, als wollte er retten, was noch zu retten war. Tatsächlich verteilte er so nur die braune Suppe auf dem Zeitungspapier.

Er sah auf. »Tut mir echt leid. Die gute Zeitung.«

Geppert lächelte milde. »Kein Problem. Du bist ja ganz blass geworden.«

Stefan zeigte auf seinen Hals, hustete erneut und würgte den Teigbrocken hinunter. »Nur verschluckt«, sagte er und räusperte sich.

45

»Sami, wo steckst du, alter Gauner?«
Luises Kater hatte sich scheinbar in Luft aufgelöst. Alexander vergewisserte sich, dass die Wohnungstür verschlossen war. Nicht, dass sich das Tier heimlich aus dem Staub machte und er es am Ende durchs Treppenhaus jagen musste.

Der Flur sah halbwegs manierlich aus. Aber das Wohnzimmer, die Küche und das Schlafzimmer hatten seine Kollegen in ein Schlachtfeld verwandelt. Er kannte das aus eigenen Einsätzen: rein in die Wohnung, Schränke und Schubladen durchwühlt, alles, was irgendwie von Relevanz sein konnte, in Umzugskartons verstaut und weg damit. Wie eine Horde Einbrecher, allerdings abgesichert von Schutzpolizisten und legitimiert durch einen Hausdurchsuchungsbefehl. Mit dem anschließenden Aufräumen gab man sich weniger Mühe.

Es war das erste Mal, dass Alexander die Spuren einer Durchsuchung aus den Augen eines Betroffenen sah. Und es schmerzte zu sehen, was neugierige, mit Latexhandschuhen überzogene Polizistenhände aus Luises Privatsphäre hervorgezerrt hatten.

»Sami, komm raus!« Er stand im Schlafzimmer vor dem Bett. Die Bettwäsche lag zusammengeknüllt in der Mitte der gehäuteten Matratze. Das Laken, auf dem er und Luise sich am vorigen Sonntag geliebt hatten, ragte aus dem kleinen Bambuskorb hervor, in dem Luise ihre Schmutzwäsche sammelte.

Gott, war das wirklich erst ein paar Tage her? Er versuchte, die Traurigkeit, die in seiner Brust heranwuchs, runterzuschlucken.

Natürlich hatten sich seine Kollegen auch durch den Kleiderschrank gewühlt, auf der Suche nach einem bestimmten Paar Turnschuhe und einer dunklen Jacke. Sicher hatten sie einige Schuhe einkassiert, um Luises Größe mit dem Fußabdruck abzugleichen. Ein Teil ihrer Laufkleidung war auf dem Schlafzimmerboden verstreut.

Alexander suchte unter dem Bett und im Schrank nach der Katze – sie war nicht da. Er bezog das Bett frisch und räumte die herumliegende Kleidung zurück in den Schrank. Wenn Luise in ihre Wohnung zurückkehrte, sollte sie nicht gleich der Schlag treffen. Er würde Blumen besorgen und in der Wohnung verteilen. Das beste Sushi der Stadt würde er auffahren und auch sonst alles tun, damit Luise diesen Albtraum so schnell wie möglich vergessen konnte.

Er schluckte, aber der Druck in der Brust weigerte sich hartnäckig zu verschwinden. Niemand konnte sagen, wann sie freigelassen würde. Beziehungsweise ob. Denn falls sie tatsächlich schuldig war …

Er knallte die Schranktür zu, als könnte er seine düsteren Gedanken dahinter einsperren, und versuchte, sich auf das Naheliegende zu besinnen. Schließlich hatte er einen Auftrag zu erfüllen.

»Sami!« Allmählich machte er sich Sorgen, dass die Polizisten den Kater während der Durchsuchung hatten entwischen lassen.

Im Badezimmer war er ebenfalls nicht, und langsam reduzierte sich die Anzahl der möglichen Verstecke. Er mochte sich Luises Reaktion nicht ausmalen, wenn er ihr sagen musste, dass Sami nicht mehr in der Wohnung war.

Immerhin verströmte das Katzenklo unter dem Waschbecken einen Geruch, der auf rege Nutzung schließen ließ. Alexander rümpfte die Nase. Da musste er noch ran, bevor er zu Luises früherer Therapeutin weiterfuhr.

Auch im Bad hatten die Beamten getan, was getan werden musste. Er räumte die unzähligen Fläschchen, Tuben und Packungen zurück in die Regale und den Schrank, deponierte Shampoo, ein Duschgel, ein Deo, Tampons, Zahnbürste und Zahnpasta auf einem Extrahaufen auf dem Fußboden. Er hielt kurz inne, als ihm Luises neuer Lippenstift in die Hände fiel.

Er scherte sich nicht weiter um das Druckgefühl im Hals. Nicht um die Tränen, die ihm aus den Augen tropften.

Er liebte sie. Und er konnte verdammt noch mal nicht mehr tun, als ihr Waschzeug zu bringen und den Kater zu versorgen.

Der Lippenstift gehörte nicht zu den Dingen, die er ihr von zu Hause mitbringen sollte. Er legte ihn trotzdem dazu.

Alexander wischte sich die Tränen aus dem Gesicht, schloss die Badezimmertür hinter sich, trat zur Küchenzeile. Ein Teil der Küchenschubladen war herausgezogen, und alles, was auch nur entfernt als Stichwaffe taugte, als mögliches Beweismittel mitgenommen worden. Von Sami weiterhin keine Spur. Er sortierte das herumstehende Geschirr zurück in den Hängeschrank.

Die Packung mit Katzenfutter im Schrank brachte ihn auf die Idee. Er nahm sie heraus und schüttelte sie kräftig. »Sami, es gibt was zu fressen!«

Das zeigte Wirkung. Der Kater sprang ihm aus einer halb geöffneten Schublade des Wohnzimmerschranks entgegen. Er baute sich mit erwartungsvollen Augen vor ihm auf, wie es nur Katzen vollbringen, und machte die dazu passenden Geräusche.

»Da bist du ja! Hast mich schön lange suchen lassen.« Sami ließ geduldig das Streicheln über sich ergehen und stürzte sich dann gierig auf das Futter, das Alexander in einem kleinen Schälchen auf dem Küchenfußboden servierte.

Der Kater schien so weit zufrieden. Alexander wandte sich dem Wohnzimmer zu.

Der bunte Expressionist hing schief an der Wand. Die Spurensicherung hatte wirklich in jede Ritze geguckt. Er rückte das Bild gerade. Luises Fachbücher waren aus dem Regal geräumt und in lieblosen Stapeln dort wieder aufgestellt worden.

In der Schublade, in der der Kater sich versteckt hatte, sah Alexander einige Ordner, die seine Kollegen offensichtlich durchgesehen und zurückgelegt hatten. Obenauf lagen zwei Bücher. Das erste war unschwer als Anatomieatlas zu erkennen. Ein alter Schinken, dessen fester Einband zerkratzt und verblichen war. Aus irgendeinem Grund lag er in der Schublade und stand nicht zusammen mit seinen Fachkollegen oben im Bord.

Das zweite Buch war ein Bildband über die Berge. Er zog ihn heraus. Die Vorderseite zeigte das Matterhorn in der strahlenden Morgensonne, im Innenteil waren die zu erwartenden kitschigen Panorama- und Detailaufnahmen zahlreicher Berggipfel, Almen, Gebirgsseen und uralter, faltiger Menschen mit glücklichen Gesichtern zu sehen.

Der Hauch eines schlechten Gewissens meldete sich. In Luises alten Sachen zu stöbern war nicht Teil seines Auftrags. Er entdeckte einen verblassten, handgeschriebenen Text auf der Innenseite des Buchdeckels. Den musste er dann doch noch lesen:

*Meine liebe Luise,
hoffentlich gefallen dir die Berge genauso gut wie mir! Wer weiß, vielleicht reisen wir mal gemeinsam dorthin?
Dein dich liebender Vater Michael*

Kurz entschlossen legte er den Bildband zu den Dingen, die er Luise mitbringen würde.

46

Schon das Treppenhaus war ehrfurchtgebietend. Hohe Decken, mit feinem Stuck verziert, dazu blank gebohnerte Parkettstufen und ein Geländer aus tiefdunklem Holz, dem man ansah, dass der dazugehörige Baum vor langer Zeit aus dem schwärzesten Dschungel herausgeholzt worden war.

Die Praxis lag im zweiten Stock und begrüßte Alexander mit einem Messingschild, in das neben dem Namen der Ärztin – Dr. med. Katalin Korváth-Berger – eine beachtliche Anzahl von Titeln und Berufsbezeichnungen eingraviert war: Fachärztin für Psychiatrie und Psychotherapie. Fachärztin für Kinder- und Jugendpsychiatrie. Psychoanalytikerin. Hypnotherapeutin.

Jedes einzelne Wort ließ Alexander innerlich ein wenig schrumpfen.

Er hatte mehrmals in seinem Leben Gespräche mit Therapeuten führen müssen. Zuletzt nach seinem Ausraster beim Drogendezernat. Bei der Polizeipsychologin hatte einfach nur der Nachname auf dem Türschild gestanden. Und viel früher, nachdem der Streit mit Mutter eskaliert war. Besser nicht weiter drüber nachdenken.

Er drückte auf die Klingel, der Türöffner summte und öffnete ihm die Tür.

Das Wartezimmer tat es eine Nummer kleiner. Drei eher bescheiden aussehende Plastikstühle, ein Wasserspender in der Ecke, ein paar Magazine auf einem flachen Holztisch. Beeindruckender war das Ölbild an der Wand, das von einer schmalen Bildlampe illuminiert wurde. Eine hypnotische Ansammlung von Farben und Formen, die einen fast unweigerlich dazu brachte, Gestalten in dem bunten Chaos zu entdecken.

»Was sehen Sie in dem Gemälde?«

Alexander fuhr herum. Er hatte nicht gehört, dass sich eine zweite Tür geöffnet hatte. Und er wusste nicht, wie lange die Ärztin ihm beim Betrachten des Bildes zugesehen hatte.

Eine wahrhaftig große Frau stand hinter ihm. Stehen traf es nicht richtig, denn es sah aus, als schwebte sie im Raum. Wie magisch getragen von einem eleganten Kleid aus blau schimmerndem Stoff, das ihre Beine umspielte.

Das Gesicht, in das er schaute, gab ähnlich viele Rätsel auf wie das Ölbild an der Wand. Feine Falten in der Haut formten ein komplexes Muster, das Geschichten zu erzählen schien von den Höhen und Tiefen des Lebens, von komplizierten Beziehungen, tragischen wie schönen Erlebnissen. Die wachen, in hellem Grün erstrahlenden Augen ließen keinen Zweifel daran, dass ihr Verstand letztlich alles meistern konnte.

»Hübsch«, sagte er und grinste, wohl wissend, dass die Psychiaterin sein Ablenkungsmanöver durchschauen würde. Aber schließlich war er nicht als Patient gekommen. »Kommissar Pustin, Landeskriminalamt. Danke, dass Sie sich die Zeit nehmen.«

»Mmh.« Sie ergriff seine hingehaltene Hand und nickte nachdenklich, als würde ihr erst jetzt wieder einfallen, was er am Telefon gesagt hatte: dass er von der Kriminalpolizei sei und sie im Rahmen einer Mordermittlung befragen wolle.

Das war so eine Masche bestimmter Therapeuten. Alexander hatte es in einer Fernsehreportage gesehen. Freundlich und offen sein, aber wenig von sich preisgeben und nichts als gegeben voraussetzen, um eine Atmosphäre konstruktiver Verunsicherung zu schaffen.

Sie bat ihn in ihr Sprechzimmer. Alexander realisierte beinahe erleichtert, dass sie nicht schwebte, sondern sich auf Füßen bewegte, die in edel aussehenden, dunklen Pumps steckten.

Die hypnotischen Gemälde hatten es der Ärztin offenbar angetan. An jeder Wand hingen diese Farbe gewordenen Achterbahnfahrten in unterschiedlichen Formaten und mit verschiedenen farblichen Variationen. Mal dominierte ein sattes Grün, mal Violett, bei einigen Bildern waren die Farben wild durcheinandergemischt.

Die sonstige Möblierung war übersichtlich. Eine mächtige Regalwand beherbergte mehr Bücher, als ein Mensch zu Lebzeiten lesen konnte, und schien den bescheidenen Schreibtisch beinahe zu erdrücken. An einer Seitenwand thronte ein Möbelstück, das wie eine Kreuzung aus einem Sessel und einem Sofa aussah. Es flüsterte einem regelrecht zu, sich niederzulassen, die Augen zu schließen und sein Innerstes nach außen zu kehren.

Dr. Korváth-Berger bugsierte ihn zu zwei dunklen Lederstühlen. »Warum wollen Sie mich sprechen, Herr Pustin?«

»Es geht um eine frühere Patientin von Ihnen. Es ist über zwanzig Jahre her, dass Sie sie behandelt haben. Damals war sie noch fast ein Kind. Vielleicht erinnern Sie sich gar nicht an sie. Luise Kellermann.«

»Luise.« Sie sprach den Namen leise und zaghaft aus. Ein Schatten huschte über das Gesicht der Ärztin. Als würde sie bei der Erwähnung des Namens ein tief sitzender seelischer Schmerz überfallen, den sie nie verwunden hatte.

Zum ersten Mal fragte Alexander sich, ob es eine gute Idee war, am Tor zur Vergangenheit zu rütteln.

»Ich erinnere mich gut an sie.« Die Ärztin presste die Hand vor den Mund. »O mein Gott, ist sie ermordet worden?«

»Nein. Bis vor ein paar Tagen hat sie als Ärztin für Rechtsmedizin gearbeitet. Jetzt wird sie verdächtigt, der Mörder zu sein, den die Presse ›Katzenmörder‹ oder ›Rafael‹ nennt. Sie hat ...«, er schluckte, »... sie wurde in der forensischen Klinik untergebracht.«

»Mmh«, machte die Ärztin. »Der Katzenmörder.« Alexander sah erleichtert, dass Dr. Korváth-Berger ihre Souveränität zurückgewonnen hatte. Sofern die letzten Informationen sie bewegten, ließ sie es sich nicht weiter anmerken. Sie schaute ihn an, nur flüchtig, als wollte sie nicht den Eindruck vermitteln, ihn zu taxieren. »Sie sind Ermittler in dem Fall. Aber Luise bedeutet Ihnen mehr, habe ich recht?«

Alexander spürte, wie sich sein Rücken in das weiche Leder drückte.

»Die Frage ist Ihnen hoffentlich nicht zu persönlich«, sagte sie sofort.

Er hasste es, wenn er seine Gefühle nicht verbergen konnte. Sei's drum. Diese Frau war schließlich eine anerkannte Psychiaterin. Und Luise brauchte sie, also sollte er offen sein. »Wir sind ein Paar«, sagte er. »Erst seit kurzer Zeit.« Er rückte auf seinem Sessel wieder nach vorn. »Luise bittet Sie um Hilfe. Sie meint, Sie wüssten besser als jeder andere, was mit ihr nicht stimmt. Sie vertraut Ihnen. Das hier hat sie Ihnen geschrieben.« Er zog Luises Umschlag hervor und reichte ihn der Ärztin.

Sie öffnete das Kuvert, überflog den Brief, nickte bedächtig. »Hat sie Ihnen erzählt, was sie erlebt hat? Als Jugendliche? Bevor sie fast ein Jahr in der Klinik verbrachte, in der sie mich kennenlernte?«

Ein Jahr? Eine Ewigkeit für einen Teenager. Das hatte er nicht gewusst.

Alexander schüttelte den Kopf. »Sie kann sich an nichts erinnern. Genau das möchte sie mit Ihrer Unterstützung ändern.«

Es klingelte an der Tür. Dr. Korváth-Berger sah auf eine Uhr, die neben einem Paket Kosmetiktücher und einer Vase mit Margeriten auf einem kniehohen Tisch stand.

»Meine nächste Patientin«, sagte sie und erhob sich von ihrem Stuhl. Alexander tat es ihr nach. Von draußen erklang das Geräusch des automatischen Türöffners.

»Ist so etwas möglich?«, fragte er. »Dass jemand Morde verübt und sich nicht daran erinnert?«

Die Psychiaterin blieb stehen, wandte sich ihm zu. »Ich arbeite seit vierzig Jahren in der Psychiatrie. Ich glaube, dass die menschliche Psyche zu fast allem in der Lage ist.«

»Und das ist dann ... eine Art Schizophrenie?«

»Wenn Ihr Verdacht zutrifft, handelt es sich um eine komplexe Art von Bewusstseinsspaltung. Eine dissoziative Identitätsstörung, auch bekannt als multiple Persönlichkeit.«

»Ich dachte immer, das sei eine Erfindung von Romanautoren und Strafverteidigern.«

Sie schüttelte den Kopf. »Dissoziation ist eine Schutzfunktion der Psyche angesichts überwältigender Traumatisierungen. Ein Teil des bewussten Erlebens wird vom Rest abgetrennt. Menschen können sich an schreckliche Erlebnisse nicht erinnern, fühlen sich wie weggetreten oder können plötzlich nicht mehr sprechen. In extremen Fällen entstehen eine oder mehrere zusätzliche Identitäten, die unabhängig voneinander existieren, ohne dass der Betreffende davon weiß.«

Alexander musste schlucken. Er hatte gehofft, dass die Psychiaterin die Idee als Hirngespinst abtun würde. Aber jetzt sprach sie darüber in einer Selbstverständlichkeit, als erklärte sie, dass man von kalten Füßen Schnupfen bekomme.

»Werden Sie ihr helfen? Können Sie es?«

Für eine Sekunde legte sich wieder der Schatten über ihr Gesicht. »Ich könnte morgen am späten Nachmittag mit ihr reden. Ich arbeite als Konsilärztin in der forensischen Klinik und kenne den Direktor. Ich denke, er hätte nichts dagegen.«

Sie nickte, erst zögerlich, dann entschlossener. »Luise hat damals Schreckliches erlebt. Etwas, das sie tief in ihrem Inneren vergraben hat. Sie musste es vergessen. Vielleicht hat es in ihr weitergelebt, ohne dass sie es wusste. Falls es so ist, werden wir es herausfinden.«

Das klang zuversichtlich.

»Was ist denn damals passiert?«, fragte er. Dr. Korváth-Berger presste die Lippen aufeinander, bis nur zwei blasse Striche übrig blieben. Alexander zog es kalt den Rücken runter.

»Das wenige, was ich darüber weiß«, sagte die Psychiaterin und deutete ein Kopfschütteln an, »darf ich Ihnen ohne Luises Einverständnis nicht sagen.« Die Ärztin schaute erneut auf ihre Uhr, rang sich ein Lächeln ab. »Vielleicht kann Luise Ihnen ihre Geschichte ja bald selbst erzählen.«

47

Luise war mächtig aufgeregt, als es Nachmittag wurde und damit die Uhrzeit näher rückte, zu der Dr. Korváth-Berger sich angekündigt hatte. Endlich ging die Tür auf, und die Psychiaterin trat ein. Alexander zog sich in eine Zimmerecke zurück und beobachtete, was passierte.

Auch Dr. Korváth-Berger war sichtlich bewegt, als sie Luise gegenübertrat. Die beiden begegneten sich zögerlich, fast ängstlich, als könnte bereits die Berührung ihrer Finger beim Handgeben irgendein empfindliches Gleichgewicht durcheinanderwirbeln.

»Hallo, Luise!«, sagte die Ärztin, als hätte sie noch immer ein junges Mädchen vor sich.

»Hallo, Doktor Korváth.« Tatsächlich schien Luise sich vor Alexanders Augen zu verjüngen. Sie trug wieder einen losen Pferdeschwanz, der wesentlich zu diesem Eindruck beitrug. Die Stimme, mit der sie ihre frühere Therapeutin begrüßte, war mit einem Mal um mindestens eine Oktave höher. Ihre Körperhaltung, die sonst die unbeugsame Zähigkeit einer Langstreckenläuferin ausstrahlte, veränderte sich. Die Schultern wanderten mal nach vorne, mal nach hinten, Arme und Beine waren in ständiger Bewegung. Er hätte es als Nervosität abtun können. Eher jedoch sah er einen Teenager vor sich, der seine Unbekümmertheit noch nicht an die Härten des Lebens verloren hatte.

»Darf ich Luise sagen?« Dr. Korváth-Berger lächelte mit einer Herzenswärme, die einen Gletscher zum Schmelzen bringen konnte. »Oder ist Ihnen Frau Kellermann lieber? Frau Doktor Kellermann.«

Luise verzog das Gesicht, als sie ihren Nachnamen und den akademischen Titel aus dem Mund ihrer Therapeutin hörte.

Die Psychiaterin sah es, nickte. »Es ist so lange her, Luise«, sagte sie. »Ihr Freund Alexander meinte, Sie hätten sich an mich erinnert.«

Luise setzte sich auf die Kante ihres Bettes. Alexander zog einen der Stühle heran und bot ihn der Ärztin an. Er selbst verkrümelte sich zurück an den Tisch.

»Als ich in der Jugendpsychiatrie behandelt wurde, lag ich einige Tage im Bett und habe nichts anderes getan, als an die Decke zu starren.«

Dr. Korváth-Berger riss die Augen auf. »Nicht einige Tage. Es waren zweieinhalb Wochen. Sie haben sich so gut wie nicht bewegt, nicht gesprochen, nicht gegessen und getrunken. Wir mussten Ihnen Infusionen legen, und es hätte nicht viel gefehlt, und Sie wären auf der Intensivstation gelandet.«

Luise wich dem Blickkontakt aus, starrte vor sich auf den Boden. Ihre Hände nestelten an den Zipfeln ihrer Bettdecke. »Damals haben Sie sich an mein Bett gesetzt, meine Hand genommen und zu mir gesprochen. Wissen Sie das noch?«

»Tag für Tag bin ich zu dir gekommen.« Die Augen der Ärztin glänzten. »Ich habe dich manches gefragt, dir Geschichten vorgelesen oder dir einfach irgendwas erzählt.« Die rechte Hand der Ärztin zuckte, als müsste sie sich beherrschen, nicht nach Luises Arm zu greifen. Dass sie Luise plötzlich duzte, schien ihnen beiden nicht aufzufallen. »Ich war mir nie sicher, ob ich überhaupt zu dir durchgedrungen bin.«

»Ich erinnere mich an jedes Wort. An die Geschichte von dem Bärenkind, das allein in seiner Höhle den Winter überstehen muss. Das in Winterschlaf fällt, um seine Kräfte zu schonen, und von den ersten Sonnenstrahlen des Frühlings aufgeweckt wird.«

Eine Träne rann über das Gesicht der Psychiaterin.

»Sie haben mir von Ihrer Nichte erzählt, die aus Versehen ihren Hamster zerdrückt hat und sich deswegen so schuldig gefühlt hat, dass sie nicht mehr leben wollte.«

Dr. Korváth-Berger nickte.

»Oder von der Königstochter, die aus Angst vor ihrer Mutter auf einen hohen Turm flüchtet und dort zusehen muss, wie die Königin das ganze Reich zugrunde richtet.«

Beide sahen sich an. »Sie haben mir damals etwas versprochen.«

Die Psychiaterin zog ein blütenweißes Taschentuch aus Leinen aus der Innentasche ihrer Jacke und tupfte sich die Tränen aus den Augenwinkeln. »Ich weiß, was ich dir ... was ich Ihnen versprochen habe.«

»Sie haben gesagt, dass einmal die Zeit kommen wird, in der ich über all das sprechen kann, was passiert ist. Und dass Sie, egal ob bis dahin Tage, Wochen oder Monate vergehen, für mich da sein und mir helfen werden.«

Dr. Korváth-Berger kam mit dem Tupfen kaum hinterher.

»Es hat länger gedauert. 21 Jahre, um genau zu sein. Aber jetzt bin ich so weit. Werden Sie mir helfen?«

Die Ärztin steckte das Taschentuch weg, zog hörbar Luft ein, nickte dann. »Ich will es versuchen.«

48

Luise ruckte auf ihrem Bett herum, das sie in die Zimmermitte geschoben hatten. Das Kopfteil war hochgestellt und mit Kissen ausgefüttert. Ihr Herz klopfte. Sie hatten knappe zwanzig Minuten miteinander gesprochen. Schließlich hatte Dr. Korváth auf ihre Uhr geguckt und vorgeschlagen, gleich mit einer ersten Hypnosesitzung zu beginnen. Luise war Alexanders skeptischer Blick nicht entgangen, trotzdem hatte sie sofort zugestimmt. Sie hatte sich für diesen Weg entschieden. Jetzt wollte sie keine Zeit verlieren.

Die Therapeutin stellte ein kleines digitales Aufnahmegerät auf den Nachttisch. »Wenn Sie einverstanden sind, Luise, zeichne ich die Sitzung auf. Es ist möglich, dass Sie sich später nicht erinnern können, was Sie erzählt haben. Dann können Sie es sich noch einmal anhören.«

»Gut.«

»Es ist wichtig, dass Sie sich sicher und behaglich fühlen. Wo soll ich sitzen, wo Alexander?«

Nach einigen Minuten war alles vorbereitet. Das Licht war gedimmt. Dr. Korváth saß seitlich am rechten Kopfende des Bettes, Alexander am Fußende, sodass sie ihn jederzeit sehen konnte.

Die Psychiaterin hob einen kleinen gelben Gummiball in die Höhe. »Der macht ein Geräusch.« Sie führte es vor und drückte Luise den Ball in die Hand. »Das Stoppsignal. Wenn es Ihnen zu viel wird, etwas sehr Unangenehmes auftaucht oder Sie erschöpft sind, drücken Sie. Dann hole ich Sie zurück. Okay?«

Luise nickte.

»Und Sie, Alexander, haben die vielleicht schwerste Aufgabe.«

»Schon klar. Dabei sein und die Füße stillhalten. Ich bin bereit.«

War sie es auch? Ihr Herz schlug ruhiger, aber das Atmen ging schwer. »Zurückholen«, hatte Dr. Korváth gesagt. Als ob sie Luise in einer Tauchkapsel in die Tiefsee hinabließ. Sie fürchtete sich vor dem, was dort unten geschehen würde. Was sie finden und an die Oberfläche bringen würde.

Sie hob den Kopf, schaute nach Alexander. Er wirkte nervös, aber er lächelte, und sie nahm sich vor, seinen liebevollen Blick mitzunehmen. Wohin auch immer.

»Ich leite jetzt eine leichte Trance ein«, sagte die Psychiaterin. »Ich zähle von eins bis fünf. Anschließend stelle ich ein oder zwei Fragen.«

Sie zählte sehr langsam, unterbrochen von Anregungen, die Berührung des Bettes am Rücken zu spüren, Wärme im Körper zuzulassen. Wahrzunehmen, wie die Augen schwer und müde wurden. Sie zu schließen, wenn sie wollte, und der Stimme der Ärztin zu folgen.

Tatsächlich spürte sie, wie sie ruhiger wurde. Ihr Körper schien tiefer in die Matratze zu sinken, ihre Augenlider zitterten, fielen schließlich zu. Fast wie von selbst.

Auf die Zahl fünf folgte eine Pause.

Luise lag entspannt auf ihrem Bett, fühlte sich aber nicht anders als sonst. Funktionierte das mit der Trance nicht?

»Woran denken Sie?«, fragte Dr. Korváth.

Die Erinnerung war augenblicklich da. Ihr Puls schoss in die Höhe. »Polizisten. Meine Verhaftung«, sagte sie. »Sie sind in mein Büro gestürmt.«

Sie schilderte mit knappen Worten die Umstände ihrer Festnahme im Institut. »Ich wollte weg. Am liebsten wäre ich aus der Tür geflitzt und abgehauen.« Hatte sie das gerade gesagt? »Flitzen« und »abhauen«. Ausdrücke, die sie eigentlich nie benutzte.

»Gut«, sagte Dr. Korváth-Berger. »Das ist eine sehr junge Erinnerung.«

»Jung« hallte durch ihren Kopf. Täuschte sie sich, oder hatte Dr. Korváth das Wort besonders betont?

»Lassen Sie die Erinnerung an sich vorbeiziehen. Vielleicht wie ein Kind, das in den Himmel schaut, die Wolken betrachtet und den Geräuschen lauscht, die es hört.«

Luise entspannte sich wieder. Tatsächlich verblassten die Eindrücke von ihrer Verhaftung.

»Was ist jetzt?«

»Stimmen. Ich höre Stimmen.«

O Gott, was war das? Kinderstimmen, laut und deutlich. Sie machten ihr Angst. Luises Beine zuckten, und sie verspürte den Drang, vom Bett aufzuspringen. Flitzen und Abhauen. Sie zwang sich, liegen zu bleiben. Zu den Stimmen gesellten sich weitere Geräusche. Und Bilder.

»Was sehen Sie? Was sagen die Stimmen?«

49

»Da ist sie. Die Hexe! Holen wir sie uns!«
Luise erstarrt. Nur eine Sekunde. Länger darf es nicht dauern, sonst schnappen die sie.

Die, das sind Sascha, Razim und Rebecca, drei Kinder aus der höheren Klasse, deren Hobby es ist, Luise das Leben zur Hölle zu machen. Die Bande lümmelt vor dem Schaufenster einer Videothek herum. Eigentlich gehören Claas und Aische noch dazu, aber die sind während der Sommerferien verreist. Also nur drei gegen eine.

Luise lässt ihr Erdbeereis fallen, dreht sich um und flitzt los. Hinter ihr klatschen Waffel und Eiskugel auf den Asphalt, dann hört sie schon die Schritte ihrer Verfolger.

Sie saust um die Ecke. Eine Drogerie, ein Discounter, die Eisdiele und eine Apotheke bilden eine kleine Einkaufszeile. Der Fußweg ist verbreitert und mit Sitzbänken und Blumenbeeten aufgelockert. Luise rast weiter. Ihre langen, zu einem Pferdeschwanz zusammengebundenen Haare schlagen auf den Rucksack an ihrem Rücken. Sie weicht einer älteren Frau aus, die, mit Einkaufstüten bepackt, den Gehweg kreuzt. Sie springt über die Rückenlehne einer Bank, schlüpft durch die Menschenschlange vor dem Eisstand und taucht unter einer Absperrung hindurch. Es macht beinahe Spaß. Wären ihr nicht die drei Plagen auf den Fersen.

Razim und Rebecca kann sie locker abhängen. Bei Sascha ist das schwerer, der ist auf kurze Distanz schneller als sie. Sie muss ihn einige Minuten auf Abstand halten, dann bremst ihn seine mangelnde Ausdauer. Erst recht in dieser sommerlichen Hitze.

Einige Minuten.

Luise rennt auf die Einfahrt eines Parkplatzes. Ein Cabrio mit hochgeklapptem Verdeck braust aus der Zufahrt heran. Der Fahrer legt eine Vollbremsung hin und kommt knapp vor ihr zum Stehen. Er hupt und schimpft, aber sie ist bereits auf der anderen Straßenseite. Sie riskiert einen Blick zurück. Das Auto blockiert den Weg und zwingt Sascha, an der Absperrung entlangzulaufen und dort die Straße zu überqueren.

Der Blick über die Schulter zeigt auch, dass sie trotzdem keine Chance hat, ihn ausreichend lange auf Abstand zu halten.

Einen der Menschen ansprechen und um Hilfe bitten? Zweimal hat sie das versucht, das hat sie kuriert. Ein sympathisch aussehender älterer Mann mit Hut und Stock hat sie kurzerhand am Arm gepackt und aufgefordert, in seinen Wagen zu steigen. Sie hat sich losgerissen und ist weitergerannt, aber das Experiment hat sie kostbare Sekunden gekostet, und die anderen haben sie erwischt. Da haben sie zum ersten Mal das Streichholzspiel mit ihr gespielt. »Lasst die Hexe brennen«, hat Razim geschrien. Luise hat kurz danach auch geschrien, als Rebecca ihr ein brennendes Streichholz auf den Unterarm gedrückt hat. Beim zweiten Mal hat sie eine junge Frau mit einem Kleinkind angesprochen. Die hat losgeschimpft, dass sie verschwinden und woanders spielen solle.

Nein. Erwachsene sind keine Hilfe. Rennen ist ihr im Zweifel lieber. Ihren Beinen kann sie vertrauen. Und ihre Beine ziehen nach links, in Richtung der Hauptstraße.

Auf der gegenüberliegenden Straßenseite steht ein Bus an der Haltestelle. Der Autoverkehr stockt, weil sich ein dicker Geländewagen umständlich in eine Parklücke zwängt und dabei die Fahrspuren blockiert.

Die Gelegenheit ist günstig.

Sie rennt auf die Straße, quetscht sich an den Stoßstangen vorbei und erreicht die andere Seite. Die Bustür schließt sich gerade, Luise springt vorwärts, die Flügel der Tür klatschen hinter ihrem Rücken zusammen.

Am Steuer des Busses sitzt ein schwitzender Typ mit Bartstoppeln, der in jedem Kinderfilm sofort als Bösewicht zu erkennen wäre.

Statt einfach loszufahren, glotzt er sie an.

Durch die Frontscheibe sieht sie, dass sich die Dreierbande auf der gegenüberliegenden Straßenseite zusammenrottet. Sascha zeigt mit der Hand zum Bus. Zum Glück rollt der Verkehr inzwischen wieder und zwingt sie zum Warten.

»Fahrkarte!«, sagt Stoppelbart mit seiner Bösewichtsstimme.

Verdammt! Hat sie nicht. Sie zieht ein paar Münzen aus ihrer Jackentasche, das Wechselgeld von der Eisdiele, und hält sie dem Fahrer hin.

»Wohin willst du denn?«

Sascha erspäht eine Lücke im Strom der Autos und rennt auf die Straße.

»Wie weit komme ich damit?«

»Das reicht für eine Zonenkarte. Drei Haltestellen.«

»Okay!«

Stoppelbart lässt die Geldstücke in seinem Kassenautomaten verschwinden und gibt ihr die Fahrkarte. Er wirft einen Blick in den Rückspiegel, tritt aufs Gas. Und sofort wieder auf die Bremse.

Sascha ist vor den Bus gelaufen. Es hat nicht viel gefehlt,

und er wäre mit dem Gesicht gegen die Windschutzscheibe geklatscht.

Den Anblick hätte sie genossen.

Auch Razim und Rebecca tauchen vor dem Bus auf.

Der Fahrer kann nicht losfahren, solange die Kinder den Weg versperren.

»Scheißgören«, sagt er und wedelt mit den Händen durch die Luft, als könnte er sie auf diese Weise verscheuchen.

Gleich haben sie sie! Hier im Bus sitzt sie in der Falle. Von Stoppelbart ist gewiss keine Hilfe zu erwarten.

Die Dreierbande schlendert um den Bus herum, Sascha klopft an die verschlossene Glastür.

Er fixiert Luise mit seinem Blick und grinst, wie er immer grinst, wenn seine Kumpane sie im Schwitzkasten halten oder sie am Ende einer vergeblichen Flucht in eine Hausecke drängen.

Die Pickel in seinem Gesicht glänzen wie kleine Warnlampen. Er kann nicht nur schneller rennen als die anderen, er ist auch brutaler und gerissener. Sollte das nicht reichen, um seine Stellung als Anführer der Truppe zu untermauern, wären da noch der Ansatz eines Bartflaums auf den Wangen und seine tiefe Stimme.

Bitte nicht aufmachen, fleht Luise in Gedanken.

Für eine Sekunde schweben die Finger des Fahrers über dem Druckknopf, der die Türen öffnen und sie ihren Verfolgern ausliefern würde.

Doch er gibt Gas. Der Bus setzt sich in Bewegung. Sascha schlägt mit der flachen Hand gegen die entschwindende Tür und brüllt ihnen hinterher. Luise könnte weinen vor Erleichterung.

Der Bus fährt keine zehn Minuten, dann kommt die dritte Haltestelle, und sie muss aussteigen.

An diesem Ort ist sie nie gewesen. Auf der einen Straßenseite steht ein vierstöckiges Reihenhaus als Vorhut einer dahinter aufragenden Hochhaussiedlung. Auf der anderen ragt ein Erdwall neben dem Fußweg in die Höhe. Der Pflanzenbewuchs wurde radikal niedergemäht, davon zeugen unzählige hölzerne Stümpfe, die den Boden übersäen. Statt wuchernder Weidenbüsche wächst dort ein meterhoher Bauzaun. Gelbe Warnschilder weisen darauf hin, dass es verboten ist, die Baustelle zu betreten. Was Luise hinter dem Drahtgitter sieht, ist keine Baustelle. Sondern eine verwunschen wirkende Welt, die sie, die Verbotshinweise zum Trotz, magisch anzieht.

Ein paar Meter weiter führt ein unscheinbarer Trampelpfad über den Wall. Zwischen zwei schlecht verbundenen Zaunteilen klafft ein Spalt. Sie passt eben hindurch.

Vor ihr liegt eine verwaiste Kleingartenkolonie. Die Holzhütten scheinen im Licht der Mittagssonne zu dösen. Ringsherum erobert die Natur die kleinen Parzellen zurück und überzieht sie mit Blumen, hohen Gräsern und Farnen.

Luise schleicht durch die Gärten. Sie fühlt sich wie ein Eindringling, bestenfalls wie ein geduldeter Gast dieses Wunderlandes. In der Luft schwirren Bienen und Hummeln. Unzählige Schmetterlinge baden in dem Meer aus Blüten, und unsichtbare Singvögel wetteifern, als würde am Abend ein Preis für den lautesten Gesang vergeben.

Ihre Beine führen sie auf den Gabelungen des Sandweges mal nach links, mal nach rechts. Der Weg endet an einem Gartenzaun.

Sie spürt, dass sie nicht der einzige Eindringling ist, noch bevor ihr Verstand die aufgedrückte Gartentür und die abgeknickten Grashalme und zertretenen Blumen auf dem Grundstück realisiert und ihre Ahnung bestätigt.

Ein Obdachloser, ein Trinker, vielleicht beides in einem, denkt sie. Die Neugierde ist größer als die Angst. Der Zaun ist eine Ruine aus morschen Brettern, von denen die Farbe schon vor Jahren abgeblättert ist. Das Tor steht offen, es scheint sie aufzufordern, hindurchzugehen und den Garten zu betreten.

Die schlichte Holzhütte sieht aus wie der Kopf eines schlafenden Riesen mit zwei Fensteraugen, die mit braunen Verschlägen zugekniffen sind, einer fehlplatzierten Nase in Form einer verrosteten Öllaterne und einem Türmund, der wegen einiger herausgebrochener Holzstücke aussieht, als würde er grinsen.

Luise stellt sich vor, der zu dem Kopf passende Körper würde viele Meter unter dem Rasen im Boden stecken und auf eine Gelegenheit warten, sich zu recken und zu strecken und aus seiner erdigen Behausung herauszusteigen.

Das wäre doch was! Sie könnte sich mit dem Riesen anfreunden und ihn auf Sascha und seine Bande hetzen.

Je näher sie der Grinsetür kommt, umso hinterhältiger erscheint ihr das Gesicht. Falls der Riese zum Leben erwacht, denkt sie, würde sie einfach rennen. So wie immer.

Hinter dem Haus raschelt etwas, und Luise ist fast erleichtert darüber, dass sie erst einmal die Ursache des Geräusches erforschen kann, statt das unheimliche Haus zu betreten.

Auf kippeligen, moosbedeckten Gehwegplatten schleicht sie um die Laube herum. An der Rückseite des Gebäudes ranken meterhohe Himbeersträucher, die sich vor reifen, prallen Beeren biegen.

Sie kann sich nur mühsam ein Lachen verkneifen.

Ein Junge liegt bäuchlings auf dem schrägen Holzdach. Er greift mit beiden Händen nach den Himbeeren, stopft sich seine Beute in den Mund und verschlingt sie mit lauten Schmatzgeräuschen. Finger und Gesicht sind mit roter Pampe beschmiert. Der Junge hat schwarze, lockige Haare, die sich immer wieder in dem dornigen Gestrüpp verhaken, was den Beerenräuber bei seiner Mahlzeit nicht zu stören scheint.

Plötzlich unterbricht er seine Ernte, das Schmatzen verstummt. Er rülpst in einer Lautstärke, dass der schlafende Riese spätestens jetzt erwacht wäre. Zwischen den Zähnen des Jungen quellen himbeerfarbener Saft und Fruchtstücke hervor.

»Igitt!« Luise presst sich die Hand auf die Lippen, aber der Junge hat sie bemerkt. Er glotz sie aus kleinen braunen Augen an, den Mund aufgerissen, sodass weitere Himbeerbrocken herausfallen.

Er will aufspringen. Die Sträucher reißen an seinen Locken. Ob wegen des Schmerzes am Kopf oder des unerwarteten Widerstands, der Junge kommt aus dem Gleichgewicht. Er purzelt die Dachschräge herab, fällt über die Dachkante und landet mit der Schulter voran auf einem vom Gras zurückeroberten Kiesstreifen.

Autsch, denkt Luise. Das hat gewiss wehgetan.

Er trägt eine schwarze Jeans, die an den Knien aufgescheuert und unterhalb des Pos eingerissen ist. Sein weißes T-Shirt ist von roten Spuren der Himbeerernte gesprenkelt.

Der Junge flucht, wie Luise es bisher nur bei Erwachsenen gehört hat, rappelt sich hoch und macht Anstalten wegzurennen.

»Halt, warte!«

Ob er sie verstanden hat oder nicht, er rennt los. Allerdings nicht zum Gartentor, sondern hinein ins Haus. Die Tür fällt krachend zu.

Was für ein komischer Typ, denkt Luise.

Kurzerhand geht sie hinterher und stößt die Tür auf.

Vor ihr liegt ein einziger Raum, der aussieht, als würde er seit Jahren nur von Spinnen und Motten bewohnt. Eine zerfetzte, von Staub und Spinnweben bedeckte Couchgarnitur beansprucht den meisten Platz. Die Rückfront der Laube hat früher offenbar als Behelfsküche gedient. Dort ragen schwarz verfärbte Wasserrohre und Stromkabel aus dem Boden und aus der Wand.

Der Junge hat sich hinter dem Sessel verkrochen, ein halbes Bein und sein Wuschelschopf lugen dahinter hervor.

»Ich kann dich sehen«, sagt Luise.

»Geh weg!« Er klingt ängstlich. »Das hier gehört meinem Vater. Er kommt gleich und bringt unseren Hund mit. Er ist groß und beißt.«

»Dein Vater beißt?«

»Nein!« Die Angst ist aus der Stimme gewichen. Jetzt ist es reine Empörung. Er streckt seinen Kopf in die Höhe. Luise fällt auf, dass sie den Jungen kennt. »Der Hund beißt. Nicht der Vater.«

»Ich kenne dich aus der Schule«, sagt Luise. »Du bist Kloppi, der Bekloppte, stimmt's?«

»Und du Luise, die Hexe!«

Sie nickt.

Der Junge kriecht hinter der Couch hervor und stellt sich vor sie. Er ist kaum größer als sie, obwohl er zwei oder drei Jahre älter sein muss. »Warum nennen sie dich so? Kannst du echt hexen?«

Luise schüttelt den Kopf. Wegen Mutter, denkt sie. Aber das spricht sie nicht laut aus. Ja, vor allem wegen ihr. Vielleicht auch wegen ihrer guten Schulnoten. Weil sie eine

Bohnenstange mit blasser Haut ist. Und weil sie diese schrecklichen Blümchenkleider anziehen muss.

Die Jeans, die sie heute trägt, hat sie sich heimlich aus einem Altkleidercontainer herausgefischt. Die Bluse hat sie geklaut. Dafür schämt sie sich noch immer. Wenn sie später mal Geld verdient, hat sie sich geschworen, wird sie sie bezahlen. Sie versteckt die Sachen in der untersten Schublade ihres Kleiderschranks, unter einem Stapel Blümchenkleider, und schmuggelt sie in ihrem Rucksack an Mutter vorbei nach draußen.

»Schön wär's«, sagt sie. »Dann würde ich Sascha und seinen Freunden Nasenwarzen, Froschfüße und Eselschwänze anhexen.«

Der Junge bricht in schallendes Gelächter aus. Er wiederholt mehrmals Luises Satz, wobei er jedes Mal die Wörter durcheinanderbringt, was ihn noch mehr zum Lachen bringt. Am Ende kommen Nasenschwänze, Fußfrösche und Eselwarzen heraus.

»Sascha ist der mit den Stoppelhaaren und den Pickeln, oder?«, fragt er, nachdem er sich beruhigt hat. »Der hat mich auch schon verhauen.«

»Warum nennen sie dich Kloppi?«, will sie wissen. Obwohl sie es längst ahnt.

»Weil ich Kloppstock mit Nachnamen heiße. Und weil ich bekloppt bin. Das sagt mein Vater immer.«

»Das ist nicht nett.«

Der Junge macht ein trauriges Gesicht. »Wenn er doll betrunken ist, sagt er sogar, dass ich meine Mutter auf dem Gewissen hab, weil sie kurz nach meiner Geburt verblutet ist.«

»O Gott.« Sie würde gerne mehr sagen, weiß aber nicht was.

Der seltsame Junge scheint sich nicht weiter darum zu scheren. Unvermittelt grinst er sie an und entblößt eine gewaltige Zahnlücke neben dem rechten oberen Schneidezahn. »Ich brauch nie Hausaufgaben machen und darf fernsehen, so viel ich will. Manchmal muss ich nicht mal zur Schule. Papa schreibt mir dann eine Entschuldigung.«

»Willst du nichts lernen?« Das kann sie sich nicht vorstellen. Da sie ohnehin keine Freunde hat, verbringt Luise fast ihre gesamte Zeit damit, Sachbücher zu verschlingen.

»Ich bring mir alles selber bei«, sagt er mit ernstem Gesicht. »Ich kann Frösche fangen, sogar Eidechsen. Ich kann ein Lagerfeuer machen und alle möglichen Sachen abfackeln. Willst du's sehen?«

»Lieber nicht.«

»Und warte, noch was.« Er drückt mit der Zunge seine Oberlippe in die Zahnlücke und presst Luft durch den Mund. Beim dritten Mal klappt es. Ein klarer, gellender Pfiff.

Der Junge strahlt. »Das kann ich erst seit gestern.« Er springt zur Tür. »Komm mit, ich zeig dir was.«

Er zerrt sie nach draußen, als wären sie dickste Kumpel, und führt sie zu einem mächtigen Fliederbusch in der Ecke des Gartens. Das leuchtende Lila und der intensive Geruch ziehen die Schmetterlinge an wie ein Magnet. Sie knien sich vor den Busch. Der Junge holt eine kleine Zuckertüte, wie es sie in Cafés und Bäckereien gibt, aus der Hosentasche und schüttet die weißen Kristalle in die Innenfläche seiner Hand. Er zieht geräuschvoll die Nase hoch, rotzt sich in die Hand und verrührt seine Spucke mit dem Zucker. Das Ergebnis sieht aus wie Zuckerguss, wenn die feinen Blasen und roten Himbeerbrocken nicht wären. Der Junge betrachtet sein Werk. Er wühlt mit der freien Hand in seiner anderen Hosentasche und bringt ein paar zermatschte Himbeeren hervor, die er mit der Zuckerspucke vermischt.

Wie kann er sich Beeren in die Tasche stecken, fragt sich Luise.

»Gib mir deine Hand«, sagt er.

Luise zögert, aber dann tut sie es. Speichel besteht, wie sie in einem Buch gelesen hat, lediglich aus Wasser mit einem winzigen Anteil Eiweiß, Schleimbildner, einem zuckerspaltenden Enzym und Abwehrstoffen. Nichts, wovor sie sich ekeln muss.

Er nimmt ihre Hand, tunkt ihre Fingerspitzen in die rot gefärbte Zuckerpampe und führt sie in Richtung des Flieders.

Es passiert nichts. »Und nun?«, fragt sie.

»Nur einen Moment.«

Es geschieht doch etwas. Einer der Schmetterlinge, ein Tagpfauenauge, löst sich aus dem Blütenmeer, flattert unschlüssig durch die Luft und setzt sich auf Luises Mittelfinger.

»Das kitzelt!«, ruft sie und zieht fast die Hand weg. Der Junge hält sie in Position.

Nach und nach fliegen weitere Schmetterlinge heran. Zwei Zitronenfalter, ein Admiral, zwei Kleine Füchse und einer, dessen Namen sie nicht kennt.

Bald sind ihre Finger mit bunten Faltern bedeckt. Sie spürt die Berührung der feinen Saugrüssel an ihren Fingerkuppen. Es kommen immer mehr. Sie finden keinen Platz und flattern um ihre Hand herum.

»Das ist einfach …«

Die verschiedenen Tierarten und deren Lebensräume faszinieren sie. Sie hat Bücher verschlungen über Insekten, Reptilien und Amphibien. Von den meisten einheimischen

Schmetterlingsarten weiß sie die Namen. Sie kennt den Aufbau ihrer Mundwerkzeuge mit dem einrollbaren Saugrüssel, kann den Entwicklungszyklus vom Ei über die Raupe und Puppe zum fertigen Schmetterling runterbeten. Das ist die Theorie.

Dank dieses Jungen bewundert sie zum ersten Mal in ihrem Leben die Farben der Schmetterlingsflügel, wenn sie im Sonnenlicht glänzen. Hört das Flattergeräusch und spürt den pelzigen Leib und den Saugrüssel an der Haut ihrer Finger.

Der Junge mag dumm sein und verrückt. Aber er zeigt ihr Dinge, die sie in ihren Büchern nie finden wird.

»Wow!«, sagt sie. Das beschreibt es nicht mal ansatzweise, aber ein größeres Wort fällt ihr nicht ein. Luise kann sich an einige Glücksmomente in ihrem Leben erinnern, vielleicht vier oder fünf. Der hier übertrifft alles.

Sie strahlt ihn an. Der Junge kneift die Augen zusammen, als würde er ihrer Offenherzigkeit nicht recht über den Weg trauen. Dann lächelt er zurück.

»Ich will dich nicht Kloppi nennen«, sagt sie. »Wie ist dein richtiger Name?«

»Die Lehrer sagen Stefan zu mir.« Er beugt sich zu ihr, macht ein wichtiges Gesicht, indem er die Augenbrauen hochzieht. »Ich habe einen Geheimnamen, den niemand weiß. Dir verrate ich ihn.«

Er senkt seine Stimme zu einem Flüstern. »Ich bin Rafael.«

50

Der Name hatte sich in Alexanders Gedächtnis eingebrannt. Stefan Kloppstock. Der sich selbst Rafael nannte.

Die erste Sitzung hatte keine halbe Stunde gedauert. Luise war danach so erschöpft gewesen, dass sie sich schlafen gelegt hatte.

»Posthypnotische Müdigkeit. Das ist normal«, hatte Dr. Korváth-Berger zu ihr gesagt. »Ruhen Sie sich aus. Wir machen morgen weiter.«

Alexander fuhr direkt ins Polizeipräsidium. Die übliche Feierabendzeit war lange vorbei, aber das bedeutete wenig bei der Kripo. Er vergewisserte sich beim Pförtner, dass Oberkommissar Tilman nicht mehr im Haus war, und nahm den Fahrstuhl in den fünften Stock.

Oben im Flur brannte Licht. Vorne im Gang schob eine Reinigungskraft einen Putzwagen vor sich her und verschwand im Büro von Karl Weber. Auf der rechten Seite versank die Stadt hinter den Fenstern in der Abenddämmerung und schaltete um auf Nachtbeleuchtung.

Stanislaw Kopinski trat aus seinem Arbeitszimmer. Der Polizeiobermeister trug einen Fahrradhelm und hatte sich einen leichten Rucksack umgeschnallt.

»Hey, Alex! Machst du 'ne Sonderschicht?«

»Hi, Stan. Noch ein bisschen Bürokram.«

»Schön, dich zu sehen!« Kopinski drückte ihm die Schulter. »Wie geht's ihr?«

»So weit okay. Gibt's hier was Neues?«

»Die Spurensicherung hat in der Wohnung deiner Freundin und in ihrem Büro im rechtsmedizinischen Institut nichts gefunden. Ihr Handy und ihr Laptop werden noch untersucht. Und natürlich checken wir die üblichen Datenbanken. Strafrechtlich ist sie bisher nicht aufgefallen, aber das weißt du sicherlich.«

Alexander zuckte mit den Achseln. Wusste er nicht. Und er hätte nie gedacht, dass so eine Frage mal von Relevanz sein könnte.

»Weber meint, angesichts der dünnen Beweislage müsste ihr Anwalt nur genügend Druck machen, um ihre Entlassung aus der Unterbringung zu erreichen. Vorausgesetzt, deine Freundin beteuert ihre Unschuld.«

Wird sie nicht, dachte Alexander. Luise ist genau an dem Ort, an dem sie sein will. Dort wird sie bleiben wollen, bis sie die Antworten auf ihre Fragen hat.

»Hast du inzwischen mit Tilman gesprochen?«, fragte der Polizeiobermeister. Seine Stirn legte sich in Falten, sie ließen den Fahrradhelm vor und zurück wackeln.

Alexander schüttelte den Kopf. »Ich fürchte, wenn sich unsere Wege kreuzen, gefährdet das meinen Job und seine Gesundheit.«

Kopinski verzog den Mund, sein hageres Gesicht schien noch schmaler zu werden. »So geht das nicht, Alexander. Ihr müsst das klären. Jan hat nur seinen Job gemacht, so wie wir alle.«

»Er hat vertrauliche Informationen verwendet, um seinen Hals aus der Schlinge zu ziehen. So würde ich das nennen.«

»Wenn ein Serientäter frei herumläuft und weitere Opfer zu befürchten sind, dann gibt es keine vertraulichen Informationen.« Kopinski schob den rechten Zeigefinger unter den Helm und kratze sich die Kopfhaut. »Jan Tilman ist in Ordnung«, sagte er. »Auch er hat es nicht leicht.«

Das Kratzen schien nichts zu bringen. Der Polizeiobermeister löste das Kinnband und nahm den Fahrradhelm ab. »Seine Frau hat sich von ihm getrennt, vor einigen Jahren. Hat sich mit der gemeinsamen Tochter aus dem Staub gemacht. Er hat lange gebraucht, um darüber hinwegzukommen. Hatte Alkoholprobleme, das hat ihm mehrfach die Beförderung vermasselt. Das hat er jetzt alles im Griff. Er nimmt seinen Job sehr ernst.«

Alexander sagte nichts. Stan plauderte Privates über ihren Vorgesetzten aus. Er meinte es gut, klar, wollte Tilman und seine Motive in ein positives Licht rücken. Und wahrscheinlich hatte er sogar recht. Faktisch war an der Entscheidung des Oberkommissars nichts auszusetzen. Menschlich eine ganze Menge. Alexanders zorniger Seite entging nicht, dass der redselige Polizist Tilmans Schwachstellen offenbarte.

Kopinski pflanzte den Helm zurück auf seinen Kopf. »Weber hat gesagt, dass wir dich aus den Routinesachen raushalten sollen. Damit du dich, wie hat er sich ausgedrückt, sortieren kannst. Machst viel mit, Junge. Melde dich, wenn du Hilfe brauchst, okay?«

Der Polizeiobermeister ließ ihn stehen. Die Reinigungsfrau schob sich und ihren Wagen gerade aus Webers Büro.

Er grüßte knapp, drückte sich an ihr und ihrem Putzzeug vorbei, rauschte in sein Arbeitszimmer und setzte sich an den Rechner. An bestimmte Daten heranzukommen war für einen Kripobeamten nicht weiter schwer.

Geboren wurde Stefan Kloppstock, genannt Kloppi, der Bekloppte, in einem Hamburger Randbezirk. Dort mussten er und Luise sich vor gut zwanzig Jahren kennengelernt haben.

Alexander starrte auf den Bildschirm.

Tatsächlich war Kloppstock am Leben. Alexander pfiff durch die Zähne. Er wohnte seit Jahren im Westen Hamburgs, keine dreißig Gehminuten von Luises Wohnung entfernt. Theoretisch hätten sie sich beim Einkaufen begegnen können.

Er strich sich über den Kopf, seine Finger ertasteten statt der erwarteten Haare nur den Verband.

War das Zufall? Oder war Kloppstock Luise heimlich hinterhergezogen? Hatte er sich in ihrer Nähe angesiedelt, um ... Ja, warum? Oder wussten er und Luise längst voneinander?

Klar, was er zu tun hatte. Punkt eins: mehr Informationen. Vorstrafenregister, Info vom Landesverkehrsamt, alles, was der Staat von seinen Bürgern in den Archiven und auf Servern bunkerte. Dazu bräuchte er Hilfe. Punkt zwei: Er würde die nächste Sitzung mit Luise abwarten. Und dann Stefan Kloppstock einen Besuch abstatten.

51

Luise saß erwartungsvoll auf dem Bett, als Alexander am nächsten Tag ihr Zimmer betrat. Sie vibrierte förmlich vor Aufregung. »Ich spüre, wie es drängt. Ich will die Geschichte weitererzählen. Mich weiter erinnern«, sagte sie nach der Begrüßung.

»Die Geschichte von dir. Und Stefan. Weißt du eigentlich, was aus ihm geworden ist?«

Luise schüttelte den Kopf. »Bis gestern habe ich nicht einmal gewusst, dass es ihn gibt. Keine Ahnung.«

Alexander entspannte sich. Demnach war Stefan Kloppstock in Luises Nähe gezogen. Ob absichtlich oder zufällig würde er bald herausfinden.

Sie sah ihn an, hob die Augenbrauen. Etwas an seinem Tonfall musste ihr aufgefallen sein. »Warum fragst du?«

Er zuckte die Achseln. »Ach, nur so. Hätte ja sein können, dass ihr euch in späteren Jahren noch mal begegnet seid.«

Sie ließ es dabei bewenden. Beide plauderten einige Minuten, dann erschien Frau Dr. Korváth-Berger. Die Vorbereitungen liefen genauso ab wie am Vortag. Die Psychiaterin begann zu zählen. Luise schloss die Augen. Ihre Körperhaltung und ihr Gesichtsausdruck entspannten sich merklich. Alexander hatte den Eindruck, dass sie spätestens bei der Zahl Drei in ihrer Vergangenheit angekommen war.

52

Luise hasst dieses Haus, allein dessen Anblick. Es ist klein und düster und scheint sich vor der Straße und den Nachbarhäusern regelrecht wegzuducken. Der uralte Putz, der den unteren Teil der Fassade bedeckt, erinnert Luise an die blasse graue Haut einer Leiche, die sie auf einem Foto in einem medizinischen Fachbuch gesehen hat. Das Obergeschoss ist mit Brettern verkleidet, deren rabenschwarze Farbe abblättert. Das Dach mit den vermoosten Schindeln sieht faulig aus, der gammelige Geruch ist in jedem Zimmer zu riechen.

Mit ihrem Schlüssel öffnet sie die Haustür zum dunklen Flur. Wegen Mutters Lichtempfindlichkeit glimmen immer nur die schwächsten Glühbirnen unter den Lampenschirmen. Links steht eine grün glänzende Milchkanne aus Kupfer, aus deren Öffnung ragt ein Regenschirm, den seit Jahren niemand benutzt hat. Rechts neben der Garderobe hängen alte Schwarz-Weiß-Fotos in ovalen Bilderrahmen. Mutters Geschwister und Eltern begrüßen sie mit ernsten Mienen und scheinen sich Worte zuzutuscheln.

»Luise ist zurück. Sie hat einen Jungen getroffen. Stefan heißt der.« Oma war eine strengreligiöse Frau, die mit der Heiligen Jungfrau mehr geredet hat als mit ihrem Mann und ihren Kindern. Offenbar hat die Jungfrau ihr geantwortet. Mutter hat von Abenden ihrer Kindheit erzählt, an denen Oma mit entrücktem Blick vor ihrem Marienbild gesessen und gesprochen und gelauscht hatte.

»Warum sollte sie sich nicht mit Jungen treffen? Luise ist ein neugieriges Mädchen.« Ihren Opa stellt sie sich als freundlichen alten Herren vor, der nach Pfeifenrauch riecht und eine tiefe, warmherzige Stimme hat. In Wirklichkeit hat er wohl meist nach Schnaps gestunken und so gut wie nie etwas gesagt. Sie haben ihn irgendwann aus dem Dorfteich gezogen, wo er regungslos an der Oberfläche geschwommen ist. Mit dem Gesicht nach unten. Luise hat gelesen, wie man an einer Wasserleiche unterscheiden kann, ob sie ertrunken oder bereits tot ins Wasser geworfen worden ist. Beim Ertrinken bildet sich ein Schaumpilz in der überblähten Lunge, während sie sonst mit Wasser vollläuft. Wie es bei Opa war, weiß sie nicht.

»Wenn Lene das hört, wird ihr das nicht gefallen. Wir sollten ihr davon erzählen!« Lene, das ist Luises Mutter, die eigentlich Magdalene heißt. Und die Petze ist Mutters jüngere Schwester Martha. Luises Tante hat die schlechten Eigenarten beider Eltern in sich vereint. Sie war verrückt und eine Säuferin. Mit Anfang zwanzig hat sie sich »einen Strick genommen«, wie Mutter mal gesagt hat. Luise hat lange nicht verstanden, was damit gemeint war. Inzwischen weiß sie, dass ihre Tante sich aufgehängt hat. Sie ist somit entweder an einem Genickbruch gestorben, falls der Ruck des Seils ausgereicht hat, dass der Zahn des zweiten Halswirbels das Rückenmark zerquetscht und einen sofortigen Herzstillstand ausgelöst hat. Oder der Zug des Körpergewichts hat zu einem Abschnüren der Adern am Hals geführt, sie ist bewusstlos geworden und langsam verendet.

»Da bist du ja.«

Luises Blick wandert zum Foto ihres Onkels Franz, dem einzigen Verwandten, den sie leibhaftig kennengelernt hat. Franz hat ...

Eine Hand fasst Luise an der Schulter. Sie schreit vor Schreck und fährt herum.

Mutter steht vor ihr. Sie hat sich zu ihr runtergebeugt, sodass ihr faltiges Gesicht nur Zentimeter von ihrem entfernt ist. Ihr Atem riecht nach Kräutertee, den sie täglich literweise in sich hineinschüttet. Mutter starrt sie mit ihrem gesunden rechten Auge an. Ein kaltes Blau. Die Farbe passt zu ihrer Stimme, die Luise an knackendes Eis erinnert. »Bist lange weg gewesen.«

Mutters Finger kneten den Stoff ihres Blümchenkleids, als könnte sie dort Hinweise entdecken, die ihr die unausgesprochenen Fragen beantworten: Wo hast du dich herumgetrieben? Und mit wem?

Es gibt keine Spuren. Luise hat ein Versteck hinter den Müll- und Altglascontainern, wo sie regelmäßig ihre Kleidung wechselt. Jeans und Bluse stecken tief in ihrem Rucksack.

»Ich war in der Bücherei. Danach Eis essen«, sagt sie. »Vor der Eisdiele habe ich Lisa-Marie getroffen.«

Lisa-Marie ist eine erfundene Schulfreundin und Luises Alibi. Es ist keine intensive Freundschaft. Eng genug, um gelegentlich Zeit miteinander zu verbringen und zu spät nach Hause zu kommen. Aber nicht so innig, dass sie Mutters Eifersucht weckt.

»Du bist ja verletzt, Kind. Du blutest.« Mutter hat einen Kratzer an Luises linkem Unterarm entdeckt. Sie streicht mit ihren dünnen Fingern am Rand der Wunde entlang. Luise hat den winzigen Ratscher gar nicht bemerkt. Erst jetzt, unter Mutters besorgtem Blick, fängt er an zu brennen.

»Ich hole Jod. Solche Wunden können sich schnell entzünden.« Mutter kommt näher mit dem Gesicht, schnüffelt an ihr. »Wie ist das passiert?« Die vorübergehende Sorge in ihrem Tonfall weicht dem alten Misstrauen.

»Hör auf damit!« Luise tritt einen Schritt von ihr weg.

»Verbirgst du etwas vor mir?«

Luise fühlt sich, als laufe sie über einen zugefrorenen See. Das Eis knackt.

»Ich bin nur müde.« Sie muss sich anstrengen, Kraft in die Stimme zu legen. Sie schreitet zum Ende des Flurs, an den Fuß der Treppe, die in den ersten Stock führt. Dort ist Luises Zimmer, ihr Reich.

»Wir können zusammen zu Abend essen. Ich habe dein Lieblingsessen gekocht. Makkaroniauflauf. Er steht in der Küche. Ist noch warm.«

Tatsächlich schleicht ihr ein verführerischer Duft in die Nase. Wie auf Kommando knurrt ihr Magen. Dieser verdammte Verräter.

Mutter lächelt. »Ich sehe doch, wenn mein Mädchen hungrig ist.«

Luise folgt ihr widerwillig in die Küche, wo Mutter den Kratzer am Arm mit Jodtinktur einpinselt und ihr eine Riesenportion auf den Teller schaufelt. Cheeseburger und Salamipizza haben den Auflauf vor Jahren als Lieblingsgericht abgelöst, aber es schmeckt trotzdem. Die obersten Nudeln bilden mit dem überbackenen Käse eine leckere Kruste, die beim Kauen knackt. Mutter sieht ihr schweigend beim Essen zu.

»Du weißt, dass du mir alles sagen kannst, oder?«, meint sie nach einer Weile.

Luise zuckt mit den Schultern. »Klaro.« Sie taucht ihre Gabel in die Nudeln. Unter der Kruste schwimmen sie in einer gelblichen Sauce.

»Es ist nicht gut, wenn du Geheimnisse vor mir hast.«

Mutter weiß etwas, denkt sie. Woher zum Teufel auch immer. Die Kinder in der Schule nennen Luise eine Hexe, dabei hat sie keinerlei Hexenkräfte. Bei ihrer Mutter ist sie sich manchmal nicht so sicher.

Luise konzentriert sich auf den Teller. Er ist zur Hälfte leer gegessen. Mutter senkt den Kopf und wendet ihr die linke Gesichtshälfte zu. Luise kann nicht anders, als aufzublicken.

Um ein Haar bleiben ihr die Nudeln im Hals stecken. Ihr Verstand, auf den sie sich beinahe so gut verlassen kann wie auf ihre Beine, fühlt sich auf einmal an wie festgefroren.

Ein totes Ding starrt sie an, ein hellbrauner Kreis mit weißem Rand, in der Mitte ein schwarzer Punkt. Seit Luise denken kann, fürchtet sie sich vor dem Glasauge. Es glotzt mal hierhin, mal dorthin. Früher hat sich Mutter einen Spaß daraus gemacht und das künstliche Auge, das keine runde Kugel, sondern eine abgerundete Schale ist, mit den Fingern herausgezogen und sie aus ihrer leeren, fleischigen Augenhöhle angestarrt. »Jetzt kann ich in deinen Kopf sehen«, hat sie gesagt und gelacht. Luise kann sich an nichts erinnern, was sie je mehr geängstigt hat. Warum macht eine Mutter so etwas? Eine Mutter, die stets behauptet, nichts auf der Welt so sehr zu lieben wie ihre Tochter.

»Wie soll ich dich beschützen, wenn du mich belügst?« Mutters Hände kriechen über den Tisch wie zwei fünfbeinige Spinnen. Die dürren Finger tasten an ihrem Arm hoch. Als sonderten sie ein lähmendes Gift ab, fühlt Luise sich müde und träge. Wenn sie nicht sofort handelt, wird sie stundenlang sitzen bleiben, von Mutters Gesäusel hypnotisiert, und irgendwann antworten, ob sie will oder nicht. Sie hat es oft genug erlebt.

Aber das ist Vergangenheit. Luise nimmt ihre ganze Kraft zusammen. Zwingt sich ein Lächeln ins Gesicht, obwohl sie am liebsten schreien würde. Sie steht vom Stuhl auf, Mutters Finger fallen von ihr ab. Luise geht um den Küchentisch herum, drückt ihr einen Kuss auf die Wange. »Ich muss ins Bett. Danke fürs Essen und gute Nacht, Mama.«

Sie bereut ihre hastige Flucht, als ihre volle Blase sie mitten in der Nacht weckt. Sie schält sich aus dem Bett und tritt vor ihre Zimmertür.

Weißes Licht leuchtet vom Erdgeschoss bis in den oberen Flur. Totenstill ist es im Haus. Unheimlich. Luise hört nur das Geräusch ihres eigenen Atems. Mit einem Schlag hat sie die Toilette vergessen. Die Tür zum Schlafzimmer ihrer Mutter ist geschlossen. Schläft sie bereits oder ist sie unten?

Sie zögert, aber ihre Beine ziehen sie Richtung Treppe. Also hinunter. Das Licht schimmert durch die Milchglasscheibe der Wohnzimmertür. Sie ist nur angelehnt. Luise drückt sie auf.

Der Fernseher läuft. Statt bewegter Bilder flimmern Punkte und Streifen über den Schirm. Sie hat das vor Monaten einmal gesehen, damals ist die Hausantenne kaputt gewesen. Schneegestöber im Nebel. Ein leises Rauschen klingt aus den Lautsprechern.

Alles halb so schlimm. Mutter hat nur vergessen, den Fernseher auszuschalten. Luise tritt auf die helle Mattscheibe zu. Ihre nackten Füße tauchen in den Teppich.

Als Erstes sieht sie das Auge. Es liegt auf dem Wohnzimmertisch. Das weiße Geflimmer lässt das gläserne Ding aufleuchten.

Dann entdeckt sie die Mutter. Sie ist in ihren Fernsehsessel gesunken, deswegen hat die Rückenlehne ihre Schultern und ihren Kopf verdeckt.

Luise zwingt sich, tief durchzuatmen. Mutter ist beim Fernsehgucken eingeschlafen und hat vorher ihre Augenschale herausgenommen.

Nichts Besonderes.

Sie kommt am Fernseher an, das Rauschen ist jetzt ganz nah. Ihre Hand greift zum Ausschaltknopf.

Von hinten hört sie ein leises Flüstern.

Sie wendet sich herum. Ihr Atem stockt.

Sie ist wahrhaftig eine Hexe.

Im Licht des Schneegestöbers ist Mutters Gesicht kreidebleich, blasser, als Luises Haut je sein kann.

Sie hat die Augenlider aufgerissen. Sowohl das Fleischloch auf der linken als auch das gesunde Auge auf der rechten Seite starren auf etwas, das nicht in diesem Zimmer ist. Vermutlich nicht einmal in dieser Welt.

Sie scheint Luise gar nicht bemerkt zu haben. Mutters Lippen bewegen sich, sie murmelt wirr zusammengesetzte Wortfetzen und Satzbrocken, die keinerlei Sinn ergeben.

Nur raus hier. Sie wird den Fernseher einfach laufen lassen.

Auf Zehenspitzen schleicht sie rückwärts. Bloß kein Geräusch machen, nur nicht gegen den Wohnzimmertisch stoßen. Sie passiert den Sessel.

Mutters kalte Hand packt sie am Unterarm und reißt sie herum. Luise schreit. Das blasse Gesicht hat nichts Menschliches an sich und scheint nur aus der schrecklichen, leeren Augenhöhle zu bestehen.

»Hast du ihn getroffen? Sag mir die Wahrheit! Du weißt, ich merke, wenn du mich anlügst.« Ich kann in deinen

Kopf sehen, dröhnt das Echo ihrer Stimme durch Luises Verstand.

Am Boden des Wohnzimmers tut sich ein gewaltiger Strudel auf. Alles dreht sich. Der Teppich, auf dem sie steht, der Tisch mit dem Glasauge, die Vitrine in der Zimmerecke, der flimmernde Fernseher.

Nur Mutters Griff bleibt, wo er ist. Es gibt kein Entrinnen.

Wie kann sie von Stefan wissen, denkt sie. Das ist unmöglich.

Ein rettender Gedanke taucht aus dem Strudel auf. Vielleicht meint Mutter gar nicht ihn, sondern jemand anderes.

»Vater? Nein, wie kommst du darauf.«

Das rote Organ durchleuchtet sie.

»Du verbirgst etwas vor mir.« Sie packt fester zu, zieht Luise dicht heran. Die Armlehne des Sessels drückt ihr schmerzhaft gegen die Hüfte.

»Du tust mir weh.« Luise versucht, die Tränen zu unterdrücken. Die gehorchen nicht und kullern ihr übers Gesicht. »Lass mich los!« Das soll kämpferisch klingen, geht aber in bitterem Schluchzen unter.

»Sag es mir!« Mutters Hand reißt an Luises Arm, die leere Augenhöhle an ihrem Willen.

»Ein Junge. Ich habe einen Jungen getroffen.« Die Worte sprudeln aus ihr heraus, sie kann nichts dagegen tun.

»Was für ein Junge? Wer ist es?«

»Jemand von der Schule.« Aufhören. Es soll aufhören. Luise erträgt es nicht.

»Wie heißt er?«

»Stefan Kloppstock«, will sie sagen. Aber dann bäumt sich doch etwas in ihr auf, ein Rest Widerstand gegen das Verhör. Eine kalte Ruhe, die ihr unerwartete Kraft gibt. »Er heißt Rafael. Er ist geistig zurückgeblieben. Wir haben uns nur kurz unterhalten.«

Mutter schweigt, starrt sie an, scheint ihre Gedanken zu lesen.

Sie wendet ihr die rechte Gesichtshälfte zu, ihr gesundes Auge blitzt auf. »Wenn dein Vater dir auflauert, wenn er dich anspricht, musst du mir das sagen. Er ist ein böser Mann, verstehst du? Er wird versuchen, dich mir wegzunehmen. Das darf nicht passieren.«

Luise steht wie versteinert da. Sie nickt stumm.

»Versprich mir, dass du es mir sagst! Los!« Der Griff fühlt sich an, als wollte er die Knochen in ihrem Unterarm zerdrücken wie morsches Holz. Luises Hand wird taub.

»Ich verspreche es.«

Mutter starrt sie an, sucht die Lüge in ihren Worten.

Und lässt sie los.

Luise stolpert von ihr weg. Ihre nackten Füße fliegen über den Teppich, rasen die Treppenstufen hinauf.

53

Alexander hielt es nur mit Mühe auf seinem Stuhl. Wie bereits bei der ersten Sitzung hatte er Luises Erzählung neugierig gelauscht. Aber in den letzten Minuten hatte sich ein gequälter Ausdruck auf ihr Gesicht gelegt. Ihre Stimme geriet ins Stocken, und ihre Beine zuckten, als könnten selbst sie nur noch schwer zwischen Erinnerung und Gegenwart unterscheiden. Und würden am liebsten davonrennen.

Alexander litt mit ihr.

Dr. Korváth-Berger war Luises Anspannung natürlich nicht entgangen. Die Psychiaterin beugte sich über sie. »Geben Sie das Stoppsignal, Luise, wenn es genug ist«, sagte sie in festem Tonfall. »Denken Sie an den Gummiball. Sie halten ihn in der rechten Hand.« Wie um ihren Vorschlag zu unterstreichen, tippte sie mit ihren Fingern auf Luises Handrücken.

Es vergingen ein paar Sekunden. Alexander versuchte sich vorzustellen, wie die Worte sich ihren Weg in Luises wiedererwachte Erinnerungen bahnten.

Das quietschende Geräusch ließ ihn zusammenzucken. Luise hatte den Ball gedrückt.

»Okay«, sagte die Psychiaterin. »Ich zähle jetzt wieder von eins bis fünf. Währenddessen kehren Sie mit Ihrer Aufmerksamkeit zu mir und Alexander zurück. Mit jeder Zahl fühlen Sie sich wacher und frischer. Eins.«

Zwischen den Zahlen streute sie kurze Kommentare ein, in denen sie die Wörter »wach«, »frisch« und »munter«

variierte. Die ersten Zahlen sprach sie sanft und leise, dann wurde ihre Stimme lauter, fester und schneller. Sie endete mit der Zahl Fünf und der Aufforderung an Luise, ihre Augen zu öffnen.

Sie tat es nicht.

Für eine Schrecksekunde befürchtete Alexander, dass etwas schiefgegangen war. Dass Luise verloren gegangen war, irgendwo auf dem Weg von der Vergangenheit zurück ins Hier und Jetzt. Aber dann streckte sie die Glieder, gähnte und schlug die Augen auf.

54

Stefan spürte, dass etwas nicht stimmte.
Der Feierabendverkehr brauste über die vierspurige Straße. In Höhe des Hauseingangs hatten Bauarbeiter vor Tagen einen Teil der Fahrbahn mit roten Hütchen abgesperrt, den Asphalt aufgerissen und sich danach nicht mehr blicken lassen. Der abendliche Verkehr zwängte sich durch die entstandene Enge, was den üblichen Krach und Gestank um ein Vielfaches steigerte. Zumal es Freitag war. Das Wochenende stand vor der Tür, und die Autofahrer waren noch verrückter als sonst. Dessen ungeachtet hatten die Kinder der türkischen Familie mit bunter Kreide Kreise und Quadrate auf den Gehweg gemalt und hüpften lachend in den Mustern herum.

Alles stinknormal. Das war es nicht, was ihn irritierte.

Er verstärkte den Griff um die Henkel der Plastiktüten mit seinen Einkäufen und schlurfte Richtung Hauseingang.

Was zur Hölle stimmte hier nicht?

Die Kinder beachteten ihn nicht weiter. Fußgänger und Radfahrer strömten an ihm vorbei wie das Wasser eines Flusses an einem glatten Stein, der ein Stück aus der Oberfläche herausragte.

Ein Autofahrer hupte, weil es nicht schnell genug voranging. Ein zweiter antwortete, weil er sich zu Unrecht beschuldigt fühlte.

Stefans nervöser Blick huschte umher. Dann hatte er es.

Jenseits der Baustelle stand ein blauer Opel Corsa älteren Baujahrs. Wie automatisch speicherte er das Kennzeichen in seinem Gedächtnis. Nicht, dass er alle Fahrzeuge kannte, die in der Straße parkten, aber die meisten schon. Hatte er den Corsa bereits früher einmal gesehen? Es saß jemand drinnen, ein schlanker Mann mit T-Shirt, dessen Gesicht wegen einer Sonnenbrille und einer tief heruntergezogenen Schirmmütze schwer zu erkennen war.

Stefan ging weiter auf den Hauseingang zu und versuchte, nicht zu offensichtlich hinzuschauen. Eine Fähigkeit, die er perfektioniert hatte.

So entging ihm nicht, dass der Mann einen Gegenstand über den Rand des Seitenfensters hielt. Er gab sich Mühe, es unauffällig zu tun, aber natürlich bemerkte Stefan es trotzdem. Es war eine Kamera.

Der Schweiß brach ihm aus. Noch wenige Schritte bis zum Hauseingang.

Er könnte kehrtmachen, sich bis zum Einbruch der Nacht im Park herumtreiben, nur was wäre damit gewonnen?

Der da hatte auf ihn gewartet. Der da wusste, wo er wohnte. Was wusste der da sonst?

Am besten so tun, als hätte er nichts bemerkt.

Er überwand die verbleibenden Meter, zog den Schlüssel aus seinem Parka und rettete sich und seine Tüten in den Hausflur.

Aus den Augenwinkeln musterte er die Wände und Decken des Treppenhauses. Die Geheimdienste und die Polizei hatten Wanzen und Kameras, die so klein waren, dass normale Menschen sie kaum erkennen konnten. Stefan war besser als normale Menschen, und er entdeckte nichts. Auch die Wohnungstür war sauber. Er schloss sie sofort hinter sich zu. Ein rascher Blick zeigte ihm, dass während seiner Abwesenheit niemand hier gewesen war. Elektronische Geräte, mit deren Hilfe man ihn ausspionieren könnte, hatte er seit Jahren nicht. Also war er vorerst sicher.

Er ging zu dem mit Tüchern verhängten Fenster, spähte durch einen Schlitz hinunter auf die Straße. Der Corsa stand noch da. Der Fahrer hielt seine Kamera im Anschlag, schien abzuwarten.

Stefan tigerte unschlüssig durch sein Zimmer. Seine Augen blieben an der Zeitung hängen, die er seinem Betreuer abgeluchst hatte. Sie lag aufgeschlagen auf dem Wohnzimmertisch, neben einer zweiten, die er heute Vormittag gekauft hatte. Es war unvorsichtig, sie so offen herumliegen zu lassen. Das durfte ihm nicht noch mal passieren. Luise blickte ihm von der Titelseite der älteren Ausgabe entgegen.

Er setzte sich an den Tisch. Die Kaffeeflecken auf dem Papier waren zu braunen Kreisen getrocknet. Er blätterte in den Seiten.

Was hatte er sich anfänglich überwinden müssen. Ein Flugzeugabsturz über dem Mittelmeer. Islamistische Anschläge in Istanbul und Tripolis. Jugendliche Gewalttäter, die einen Obdachlosen angegriffen und zu Tode geprügelt hatten. Er wusste, dass die Welt ein brandgefährlicher Ort war, auch ohne dass er sich mit derartigen Nachrichten zusätzlich beunruhigen musste.

Auf Seite drei war der große Bericht. Er hatte ihn unzählige Male gelesen und kannte ihn fast auswendig. Viermal hatte der Katzenmörder zugeschlagen, einen Jogger und einen Tierarzt getötet. Ein Beamter der Mordkommission war nur knapp mit dem Leben davongekommen.

Der Rentner, der ebenfalls einen Angriff überlebt hatte, äußerte sich in einem Exklusivinterview ausführlich zu seinen Erlebnissen. »Ich bin Rafael«, habe der Täter ihm zugeraunt, bevor der kläffende Hund sein Herrchen gerettet hatte.

Stefan konnte sich ein Lachen nicht verkneifen.

Luise war die Hauptverdächtige. In der aktuellen Ausgabe war von einem Selbstmordversuch und der Verlegung in eine psychiatrische Klinik die Rede.

Das war überhaupt nicht zum Lachen.

Er schlich erneut zum Fenster. Der Fahrer hatte seine Kamera weggelegt. Nach wenigen Sekunden startete er den Motor, setzte den Blinker, reihte sich in die Blechkolonne ein und verschwand.

Stefan atmete tief durch. Sein Leben stand vor einer gravierenden Veränderung. Er würde verschwinden und Spuren verwischen, so viel war klar. Bevor der da unten mit Verstärkung wiederkam und ihm seine Geheimnisse entriss.

Aber das reichte nicht, oh nein! Er musste dafür sorgen, dass Luise wieder freikam. Das war er ihr schuldig. Das hatte er ihr versprochen. Vor langer Zeit.

55

Luise war weit weniger euphorisch als am Tag zuvor. Sie lächelte gequält, als sie Alexander am Morgen empfing. Ihre Umarmung war kraftlos. Das Tonband von der letzten Sitzung, das Dr. Korváth-Berger ihr überlassen hatte, lag noch immer am selben Platz auf dem Bord des Nachtschranks, vor einem Paket Taschentücher und einer halb leeren Tüte Studentenfutter.

Die Psychiaterin schien Luises Stimmungsänderung zu spüren. Bevor sie ihre Umhängetasche neben die Tür stellte und ihre rosafarbene Sommerjacke über die Lehne eines der Stühle hängte, begrüßte sie Luise und streichelte ihr liebevoll über den Arm.

Alexander konnte kaum anders, als die Therapeutin zu mögen. Mit ihrem glänzenden Aussehen und ihrem selbstsicheren Auftreten hätte sie ebenso gut Topmanagerin eines DAX-Konzerns sein können. Aber ihr Händedruck, die warmherzige Art zu sprechen, ihr hellwacher Blick, mit dem sie einen ansah und zuhörte, verscheuchten den kleinsten Verdacht, sie könnte zugleich kalt oder herablassend sein.

Sie fasste Luise bei der Hand. »Wir können einige Tage pausieren. Und in aller Ruhe über das reden, woran Sie sich bisher erinnert haben.«

Alexander kannte Luise gut genug, um die Antwort zu erahnen, noch bevor sie den Kopf schüttelte.

»Ich habe damit begonnen, jetzt will ich es weiterführen.« Wie um ihre Worte zu unterstreichen, legte sie sich rücklings auf ihr Bett und nahm den gelben Gummiball für das Stoppsignal von ihrem Nachttisch in die Hand.

Dr. Korváth-Berger nickte, setzte sich daneben und begann zu zählen.

Ohne Bus ist es ein Fußweg von zwanzig Minuten bis zur verlassenen Kleingartenkolonie. Luise rennt, so geht es noch schneller.

Auf halbem Weg dringen Geschrei und Gelächter an ihr Ohr. »Jetzt gibt's Kloppe, Kloppstock.« Saschas kratzende Stimme könnte sie unter Hunderten heraushören.

Sie verlangsamt ihren Lauf, biegt in eine Nebenstraße und sieht, was sie befürchtet hat. In der abgelegenen Ecke eines heruntergekommenen Bolzplatzes scharen sich Sascha, Razim und Rebecca um den am Boden liegenden Stefan. Razim drückt Stefans Kopf in den Sand, Rebecca streut ihm von oben Dreck in die Haare.

»Mal sehen, was ein Beklopptenarsch alles abkann.« Sascha macht sich an Stefans Hose zu schaffen, zieht sie mitsamt Unterhose herunter, sodass Stefans nackte Pobacken in der Sonne glänzen. Sascha hebt einen Stock in die Höhe und schlägt zu. Das peitschende Geräusch fährt Luise ins Mark. Die drei lachen. Von Stefan kommt kein Mucks.

»Das war wohl zu sanft für den Bekloppternarsch.«

Das gleiche Peitschen, doppelt so laut. Stefan rührt sich nicht.

Luises Beine rennen einfach los. Runter vom Fußweg, über den Begrenzungszaun des Platzes, auf die Spielfläche, direkt auf Sascha zu, der zu einem dritten Schlag auf Stefans Po ausholt. Bevor er zuschlagen kann, trifft ihn Luises Fuß. An genau der Stelle, auf die er es bei Stefan abgesehen hat.

Der Tritt ist nicht fest, aber erwischt Sascha unvorbereitet. Er taumelt vorwärts, verliert das Gleichgewicht und fällt neben Stefan in den Sand. Razim und Rebecca erstarren, glotzen erst ihren am Boden liegenden Anführer, dann die Angreiferin an.

Sascha flucht und rappelt sich hoch. Wären seine Augen Pistolen, würde Luise augenblicklich tot umfallen, durchsiebt von unzähligen Kugeln. Aber es ist nur ein hasserfüllter Blick, und Luise hält ihm stand. Mehr noch: »Lasst ihn in Ruhe, ihr Feiglinge!«, ruft sie.

»Wen haben wir denn da?« Sascha wischt sich Erde aus dem Gesicht, eine braune Dreckspur bleibt auf dem Kinn zurück. »Die Hexe und der Bekloppte. Wenn das kein Glückstag ist. Razim, schnapp sie dir!«

Der Angesprochene tippelt von einem Fuß auf den anderen, kommt dabei aber nicht von der Stelle.

Sascha straft ihn mit einem Blick. »Auch gut. Ich zeige euch mal, wie man mit einer Hexe umspringt.«

In seinen Augen flammt etwas auf, das Luise einen kalten Schauer über den Rücken fahren lässt. Er hebt die Hände, tritt auf sie zu. Luise weiß, dass er mit den Fäusten das vorhat, was er mit seinem Blick nicht geschafft hat.

Dann bringt er mich halt um. Eine verwegene Stimme meldet sich in ihrem Inneren zu Wort. Er wird einen hohen Preis bezahlen.

Sie duckt sich vor seinem Schwinger, der auf ihre Schläfe zielt, aber seine Faust fliegt sofort wieder heran und trifft sie an der Schulter. Luise stolpert zur Seite und fällt. Ihr Kopf saust knapp an einem auf dem Boden stehenden Müllkorb vorbei. Sie landet auf einem harten Gegenstand, der sich schmerzhaft in ihre Rippen bohrt. Sie rappelt sich auf. Eine leere Colaflasche. Ohne darüber nachzudenken, schließen sich ihre Finger um den schlanken Hals der Flasche.

Sascha ist da. Die Augen weit aufgerissen, Triumph im Blick, die Hände lässig in die Hüften gestemmt. »Ruh dich ruhig noch mal aus, bevor ich richtig mit dir loslege!«

Luise springt auf den überraschten Jungen zu und stößt einen Schrei aus. Mitten in der Bewegung holt sie aus und schlägt zu. Die Colaflasche erzeugt einen dumpfen Knall auf Saschas Stirn.

Im ersten Augenblick scheint der Treffer keine Wirkung zu zeigen. Sascha steht breitbeinig vor ihr. Er funkelt sie an, als ginge er in Gedanken seine Liste an Lieblingsquälereien durch und fügte rasch ein paar ausgefallene Foltertechniken hinzu.

Dann passiert es. An der Stelle, wo die Flasche ihn getroffen hat, tut sich eine klaffende Wunde auf. Blut sickert ihm über das linke Auge. Sascha wird leichenblass. Er sackt auf die Knie, kippt nach vorn und fällt aufs Gesicht. So bleibt er liegen.

Luise könnte schreien vor Erleichterung. Aber sie entscheidet, vorerst einen grimmigen Gesichtsausdruck beizubehalten. Mit erhobener Colaflasche schreitet sie auf Razim und Rebecca zu. Die beiden weichen augenblicklich zurück.

»Stefan, bist du okay?«

Er liegt regungslos auf dem Boden. Auf seinen Pobacken zeichnen sich Striemen ab.

Ist er tot? Mein Gott.

Sie kniet sich neben ihn, dreht ihn auf die Seite. »Stefan!« Er öffnet die Augen.

»Luise, bist du es?« Er hebt den Kopf, sieht sich um, als würde er aus dem Schlaf erwachen. Eine knallrote Abschürfung ziert seine rechte Wange, die von Saschas Prügeln oder dem Sandboden herrühren mag. »Oh«, sagt er, als er Razim und Rebecca bemerkt, die sich nicht von der Stelle trauen. Und »Oh, oh«, als er den im Dreck liegenden Sascha entdeckt. »Hast du die besiegt?«

»Lass uns abhauen!«, sagt sie.

»Okay!« Er rappelt sich auf, fängt sofort an zu rennen. Seine Jeans schlottern um seine Knie.

»Stefan!«

»Was denn? Wir hauen ab. Hast du selbst gesagt.«

»Deine Hose.«

Sie nehmen ein paar Umwege, um sicherzustellen, dass keiner der drei ihnen in die verlassenen Schrebergärten folgt. Bald sitzen sie im Schein der Nachmittagssonne vor dem Schmetterlingsbusch und futtern Himbeeren.

»Erzähl es mir noch mal! Bitte!« Luise erzählt ihm zum dritten Mal von ihrem Kampf mit Sascha. Wieder lauscht er mit großen Augen und offenem Mund. »Du bist so mutig«, sagt er.

Das Kompliment macht sie verlegen. »Hat das nicht wehgetan?«, fragt sie. »Die Schläge mit dem Stock.«

Stefan schüttelt wild den Kopf. »Ich habe einen Trick.«

»Verrätst du ihn mir?«

Er nickt, nicht minder heftig. »Mein Geheimname. Das ist der Trick.«

»Rafael«, flüstert sie.

»Immer wenn mir was Schlimmes passiert, stell ich mir vor, dass das gar nicht ich bin. Sondern Rafael. Und dem machen Schmerzen gar nichts. Der ist hart wie ... wie Eis.«

Solange es nicht in der Sonne schmilzt, denkt sie. »Deswegen hast du so ruhig dagelegen? Ich dachte schon, du bist tot.«

»Ich bin dann weg. Ich denke und spüre nichts. Ich habe dich erst bemerkt, als du mich angesprochen hast.«

Das ist unglaublich. Ist es so einfach, die miesen Sachen auszublenden? »Das funktioniert wirklich?«

Stefan kneift die Augen zusammen. Er sieht fast etwas verwegen aus. »Absolut.«

»Das ist klasse!«

Stefan scheint sich plötzlich mehr für den Rasen und die Butterblumen zu interessieren. »Danke, dass du mich gerettet hast«, sagt er. Er klingt verlegen.

»Ist doch Ehrensache.« Luise bemüht sich um Lässigkeit in der Stimme. »Dasselbe hättest du für mich auch getan, stimmt's?«

Unvermittelt drückt er sie an sich, küsst sie auf den Mund und schiebt sie sofort wieder weg. Der Rest seines Gesichts färbt sich genauso rot wie die Stelle an der Wange.

Wie süß.

Er stopft sich die restlichen Himbeeren in den Mund und steht auf. Er hebt die rechte Hand in die Höhe, spreizt Zeige- und Mittelfinger ab und legt sich das entstandene V auf die Brust. »Ich schwöre, dass ich auf dich aufpasse und dir jederzeit helfe. Von heute an. Und wenn ich dabei sterbe.«

Luise muss beinahe kichern. Vermutlich hat er diese Art Schwur in einem Indianerfilm gesehen und imitiert ihn mehr schlecht als recht. Trotzdem spürt sie, wie ernst er es meint. Seine hochgezogenen Augenbrauen, die bebenden Lippen und das Zittern in der Stimme bereiten ihr eine Gänsehaut.

56

Dr. Korváth-Berger hatte die nächste Sitzung auf Drängen Luises bereits für den Nachmittag angesetzt. Alexander fragte sich, ob Psychotherapeuten samstags immer so lange arbeiteten. Wahrscheinlich, dachte er, machte sie für Luise eine Ausnahme. In jedem Fall blieb ihm genug Zeit, um weitere Nachforschungen anzustellen. Und dafür brauchte er die Hilfe seines Chefs.

Alexander stand vor Karl Webers Bürotür und wollte klopfen. Bevor sein Finger jedoch die Tür berührte, öffnete sie sich wie von Zauberhand. Der Hauptkommissar erschien in der Türöffnung. »Herr Pustin! Ich wollte gerade Mittag machen. Heute gibt's Currywurst in der Kantine.«

»Haben Sie eine Minute?«

Der Chef der Mordkommission zögerte eine Sekunde, dann bat er ihn hinein. Weber setzte sich auf die Kante seines Schreibtisches. Er legte die Stirn in Falten, als haderte er mit seiner Entscheidung, für Alexanders Anliegen seine Wurst sausen zu lassen. »Und, haben Sie sich mit Tilman ausgesprochen?«, fragte er.

»Über die Zeitungsartikel, in denen von Luises Psychiatrieeinweisung berichtet wird? Darüber, wie gut die größtmögliche Diskretion funktioniert, und dass an zu Unrecht Beschuldigten nie etwas hängen bleibt? Nein. Bisher sind wir uns aus dem Weg gegangen.«

Weber verdrehte die Augen. »Das mit den Zeitungsberichten ist bedauerlich«, sagte er. »Es ändert aber nichts daran, dass die Festnahme an sich korrekt war.«

Alexander biss sich auf die Lippe. »Ich bin wegen etwas anderem hier«, sagte er. »Wie komme ich an Daten und Akten, ohne dass es jemand erfährt?«

Der Hauptkommissar grinste. »Genau so. Sie gehen zu Ihrem Chef, erklären ihm, über wen und warum Sie Informationen brauchen und wer nichts darüber erfahren soll. Wenn es Ihnen gelingt, Ihren Chef zu überzeugen, regelt der das.« Er sah Alexander erwartungsvoll an.

»Ich habe einen Namen. Aus einer von Luise Kellermanns Therapiesitzungen. Ich will ein wenig recherchieren. Aber ohne dass ein übereifriger Oberkommissar seinen Chef überredet, jemanden gleich verhaften zu lassen. Und ich will verhindern, dass dieser Jemand sich mit seinem Foto plötzlich in der *Bild*-Zeitung wiederfindet.«

Weber zog hörbar Luft ein. »Verstehe.« Er griff einen kleinen Zettel vom Tisch und hielt ihn in die Höhe. »Sie schreiben den Namen da drauf. Ich beauftrage jemand Zuverlässigen, die Archive abzugrasen.«

Alexander nickte und schnappte sich den Zettel. »Ungefähr so hatte ich mir das vorgestellt. Haben Sie zufällig einen Stift?«

»Moment, ich bin noch nicht fertig.« Der Hauptkommissar stemmte sich von der Tischplatte hoch. »Wir sind ein Team, und ich werde Sie nicht hinter dem Rücken Ihres Vorgesetzten ermitteln lassen.«

Alexander ließ die Hand mit dem leeren Zettel sinken. »Und das bedeutet was?«

»Das bedeutet, Tilman wird davon erfahren.«

Alexander verkniff den Mund. So hatte er es sich genau nicht vorgestellt.

»Allerdings ist morgen Sonntag«, sprach der Chef der Mordkommission weiter. »Da trifft sich Tilman normalerweise mit seiner Tochter und lässt sich nur im Notfall hier blicken. Das heißt, Sie haben ausreichend Zeit, die Akten, die Sie auf Ihrem Schreibtisch erwarten werden, durchzusehen. Ich komme am späten Nachmittag noch mal rein, dann können Sie mir berichten. Einverstanden?«

57

Luise tritt aus dem Eingang der Leihbücherei, in der Hand hält sie eine Stofftasche mit ihren jüngsten Entdeckungen: ein Bildband über die Ureinwohner Südamerikas, ein medizinisches Fachbuch über das Blut und Bluterkrankungen, zwei Jugend- und zwei Erwachsenenromane. Sechs Bücher. Mehr erlaubt ihr Frau Strohm nicht. Eigentlich dürfen Kinder nur drei auf einmal ausleihen, aber die grauhaarige Büchereigehilfin macht für Luise eine Ausnahme. »Für unsere fleißigste Leserin«, sagt sie immer und betrachtet Luise mit ihrem Omalächeln.

Ja, Luise mag Frau Strohm.

Die Sonne strahlt ihr ins Gesicht und blendet sie, Luise muss blinzeln. Als sie wieder sehen kann, entdeckt sie den fremden Mann. Er steht auf der gegenüberliegenden Straßenseite an einem der Stehtische des Kiosks, in der Hand einen Pappbecher.

Der Mann trägt eine dunkle Anzugjacke, so ein feines Teil, das weder zum Kiosk noch zum Pappbecher passt.

Er sieht zu ihr herüber.

Nickt ihr zu.

Lässt seinen Becher auf dem Tisch zurück und macht Anstalten, die Straße zu überqueren.

Verdammt. Luise kann es sich kaum anders vorstellen, als dass er böse Absichten verfolgt. Sie überlegt, ob sie in den Lesesaal zurücklaufen oder abhauen soll.

Der Stoß von der Seite trifft sie unvorbereitet. Der Stoffbeutel gleitet ihr aus der Hand, die Gehwegplatten fliegen ihr entgegen, und sie knallt mit der Schulter voran auf den Beton. Jemand packt sie unter den Achseln, zieht sie auf die Beine und schleift sie den Fußweg entlang. In ihrem Kopf brummt es, als würde dort ein Riesenkäfer umhersausen und ständig von innen gegen den Schädel donnern.

Sie weiß nicht, wie ihr geschieht, aber Saschas knarzende Stimme erkennt sie sofort. »So, Hexe, jetzt mach dich auf was gefasst.«

Er taucht in ihrem Gesichtsfeld auf, tänzelt vor ihr herum und grinst sie an. Der vordere Teil seiner Stoppelhaare ist kahl rasiert, eine fette Naht zieht sich von der Stirn zum Scheitel. Sieht übel aus, was Luise und die Colaflasche angerichtet haben.

Razim und Rebecca, wer sonst, schleifen sie vom Gehweg runter, hinein in eine dunkle, auf der Rückseite eines Supermarkts gelegene Gasse. Sie ist mit Müllcontainern und -säcken, Stapeln aus platt gedrückten Pappkartons und leeren Holzpaletten voll gestellt. Ein Paradies für Mäuse und Ratten. Der perfekte Ort, um etwas zu entsorgen, was nicht so schnell gefunden werden soll. Oder jemanden.

In ihrem Kopfgebrumm meldet sich eine Stimme, die ihr sagt, dass sie diesmal ernsthaft in der Patsche sitzt. Wie zur Bestätigung drückt sich Sascha erneut an sie heran. »Brennen allein reicht nicht, Hexe. Heute wirst du bluten.« Er zieht einen länglichen Gegenstand aus seiner Jeans, aus dem eine Stahlklinge herausschnellt.

Ein Springmesser.

Das kalte Geräusch, das Messer und Saschas mordlüsterner Blick vertreiben jeden Rest Benommenheit.

Sie muss etwas tun. Sonst bringt dieser Irre sie um.

Luise versucht, sich loszureißen. Auf Rebeccas Seite kann sie ihren Arm befreien, aber Razim hat wohl mit dem

Fluchtversuch gerechnet und packt geistesgegenwärtig fester zu.

Keine Chance.

Sie schreit um ihr Leben. »Lasst mich los. Hilfe! Hört mich jemand?« Ihre Stimme überschlägt sich.

Und verstummt abrupt, als Saschas Boxhieb sie in die Magengrube trifft.

Ihr wird schwarz vor Augen. Die Eingeweide scheinen ihren Hals heraufzuquellen. Sie japst nach Luft. Würden Razim und Rebecca sie nicht festhalten, würde sie zusammenbrechen.

Es verspricht ein schmerzhaftes Ende zu werden. Und es gibt nichts, was sie tun kann.

Sie spürt Sascha vor sich. Sehen kann sie ihn nicht, weil ihre Augen tränen.

Er greift ihren Pferdeschwanz und zieht daran ihren Kopf in die Höhe. Sie blinzelt und sieht die Metallklinge, nur Zentimeter von ihrem Gesicht entfernt.

»Ich schnitze dir ein hübsches Muster in die Haut, Hexe«, sagt Sascha. Sein Tonfall lässt keine Zweifel, dass er es ernst meint.

»Bitte … Nein.« Luise hasst sich dafür, vor Sascha und seiner Bande zu flennen. Aber Angst und Schmerz sind zu mächtig. Sie will kein Muster im Gesicht. Sie will nicht sterben.

Von links ertönt Razims Stimme. »Sie hat ihre Lektion gelernt, Sascha. Sie pisst sich vor Angst in die Hose. Lassen wir sie laufen.«

Rebecca brummt ihre Zustimmung. Luise schöpft neue Hoffnung. Die beiden merken, dass Sascha außer Rand und Band ist.

»Lasst mich los, bitte!« Luise muss sich nicht bemühen, ängstlich und mitleiderregend zu klingen.

»Haltet sie fest! Ich hab gesagt, ich will sie bluten sehen. Elende Feiglinge!«

Saschas Worte ersticken jeden Widerstand. Auf beiden Seiten strafft sich die Haltung ihrer Wächter, die Griffe um ihre Arme werden fester.

Sascha drückt ihr die Klinge an die Stirn.

Luise schließt die Augen.

»Nimm das Messer weg, Junge! Oder du bekommst mehr Ärger, als du dir im Entferntesten vorstellen kannst.«

Die Stimme kennt sie nicht. Sie ist tief und erwachsen. Sie klingt nach Rettung. Luise riskiert einen Blick.

Der Mann in der Anzugjacke vom Stehkiosk. Er ist zwei Köpfe größer als Sascha, hält seine schwarze Ledertasche in der linken Hand. Und Luises Stofftasche mit den Büchern in der anderen.

»Komm doch her, wenn du Stress willst!« Sie hört das Zittern in Saschas Stimme. Er tut selbstbewusst, ist es aber nicht.

»Gut!« Der Unbekannte setzt Luises Beutel auf dem Boden ab und schreitet auf sie zu. Er hebt seine Tasche, fasst mit der rechten Hand hinein.

Sascha zuckt zurück. Razim und Rebecca lösen ihre Griffe.

Eine Waffe, fährt es Luise durch den Kopf. Er hat eine Pistole, damit wird er selbst Sascha vertreiben.

Der Mann ist keinen Meter mehr entfernt. Seine Hand ruht verheißungsvoll in der schwarzen Tasche.

»Ich zähle bis drei. Dann seid ihr verschwunden.«

Er muss nicht zählen. Sascha lässt sein Messer verschwinden, raunzt etwas Unverständliches. Die Bande trollt sich davon.

Luise sinkt auf die Knie. Aus Erleichterung. Wegen der Schmerzen im Bauch. Wahrscheinlich beides.

Der Fremde ist da, er hält sie in seinen Armen, kniet sich neben sie auf den Boden.

Seine teure Hose wird schmutzig, denkt sie.

»Luise!«, sagt er. »Mein Gott, was haben die mit dir gemacht?«

Er riecht nach Parfüm, Aftershave oder Rasierwasser, was immer erwachsene Männer so Duftendes an sich tragen. Woher weiß er ihren Namen?

Sie sieht ihn an. Er hat glatte schwarze Haare, dunkelgrüne Augen, eine feine Nase und ein breites Kinn. Wie ein Mann aus einem Liebesfilm, in den sich jede Frau sofort verliebt. Bartstoppeln sprießen aus winzigen Poren rund um seine Lippen und an seinem Hals. Ihr wird klar, dass sie einen erwachsenen Mann noch nie aus so großer Nähe gesehen hat.

»Ich habe deine Bücher mitgebracht«, sagt er. Als ob sie das nicht bemerkt hätte.

»Du bist mein Vater, oder?« Die Worte kommen einfach so, ohne Nachdenken.

Er öffnet den Mund, um etwas zu sagen. Stattdessen schießen ihm Tränen in die Augen, und er kann nur nicken. Der Anblick dieser Augen kommt ihr bekannt vor. Plötzlich weiß sie es. Er erinnert sie an ihr eigenes Spiegelbild.

»Ich bin so froh, dich endlich zu treffen, Luise.« Er wischt sich mit dem Ärmel seines Anzugs übers Gesicht.

Die schöne Jacke wird nass, denkt sie. Sie kann sich keinen vernünftigen Grund vorstellen, warum dieser tolle Mann, der Sascha vertrieben und ihr das Leben gerettet hat, sich freut, sie zu sehen.

»Er ist Arzt, Narkosearzt. Er heißt Michael und hat in der Schweiz gearbeitet. Mutter hat dafür gesorgt, dass er mich nicht sehen durfte, sagt er. Und sie hat die Briefe vor mir versteckt, die er mir geschrieben hat. Er will sich wieder mit mir treffen.«

Stefan nickt, aber Luise hat keinen Schimmer, wie viel er von dem versteht, was sie ihm anvertraut.

»Ist er nett?«

Ja, total, will sie sagen. Er hat mich angesehen wie noch niemand zuvor. Liebevoll. Er hat geweint, als er mir gegenübergekniet ist.

»Meine Mutter hat immer gesagt, dass er ein böser Mann ist. Dass er sie schlecht behandelt hat. Dass ich auf der Hut sein muss vor ihm. Warum sollte sie mich belügen?« Sie atmet tief ein, presst die Luft durch die Lippen. »Ich weiß nicht, was ich tun soll.«

Stefan schweigt. Er ist eine Seele von Mensch, denkt sie. Aber bei so was ist er keine Hilfe.

Er streckt ihr seine Hand hin, die voll ist mit Himbeeren. Sie sammelt drei der am wenigsten matschigen heraus und steckt sie sich in den Mund.

»Ich habe was entdeckt«, sagt er. »Was Ekliges. Willst du es sehen?«

»Klar.«

Eigentlich hält sich ihre Neugierde in Grenzen, trotzdem folgt sie ihm durch die verwilderten Gärten, klettert über verfallene Zäune und krabbelt zwischen dornigen Rosenbüschen hindurch. Er steuert auf ein Gebäude zu, das mehr eine Ruine ist als ein Gartenhäuschen. Im Dach klafft ein gewaltiges Loch. Eine Seitenwand aus Ziegelsteinen ist nahezu vollständig eingebrochen und ermöglicht den Blick ins Innere.

Ein gammeliger Geruch kriecht ihr in die Nase. Jetzt wird sie doch neugierig.

»Was ist es denn?«

Sie steigen über die Reste der Wand, einzelne Ziegel brechen heraus und poltern auf die zersplitterten Dielen des Raumes, der früher offenbar mal ein Wohnzimmer gewesen ist.

Der Gestank wird intensiver. Stefan drückt sich die Nasenlöcher zu.

»Dort, bei der Spüle.«

Unter dem rostigen Bauch eines Waschbeckens liegen vier Katzen. Eine Mutter mit drei Jungen.

Stefan drückt sich an der kaputten Wand herum, als würde er am liebsten gleich wieder ins Freie klettern. Luise tritt dichter heran und schreckt einen Schwarm Fliegen auf, der sich als dunkle Wolke von den Kadavern löst und sofort wieder darauf niederlässt.

Die Katzenbabys sind zerfallene Haufen Knochen, von dünnen, verblassten Fellresten umhüllt. Vermutlich haben sie nie Gelegenheit gehabt, an Gewicht zuzulegen. Das Muttertier ist ein anderes Kaliber, ein kräftiges Tier, dessen schwarzes Fell stumpf und blass geworden ist. Der Kopf ist eingefallen. Die Augen fehlen, haben wohl einem Nagetier oder den beharrlichen Insekten als Nahrung gedient. Zwischen den Ohren ist das Fell aufgeplatzt, der weiße Schädelknochen schimmert hervor.

Luise ist begeistert.

Sie greift sich einen festen Stock, der durch das offene Dach ins Zimmer gefallen sein muss, hockt sich neben die Katzen und dreht die Mutter auf den Rücken. Die Fliegen stieben erneut empor.

»Man kann die Rippen sehen, schau mal!«

»Das ist voll eklig. Sind das Maden?« Stefan gibt ein rülpsendes Geräusch von sich.

Er hat recht. Der Bauch ist unterhalb der Rippen geöffnet, Dutzende weiße Maden winden sich in der Bauchhöhle.

»Die Insekten legen ihre Eier auf die Tierleichen. Daraus schlüpfen die Maden. Sie ernähren sich von dem Fleisch und reifen zu neuen Fliegen heran. Da sind auch schwarze Käfer und Ameisen. Such mal einen zweiten Stock.«

»Ich will hier raus.«

»Das ist der ganz normale Verwesungsprozess. In ein paar Wochen sind nur noch Fell und Knochen übrig. Die Insekten fressen alles auf.«

Sie hat eine tolle Idee. »Ich besorge mir ein Buch über den Körperbau von Katzen. Dann können wir sie genau studieren.«

Luise sieht sich um. Stefan ist nicht mehr da. Er steht an der Außenseite der zerfallenen Mauer und scheint gar nicht genug frische Luft zu bekommen.

Widerwillig steht sie auf. »Vielleicht können wir sogar rauskriegen, woran sie gestorben sind.«

»Das will ich gar nicht wissen. Komm raus, sonst essen dich die Maden auch.«

Luise sieht sich im Zimmer um. In einer Ecke liegt eine gammelige Matratze, daneben einige Blechtöpfe und Plastiktüten. Nach dem Auszug der ursprünglichen Besitzer hat hier offenbar noch jemand anderes gewohnt.

Es gibt eine Schiebetür zu einem Nebenraum. Sie steht einen Spalt offen und klemmt, Luise bekommt sie nicht weiter auf. Brauner Sand rieselt von der Decke.

»Du musst mir mit der Tür helfen.«

Stefan klettert zurück ins Haus. Er hält sich wieder die Nase zu, kneift zusätzlich Augen und Mund zusammen und hat das Atmen eingestellt. Aber er hilft ihr, die Tür so weit aufzuziehen, dass Luise den Kopf und den Oberkörper hindurchstecken kann.

Das hölzerne Gerippe eines Bettes liegt in Einzelteilen auf dem Boden des zweiten Zimmers. In einer Ecke hat jemand alte Hemden und Shirts zu einem ansehnlichen Haufen aufgetürmt. Das Dach ist, im Gegensatz zum Wohnzimmer, weitgehend intakt.

»Hier ist nichts.« Sie will zurückgehen.

Hat sich der Kleiderhaufen bewegt?

»Dann komm endlich!« Stefan ist schon wieder an der Luft.

Sie quetscht sich durch den Türspalt. Der Holzboden knarrt unter ihren Füßen. Erneut rieselt Dreck auf sie herab.

Diesmal ist sie sicher. Zwischen der Kleidung rührt sich etwas.

Ihr Herz klopft. Sie greift nach den Hemden und zieht ein paar aus dem Haufen heraus.

Luise wird angefaucht. Und sieht in ein Gebiss mit blitzenden, messerscharfen, aber winzigen Zähnen.

»Stefan, schnell!«

Er quält sich lautstark ein drittes Mal ins Haus. »Was ist denn noch?«

Luise kniet sich auf den Boden und streckt dem Kätzchen ihre Finger entgegen. Das Tier ist gerade so groß wie der Schuh eines Erwachsenen. Es ist spindeldürr, aber sein schwarzes Fell glänzt.

»Ganz ruhig, meine Kleine. Ich tu dir nichts.« Die Katze neigt den Kopf. Sie sieht Luise aus riesigen Augen an, tapst auf sie zu und schmiegt das Köpfchen in ihre Hand.

»Oh, ist die süß!« Stefan scheint seinen Ekel vor den Leichen im Nebenraum vergessen zu haben und stürzt sich auf das Kätzchen, das mit jeder Sekunde zutraulicher wird. Es mauzt, leckt ihnen die Finger und lässt sich ausgiebig streicheln.

»Ist das ein Junge oder ein Mädchen?«, fragt Stefan.

Luise betrachtet unschlüssig die Stelle zwischen den Hinterbeinen. Sie hat keine Ahnung, woran man das bei Katzen erkennen kann. Aber ihr Gefühl ist eindeutig.

»Ein Mädchen«, sagt sie. »Sie hat als Einzige überlebt. Sie muss sich von Käfern und Spinnen ernährt und Regenwasser getrunken haben, nachdem ihre Mami sie nicht mehr säugen konnte. Tapferes kleines Ding!«

»Pfui.« Stefan verzieht angewidert das Gesicht. »Dann ist die bestimmt hungrig.«

Sie versuchen, das Kätzchen herauszulocken. Es folgt ihnen bereitwillig ins Nebenzimmer, wo es im großen Bogen um seine tote Mutter und die Geschwister herumschleicht. An der Maueröffnung ist Schluss.

»Sie traut sich nicht raus.« Stefan packt das Tier und trägt es über die Steine. Es faucht und spreizt die Beine von sich. Sobald Stefan es ins Gras setzt, springt es zurück zwischen die Mauern.

Luise hat eine Idee. »Hast du Geld dabei?«

Sie werfen die Münzen aus ihren Hosentaschen zusammen: ein paar Mark, immerhin.

Stefan bewacht das Haus. Luise macht sich auf den kurzen Weg zu einem Discounter am Rande der Kleingartenkolonie.

Keine halbe Stunde später stürzt sich das Kätzchen gierig auf die Milch und das Futter, das Luise gekauft hat. Aber nicht einmal mit dem Essen lässt es sich heraus ins Freie locken.

Stefan entdeckt im Geräteschuppen eines nahe gelegenen Schrebergartens einen verrosteten Spaten. Unter einem

Weidenbusch schaufeln sie eine Grube und beerdigen die Mutter und ihre drei toten Babys.

»Wie sollen wir unsere Katze nennen?«, fragt Luise.

»Du hast sie gefunden. Sie ist klein und ein Mädchen. Also heißt sie Kleinluise.«

»Aber Luise ist schon mein Name!«

Stefan zuckt mit den Achseln. Na und, scheint er sagen zu wollen.

Damit ist das entschieden.

58

Die Sitzungen der letzten Tage hatten Spuren in Luises Gesicht hinterlassen. Es war blasser als ohnehin schon, ihre Haare waren ungekämmt, die Augen voller Erschöpfung. Zumindest war heute, am Sonntag, Therapiepause.

Luise ließ sich in Alexanders Umarmung fallen, er hielt sie einfach fest. Als sie ihn nach Minuten der Stille erneut ansah, blitzte ein Hauch frischer Kraft in ihrem Blick auf.

Er platzierte einen kleinen Blumenstrauß und eine Tafel Edelbitterschokolade auf Luises Nachttisch. Luise begutachtete seine Mitbringsel und lächelte.

»Den Rotwein haben sie mir leider abgenommen. Den müssen wir uns dazu vorstellen.«

Eine Krankenschwester klopfte und steckte den Kopf herein. »Wenn Sie wollen, können Sie jetzt nach draußen.«

»Draußen« war in diesem Fall ein von einer zweieinhalb Meter hohen Steinmauer umgebener Hof von der Größe eines Basketballfeldes. Jeder Winkel befand sich im Blickfeld mindestens einer Überwachungskamera. Das vordere, Richtung Tür gelegene Drittel des Hofs war gepflastert. Es war der offensichtliche Lieblingsort der Raucher unter den Patienten, und er war von deren Hinterlassenschaften schwer gezeichnet. Im hinteren Teil wuchs Rasen. Es gab drei kleine Buchen, die sogar einige Vögel anlockten. Das Pflegepersonal hatte es so eingerichtet, dass Luise und Alexander den Garten für sich alleine hatten.

»Wie geht es Sami?«, fragte sie.

»Ich habe Fotos mitgebracht.« Alexander zauberte ein paar Farbdrucke aus seiner Jackentasche: Sami dösend auf der Wohnzimmercouch, Sami beim Fressen, Sami auf dem Küchentresen, wo er eigentlich nicht sitzen durfte, und so weiter. Luise riss ihm die Bilder aus der Hand, schien darin zu versinken.

»Die ersten Male hat er sich vor mir versteckt. Aber inzwischen begrüßt er mich wie einen alten Freund«, sagte Alexander. »Er schnurrt um mich herum, holt sich Streicheleinheiten ab.«

»Ich habe mich am Anfang auch vor dir versteckt«, sagte sie. »Erinnerst du dich noch an die Autofahrt, als ich dich vom Krematorium mit in die Stadt genommen habe?«

»Du bist gerast, als wäre der Teufel persönlich hinter dir her gewesen.«

Ein zaghaftes Lächeln hob ihre Mundwinkel. »Ich habe damals alles versucht, um dich zu vergraulen.«

»Hat nicht geklappt, wie du siehst.«

»Du sagtest zu mir, dass ich eine Mauer um mich errichtet hätte und so.« Luise blieb stehen, griff seine Hände. »Ohne dich säße ich da noch immer. Hinter meinen Mauern.«

Alexanders Blick fiel auf die echte Mauer, das steinerne Ungetüm, das den winzigen Garten umschloss. Sie war am oberen Rand zusätzlich mit Stacheldraht bewehrt. Der Anblick schnürte ihm die Kehle zu.

Luise strich ihm über die Wange, drehte seinen Kopf, sodass sie ihm direkt in die Augen sehen konnte. »Obwohl ich eingesperrt bin, fühle ich mich freier als je zuvor«, sagte sie. »Ohne dich hätte ich es nie so weit geschafft.«

»Dann bereust du nicht, was geschehen ist?«

Das Lächeln erblühte in ihrem Gesicht. »Kein klitzekleines Bisschen!«

Sie umarmten sich. Aus der Umarmung wurde ein Kuss.

»Und trotzdem habe ich eine Scheißangst vor den nächsten Therapiesitzungen«, sagte sie. »Das, was in diesem Sommer passiert ist, hat mein Leben komplett aus der Bahn geworfen.« Sie tippte sich mit dem Finger an die Schläfe und lachte. Es klang ein klein wenig irre. »Die Erinnerungen daran stecken irgendwo hier drin.« Sie unterdrückte eine zweite Lachsalve, seufzte stattdessen. »Doktor Korváth sagt, ich sei stark genug, die Wahrheit zu ertragen. Hoffentlich hat sie recht.«

»Ich kenne, glaube ich, niemanden, dem ich zutrauen würde, das zu packen.« Er nahm ihren Kopf zwischen seine Hände. »Niemanden außer dir.« Er küsste sie erst auf die Stirn, dann auf den Mund. »Du schaffst das. Und nicht vergessen: Du bist nicht allein damit.«

Die Krankenschwester zeigte sich in der Eingangstür und signalisierte ihnen, wieder hereinzukommen.

»Ich habe dir noch etwas mitgebracht«, sagte er. »In meinem Rucksack. Es ist mir beim Aufräumen deines Wohnzimmers nach der Hausdurchsuchung in die Hände gefallen.«

Sie kehrten zurück in Luises Zimmer. Alexander zog den Bildband über die Schweizer Alpen hervor. »Ich hatte ihn schon bei meinen letzten Besuchen dabei, aber habe erst jetzt das Gefühl, dass der richtige Zeitpunkt gekommen ist, ihn dir zu geben.«

Sie blätterte durch die Seiten, betrachtete die Bilder und schließlich die handgeschriebenen Zeilen ihres Vaters. Eine Träne rollte über ihr Gesicht.

»Bist du je dort gewesen?«, fragte Alexander.

»In der Schweiz?« Sie schüttelte den Kopf.

»Egal wo. In den Bergen halt.«

»Nein.« Sie klappte den Einband zu, drückte das schwere Buch an ihre Brust.

»Wenn das hier vorbei ist ...«

»Falls«, korrigierte sie ihn.

Er sah sie an, verzog die Mundwinkel zu einem hoffnungsvollen Schmunzeln. »Wenn das hier vorbei ist, fahren wir dorthin. In die Berge. Wandern über grüne Almen, ärgern die Kühe und klettern auf den höchsten Gipfel, den wir finden.«

Luise nickte. Er streichelte über ihre Wange, wischte ihr die Träne aus dem Gesicht. »Wir fahren in die Berge, das verspreche ich. Du wirst sehen.«

59

Karl Weber hatte Wort gehalten. Die Akten warteten, sorgfältig auf einen Rollwagen gestapelt, in Alexanders Büro. Es war ein Berg von stattlicher Höhe. Stefan Kloppstock war wahrhaftig kein unbeschriebenes Blatt.

Alexander hatte es so gewollt, also ran. Er stellte seinen Kaffeebecher vor sich auf den Schreibtisch, sah auf die Zeitanzeige seines Handys. 14 Uhr 15. Er legte das Telefon neben den Becher und griff sich den obersten Ordner vom Wagen.

Als er das nächste Mal nach der Uhrzeit sah, stand der Kaffee noch immer da, unberührt und inzwischen kalt. Geschlagene dreieinhalb Stunden waren vergangen. Alexanders Herz klopfte vor Aufregung, und in seinem Kopf wirbelten Informationsfetzen, vage Gedanken und erste Schlussfolgerungen durcheinander.

Er zwang sich zu einem Augenblick der Besinnung. Zwei simple Erkenntnisse erhoben sich aus dem Chaos, klar und eindeutig.

Stefan Kloppstock war Rafael, der Katzenmörder. Und: Luise war unschuldig.

Es musste so sein. Alles passte ins Bild.

Er packte die Akten zurück auf den Rollwagen und schob das Gefährt aus der Tür, den Gang entlang, bis vor das Büro von Karl Weber. Sein Chef hatte gesagt, er würde sich am Nachmittag noch blicken lassen. Alexander klopfte, drückte die Klinke herunter. Beides ohne Ergebnis.

Also warten.

Nach einer knappen halben Stunde schlenderte der Hauptkommissar durch die Glastür in den Flur. Weber wirkte ungewohnt gelöst. Das lilafarbene Flanellhemd hing ihm aus der Hose, und seine Gesichtshaut glänzte in einem frischen Rosaton. Als hätte er eine gute Flasche Rotwein zum Mittagessen genossen. Immerhin war heute Sonntag und der Chef nicht offiziell im Dienst.

Weber bat Alexander in sein Arbeitszimmer, plumpste in seinen Sessel. »Sie sehen aus, als hätten Sie etwas herausgefunden über diesen ... Wie heißt er doch gleich?«

Alexander blieb neben dem Rollwagen stehen, legte eine Hand auf den Aktenstapel. »Stefan Kloppstock. Er und Luise Kellermann waren als Jugendliche befreundet. Er hat sich selbst einen Spitznamen zugelegt: Rafael.«

Spätestens jetzt verschwand der entspannte Ausdruck aus Webers Gesicht. »Erzählen Sie weiter!«

»Kloppstock war und ist ein Soziopath. Ein totaler Einzelgänger. Möglicherweise intelligenzgemindert, höchstwahrscheinlich schizophren. Er ist in Hamburg geboren und aufgewachsen, steht seit gut zehn Jahren unter Führungsaufsicht und wird vom sozialpsychiatrischen Dienst betreut. Davor war er fast ebenso lange in psychiatrischen Kliniken untergebracht.«

Der Hauptkommissar nickte.

»Seine Mutter ist bei der Geburt gestorben, der Vater war alkoholabhängig. Kloppstock ist früh auffällig geworden. Er war ein Pyromane, hat Autos angezündet und eine Gartenlaube. Als Vierzehnjähriger hat er auf einer Baustelle randaliert. Aber deswegen ist er nicht eingesperrt worden.«

Alexander holte tief Luft. Es gelesen zu haben, war das eine. Es auszusprechen, etwas ganz anderes. »Stefan Kloppstock hat Luises Eltern ermordet.«

60

Er wartet neben dem Kiosk. Wie versprochen. Statt der dunklen Anzugjacke trägt er ein sportliches Shirt über der Jeans. Michael, Luises Vater, winkt und kommt ihr entgegen. Seine Ledertasche klemmt wie festgewachsen unter dem linken Arm. Da ist seine Pistole drin, denkt sie.

Er lächelt, als er sie entdeckt. Mehr noch: Er sieht glücklich aus.

Sie steht vor ihm und weiß nicht, wie man seinen Vater begrüßt. »Hallo!«, sagt sie und reicht ihm die Hand.

»Luise!« Seine Stimme zittert, als er ihren Namen ausspricht. Seine Hand fühlt sich warm und stark an. »Ich habe dir etwas mitgebracht.« Er greift in seine schwarze Tasche. »Du magst Bücher, stimmt's? Über Medizin. Du hattest eins in deinem Stoffbeutel.«

Er holt zwei Wälzer hervor. Den Einband des ersten ziert eine mächtige, schneebedeckte Felsspitze, die sich in den strahlend blauen Himmel zu schrauben scheint. *Die Schweizer Alpen* steht in eher bescheidenen Buchstaben darunter.

Luises Herz tut einen Sprung. Sie liebt Bildbände von fremden Orten. Aber das zweite Buch, das Michael-Vater in der Hand hält, zieht ihren Blick noch mehr an.

So etwas hat sie bisher nie gesehen.

Auf dem Buchdeckel ist ein Mensch abgebildet.

Sie nimmt den Band entgegen und betrachtet das Bild genauer. Ein Mensch ohne Haut. Kopf und Oberkörper sind mit faserigem Fleisch bedeckt.

Das müssen Muskeln sein.

Eine Hälfte des Schädels fehlt und zeigt das Gehirn. Es sieht aus wie ein zu lange gedünsteter Blumenkohl. Der Bauch ist offen und lässt die Organe erkennen. Luise entdeckt die braune Leber, den Magen und Darmschlingen, die sich wie dicke Würmer zwischen den anderen Eingeweiden winden. Becken und Beine bestehen aus blanken Knochen. Um das rechte schlängelt sich ein Geflecht weißer Fasern. Das linke umhüllen blaue und rote Schläuche. Zumindest die erkennt Luise als Blutgefäße: Venen und Arterien.

»Das ist ein Anatomieatlas, wie ihn Ärzte und Medizinstudenten verwenden«, sagt Michael-Vater. »Da drin ist alles abgebildet, was man bei einem Menschen von außen nicht sehen kann.«

Luises hört vor Begeisterung auf zu atmen. Ihre Finger machen sich selbstständig, streichen über den Einband, blättern durch die Seiten. Ein menschliches Skelett, die einzelnen Knochen, Muskeln der verschiedenen Körperregionen, Organe, dazu komplizierte Namen und Tabellen. So was gibt es nicht in der Leihbücherei.

»Manches sieht etwas gruselig aus. Ich hoffe, es gefällt dir trotzdem.«

Sie nickt. Am liebsten würde sie sich augenblicklich auf eine Bank setzen und jedes Bild in Ruhe studieren. Aber sie befiehlt die Finger zurück, klappt widerstrebend den Atlas zu. »Der ist … richtig toll!«

Michael-Vater lacht. Macht er sich lustig, oder freut er sich, dass sein Geschenk so bombig ankommt?

»Wollen wir ein Eis essen?«, fragt er.

»Ich weiß, wo wir welches kriegen.«

Er verstaut die kostbaren Bücher in einer Plastiktüte und reicht sie ihr. Luise drückt ihre neuen Schätze an die Brust.

Sie führt ihn zur Eisdiele, beide bestellen Erdbeereis mit Schokosoße. Mit ihren Waffeln schlendern sie zu einer Bank am Rande eines kleinen Parks, der hauptsächlich Hundebesitzer und Trinker anzieht und entsprechend dreckig aussieht.

»Mama will nicht, dass ich dich treffe«, platzt sie heraus.

»Weiß sie, dass wir uns sehen?« Seine Stirn legt sich in Falten.

Luise schüttelt den Kopf.

Er nickt, scheint erleichtert. »Sie wollte immer verhindern, dass wir uns kennenlernen. Sie hat mir gedroht. Mit schlimmen Dingen.«

»Mama sagt, dass du schlimme Dinge getan hast.«

»Was hat sie dir erzählt? Magst du es sagen?«

Sie zuckt mit den Schultern. »Dass du ihr das Auge ausgeschlagen hast.«

Für eine Sekunde verfinstern sich seine Gesichtszüge. Es ist nicht wie der kalte Zorn, den sie von Mutter kennt und vor dem sie sich fürchtet. Michael-Vater sieht wütend aus. Gleichzeitig aber auch traurig.

»Das war ihr Bruder Franz.« Er atmet tief aus. »Die beiden hatten einen heftigen Streit. Er hat eine Tasse nach ihr geworfen. Da warst du ein halbes Jahr alt. Sie hat mich bereits damals beschuldigt und mich erpresst.«

Luise nickt, obwohl sie wenig versteht. Sie liebt sie doch. Die Gedanken schwirren in ihrem Kopf umher. »Sie lügt mich nicht an!«, sagt sie.

»Deine Mutter ist … eine komplizierte Frau.«

»Sie ist verrückt.« Luise flüstert jetzt. »Sie sitzt nachts vor dem Fernseher und spricht. Als würde sie sich mit jemandem in einer fremden Sprache unterhalten.«

Das hat sie niemandem verraten, nicht einmal Stefan. Sie zieht unwillkürlich die Schultern zu den Ohren und sieht zu ihm hoch. Wird er schimpfen? Dass sie so nicht über Mutter sprechen darf? Dass sie lügt und ein schlechtes Kind ist, dem man nicht glauben kann?

Er schaut sie an, ernst, freundlich. Er kann kein schlimmer Mensch sein, denkt sie.

»Tut sie dir weh?«

Die Frage lässt sie zusammenzucken. Sie will mich nur beschützen, denkt sie und schweigt.

Michael-Vater nickt, als wäre das Antwort genug.

»Sie macht mir Angst.« Luise flüstert noch immer. »Sie ist streng. Sie verbietet mir, Freunde nach Hause zu bringen. Mich mit anderen Kindern zu treffen.«

Aber sie sorgt sich auch um mich, sagt die Stimme in ihrem Kopf. Sie ist für mich da. Kocht mein Lieblingsessen, wenn ich hungrig bin. Vater hat mir nie Essen gekocht.

Sie sieht in das Gesicht ihres Vaters. Sein sanfter Blick ermuntert sie, mehr zu erzählen.

»Sie sagt, dass sich niemand zwischen uns stellen darf. Dann guckt sie mich an, als würde sie mich eher umbringen als zulassen, dass ich mich mit jemandem anfreunde.«

Sie hält ihr Eis schief. Ein Tropfen Schokosoße fließt an der Waffel herab und tropft auf den Sandweg. Vater bemerkt es auch. Seine Augen sagen: Rede weiter. Das Eis ist egal.

»Manchmal packt sie mich so fest, dass es wehtut. Sie starrt mich aus ihrer leeren Augenhöhle an und sagt, dass sie in meinen Kopf sehen kann.«

Das Erdbeereis kriecht über den Rand der Waffel und tropft der Schokosoße hinterher. Eine dicke rote Träne.

Luise schnieft, etwas läuft feucht an ihrem Gesicht herunter. Sie leckt an ihrem Eis, aber ein Kloß im Hals macht es unmöglich zu schlucken.

»Sie zwingt mich, diese hässlichen Blümchenkleider zu tragen. ›Die sind so hübsch‹, sagt sie. Deswegen ärgern mich die Kinder in der Schule. Sascha und seine Freunde jagen mich. Sie schlagen mich.« Luises Stimme überschlägt sich. Sie spricht einfach weiter. »Einmal haben sie ein brennendes Streichholz gegen meinen Arm gehalten. Sie nennen mich …«

Der Rest der Eiskugel löst sich aus der Waffel und patscht auf den Boden. Ein paar Tropfen landen auf Vaters schwarzen Lederschuhen. Ich habe seine teuren Schuhe bekleckert, denkt sie. Und verstummt.

Sie spürt seine Hand. Er streicht mit seinem Finger Eisrotz von ihrer Wange. Sie sieht hoch. Tränen rinnen an seiner Nase und seinem Mund entlang, verharren zwischen den Bartstoppeln und tropfen vom Kinn auf den weißen Hemdkragen. »Das tut mir so leid. Das hast du nicht verdient.« Er streckt die Arme aus, und Luise lässt sich hineinfallen.

Sie drückt sich an seinen Hals, spürt seine Tränen an ihrer Haut, sie vermischen sich mit ihren eigenen.

»Ich bleibe hier in der Stadt«, sagt er nach einer Weile.

Luise schnieft, wischt sich mit dem Handrücken die Nässe aus dem Gesicht.

»Ich kann dich zu mir nehmen, wenn du das willst. Ich könnte erreichen, dass du nicht mehr bei deiner Mutter leben musst.«

Luise schaut ihn an, unsicher, ob er sich einen bösen Scherz mit ihr erlaubt.

Er sieht ernst aus, ohne Häme oder Bösartigkeit im Blick. »Allerdings nicht sofort. Es müssten sich Anwälte damit beschäftigen, Gutachter und Richter. Aber am Ende könntest du zu mir kommen, da bin ich sicher. Du kannst dir in Ruhe überlegen, ob du das willst. Du hast alle Zeit der Welt.«

»Ich will«, hört sie sich sagen.

O Gott, Mama wird mich umbringen, hallt das Echo in ihrem Kopf.

Vater schluckt. Erneut glänzen seine Augen. »Ich kümmere mich darum, versprochen.« Auf sein Gesicht legt sich ein besorgter Zug. »Du darfst deiner Mutter nichts verraten, verstehst du? Ich weiß nicht, wie sie reagieren würde.«

Luise nickt. Sie weiß genau, wie Mutter reagieren wird.

Er zieht einen kleinen Zettel und einen Stift aus der Innentasche seines Anzugs, schreibt etwas und reicht ihr das Papier. Darauf stehen zwei Telefonnummern.

»Du kannst mich anrufen. Wenn du eine Frage hast oder Sorgen. Wenn du in Not bist. Oder mich treffen willst. Jederzeit. Falls ich nicht selbst am Telefon bin, sag einfach, wer du bist. Dann bin ich in wenigen Minuten am Apparat.«

Die Hand mit dem Zettel schwebt zwischen ihnen. Sie greift zu, ehe sie es sich anders überlegen kann.

»Ich bin dein Vater, Luise, und ich liebe dich. Ich bin jetzt für dich da. Wann immer du mich brauchst.«

61

Alexander verließ die Klinik zusammen mit Dr. Korváth-Berger. Luise war nach der Sitzung erschöpft und hatte ihn darum gebeten, sie allein zu lassen. Das nächste Treffen war für den Nachmittag verabredet.

Die Sicherheitsschleuse am Ausgang fiel hinter ihnen zu, unsichtbare Riegel kratzten über Stahl. Das Tor verstummte und überließ den Singvögeln und dem Brummen entfernt fahrender Autos die Geräuschkulisse.

»Haben Sie Stefan Kloppstock eigentlich je persönlich kennengelernt?«, fragte er.

Die Psychiaterin zog die Augenbrauen hoch. »Warum fragen Sie?«

Alexander zuckte mit den Achseln und hoffte, dass sie ihm die Beiläufigkeit abkaufte. »Immerhin spielt er eine wichtige Rolle in der Geschichte.«

»Ich habe ihn ein- oder zweimal gesehen und mit ihm gesprochen. Auch er wurde damals in die Psychiatrie eingeliefert.«

Sie sah ihn an, mit einem Blick, der keine Unaufrichtigkeit erlaubte.

»Ich weiß, dass er Luises Eltern getötet hat«, sagte Alexander. »Er ist in ihre Nähe gezogen. Möglich, dass er Luise nachgestellt hat. Er ist tatverdächtig. Mein Chef hat Mitarbeiter abgestellt, um ihn zu überwachen.«

Die Psychiaterin schluckte. »Weiß Luise davon?«

Alexander schüttelte den Kopf. »Sollte sie?«

Dr. Korváth-Berger dachte kurz nach. »Nein«, sagte sie.

»Besser nicht. Nicht jetzt. Sie ist genug mit sich beschäftigt.«

Sie gingen schweigend über einen Sandweg zu den Parkplätzen.

»Stefan war ein sensibler Junge. Ein Sonderling, verschlossen und misstrauisch. Die Polizei hat ihn ordentlich in die Mangel genommen. Spätestens als die mit ihm fertig waren, hat er keinen mehr an sich herangelassen. Soweit ich gehört habe, hat er Jahre in geschlossenen Einrichtungen verbracht.«

Sie steuerte auf einen knallroten Kleinwagen zu, zog ihren Schlüssel aus der Handtasche.

»Bitte, Frau Doktor Korváth-Berger, sagen Sie mir, was damals passiert ist.«

Die Psychiaterin blieb stehen. Schatten dunkler Erinnerungen huschten über ihr Gesicht. »So genau weiß das letztlich niemand«, sagte sie. »Luise natürlich. Sie ist dicht dran, sich zu erinnern.«

In einem Gebüsch am Rande des Parkplatzes raschelte etwas. Vögel schimpften, zwei Amseln tauchten aus den Blättern auf und jagten sich gegenseitig über die Rasenfläche.

»Irgendwann in der Nacht ging ein Notruf bei der Polizei ein. Nachbarn hatten im Haus, in dem Luise mit ihrer Mutter wohnte, verdächtige Geräusche gehört und dachten an Einbrecher. Tatsächlich stand die Haustür auf. Die Polizei hat rekonstruiert, dass Stefan in das Haus eingedrungen ist. Luises Vater war an dem Abend zu Besuch. Stefan soll einen Streit angezettelt haben, vielleicht aus Eifersucht. Die Spuren deuteten auf einen Kampf hin. Am Ende hat er erst Luises Vater und anschließend ihre Mutter mit einem Küchenmesser erstochen.«

Alexander dachte über die Worte nach. So ähnlich hatte er es in den Akten gelesen. Dr. Korváth-Berger öffnete die Wagentür.

»Warum war sich die Polizei da so sicher?«, fragte er.

»Stefan hat es zugegeben. Er hat sich mit seiner Aussage selbst belastet.«

62

Stefan Kloppstock kauerte keine zehn Meter entfernt hinter einer dichten Hecke. Seit den frühen Morgenstunden hatte er dort ausgeharrt. Das Warten hatte sich gelohnt.

Er sah den Autos hinterher. Der rote Hyundai fuhr zuerst, gefolgt von dem Corsa. Den blauen Opel hatte er sofort erkannt, ebenso den Mann, der jetzt keine Sonnenbrille und keine Schirmmütze mehr trug. Ein breiter Pflasterverband klebte oben an seinem Kopf.

An die Frau hatte er eine vage Erinnerung. Netterweise hatte sie seinem Gedächtnis auf die Sprünge geholfen.

Gesprochen hatten sie über ihn. Jedes einzelne Wort hatte seine Vorahnung bestätigt. Die Polizisten wussten über ihn Bescheid. Sie jagten ihn, verdächtigten ihn.

Stefan lächelte grimmig. Noch kannten sie die Wahrheit nicht. Es war nicht zu spät, alles zum Guten zu wenden.

63

Luise sitzt am späten Nachmittag in ihrem Zimmer, neben sich den Anatomieatlas, vor sich den Bildband über die Schweizer Alpen. Ihre Schreibtischlampe bietet Zuflucht vor dem ständigen Halbdunkel im Haus. Entsprechend oft sitzt sie dort, selbst wenn die Hausaufgaben längst erledigt sind. So auch jetzt. Sie kann sich nicht sattsehen an den Farbbildern von schneebedeckten Berggipfeln, blauen Gebirgsseen und Almen in so kräftigem Grün, dass sie fast neidisch wird auf die Ziegen und Kühe, die sich im Schatten der Berge an dem Gras und den weißen Blumen satt fressen.

Ein Geräusch am Fenster lässt sie aufblicken. Ein Klacken, als wäre ein Käfer oder eine Hummel gegen die Scheibe geflogen.

Sie ignoriert es und kehrt zurück in die Alpen. »Vielleicht reisen wir mal gemeinsam dorthin?«, hat Vater in die Widmung geschrieben. Das Hindernis, das diesem Plan im Wege steht, sitzt unten im Wohnzimmer vor dem Fernseher und schaut Kochshows. Mutter wird das nie erlauben.

Es klackt erneut. Luise legt die schweren Bücher auf ihr Bett und klettert auf ihren Schreibtisch, sodass sie aus dem Fenster schauen kann.

Ihr Herz tut zwei Sprünge. Einen aus Freude, Stefan unten an der Straße zu sehen, den zweiten vor Schreck, Mutter könnte ihn dort ebenfalls entdecken.

Sie dreht den Griff herum und muss mehrmals kräftig ziehen, um das Fenster zu öffnen.

Stefan winkt ihr zu. Hektisch. Besorgt. »Luise!«, ruft er.

Viel zu laut. Sie presst einen Finger auf die Lippen, Stefan verstummt, aber wedelt mit den Armen, dass sie herunterkommen soll.

Kein Problem. Draußen ist es noch hell, und Mutter sagt meist nichts, sofern sie vor Einbruch der Dunkelheit wieder zu Hause ist.

Sie krabbelt vom Tisch herunter, versteckt ihre Bücherschätze im Kleiderschrank, stopft Jeans und Bluse in ihren Rucksack und verlässt ihr Zimmer.

Unten ist es ruhig. Im Wohnzimmer dudelt der Fernseher, Mutters Schatten huscht hinter der Milchglasscheibe umher. Alles gut.

Sie schleicht durch den Flur, schlüpft in ihre Turnschuhe und kommt geräuschlos aus der Tür.

Stefan erwartet sie. Sein Gesicht ist rot wie eine Himbeere, sein ganzer Körper zappelt, und er will sofort losplappern.

»Nicht hier!« Sie packt seine Hand und zieht ihn mit sich.

Zwanzig, vielleicht dreißig Meter die Straße hinunter, so weit kann man durch die Glasscheibe in der Haustür oder durchs Fenster im kleinen Badezimmer nach draußen schauen.

Nicht zögern. Nicht zurückschauen. Nur laufen.

Sie spürt einen kalten Blick in ihrem Rücken. Hört Mutters Stimme in ihren Gedanken: Ich kann in deinen Kopf sehen.

Sie sieht zurück. Sie kann nicht anders.

Das dunkle Haus kauert am Rand des Gehwegs wie ein räuberisches Insekt, das auf Beute lauert.

Luise stockt der Atem. Bewegt sich der Vorhang hinter der Haustür? Oder spielt ihr die Angst einen Streich?

Ihre Beine streben voran. Sie erreichen die Straßenbiegung, und das Haus verschwindet aus dem Blickfeld. Und Mutter aus ihrem Kopf.

»Was tust du hier?« Am liebsten würde sie Stefan an den Ohren packen und schütteln. »Mutter hätte dich sehen können. Woher weißt du, wo ich wohne?«

»Kaputt!« Sein Gesicht ist überfordert, die Gefühle auszudrücken, die ihn offensichtlich überwältigen. Er starrt sie an, eine Träne rinnt ihm aus dem linken Auge. »Sie machen alles kaputt.«

Mehr bringt sie nicht aus ihm heraus. Um das Blümchenkleid gegen Jeans und Bluse zu tauschen, ist keine Zeit. Sie rennen los, zu den Kleingärten. Die ganze Strecke ohne Pause. Was Luise dort sieht, macht weitere Worte überflüssig.

Sie haben eine Armee in Stellung gebracht.

Ihre Soldaten sind Bauarbeiter mit gelben Helmen, Warnwesten und Zigarettenstummeln in den Mundwinkeln. Statt Panzer haben sie Lastwagen, Bagger und Planierraupen aufgefahren.

Die Straße ist mit rotem Flatterband gesperrt. Die Arbeiter haben den Bauzaun an einigen Stellen abmontiert und den Erdwall abgetragen, um mit ihren Maschinen besser auf das Gelände zu kommen.

Sie walzen alles nieder. In das Geräusch der Motoren mischen sich die Rufe der Männer und das Krachen von Holz und Stein, wenn ein Bagger eines der Gartenhäuschen ins Visier nimmt und innerhalb weniger Minuten in einen Schutthaufen verwandelt. Bäume und Sträucher werden im Sekundentakt niedergemäht oder mitsamt Wurzeln aus dem Boden gerissen. Lastwagen warten darauf, die traurigen Überreste der Hütten und Gärten aufzunehmen und abzutransportieren.

Luise und Stefan stehen die Tränen in den Augen. Von der gegenüberliegenden Straßenseite aus müssen sie zusehen, wie die Bauarbeiter ihr grünes Paradies dem Erdboden gleichmachen.

Dort, wo der geheime Trampelpfad durch den Zaun und über den Wall geführt hat, prangt ein überdimensionales Schild.

»Was steht da drauf?« Stefan klingt, als ertränke er in seinen Tränen.

Luise muss schreien, um den Lärm der Baustelle zu übertönen. »Sie bauen Wohnungen und ein Einkaufszentrum. Nächstes Frühjahr soll es fertig sein.«

Ihre Blicke treffen sich, und durch einen Film von Tränen sieht sie, dass ihnen der gleiche Gedanke in den Kopf schießt. Stefan spricht ihn aus: »Kleinluise.«

»Wir müssen sie retten!«

»Aber wie? Wir kommen da gar nicht mehr rein.«

Begleitet vom Getöse der Bagger und Lastwagen laufen sie die Straße entlang, wechseln die Seite und biegen in eine Nebenstraße. Hier versperrt eine hölzerne Palisadenwand den Zugang zu den Gärten, ein rotes Absperrband und Warnschilder sollen vom unberechtigten Betreten abschrecken.

Mit jedem Krachen, das den Abriss der nächsten Laube besiegelt, schwindet ihre Hoffnung.

»Wir müssen über den Holzzaun klettern«, sagt Luise. »Das ist die einzige Möglichkeit.«

Stefan nickt. Die Palisaden ragen vor ihnen auf, wirken unüberwindlich. Sie kriechen unter dem Flatterband hindurch.

An einigen Stellen sind Holzstücke aus dem Zaun herausgebrochen, ihre Füße passen in die entstandenen Lücken. Perfekt zum Hochstemmen. Also los.

Autos fahren im Sekundentakt vorbei, immer wieder kommen Radfahrer und vereinzelt Fußgänger, die Probleme bereiten und sie abhalten können. Aber die Entscheidung ist gefallen.

Luise beginnt zu klettern. Ihr Fuß findet Halt, sie drückt sich hoch, doch ihre Finger reichen nicht bis zur oberen Kante. Sie spürt Stefans Hände an ihrem Hintern, er schiebt sie hinauf. Luise quetscht ihren Fuß in einen weiteren Spalt, stemmt sich nach oben, dann ist es geschafft. Sie sitzt auf dem Rand des Zauns.

Der Anblick treibt ihr noch mehr Tränen in die Augen.

Die Baufahrzeuge arbeiten sich Meter um Meter voran und verwandeln ihr Abenteuerland in eine Geröllhalde. Von Dutzenden Häusern sind nur kümmerliche Haufen aus Stein und Holz geblieben. Sie sieht die Gartenlaube, an der sie Stefan zum ersten Mal getroffen hat. Der schlafende Riese. Eine Handvoll Männer ist in den Garten eingedrungen, sie haben einen mächtigen Bagger in Stellung gebracht. Gäbe es einen guten Zeitpunkt für den Riesen, um aus dem Schlaf zu erwachen, dann jetzt. Er könnte die Arbeiter verjagen, ihre Maschinen wie Spielzeug in alle Himmelsrichtungen schleudern und dem Treiben ein Ende bereiten.

Ein Wunschtraum. Die gefräßige Schaufel des Baggers gräbt sich in den Kopf des Riesen und scheint ihn von innen heraus explodieren zu lassen. Das Dach zerbirst, die Wände fallen in sich zusammen und begraben die Himbeersträucher unter sich.

Luise kann nicht länger hinsehen.

Sie spürt Stefans Hand auf der Schulter. Er ist hinter ihr auf den Zaun gestiegen. »Kleinluise«, sagt er nur, und das genügt. Sie wischt sich den Rotz aus dem Gesicht und springt. Stefan landet neben ihr und sie rennen los. Dieser

Teil der Gärten ist unversehrt, doch sie hören, wie sich die Zerstörung unaufhaltsam nähert. Auf den Wegen laufen bereits die ersten Arbeiter herum. Stefan findet versteckte Pfade bis zum Haus. Es steht da wie immer, aber in wenigen Metern Entfernung verschwindet eines der Nachbarhäuser krachend in einer Wolke aus Staub.

Sie steigen durch die offene Wand.

»Kleinluise!« Luise kann die Katze nirgends entdecken.

Ohrenbetäubender Lärm lässt das Haus erbeben, von oben rieselt Dreck auf sie herab. Ein armdicker Holzbalken löst sich aus der Decke und schlägt neben Stefan auf den Boden. Draußen brüllt der Motor eines Baufahrzeugs wie ein hungriges Tier.

»Es stürzt ein«, schreit Stefan. »Wir müssen raus!«

Luise drängt sich durch die Schiebetür in das Nebenzimmer. Ihr Blick fällt auf den Wäschehaufen in der Ecke.

»Kleinluise, wo bist du?« Sie durchwühlt die Wäsche, und plötzlich hält sie das Kätzchen in den Armen. Es mauzt jämmerlich, hat den Kopf eingezogen und die Ohren aufgestellt. Es scheint sich in sich selbst verkriechen zu wollen.

Und nun? Falls sie über den Zaun zurückklettern, braucht sie beide Hände.

Kurzerhand greift sie einige alte T-Shirts, stopft sie in ihren Rucksack und setzt Kleinluise hinein. »Hab keine Angst!« Sie drückt dem Tier einen Kuss auf die Nase und schließt den Reißverschluss.

Ein dumpfer Schlag erschüttert das Haus, so tief und gewaltig, als käme er aus der Erde selbst.

Das Dach bricht auf, Tageslicht flutet von oben ins Zimmer. Steine und Holzbalken regnen herab. Luise springt zur Tür.

Zu eng. Der Schlag hat die Tür verschoben, sodass Luise nicht mehr hindurchpasst. Der Weg ist versperrt.

»Stefan!«

Draußen brüllt der Bagger.

Finger schieben sich durch die schmale Öffnung. Stefan ist auf der anderen Seite.

Luise packt zu, beide ziehen mit aller Kraft an der Tür. Tatsächlich bewegt sie sich. Zentimeter nur, aber es könnte reichen.

Sie gibt Stefan den Rucksack mit der Katze, atmet flach ein und aus, quetscht sich durch den Spalt und steht im Wohnzimmer.

Hinter ihr bricht die Baggerschaufel in die Wand, spitze Stahldornen bohren sich in den Wäschehaufen.

Stefan drückt ihr den Rucksack in die Hand. »Ich habe einen Plan«, ruft er. »Warte hier! Nur einen Augenblick.« Er baut sich vor ihr auf, spreizt Zeige- und Mittelfinger zu einem V und wiederholt die Geste seines Schwurs.

Dann springt er durch die Hauswand, von der nur noch Bruchstücke übrig sind, und läuft geradewegs auf die Bauarbeiter und den Bagger zu.

»Stefan, nein!«

Aber es ist zu spät. Laute Männerstimmen dröhnen im Garten, das Brüllen des Baggers erstirbt. Es klingt, als hätte jemand dem Raubtier den Hals zugeschnürt.

»Da ist ein Kind! Ey Junge, bleib stehen!«

Luise schielt um die Wand herum.

Stefan flitzt auf den Ausgang des Schrebergartens zu, er hat mindestens fünf schreiende Arbeiter auf den Fersen.

Einer der Erwachsenen versucht, ihm den Weg abzuschneiden und ihn zu packen. Stefan schlägt zwei Haken und passiert die Pforte. Auf dem Sandweg gibt er richtig

Gas. Wenn es sein Plan ist, die Bauarbeiter von ihr abzulenken, dann funktioniert es prächtig. Die Rufe locken weitere Gelbhelme an. Sie scheinen von allen Seiten zu kommen. Springen aus ihren Fahrzeugen, streben aus den Gärten, blockieren Fluchtwege. Lange wird Stefan sie sich nicht vom Hals halten können.

Luise vergewissert sich, dass der Rucksack fest an ihrem Rücken hängt, und läuft los. Sie wählt den gleichen Weg, auf dem sie hereingeschlichen sind. Unbehelligt erreicht sie den Palisadenzaun, und auch der stellt sie vor keine Probleme. Oben angekommen blickt sie ein letztes Mal zurück. Die Abrissarbeiten sind gänzlich zum Erliegen gekommen. Kein Krachen mehr, kein Brüllen. Sogar das hat Stefan geschafft.

Ein Radfahrer fährt die Straße entlang. Ein junger Mann, mit roten Kopfhörern über den langen Haaren. Er wirft ihr einen missbilligenden Blick zu, scheint zu zögern, ob er anhalten und sie vom Zaun herunterjagen oder weiterfahren soll.

Sie nimmt ihm die Entscheidung ab und klettert die Palisade hinab. Der Mann radelt weiter.

Sie läuft auf dem Fußweg zurück und biegt in die Querstraße ein. Vorsichtshalber wechselt sie die Straßenseite, bevor sie die Stelle erreicht, an der die Bauarbeiter die Zufahrt eingerichtet haben.

Auch hier ruhen die Arbeiten. Die Gelbhelme hängen in einer riesigen Traube dicht beieinander. Stefan haben sie geschnappt. Drei der Männer stehen bei ihm und haben sichtliche Mühe, ihn festzuhalten. Stefan schreit, schlägt und tritt um sich, wie er nur kann, aber natürlich hat er gegen die kräftigen Kerle keine Chance. Ein Polizeiwagen rast mit Blaulicht die Straße herunter. Er hält vor der Baustelleneinfahrt, und zwei Beamte mit schwarzen Lederjacken steigen aus dem Fahrzeug.

Stefan wird schlagartig ruhig. Die Erwachsenen mögen das auf das Erscheinen der Polizei schieben, doch Luise weiß es besser. Stefan hat sie auf der anderen Straßenseite entdeckt. Ihre Blicke treffen sich.

Er lächelt ihr zu, mutig, verwegen und unbesiegbar. Seine Lippen formen Worte. Sie kann ihn auf die Entfernung unmöglich verstehen, trotzdem hört sie seine Stimme: »Ich bin Rafael.«

Draußen dämmert es, im Haus ist es bereits dunkel. Luise ignoriert das Geflüster ihrer toten Verwandten an der Flurwand und schleicht die Treppe hoch. Von Mutter ist nichts zu sehen und zu hören. In ihrem Zimmer stellt sie den Rucksack mit Kleinluise auf ihren Schreibtischstuhl. »Gleich hast du es geschafft, meine Kleine«, sagt sie. Das Kätzchen hat sich wacker geschlagen. Luise wird etwas Leckeres aus dem Kühlschrank in ihr Zimmer schmuggeln und es mit einem feinen Abendessen belohnen.

Luise hat auf dem Nachhauseweg noch weitere Pläne geschmiedet: Sie will das Tier über Nacht bei sich behalten und morgen früh aus dem Haus schaffen. Dann folgt der unangenehme Teil. Sie muss Kleinluise in ein Tierheim bringen. Das Kätzchen hat ihr gesamtes Leben in der Gartenlaube verbracht und wird sich im Heim nicht wohlfühlen. Aber eine andere Möglichkeit gibt es nicht.

Oder doch? Sie kann Vater anrufen, denkt sie. Vielleicht hat der eine Idee.

Im Kopf geht sie die Telefonnummern durch, die er ihr gegeben hat. Die erste besteht aus neun, die zweite aus acht Ziffern. Luise hat nicht gewagt, den Zettel aufzubewahren, aus Angst, Mutter könnte ihn finden. Also hat sie die Zahlen auswendig gelernt und ihn weggeworfen. Auf ihren Verstand kann sie sich verlassen.

Sie knipst ihre Schreibtischlampe an. Und muss mühsam einen Schrei unterdrücken.

Mutters Glasauge liegt auf der Tischplatte. Es glotzt ihr entgegen.

Luise weicht zurück.

Automatisch wandert ihr Blick zum Schrank, in dem sie ihre Buchschätze aufbewahrt. Die Tür steht einen winzigen Spalt offen. Sie reißt sie ganz auf. Die Regale mit ihrer Kleidung sind durchwühlt, auch der Stapel Blümchenkleider, unter dem sie die Bildbände versteckt hat.

Panik steigt in ihr auf. Mutter hat die Bücher entdeckt, die Vater ihr geschenkt hat. Und sie wird keine Sekunde …

Sie dreht sich herum. Und erstarrt.

Mutter tritt aus der Zimmerecke. Die beiden Atlanten hält sie in den Händen. Ihr Schatten kriecht wie ein verkrüppeltes Gespenst hinter ihr die Wand hoch.

»Hast du mir etwas zu sagen?« Ihre Stimme klingt dünn und schneidend, bohrt sich wie eine eiskalte Nadel in Luises Ohren.

»Ich … ich weiß nicht …«

Mutter schleudert den Anatomieatlas von sich, er saust knapp an Luises Kopf vorbei und donnert gegen die Schrankwand. Luise zuckt zusammen. Alles in ihr will sich wegducken.

»Du hast versprochen, es mir zu sagen.«

Mutter steht vor ihr, sieht durch sie hindurch, als wäre sie ein Geist und nicht ein Mensch aus Fleisch und Blut. Ihre Tochter.

»Was heckt ihr aus, du und dein Vater?«

Der Bildband über die Schweizer Alpen fliegt ebenfalls durchs Zimmer, prallt an die hintere Wand und landet auf dem Bett.

»Er lockt dich mit Geschenken. Hetzt dich gegen mich auf, habe ich nicht recht?«

Kleine Schweißtropfen bilden sich auf Mutters Stirn. Ihre leere Augenhöhle scheint zu glühen.

»Nein, er hat nur …«

»Lüge!«

Mutters Hand klatscht in Luises Gesicht, die Wucht der Ohrfeige wirft sie gegen den Schreibtisch. Sie will sich an der Tischkante festhalten, erwischt die Lampe und fegt sie von der Tischplatte. Der Leuchter poltert über den Teppich, Schatten zucken durch den Raum.

»Das Mädchen, das ich großgezogen habe, meine Tochter, der ich alles geopfert habe, lügt mir dreist ins Gesicht.«

»Du darfst mich nicht schlagen!« Luise schreit. Vor Angst, vor Schmerz. Ihre Wange brennt, sie schmeckt Blut, aber der Klang ihrer eigenen Stimme gibt ihr Kraft. »Du bist die Lügnerin. Du hast seine Briefe vor mir versteckt. Mir Lügengeschichten über ihn erzählt. Er ist gar kein böser Mensch.«

Mutter verzieht ihre Miene zu einem Ausdruck abfälliger Enttäuschung. »Du kleines, dummes Ding. Was weißt du schon?« Ihr Blick fällt auf den Rucksack. »Was ist da drin? Noch ein Geschenk von deinem lieben Vater?«

Luise nimmt alle Entschlossenheit zusammen, baut sich vor dem Stuhl auf, auf dem der Ranzen liegt. Sie hat Stefan vor Sascha beschützt. Also kann sie auch Kleinluise vor ihrer Mutter schützen.

»Das geht dich nichts an«, sagt sie.

»Das werden wir sehen.« Mutter drückt sie zur Seite und greift nach dem Rucksack. Luise wehrt sich, Arme wirbeln herum, fechten in der Luft, irgendwie landet Luises Hand in Mutters Gesicht. Nicht einmal fest. Mutter hält mitten in der Bewegung inne, fasst sich an ihre Nase. Blut sickert heraus.

Ich habe sie geschlagen, o mein Gott!

Luises Beine fühlen sich an wie Gelee, ihre Gedanken trudeln durch ihren Kopf.

Mutter starrt sie nur an. Eine hasserfüllte Fratze.

Dann schnappt sie blitzartig zu, reißt an dem Rucksack. Auch Luise packt danach, sie zerren und rangeln, der Ranzen ruckt hin und her.

Aus seinem Inneren ertönt ein ängstliches Quieken.

Luise lässt erschrocken los. »Du bringst sie noch um!«

Mutter drückt den Rucksack an sich, zieht den Reißverschluss auf und greift hinein. Kleinluise zappelt in Mutters Hand. Das Kätzchen schreit. Es bohrt die Krallen in Mutters Finger und versucht, sie zu beißen.

»Bitte ...« Luises Beine geben nach. Sie sinkt neben dem Stuhl zu Boden. »Wir haben sie in einer Gartenlaube gefunden. Ich bringe sie morgen ins Tierheim, versprochen.«

»Wir!« Mutter hebt das Tier in die Höhe wie eine Trophäe. Ihr gesundes Auge funkelt.

»Bitte tu ihr nichts.«

Ohne ein weiteres Wort dreht Mutter sich um und rauscht aus dem Zimmer. In das Poltern ihrer Schritte auf der Treppe mischt sich Kleinluises Geschrei.

Luise rappelt sich auf, schleppt sich durch die Tür und die Treppe hinunter. Ihre Beine zittern, sie muss sich am Geländer abstützen.

In den Flur dringt Licht. Es kommt aus der Küche und spiegelt sich in den Bildern an der Flurwand.

Die toten Verwandten tuscheln. »Sie wird deine Katze umbringen«, sagt die verrückte Oma mit giftigem Tonfall. »Und es ist deine Schuld!«

»Du hättest sie nicht herbringen dürfen, dummes Mädchen. Böses Mädchen.« Es ist Tante Martha, die Oma beipflichtet.

Luise wird schwindelig. Die Stimmen vermischen sich in ihrem Kopf zu einem irren Gesäusel.

O Gott, ich verliere den Verstand! Ist das ihre eigene innere Stimme? Sie weiß es nicht.

Luise taumelt vorwärts in die Küche.

Mutter steht hinter dem Küchentisch. In der einen Hand hält sie Kleinluise. In der anderen ein langes Fleischmesser.

»Setz dich an den Tisch!« Der Befehl scheint direkt aus dem roten Augenloch zu kommen. Er hallt in Luises Kopf.

Sie kann nur gehorchen. Sie schwankt in die Mitte des Raumes, sinkt auf den Holzstuhl.

Mutter stellt sich neben sie. Sie drückt das zappelnde Kätzchen rücklings auf die Tischplatte. Die Messerspitze schwebt über dem flauschigen Bauch.

»Bitte nicht!« Luise hört ihr Flehen wie aus weiter Ferne.

»Ich werde sie nicht töten!« Mutters Worte hüllen sie ein, betäuben ihren Willen.

Sie ist in meinem Kopf. O nein!

Mutter packt ihre Hand. Der kalte Griff des Fleischmessers gleitet in Luises Finger.

»Du wirst es tun. Manchmal musst du töten, was du liebst!«

»Ich kann nicht!«

»O doch, du kannst!« Das blutige Augenloch duldet keinen Einspruch.

Das Messer senkt sich herab.

Luise spürt einen weichen Widerstand. Kleinluise wimmert.

Ein Gedanke taucht auf, wirbelt durch den Strudel ihres Verstandes wie ein Stück Holz in einem reißenden Fluss.

Das bin nicht ich.

Zu winzig, um sich dran festzuhalten und vor dem Ertrinken zu retten. Aber etwas anderes gibt es nicht.

Das ist Rafael.

Eine unheimliche Ruhe entsteht inmitten des Getöses. Ein stiller, kalter Ort ohne Gefühle und Gedanken. Ihr Verstand klammert sich daran.

Das Weiche gibt nach, das Messer stößt in die Tiefe. Das Wimmern verstummt.

Luise spürt ihren Herzschlag, den hektischen Atem und den kühlen Griff des Messers in ihrer Hand.

Das rote Loch starrt sie weiter an.

»Sieh hin«, sagt Mutter. »Schau dir an, was du getan hast.«

Plötzliche Wut steigt in Luise hoch, kalt und mächtig, ein Blitz aus Eis. Am liebsten würde sie Mutter das Messer in die verdammte Augenhöhle rammen.

O Gott, wie kann ich das denken. Sie ist meine Mutter.

Ich kann es, antwortete eine Stimme in ihrem Kopf. Ich bin Rafael. Ich bin hart. Und kalt wie Eis.

Aber ich bin Luise!

Sie lässt das Messer los. Spürt etwas Warmes auf ihrer Hand und sieht hin. Überall Blut. Kleinluise schwimmt in einer roten Pfütze. Das Messer hat die Brust der Katze durchbohrt und steckt in der Tischplatte.

Luise glaubt, sich übergeben zu müssen. Ein mächtiger Schwall drängt vom Bauch nach oben. Tatsächlich schießen Tränen hervor. Unbeschreibliche Trauer brandet heran, so stark, dass sie befürchtet, das Gefühl wird ihr die Augen aus dem Schädel drücken.

Sie schreit vor Schmerz, springt vom Stuhl auf.

»Du bleibst, wo du bist!« Mutter spuckt ihr die Worte entgegen, aber sie hat keine Macht mehr.

Luise rennt aus der Küche in den Flur.

Ihr erster Impuls geht Richtung Haustür. Hat sie die vorhin abgeschlossen? Dann liegt der Hausschlüssel in ihrem Rucksack und ist unerreichbar. Sie zögert. Aus der Küche nähern sich Mutters Schritte. Füße in braunen Strumpfhosen und uralten Schlappen, die über Holzdielen eilen.

Luise springt zur Haustür, drückt die Klinke, die Tür öffnet sich einen Spalt. Doch bevor sie sie ganz aufreißen und hindurchschlüpfen kann, packen Hände sie an den Schultern und reißen sie zurück. Luise taumelt rückwärts in den Flur. Sie gewinnt den Kampf um ihr Gleichgewicht, aber verliert den um die Haustür. Mutter steht jetzt davor. Der Weg nach draußen ist versperrt.

Luises Füße wenden sich nach rechts. Hinein ins Wohnzimmer.

Mutter genießt ihren Triumph eine Sekunde zu lang. Luise schlägt die Wohnzimmertür von innen zu und dreht blitzschnell den Schlüssel herum, gerade als Mutter die Tür erreicht. Die ist nun verschlossen.

Es herrscht Stille im Flur. Ein paar Augenblicke, die Mutter offenbar braucht, um die neue Situation zu überdenken.

»Luise, Kind, mach auf! Sofort!« Mutter rüttelt an der Klinke. Es folgen Tritte und Schläge. Die Tür zittert.

Luise knipst das Licht an. Die Handvoll Bücher im Wohnzimmerschrank, das Häkeldeckchen auf dem Tisch, daneben die Fernbedienung des Fernsehers. Vor dem Fenster die Stoffgardinen mit den aufgestickten Rosen, halb zugezogen. Alles wie immer. Und doch ist alles anders.

Zum Fenster raus und abhauen? Geht nicht. Das Fenster hat ein Schloss und ist verriegelt. Sie müsste die Scheibe einschlagen, um zu entkommen.

Auf der Kommode steht das Telefon. »Ich bin jetzt für dich da. Wann immer du mich brauchst«, hat Vater zu ihr gesagt. Das ist die Lösung.

Mutter donnert heftig gegen die Tür. Holz knackt. Nicht lange, und sie wird sie aufbrechen.

Luise springt durchs Zimmer, greift zum Hörer.

Blut, da ist Blut an meiner Hand. Ich habe Kleinluise umgebracht.

Sie wählt die kürzere der zwei Nummern, die sie auswendig gelernt hat. Ihre Finger finden die Tasten von selbst. Vier Ziffern, fünf, sechs. Sie zögert. Plötzlich ist sie unsicher mit der Reihenfolge der letzten beiden Zahlen. Ihr Zeigefinger schwebt über dem Tastenfeld.

Die Tür kracht. Lack und Holzsplitter platzen ab und segeln auf den Teppich.

Sie hat nur einen Versuch.

Der Finger bewegt sich, drückt eine Taste, dann die zweite.

Die Stille im Telefonhörer brüllt sie an wie ein wütendes Ungeheuer, das sein gewaltiges Maul aufreißt. Der Wahnsinn selbst, der sie zu verschlingen droht.

Was, wenn ich falsch gewählt habe? Wenn er nicht da ist? Oder telefoniert?

Es tutet im Hörer. Zweimal, dreimal. Luise schließt die Augen.

Dann eine Stimme. Es ist Vater.

Ihre Augen ertrinken in Tränen. Ihre Lippen formen ein

Wort. Sie hat es nie in ihrem Leben ausgesprochen, nicht einmal gedacht. Wie aus dem Nichts ist es plötzlich da. Es steht für alles, was sie in diesem Augenblick noch an Hoffnung in sich trägt. Sie braucht es nur zu sagen. Ein Zauberwort. Es wird den Schrecken vertreiben wie ein Sonnenstrahl die Dunkelheit. Sie das Grauen und den Wahnsinn vergessen lassen.

»Papa!«

64

Die Behausung war eines von Stefan Kloppstocks Geheimnissen. Jetzt, wo er in seiner Wohnung nicht mehr sicher war, war es die perfekte Zuflucht. Außer ihm und seinem Patenonkel, der die meiste Zeit des Jahres entweder in einer Hütte in Andalusien oder in einer Entzugsklinik in Süddeutschland verbrachte und ihm nicht in die Quere kam, kannte nur eine einzige Person dieses Versteck. Das war ein weiteres Geheimnis.

Es gab weder Strom noch fließend Wasser. Es wimmelte von Spinnen und Mücken. Die muffige Luft im Inneren war die ideale Brutstätte für grünen Schimmel, der sich genüsslich an den Innenwänden ausbreitete. Damit konnte er gut leben.

Stefan wusste nicht, wie lange er sich hier zurückziehen würde. Aber er wusste, was er heute Abend tun musste.

Im Schein einer Kerze schob er eine gammelige Wolldecke zur Seite, die eine Falttür im Boden verbarg. Die Scharniere waren gut geölt, darauf hatte er stets geachtet. Die Klappe öffnete sich lautlos.

Er zog ein Paar Turnschuhe aus der Öffnung, einen Rucksack, eine Lederjacke und Handschuhe. Die Sturmhaube, den Kapuzenpulli und den Schlagstock ließ er im Geheimfach. Beim Tasten nach dem Filetiermesser fanden seine Finger einen kleinen metallenen Gegenstand und griffen danach. Er holte ihn ans Licht. Sein Herz klopfte.

Kalt wie Eis.

Die Figur war aus Bronze, nicht aus Eis, aber sie lag hart und kühl in seiner Hand. Unter der Rüstung des Kriegers wölbten sich die Konturen starker Muskeln an Schultern und Brust. In der linken Hand hielt er einen runden Schild, mit der rechten führte er einen Speer, halb erhoben, jederzeit bereit, einen tödlichen Treffer zu landen. Aus dem Rücken wuchsen mächtige Flügel. Die Schwingen eines Adlers, die ihn überall hintrugen, wo er gebraucht wurde.

Neben einem unbezwingbaren Berg von Schuld war die kleine Statue das Einzige, was seine Mutter ihm hinterlassen hatte, bevor sie bei seiner Geburt gestorben war.

»Hast se aufm Jewissen.« Vater hatte das früher zu ihm gesagt, wenn er so betrunken gewesen war, dass er sich auf dem Weg vom Wohnzimmer zum Kühlschrank in der Küche verirrt hatte. »Hast se von innen aufjerissen, so dasse verblutet is.«

Am Boden der Fußplatte war der Name des geflügelten Helden eingraviert, des Schutzengels, der mit Schild und Speer herbeiflog und denen beistand, die Hilfe brauchten.

Er flüsterte das Wort, das sein Leben begleitet und geprägt hatte. Der Luftstrom aus seinem Mund ließ das Kerzenlicht aufflackern. Gänsehaut breitete sich am Körper aus.

Stefan genoss die aufkommende Erregung. Heute Abend brauchte Luise ihren Schutzengel.

Sein Herz klopfte ihm noch immer bis zum Hals, während er in Schuhe und Kleidung schlüpfte. Er würde sie nicht enttäuschen.

65

Dr. Korváth-Berger saß in ihrem Behandlungszimmer und bereitete sich auf den Feierabend vor. Gerade hatte sie ihren letzten Klienten verabschiedet. Den siebzehnjährigen Sprössling einer angesehenen Unternehmerfamilie, der so ziemlich gegen alles rebellierte, was ihm die bürgerliche Welt vor die Nase setzte. Am Ende einer jeden Therapiestunde war sie unsicher, ob er zum Folgetermin überhaupt erscheinen würde. Oder ob auch sie, als Teil der verhassten Erwachsenenwelt, und damit die Therapie seiner Verweigerungshaltung zum Opfer fallen würden.

Die Praxistür klackte ins Schloss, durch die geschlossene Verbindungstür klangen die Schritte des Jungen im Treppenhaus gedämpft und als wären sie weit entfernt.

Die Psychiaterin setzte sich an ihren Schreibtisch und schrieb ihre Überlegungen in ein dickes Notizbuch mit derbem Ledereinband. Als sie fertig war, klappte sie es zu und strich mit den Fingern über den Einband.

Die Bücher tauschte sie aus, wenn sie vollgeschrieben waren, aber der Schutzumschlag begleitete sie seit Beginn ihrer Berufslaufbahn. Es war derselbe Lederumschlag gewesen, damals noch weich und tiefschwarz, unter dem sie vor gut zwanzig Jahren ihre Gedanken über eine junge Patientin verborgen hatte. Luise.

Im Laufe ihres Berufslebens hatte sie eine Vielzahl Jugendlicher und Erwachsener unterstützt, die frischen oder schon alten Trümmer aufzusammeln, die widrige Familienverhältnisse und traumatische Erlebnisse in deren Seelen hinterlassen hatten. Sie hatte geholfen, die Bruchstücke wieder zusammenzusetzen, oft in langwieriger, mühevoller Kleinarbeit. Mit dem heilsamen Kitt, den eine vertrauensvolle Beziehung und aufmerksame Zuwendung auf wundersame Weise hervorbrachten.

Luise hatte ihre Trümmer zeit ihres Lebens in sich verwahrt. Verschlossen hinter einer undurchdringlichen Schicht aus Einsamkeit und Disziplin. Wenn die Vermutung des Polizisten stimmte – Gott bewahre, dass er recht hatte –, hatten sie im Verborgenen ein tödliches Eigenleben entwickelt und drängten jetzt ins Bewusstsein.

Die Ärztin lehnte sich in ihrem Schreibtischstuhl zurück.

Sie bewunderte Luises Mut, mit dem sie sich ihrer Vergangenheit stellte. Der sie unbeirrbar voranschreiten ließ, selbst falls es ihr den Rest an Kraft und Entschlossenheit abverlangte. Weit waren sie gekommen in den wenigen Sitzungen. Es sah so aus, als würden sie in der morgigen Therapiestunde den letzten Schleier lüften. Was immer sie zutage fördern würden, da machte sich die Psychiaterin keine Illusionen, die eigentliche Arbeit würde erst beginnen. Die Wahrheit zu ertragen und damit leben zu lernen, würde noch erheblich mehr von Luises Kraft und Entschlossenheit erfordern.

Und Dr. Korváth-Berger hatte sich entschieden, sie dabei nicht allein zu lassen.

Sie erhob sich von ihrem Stuhl, verstaute ihr Notizbuch in einer Schublade und löschte das Schreibtischlicht.

Das Geräusch der Türklingel ließ sie zusammenzucken. Sie erwartete niemanden. Und unangekündigte Besuche von Klienten waren eine absolute Ausnahme.

Ihr Blick huschte zu einem weißen Kasten von der Größe eines Telefons, der am Rand des Schreibtischs stand, neben einer Box mit Notizzetteln und einer Schachtel mit Kugelschreibern. Ein grünes Licht zeigte an, dass der Mechanismus, der die Praxistür nach dem Klingeln automatisch öffnete, noch aktiviert war. Ihre Hand fuhr nach vorn, der Zeigefinger streckte sich nach einer Taste, mit der sich die Öffnungsautomatik deaktivieren ließ. Aber es war zu spät. Von draußen erklang ein leises Summen, die Tür wurde aufgeschoben, Schritte drangen durch den Vorraum.

Die Ärztin versuchte, sich zu beruhigen. Wahrscheinlich ihr siebzehnjähriger Rebell, der seine Jacke vergessen hatte oder sein Handy vermisste. Der ihr sagen würde, dass er die Behandlung abbrechen wollte.

Meinetwegen, sei's drum, dachte sie. Immer noch besser als …

Der Knauf der Tür, die den Vorraum von ihrem Behandlungszimmer trennte, bewegte sich. Dr. Korváth-Berger spürte ihr Herz pochen, laut und eindringlich wie eine Alarmglocke. Das würde keiner ihrer Klienten wagen. Sie würden klopfen oder rufen, aber niemals einfach …

Sie sprang von ihrem Stuhl auf. Unwillkürlich sah sie sich im Zimmer um. Nach einem Gegenstand, einem Werkzeug, mit dem sie sich gegen den Eindringling verteidigen konnte.

Ruhig bleiben, sagte sie sich und rang den Anflug von Panik nieder. Ihr Werkzeug war die Sprache. War es schon immer gewesen, das beherrschte sie besser als alles andere. Mehr brauchte sie nicht.

Sie schritt durch den Raum, auf die Tür zu, die sich langsam öffnete.

»Es ist unhöflich, nicht anzuklopfen«, sagte sie und registrierte zufrieden, dass sie genau die richtige Mischung aus Empörung und Souveränität hinbekommen hatte.

Sie stellte sich vor die Tür, die Hände vor den Bauch gefaltet.

Dort stand ein Mann. Er war deutlich kleiner als sie. Unter der dunklen Lederjacke zeichnete sich eine zierliche Statur ab.

Sie sah ein blasses Gesicht, braune Augen, darüber wuschelige Haare. Sie las Verunsicherung in dem Blick, aus dem gleichsam etwas Kaltes, Entschlossenes sprach.

»Ich weiß, wer Sie sind.« Jetzt zitterte ihre Stimme doch. »Stefan Kloppstock, habe ich recht? Ich bin Katalin Korváth-Berger. Aber das wissen Sie wahrscheinlich.«

Vertrauen herstellen. Ihn nicht provozieren. Seine freundliche, kindliche Seite ansprechen, dachte sie.

Er hielt ein Messer in der Hand. Sie erschrak, wich einen Schritt zurück.

Keine Schwäche zeigen, verdammt! Reiß dich zusammen, Katalin.

»Sie helfen ihr, sich zu erinnern, nicht wahr?«

Er sprach mit ihr. Gut! Der Mann, Stefan, klang, als wäre er den Tränen nahe. Vielleicht eine Chance. Menschen, die weinen, reagieren selten aggressiv.

»Luise?« Sie entschied, nicht die Unwissende zu spielen, um ihn nicht zu reizen. »Ja, sie hat mich darum gebeten. Sie weiß, wie wichtig Vertrauen ist. Zu reden. Das hilft ihr.« Sie betonte die Wörter »Vertrauen«, »reden« und »hilft«. Schlichte Suggestionen, die ihn hoffentlich erreichen.

»Woran hat sie sich erinnert?«

»Luise hat sich an Sie erinnert, Stefan. Dass Sie gute Freunde waren. Sich gegenseitig geholfen haben.«

»Mehr nicht?« Er musterte sie aufmerksam, nickte. Ein Teil der Spannung wich aus seiner Haltung und aus seinem Gesicht.

Weiter so! Ich bin auf dem richtigen Weg, dachte sie.

»Gut!«, sagte Stefan und huschte auf sie zu. In einem kurzen, schrecklichen Augenblick erkannte Dr. Korváth-Berger, dass sie sich getäuscht hatte.

Erneut sah sie das Messer. Und Tränen in den unsicheren, kalten, entschlossenen Augen, als er es anhob und in Richtung ihrer Brust stieß.

66

Der Pastor predigte etwas von der Gnade Gottes, die für die Menschen manchmal schwer zu ergründen sei, und dessen Versprechen auf ewiges Leben, das auch in schwersten Stunden Trost und Hoffnung spenden könne.

Alexander hätte am liebsten ein zweites Loch neben Sophies Grab geschaufelt und sich dazugelegt.

Die Trauergemeinde, die der Pastor mit professionellem Pathos in der Stimme ermunterte, die Erinnerung an die Verstorbene wach und lebendig zu halten, war zum Glück sehr übersichtlich.

Sophies Patenonkel samt Ehefrau waren erschienen. Alexander hatte nie viel mit ihnen zu tun gehabt, und so war es bei einer kurzen Begrüßung und dem Austausch angemessener Floskeln geblieben. Das Paar hatte sich dankenswerterweise zwischen ihn und seine Eltern gestellt. Ein direktes Aufeinandertreffen hätte wohl innerhalb von Sekunden zu diversen Verstößen gegen die Friedhofsordnung geführt.

Aus den Augenwinkeln sah er, dass Vater in den wenigen Tagen seit Sophies Tod zu einem gebückten Greis gealtert war. Mutter klammerte sich an seinen linken Arm und schien ihn noch weiter herunterzuziehen.

Etwas abseits standen drei Männer und zwei Frauen in Sophies Alter, wahrscheinlich frühere Studienfreunde. Zum Glück war ein gewisser Dr. Ansgar von Sahlenberg nicht unter ihnen. Seine Eltern hätten sich, aller Trauer und Schwäche zum Trotz, auf ihn gestürzt und ihn zerfleischt. Zwei käsegesichtige Konfirmanden drückten sich in der Nähe des Pastors herum und sammelten mit angestrengt ernsthaften Mienen erste Eindrücke vom ewigen Kreis des Lebens.

Das war es, was Gottes Gnade für Sophies letzte Reise vorgesehen hatte. Falls der Kontakt zu seinen Eltern endgültig abbräche, wäre ihr Grab das Einzige, was Alexander von seiner Familie bliebe.

Und was blieb ihm sonst?

Vom nahe gelegenen Kirchturm drang Glockengeläut herüber. Ein Schwarm Krähen löste sich aus der Krone einer uralten Eiche, in deren Schatten vermutlich vor Jahrhunderten die ältesten Gräber dieses Friedhofs angelegt worden waren. Die Vögel krächzten, zogen ein paar Runden über das Gelände und verschwanden hinter der Kirche.

Der Pastor hatte aufgehört zu sprechen. Alle falteten die Hände und senkten die Köpfe.

Alexander schloss die Augen. Beten war natürlich nicht. Stattdessen tauchte Luise in seinen Gedanken auf. Er hatte nicht das Gefühl, seine Tränen unterdrücken zu müssen.

Für Sophie war es vorbei. Er hatte nicht mehr tun können, als ihr Leiden nicht unnötig zu verlängern. Für Luise würde sich womöglich schon am Mittag entscheiden, während der nächsten Sitzung mit Dr. Korváth-Berger, ob ihre weitere Reise in Freiheit oder hinter Mauern stattfinden würde. Nicht auszuschließen, dass Luise ihrem Leben dann ein rasches Ende bereiten würde.

Was blieb ihm dann? Zwei frische Gräber?

Zumindest Pastor und Trauergemeinde erwachten wieder zum Leben. Die Andacht war vorbei, und Alexander machte, dass er wegkam. Seine Eltern hatten in einem nahe gelegenen Café Tische reserviert. Für ihn kam es nicht infrage, sich dort sehen zu lassen. Falls ihm jemand mehr nachwarf als verwunderte Blicke, bekam er es nicht mit.

Nein. Er würde Luise nie aufgeben. Er würde kämpfen, solange er konnte. Koste es, was es wolle.

Auf halbem Weg zum Ausgang zückte er sein Mobiltelefon, das er vor Beginn der Trauerfeier stummgeschaltet hatte.

Alexander blieb abrupt stehen.

Ein Dutzend Anrufversuche, fünf SMS, drei Mailboxnachrichten.

Während der knappen zwei Stunden auf dem Friedhof mussten sich die Ereignisse überschlagen haben.

Vor lauter Hektik verhaspelte er sich mit der Displaysperre.

Er zwang sich zur Besonnenheit, stellte sich abseits des Weges unter eine stattliche Buche und hörte die Nachrichten ab.

Jan Tilman teilte mit seiner Sachstimme mit, dass Dr. Korváth-Berger am Vorabend in ihrer Praxis überfallen und mit einer Stichwaffe verletzt worden sei. Ein Zeuge habe einen dunkelhaarigen Mann mit Turnschuhen und Lederjacke in der Nähe des Tatortes beobachtet. Stefan Kloppstock sei jetzt der alleinige Hauptverdächtige, die Fahndung nach ihm laufe mit Hochdruck. Luise sei von allen Tatvorwürfen entlastet, der Haftbefehl und ihr Unterbringungsbeschluss seien bereits aufgehoben worden. Alexander solle sich so schnell wie möglich melden.

Er sank am Stamm der Buche in die Knie. Er konnte nicht sagen, ob vor Schreck über den Angriff auf die Ärztin oder aus Erleichterung, dass es sich für Luise zum Guten wandte.

Seine Hand hielt noch immer das Telefon, und das rief automatisch die zweite Mailboxnachricht ab. Luise mit zitteriger Stimme, sie brachte den Namen der Psychiaterin nicht über die Lippen, sprach von »sie« und »ihr«, die von Rafael angegriffen worden sei. Man habe Luise aus der Klinik entlassen, er solle sie bitte rasch abholen. Sie könne nicht mehr. Die dritte Sprachnachricht bestand aus ihrem leisen Schluchzen.

Alexander hatte das Gefühl, seinen Körper zu verlassen und wie in irgendwelchen Filmen als Geistwesen über der Szenerie zu schweben.

Bleib, wo du bist, Luise, hätte er schreien wollen. Ich bin auf dem Weg.

Er zwang sich zurück in seinen Körper, stand auf und trabte Richtung Parkplatz.

Stanislaw Kopinski kam ihm entgegen, winkte ihm zu. »Du weißt Bescheid, nicht wahr?« Der Polizeiobermeister musste es an Alexanders Gesicht abgelesen haben. »Tilman schickt mich. Er hat dich telefonisch nicht erreicht. Ich soll dich sofort ins Präsidium fahren. Es gibt viel zu tun.«

Alexander ging weiter. Kopinski schloss sich an, hatte aber Mühe, Schritt zu halten.

»Geht nicht. Ich muss zu Luise.«

Kopinski schüttelte den Kopf. »Tilman hat zwei Personenschützer in die Klinik geschickt. Die werden sich um deine Freundin kümmern.«

Alexander stand vor seinem Corsa, drehte sich zu seinem Kollegen um.

Der verzog den Mund. »Okay, du wirst nicht mitkommen, habe ich recht? Scheißegal, was ich sage oder tue.«

Alexander nickte. Er öffnete die Fahrertür, setze sich ans Steuer und startete den Motor. »Sie braucht mich.«

»O Mann!« Stan massierte seinen kahlen Schädel. »Also gut. Ich erzähle Jan, dass du schon weg warst und nicht ans Telefon gegangen bist.«

»Danke.« Es war ihm herzlich egal, was Kopinski Tilman auftischte.

»Komm ins Präsidium, so bald du kannst.« Sein Kollege ging zu einem alten Fiat, der dringend eine Außenwäsche nötig hatte, und zog den Autoschlüssel aus der Hosentasche.

Alexander brauste los.

67

Luise war nicht da. Sie war verdammt noch mal nicht mehr da.

Die zwei Personenschützer tigerten vor dem Klinikeingang umher und waren nicht weniger verwirrt als Alexander. Einer der beiden telefonierte, offenbar mit Weber oder Tilman.

Vom anderen erfuhr er, dass Luise laut dem Pflegepersonal am Morgen von dem Angriff auf die Psychiaterin unterrichtet und ihr die Aufhebung der Unterbringung mitgeteilt worden war. Sie habe sofort gehen wollen. Im Gespräch mit dem Stationsarzt habe sie einen gefassten und stabilen Eindruck gemacht, somit habe es keinen Grund gegeben, sie aufzuhalten. Man habe ihr angeboten, noch einige Stunden zu bleiben oder ihr zumindest ein Taxi zu rufen. Aber Luise habe hastig ihre Sachen gepackt und die Klinik zu Fuß verlassen. Kurz nach neun Uhr. Zur selben Zeit, als sie Alexander auf die Mailbox gesprochen hatte.

Er klingelte sie an. Sie ging nicht ran. Er versuchte es erneut: gleiches Ergebnis.

Eine unsichtbare Faust drückte Alexander von innen gegen die Eingeweide. Klar, was als Nächstes zu tun war. Er sprang zurück in sein Auto.

Ein Streifenwagen sei bereits zu Luises Wohnung unterwegs, rief ihm einer der Personenschützer hinterher.

Die Schutzpolizisten standen im Treppenhaus vor Luises Wohnungstür, offenbar unschlüssig, ob eine Gefahrenlage vorlag, die es rechtfertigte, die Tür aufzubrechen. Auf Klopfen und Klingeln hatte niemand reagiert.

Mit dem Zweitschlüssel, den Alexander von Luise bekommen hatte, nahm er ihnen die Entscheidung ab.

Er schloss auf. »Luise?« Keine Antwort. Sein Herz klopfte, als er in den Flur trat. Luises Verhalten machte wenig Sinn. Sie mochte aus der Klinik geflüchtet sein, überwältigt von dem Schmerz über die Attacke auf ihre Therapeutin. Zutiefst verunsichert, weil ihre Therapie kurz vor dem wichtigsten Punkt brutal gestoppt worden war. Und weil trotz ihrer Entlastung nicht im Geringsten klar war, wie es für sie weitergehen sollte.

Vermutlich war sie nicht ans Telefon gegangen, weil sie sich nicht mehr in der Lage fühlte, mit jemandem zu sprechen. Nicht mal mit ihm.

Aber spätestens jetzt würde es sich aufklären. Sie musste hier sein, in ihrer einzigen Zufluchtsstätte vor der Welt. Vielleicht erstarrt vor Emotionen, vielleicht zugedröhnt mit irgendeinem Zeug. Auf jeden Fall lebend.

Er trat ins Wohnzimmer, und der Anblick schleuderte ihn direkt in einen Albtraum.

»Heilige Scheiße!« Die Stimme eines der Polizeibeamten.

Blut, überall Blut. O nein! Sein Verstand stockte wie ein Motor kurz vor dem Abwürgen.

Er wünschte, ihm würde schwarz vor Augen und er könnte in eine befreiende Ohnmacht sinken. Oder zumindest die Augen verschließen.

Der Teppich, der Wohnzimmertisch und das Sofa waren mit Blut beschmiert. Das farbenfrohe Bild – Mark Rothko, warum zum Teufel fiel ihm der Name des Malers gerade jetzt ein – war von der Wand gerissen und quer durch den Raum geschleudert worden. Es hatte weichen müssen, damit Rafael sich dort verewigen konnte. Er hatte die Buchstaben seines Namens mit roter Farbe ...

Blut, es war Blut!

... mit einem Schwamm an die Tapete geschmiert.

Den Schwamm – nein, kein Schwamm! Er hat Sami abgestochen und das verblutende Tier über die Wand gezogen – hatte er achtlos neben dem Sofa auf den Boden fallen lassen, ein blutgetränktes Fellknäuel mit abgespreizten Beinen.

Einer der Polizisten war losgestürzt, erst ins Bad, dann ins Schlafzimmer. »Frau Doktor Kellermann ist nicht hier«, rief er.

68

Alle redeten durcheinander. Jan Tilman unternahm mehrere vergebliche Anläufe, seine Kollegen zur Ordnung zu rufen.

Schließlich trat Karl Weber an eine alte Kreidetafel und zog die Fingernägel mit Druck über die trockene Oberfläche. Ein scheußliches Geräusch, das ein oder zwei Sekunden den Raum füllte. Die Anwesenden verstummten, mit Ausnahme von Karl Weber, der mit schmerzverzerrtem Gesicht vor der Tafel stand, die Fingerkuppen im Mund. »Scheiße!«, sagte er. »Bei diesem Spinner im *Weißen Hai* sah es nicht aus, als würde es wehtun.«

»Der hatte auch Fingernägel aus Stahl statt aus Weißbrot.« Polizeihauptmeister Robert Kantig war der Einzige, der sich so einen Spruch beim Chef erlauben konnte. Und das lag nicht an seinem Captain-America-T-Shirt, das er heute trug. Weber brach in heftiges Lachen aus. Der Bann war gebrochen, und nach einer guten Minute Gegröle saßen alle konzentriert auf ihren Stühlen.

»Also«, sagte der Leiter der Mordkommission, »aus unserer Mordserie ist ein Entführungsfall höchster Dringlichkeit geworden. Wir müssen davon ausgehen, dass sich Luise Kellermann in der Gewalt von Stefan Kloppstock alias Rafael und damit in akuter Lebensgefahr befindet.«

Sofern sie nicht bereits tot ist, dachte Alexander den Satz zu Ende.

»Oberkommissar Tilman wird Sie über alle Details informieren. Jan?«

Der Angesprochene erhob sich von seinem Sitzplatz und schaute durch die Reihen seiner Leute. Bildete Alexander es sich ein, oder verweilte der Blick des Oberkommissars einen Hauch länger auf ihm? Und hatte sein Gesicht sich dabei verfinstert? Schwer zu sagen.

»Doktor Kellermann ist mit einem Taxi von der Klinik nach Hause gefahren. Eines von denen, die im Eingangsbereich von Krankenhäusern herumstehen. Da ihr Auto, ein grüner Austin Mini, ebenfalls verschwunden ist, gehen wir davon aus, dass Kloppstock sie anschließend damit entführt hat. Nach dem Wagen wird gesucht. Wir haben den Taxifahrer. Bei der Kurzbefragung hat er gesagt, dass ihm an der Ärztin nichts Besonderes aufgefallen sei. Er sitzt im Vernehmungszimmer drei. Kopinski wird noch mal mit ihm sprechen.«

Stan nickte. Tilman sprach weiter.

»Die Spurensicherung nimmt die Wohnung von Frau Doktor Kellermann ein zweites Mal auseinander. Vielleicht hat Rafael diesmal was für uns hinterlassen.«

Hat er nicht, dachte Alexander. Er zeigt uns nur das, was wir sehen sollen.

»Das Gleiche gilt für die Praxisräume der Psychiaterin. Wenn es eine heiße Spur gibt, werden wir sofort informiert.«

Da hatte Alexander schon mehr Hoffnung. Immerhin wich die Tat von den vorherigen Morden ab. Dr. Korváth-Berger lebte. Warum hatte Stefan Kloppstock sein mörderisches Werk an ihr nicht vollendet?

Jemand schob einen Rollwagen mit Thermoskannen und Kaffeetassen herein, die rasch gefüllt wurden und die Runde machten.

»In Vernehmungszimmer zwei wartet der Zeuge, der Stefan Kloppstock gestern Abend in der Nähe der Praxis von Frau Doktor Kolva... Kor... halt der Psychiaterin gesehen haben will.« Tilman nippte an seinem Kaffee. »Ein Jugendlicher, Sohn eines politisch bestens vernetzten Industriellen und Patient der Ärztin. Kantig leitet die Vernehmung. Lass deinen Charme spielen, Robert, diese Jungs stehen doch auf Superhelden.«

Der Polizeihauptmeister plusterte seine Brust auf und winkelte den rechten Arm an, um seinen Bizeps vorzuzeigen. Er erntete ein paar müde Lacher.

»Wer sitzt in der Suite?«, fragte Kopinski. »Doktor Korváth-Berger?«

Die Suite war das Vernehmungszimmer Nummer eins. Es wurde so genannt, weil es größer war als die anderen. Und somit Platz bot, um mehrere Personen gleichzeitig zu befragen oder einem VIP-Zeugen einen bequemen Sessel herbeizuschaffen.

»Die Psychiaterin steht unter Schock und ist im Krankenhaus. Wir konnten sie kurz vernehmen, und sie hat bestätigt, dass es Kloppstock war, der sie überfallen hat.«

Tilman machte eine bedeutungsvolle Pause. Die meisten Augenpaare richteten sich auf ihn. »In der Suite sitzt der Mann, der Stefan Kloppstock in den letzten Jahren vermutlich besser gekannt hat als jeder andere. Mit dem spreche ich selbst.«

Er hielt einige Zettel in die Höhe. »Ich habe Zwei-Mann-Teams zusammengestellt, die nach weiteren Zeugen im Wohnhaus von Frau Doktor Kellermann und im Haus, in dem Doktor Korváth-Berger ihre Praxisräume hat, suchen sollen. Zwei Teams durchforsten die Unterlagen, die wir über Kloppstock zusammengesammelt haben. Ein Team hält sich auf Abruf.«

Jan Tilman rief die Namen der Kollegen auf. Stühle wurden gerückt, Kaffeetassen ausgeschlürft und auf den

Rollwagen gestellt oder stehen gelassen. Der Raum leerte sich.

Er war abgeschrieben. Hatte er schon geahnt. Nach Luises Verhaftung waren er und Tilmann sich komplett aus dem Weg gegangen. Ein Mann wie der Oberkommissar würde nicht einfach zur Tagesordnung übergehen. Vielleicht gaben sie ihm wenigstens ein paar Akten zum Wegsortieren. Er stand von seinem Stuhl auf und schlich Richtung Tür.

»Alexander!« Er drehte sich herum, Tilman sah ihn an. »Ich hätte dich gerne bei meiner Vernehmung dabei. Wenn du dich dazu in der Lage siehst.«

69

Alexander wartete vor der Tür des Vernehmungszimmers eins und versuchte, seine Anspannung niederzuringen. Es tat gut zu sehen, was die Kripo an Material und Personal aufbot, um Luise zu finden.

Und trotzdem. Die Erinnerungen quälten ihn und befeuerten seine Sorge. Er dachte an den ermordeten Tierarzt. An Sami. An Luises Stimme auf seiner Mailbox. Er hatte die Nachricht nicht gelöscht, sie war das letzte Lebenszeichen, das er von ihr hatte.

Tilman rauschte heran, warf ihm einen prüfenden Blick zu. »Alles klar?«

Alexander nickte. Der Oberkommissar bot ihm die Chance, sich aktiv an den Ermittlungen zu beteiligen, statt tatenlos herumzusitzen. Alexander war gewillt, seinen Ärger runterzuschlucken, Tilmans Friedensangebot anzunehmen und es nicht zu vermasseln.

Sie betraten die Suite, ihr Zeuge saß bereits am Tisch. Thorsten Geppert sah aus wie ein typischer Sozialarbeiter: robustes Karohemd, bei dem die Grau- und Farbtöne sich abwechselten. Halblange Haare mit Minimalfrisur, die eben noch als gepflegt durchging. Und ein herzensgutes Gesicht, das man sich beim empathischen Zuhören ebenso gut vorstellen konnte wie beim Zuprosten mit einem Pils.

Sie setzten sich ihm gegenüber. Geppert bekam hektische Flecken auf den Wangen und der Stirn. Man hatte ihm gesagt, dass er nicht als Beschuldigter, sondern als Zeuge vernommen werde. Eine oberflächliche Überprüfung hatte erwartungsgemäß ergeben, dass er ein unbescholtener Bürger war, der seit vielen Jahren ordentlich seine Arbeit beim sozialpsychiatrischen Dienst verrichtete. Aber natürlich stand er unter Druck und machte sich vermutlich Vorwürfe. Im späteren Verlauf des Gesprächs würde Tilman ihm stecken, dass ihn weder juristisch noch moralisch eine Mitschuld an den mörderischen Umtrieben seines Schützlings traf.

Zumindest, falls sie das nach der Vernehmung noch sagen konnten.

»Wasser?«

Während Geppert offenbar überlegte, ob es ihm nachteilig ausgelegt werden könnte, Alexanders Angebot anzunehmen, stellte Tilman ihm einfach einen gefüllten Plastikbecher vor die Nase.

»Ich hatte ja keine Ahnung, das müssen Sie mir glauben.« Dem Sozialarbeiter schossen die Tränen in die Augen.

Die Beichte, natürlich.

Ungefragt erzählte er von seinen zweiwöchentlichen Begegnungen mit Stefan Kloppstock. »Irgendwas hatte Stefan immer zu berichten«, sagte er mit gehetzter Stimme. Er zählte ein paar banale Anekdoten aus dem Leben des Mannes auf, der jetzt ein gesuchter Serienmörder war.

Das Erzählen schien ihn zu beruhigen. Er trank einen Schluck Wasser und schnäuzte sich ausgiebig in ein von Alexander angebotenes Taschentuch.

»Ist Ihnen in den letzten Wochen etwas an ihm aufgefallen?«, fragte Tilman.

Geppert dachte nach, schüttelte den Kopf. »Er war wie immer. Schwer zu durchschauen.«

»Wie meinen Sie das?«

»Stefan Kloppstock ist eine sehr merkwürdige Art Geisteskranker«, sagte der Sozialarbeiter. »Er versucht bewusst, den Eindruck zu erwecken, geisteskrank zu sein.«

»Wie das?« Tilman stellte die Frage. Alexander schenkte Wasser nach. Fast schon wieder ein eingespieltes Team.

»Es war alles zu glatt, verstehen Sie, was ich meine? Sein Auftreten. Sein Erscheinungsbild. Was er so erzählte.« Er strich mit den Fingern durch die Haare, als könnte er so auch seine Gedanken sortieren. »Stefan sah immer gleich aus. Ein wenig ungepflegt, nie zu sehr. Er hat nie etwas Verbotenes getan. Ich meine keine Kapitalverbrechen, sondern so was Banales wie Schwarzfahren, Ladendiebstahl oder an die Hauswand pinkeln. Er hat keinen Alkohol getrunken. Hat er zumindest gesagt. Er hat keine Drogen genommen und nicht geraucht. Ich meine, wie viele chronisch Schizophrene kennen Sie, die nicht rauchen?«

»Okay, Sie wollen also sagen, Stefan Kloppstock hat Ihnen und allen anderen was vorgespielt?« Alexander hatte Mühe, den Worten zu folgen. »Und wozu das?«

»Ich glaube, es sollte keiner merken, wie verrückt er wirklich war.« Geppert blickte unsicher zwischen Alexander und dem Oberkommissar hin und her. »Wir haben im Team oft über Stefan gesprochen. Er tat so, als wäre er nur ein schräger Vogel. Aber vermutlich hatte er eine ganze Latte an psychotischen Symptomen. Halluzinationen, Wahnvorstellungen, Fremdbeeinflussungserleben. Jahrzehntelang.«

Alexanders Fäuste rumsten auf die Tischplatte. »Warum zum Teufel durfte er dann frei rumlaufen?« Die Antwort wusste er selbst, trotzdem musste das jetzt raus. Zumindest konnte er sich beherrschen, nicht vom Stuhl aufzuspringen. Ein ermahnender Blick Tilmans half ihm dabei.

Geppert blieb erstaunlich ruhig. »Weil er schon immer so war, seit über zwanzig Jahren. Er ist mit vierzehn in den Maßregelvollzug eingewiesen worden, nachdem er ... nun, Sie wissen ja.« Er zog die Augenbrauen hoch. »Stefan war knapp zehn Jahre geschlossen untergebracht. Er wurde mit Psycho-, Sozio-, Arbeits- und was weiß ich für Therapien behandelt. Natürlich auch mit Medikamenten. Er ist der Gleiche geblieben. Umgänglich, angepasst. Keinerlei Probleme. Er hat einen guten Realschulabschluss gemacht. Von wegen intelligenzgemindert. Eine Zeit lang hatte er sogar eine Freundin auf der Station, die ihn dann wegen eines anderen verlassen hat. Hat er locker weggesteckt. Krieg ich noch etwas Wasser?«

Geppert schien an seiner Rolle als Experte Gefallen zu finden. Tilman hingegen spielte mit den Fingern Schlagzeug auf seinen Oberschenkeln. Vermutlich ärgerte auch ihn die Unbedarftheit des Sozialarbeiters.

Alexander schenkte Wasser nach. Seine Hand zitterte. Ein paar Spritzer landeten neben dem Becher.

»Er war bei seiner Unterbringung gerade eben strafmündig, jedenfalls auf dem Papier«, sagte Geppert. »Ich hab's extra noch mal nachgelesen, weil ich schon ahnte, dass es Sie interessieren würde. Ich habe die Akte mitgebracht. Wenn Sie wollen, gebe ich sie Ihnen.«

Geppert blickte hoch. Er erwartete offenbar ein Lob für seine Weitsicht. Oder zumindest ein zustimmendes Nicken.

Warum sagte er nicht einfach, was er wusste. Alexander nickte Geppert zu und zwang sich, dabei die Fäuste unter dem Tisch zu lassen.

»In seiner geistigen und emotionalen Entwicklung lag er einige Jahre zurück«, sagte der Sozialarbeiter. »Der Druck, ihn zu rehabilitieren und ihn irgendwann aus der Geschlossenen zu entlassen, wuchs nach Vollendung der Volljährigkeit von Jahr zu Jahr. Ein halbes Dutzend Gutachten wurde erstellt, letztlich überwogen die Stimmen, ihn in einen weniger geschützten Bereich zu verlegen. Nachdem er sich auch dort bewährt hat, wurde die Betreuung Schritt für Schritt zurückgefahren. Stefan Kloppstock kam stets gut zurecht.«

Geppert wischte die Wasserspritzer mit dem Ärmel seines Hemdes von der Tischplatte auf. »Es ist nicht selten, das Schizophrene versuchen, einen Teil ihrer Symptomatik zu kaschieren. Wenn sie ansonsten gut kooperieren und ihre Lebensverhältnisse stabil sind, ist das alleine kein Grund, jemanden lebenslang einzusperren.«

»Könnte es nicht andersherum sein?« Sowohl Geppert als auch Tilman sahen Alexander an. »Dass er in Wirklichkeit überhaupt nicht verrückt ist? Sondern es nur spielt.«

»Hmm«, machte Geppert. »Ein Simulant? Warum sollte er so etwas tun?«

Darauf hatte Alexander keine Antwort. Trotzdem ließ ihn der Gedanke nicht los.

Tilman knetete sich die Schläfen. »Was, glauben Sie, war sein Motiv? Damals.«

»Stefan war in Luise Kellermann verliebt.« Die Erklärung kam wie aus der Pistole geschossen. »Vermutlich wahnhaft übersteigert. So einfach ist das. Sie hat versucht, Kontakt zu ihrem Vater aufzubauen, Stefan war eifersüchtig, wollte sie nicht mit ihm teilen. Er hat ihr nachgestellt, sich gewaltsam Zutritt zu Luises Elternhaus verschafft und die Eltern im Verlauf einer Handgreiflichkeit umgebracht. So hat er es ausgesagt. Nicht sofort. Aber nach und nach ist er mit der Wahrheit rausgerückt.«

Scheiße, dachte Alexander. Wenn er recht hatte, befand Luise sich in der Hand eines geistesgestörten Mörders, der seit Jahrzehnten krankhaft in sie verliebt war. Was hatte Stefan mit ihr vor? Sie umbringen? Sie festhalten, um in ihrer Nähe zu sein? Er mochte sich beides nicht weiter ausmalen.

»Hat er Luise Kellermann je erwähnt?«, fragte Tilman.

»Nie«, sagte Geppert. »Er hatte nach seiner Entlassung aus der Unterbringung natürlich ein Kontaktverbot, an das er sich, so dachten wir zumindest, immer gehalten hat.«

»Wissen Sie, dass er nur wenige Kilometer von ihr entfernt wohnt?«, fragte Alexander. Auch hier ahnte er die Antwort. Geppert schüttelte erwartungsgemäß den Kopf.

»Okay«, sagte Tilman. »Noch ein paar andere Fragen. Hat Stefan Freunde in Hamburg? Leute, die er von Zeit zu Zeit sieht? Mit denen er spricht, die er trifft? Vielleicht Familienangehörige? Verwandte? Überhaupt jemanden, bei dem er unterschlüpfen könnte?«

»Er hat nicht einmal richtigen Kontakt zu seinen Nachbarn im Mietshaus. Soweit ich weiß, bin ich der einzige Mensch, den er regelmäßig trifft.«

»Irgendwelche Orte, die er gerne aufsucht und wo er sich jetzt verstecken könnte?«

Geppert schüttelte erneut den Kopf.

»Okay.« Tilman erhob sich von seinem Stuhl. »Falls Ihnen weitere Details einfallen, wichtig oder unwichtig, rufen Sie bitte …«

»Moment.« Alexander handelte sich einen ungeduldigen Blick ein, vermutlich, weil Tilman nicht länger auf seine Zigarettenpause warten wollte. Eine vage Erinnerung huschte durch seinen Kopf, zu flüchtig, um sie festzuhalten. Irgendetwas, was er über Kloppstock gelesen oder gehört hatte. Was es auch war, es war wieder weg. Mist.

»Schon gut.« Alexander winkte ab.

Tilman nickte zufrieden. »Dann war's das.«

Sie verabschiedeten den Sozialarbeiter. Alexander drückte ihm noch eine Karte mit den Telefonnummern der SOKO in die Hand.

»Gute Arbeit!«, sagte Tilman vor der Tür des Vernehmungszimmers. Eine Zigarette wanderte wie von selbst aus der Packung in seinen Mund. »Wir haben den Täter. Wir haben das Motiv. Jetzt müssen wir die Entführte finden.« Er suchte in der Hosentasche nach einem Feuerzeug. »Ich geb dir 'ne Stunde Mittagspause. Versuch, den Kopf freizukriegen. Vermutlich brauchen wir einen deiner Geistesblitze.«

70

„Hallo, Schwesterherz!«

Wie spricht man mit einem Grab? Alexander wusste, dass etliche Menschen auf Friedhöfen mit ihren verstorbenen Liebsten sprachen, hatte sich das aber nie konkret vorgestellt. Sah man dabei den Grabstein an?

Auf Sophies Grab stand bisher nur ein einfaches Holzkreuz. »Viel zu früh wurdest du von uns genommen«, war in die glatte Fläche graviert, darunter zwei Rosen und Sophies Name, Geburts- und Todesdatum.

Oder schaute man auf die mit Granitsteinen eingerahmte, mit lockerer Erde ausgefüllte Fläche, unter der, ein paar Etagen tiefer, der Sarg lag?

Sie war mit Zweigen, drei Kränzen und Blumen bedeckt.

Es war warm und trocken, also setzte er sich neben das Grab auf den Boden und lehnte sich mit dem Rücken an den Stamm einer Linde, die direkt neben dem Grab aufragte.

»Kopf freikriegen«, hatte Tilman gesagt. In seiner Wohnung konnte er das vergessen, das enge Zimmer hätte ihn erdrückt. Ziellos rumrennen würde auch nicht helfen. Somit war seine Wahl auf den Friedhof gefallen.

»Ich habe mich heute früh davongeschlichen, aber immerhin bin ich wieder da«, sagte er. »Ich habe nicht viel Zeit. Und in meinem Kopf geht alles durcheinander.« Er atmete tief durch und versuchte sich vorzustellen, wie die frische Luft sein Gedankenchaos durchlüftete. »Ich erspare dir die Details.«

Falls Sophie, oder das, was sie jetzt war, ihm tatsächlich zuhörte, was er nicht glaubte, wüsste sie sowieso Bescheid. Und wenn nicht. Nun, sich selbst brauchte er nichts zu erklären.

Vielleicht eine gute Gelegenheit, etwas klarzustellen.

»Entschuldigung!«, sagte er. »Es war falsch, dich damals mit auf diese Feier zu nehmen. Du hast mich gefragt, ob ich dir welche von diesen Pillen besorgen kann, und ich habe es getan. Ein schlimmer, beschissener, unverzeihlicher Fehler. Ein großer Bruder soll seiner Schwester keine Drogen beschaffen. Aber das heißt nicht, dass ich ...«

Seine Stimme zitterte. Fiel es ihm wirklich so schwer, diese Banalität auszusprechen? Offensichtlich. Vermutlich, weil es nie jemand zu ihm gesagt hatte.

»Ich bin nicht schuld an deinem Tod, verdammt! Du hattest ein verfluchtes Aneurysma, und wenn es nicht an diesem Abend im Club geplatzt wäre, dann irgendwann anders. So, nun ist es raus.«

Er sah sich verstohlen um, als erwartete er tatsächlich eine Reaktion. Das war natürlich Quatsch. Trotzdem.

Fühlte er sich besser, nun, wo er es ausgesprochen hatte? Schwer zu sagen. Half es ihm, den Kopf freizukriegen? Zumindest hatte er eine Weile nicht an Luise gedacht. Zehn oder zwanzig Sekunden lang.

Aber jetzt war sie wieder da. »Was soll ich tun, kleine Schwester? Was kann ich tun? Ich darf sie nicht verlieren. Nicht auch noch sie.« Ein paar einsame Tränen sammelten sich in den Augen und kletterten die Wangen hinunter. Er wischte sie weg. Weinen brachte ihn nicht weiter.

Die Uhr des Kirchturms schlug. Das Geräusch scheuchte die Krähen aus ihrem Versteck und schickte sie auf ihre Flugrunde.

Es wurde Zeit. Alexander richtete sich auf, klopfte Gras und Erde von der Hose.

Wer würde Luise einen Kranz auf ihr Grab legen? Ihr Institut vermutlich. Natürlich nicht die Eltern. Lebende Verwandte hatte sie nicht, soweit er wusste. Keinen Patenonkel. Bei Stefan Kloppstock wäre es kaum anders.

Er starrte auf die drei Kränze. Die Ahnung, die ihm vorhin während der Vernehmung weggehuscht war, tauchte wieder auf. Er griff danach.

Ja, das konnte eine Spur sein. Falls da was dran war, dachte er, würde er einer gewissen Person eine Dankeskarte schicken. Sein Herz pochte.

Er zog sein Handy hervor. Rief im Präsidium an und ließ sich die Handynummer des Sozialarbeiters Thorsten Geppert durchgeben.

Er könnte gleich die Katze aus dem Sack lassen, überlegte er. Vier seiner Kollegen durchforsteten die Akten, und es war nur eine Frage der Zeit, bis sie auf das eine Detail stießen, an das Alexander sich gerade erinnert hatte.

Er unterbrach die Verbindung. So ging es schneller.

Er hatte Geppert am Telefon. »Kommissar Pustin«, sagte er. »Wir haben vor einer halben Stunde im Präsidium miteinander gesprochen. Mir ist noch etwas eingefallen.« Alexander holte Luft. »Ich meine, ich hätte in den Akten von einem Patenonkel gelesen, den Stefan Kloppstock in Hamburg hat. Oder hatte. Wissen Sie davon?«

Ein paar Sekunden war die Leitung still. »Verdammt, Sie könnten recht haben. Ich habe nicht daran gedacht, weil Stefan nie von seinem Onkel erzählt hat.«

»Wie heißt er? Wo wohnt er?«

»Keine Ahnung. Aber wenn Sie wollen, kann ich in meinem Büro anrufen und eine Kollegin bitten, in der Handakte nachzuschauen. Vielleicht ist da etwas notiert. Soll ich?«

Er sollte, und drei Minuten später hatte Alexander einen Namen und eine Adresse an der westlichen Stadtgrenze. Da war sie, die heiße Spur. Kloppstocks Patenonkel hatte nicht den gleichen Nachnahmen, deswegen war er den Ermittlern bei den bisherigen Recherchen durch die Lappen gegangen.

Er hielt sein Mobiltelefon in der Hand und zögerte.

Sollte er Tilman und Weber Bescheid geben und zusammen mit dem Sondereinsatzkommando losdüsen? Oder erst mal allein hinfahren und nachsehen?

Er tat, was nötig war. Bevor er es sich anders überlegen konnte.

71

So, nun habe ich aufgeschrieben, was ich zu sagen hatte. Sie wissen längst nicht alles. O nein, beileibe nicht. Manches werde ich dorthin mitnehmen, wo es für mich hingeht. Das ist besser so, glauben Sie mir.

Aber vielleicht wissen Sie genug, um sich ein eigenes Urteil zu bilden.

Über mich, Rafael, den Katzenkiller, den Schutzengel.

Den Mörder.

Ich werde jetzt mit dem Schreiben aufhören und die allerletzten Vorbereitungen treffen. Es wird ein großes Feuerwerk geben, wenn Luise und ich unsere letzte Reise antreten. Falls dieser Polizist den Mumm haben sollte, hier aufzukreuzen, wird er uns begleiten.

72

Das Haus und das Grundstück schienen ihm zuzuraunen: Hau ab. Hier wartet auf dich nur das Verderben.

Es war ein zweigeschossiges, würfelförmiges Gebäude mit flachem Dach. Der wohl ursprünglich weiße Klinker hatte eine gelbliche Farbe angenommen. Zusammen mit dem an den Fassaden hochrankenden Efeu sah es vom Rand der Einfahrt aus wie ein riesiges Stück alter Gouda, an dem sich grüner Schimmel ausbreitete.

Alexander atmete tief durch. An diesem Ort würde es sich entscheiden.

Rund um das Haus schossen mächtige Kiefern in den Himmel und bedrängten einen verwitterten Metallgitterzaun, der das Grundstück einschloss. Der bis an die Hauswände reichende Grünstreifen war mit Tannennadeln und Blättern bedeckt und offensichtlich seit Jahren nicht mehr in den Genuss irgendeines Gartengeräts gekommen. Er ähnelte eher einem Komposthaufen als einem Garten.

Hau ab! Noch ist es nicht zu spät.

Alexander war froh über seinen Entschluss.

Das gute Dutzend Beamte vom Sondereinsatzkommando schien genau zu wissen, was zu tun war. Sie trugen Helme mit Sprechvorrichtungen, schusssichere Westen und Maschinenpistolen. Eine Gruppe aus vier Mann schlich, tief in die Knie gebeugt und die Waffen im Anschlag, an den Hauswänden entlang. Sie sicherten das Gebäude von allen Seiten. Zeitgleich bewegte sich ein zweiter Trupp Richtung Eingang, ebenfalls in gebückter Haltung.

Als SEK-Mann brauchte man robuste Knie.

Alexander stand mit Tilman und Kantig abseits des Geschehens. Immerhin konnten sie den vorderen Teil des Grundstücks einsehen und, dank eines Funkgeräts, das der SEK-Einsatzleiter Tilman in die Hand gedrückt hatte, den Sprechverkehr verfolgen.

»Haus umstellt«, war zu hören, unterlegt von Rauschen und Knacken. »Kein Licht. Die Fenster im Erdgeschoss sind zugehängt. Dahinter keine Bewegung.«

»Okay. Vier Mann rein. Zwei sichern die Tür.« Das Kommando dröhnte aus dem Funkgerät, stammte in Wirklichkeit aber vom SEK-Chef, der, wie seine Kollegen in voller Kampfmontur, mit drei Mann Reserve vor der Einfahrt neben den Kripoleuten stand.

In ausreichendem Abstand, wusste Alexander, hatten Streifenwagen die Straße abgeriegelt. Zwei Rettungs- und ein Notarztwagen gehörten ebenfalls zu einem Einsatz dieser Größenordnung. Sie warteten außerhalb seiner Sichtweite.

Dort würden sie hoffentlich bleiben können.

Die Sechsergruppe erreichte den Hauseingang. Einer der Männer machte sich an der Tür zu schaffen. Schneller, als Alexander seine Wohnungstür aufschließen konnte – mit dem passenden Schlüssel –, hatte der Mann sie geöffnet. Alles passierte vollkommen geräuschlos.

»Wir gehen rein!« Der Erste verschwand im Haus, gebückt und die Waffe starr nach vorne gerichtet.

Einige Sekunden waren nur die Atemgeräusche und Schritte der Männer durch das Funkgerät zu hören. Alte Holzdielen knarzten, Türen quietschten.

In Alexander brodelte es vor Anspannung. Die SEKler waren Vollprofis, die für genau solche Einsätze ausgebildet waren. Trotzdem endeten Geiselbefreiungen immer wieder in einem Desaster. Mit verletzen Beamten. Oder, Alexander schluckte und hatte das Gefühl, als würden Ameisen durch seine Nervenbahnen krabbeln, mit verletzten oder getöteten Geiseln. Der einzige, leider schwache Trost war, dass er überhaupt nichts tun konnte.

Er wackelte mit den Beinen, was das Kribben etwas erträglicher machte. Dadurch ermuntert schritt er außen am Grundstück entlang, in Hörweite des Funkgeräts. Der Gartenzaun war eine rostige Ruine, die nur noch von Schlingpflanzen zusammengehalten wurde und von der sich wahrscheinlich selbst die meisten Hunde fernhielten.

Der Lautsprecher knackte. »Okay, wir haben was!«

Augenblicklich setzten sich die Ameisen wieder in Bewegung. Alexander auch, er lief zurück zu seinen Kollegen. Die starrten gebannt auf das Funkgerät, als könnten sie das Flüstern des SEK-Mannes im Gebäude so besser verstehen. Immer wieder flogen flüchtige Blicke in Richtung Haus.

»Wir stehen im Flur, am Eingang zum Wohnzimmer. Dort liegt eine Person auf dem Boden, Gesicht von uns abgewandt. Sie rührt sich nicht. Möglich, dass es die Entführte ist. Ich sehe eine Blutlache. Um die Person herum ist etwas aufgebaut. Kisten oder Kanister. Könnten Brandbeschleuniger sein. Oder Sprengsätze. Ist ziemlich dunkel hier drinnen.«

Die Ameisen mussten seinen Kopf erreicht haben, denn Alexander wurde schummerig. Er spürte einen Griff am Oberarm. Jan Tilman stand neben ihm, hatte fest zugepackt. »Durchhalten, Mann. Noch ist nichts verloren«, sagte er. Nette Worte. Aber die Mimik des Oberkommissars war eher eine Beileidsbekundung.

»Bitte um Anweisung.«

»Sind die Räume gesichert? Was ist mit dem Keller und dem Dachgeschoss?«

»Erdgeschoss bis aufs Wohnzimmer sicher. Vom Flur geht eine Treppe nach oben. Und es gibt eine Kellerluke.«

»Okay. Wenn es ruhig bleibt, dann …«

»Scheiße! Wir haben was ausgelöst. Ein Blinklicht. Alle sofort raus!« Die Stimmen mischten sich mit hektischen Schritten. Die Zeit der Heimlichkeit war vorbei.

Nehmt sie mit, flehte Alexander in Gedanken. Nehmt sie bitte mit! Im Geist zählte er die Sekunden.

Bei drei stürmte der erste SEK-Mann aus dem Gebäude.

Bei sechs der letzte. Luise hatten sie nicht dabei.

Er konnte nicht tatenlos zusehen. Jetzt lag es an ihm, Luise zu retten. Alexander zuckte Richtung Haus. Tilmans Hand fiel von seinem Arm ab.

»Nein, du wirst nicht …«, hörte er seinen Vorgesetzten rufen.

Hinter den Vorhängen der Erdgeschossfenster flammte ein Blitz auf. Kein Knall, keine Explosion, eher als hätte jemand eine gigantische Wunderkerze angezündet.

Die Energie, die kurzzeitig durch Alexanders Muskeln gepumpt worden war, verpuffte auf einen Schlag. Es war zu spät. Er sank auf die Knie.

Flammen griffen nach den Gardinen. Die Fenster des Hauses schienen aufzuglühen, dann platzten sie aus ihren Fassungen und ließen Scherben in den Garten regnen. Rote und blaue Zungen aus Feuer leckten über die Fensterrahmen.

Vor dem Gebäude scharte sich das SEK-Team um seinen Einsatzleiter. Aus der Ferne erklang das Geräusch eines Martinshorns. Tilman und Kantig starrten wie gebannt in die Flammen, die Gesichter auf halbmast. Alexander senkte den Kopf. Er konnte nicht länger hinsehen.

73

Alles war wie betäubt. Wäre eine Planierwalze im Schneckentempo auf Alexander zugefahren – er wäre stehen geblieben und hätte sich platt fahren lassen. Starr, gefühllos, gleichgültig.

Allerdings saß er im alten Mercedes seines Kollegen Robert Kantig. Der Diesel hustete und spuckte wie ein Schwindsüchtiger, dessen Zeit abgelaufen war. Aus dem Radio dröhnte Schlagermusik aus den 1970er-Jahren, was kaum besser war, und Kantig redete auf ihn ein.

»Es könnte jeder sein, dort ihm Haus. Der Patenonkel, Kloppstock selbst, sogar meine Schwiegermutter. Ohne DNA-Test wissen wir überhaupt nichts.«

»Das kann Tage dauern.«

»Und so lange geben wir nicht auf.«

Was für ein Wahnsinn! Wenn von dem Toten im Haus nur Asche übrig war, bekäme er niemals Gewissheit. Nacht für Nacht würde er hochschrecken und sich einreden, dass Luise noch am Leben war. Vom verrückten Stefan Kloppstock in irgendein Kellerloch gesperrt und als Gefangene gehalten. Rafael hätte endlich, wonach er sich immer gesehnt hatte. Und könnte sich zusätzlich freuen, dass sein Ablenkungsmanöver so prächtig funktioniert hatte.

Er massierte seine Schläfen und bildete sich ein, davon munterer zu werden. Vermutlich hatte Kantig recht, und es war zum Aufgeben zu früh.

»Alle tun, was sie können«, sagte der Polizeihauptmeister. »Tilman lässt in der näheren Umgebung des Hauses nach dem Auto deiner Freundin suchen. Er hat eine kleine Armee von Schutzpolizisten und Zivilfahndern aufgestellt.«

Der Diesel bockte. Kantig schaltete einen Gang zurück und spielte mit dem Gas. Der Motor protestierte, lief aber weiter. »Und Stan ist an diesem Patenonkel dran. Versucht, ihn ausfindig zu machen. Vielleicht hat er irgendwo eine zweite Wohnung. Oder eine Tiefgarage oder so etwas.«

Kantigs Handy machte sich bemerkbar, mit der Titelmusik einer amerikanischen Polizeiserie aus den 1970ern, die Alexander vage bekannt vorkam.

Kantig sah aufs Display, reichte das Telefon an Alexander weiter. »Es ist Tilman. Geh mal ran.«

Der Oberkommissar kam ohne Umschweife zur Sache. »Sie haben den Wagen der Ärztin gefunden. Ihr seid doch noch in der Gegend. Fahrt mal vorbei! Ein Team der Spurensicherung ist auf dem Weg.«

Tilman nannte Straße und Hausnummer. Es war ein Weg von wenigen Minuten.

Luises olivgrüner Mini parkte in einer idyllischen Nebenstraße, knappe zehn Gehminuten vom Haus des Onkels entfernt, unter einer Straßenlaterne.

Rafael hatte sich keine Mühe gegeben, das Auto zu verstecken. Oder wollte er sogar, dass es entdeckt wurde?

Kantig schaltete seinen Benz aus. Der Motor verabschiedete sich mit einem gurgelnden Geräusch, das nicht so klang, als würde er wieder anspringen. Der Polizeihauptmeister stieg aus seinem Auto und ging zu den Kollegen, die hinter dem Mini neben ihrem Streifenwagen warteten.

Alexander begutachtete Luises Wagen: abgeschlossen, picobello aufgeräumt, keine Blutspuren oder andere Zeichen von Gewalt. Er sah aus wie immer, mit einer Ausnahme: Ein paar handbeschriebene DIN-A4-Zettel lagen auf dem Beifahrersitz.

Die einzige Spur, die sie hatten. Er sah sich um. Kantig stand noch bei den Schutzpolizisten.

Alexander griff einen faustgroßen Stein vom Straßenrand, der aussah, als wäre er extra für sein Vorhaben dort abgelegt worden, und schlug die Scheibe auf der Beifahrerseite ein. Er fasste durch das Loch im Glas, öffnete die Tür und schnappte sich die Papiere.

Jetzt kam Kantig doch angelaufen. »Was zum Teufel wird denn das?«

Alexander hielt die Zettel in der Hand. Vier oder fünf Seiten, ziemlich zerknittert, mit krakeliger Handschrift von oben bis unten vollgeschrieben.

Ihr Gesicht ist so schön. Sie trägt Lippenstift, ein tiefdunkles Rot. Ihre Haut ist blass und dünn wie Butterbrotpapier. Verletzlich.

Ein Jammer, dass Sie sie nicht sehen können.

Ich bin kein Dichter oder so. Aber bestimmt ahnen Sie, was ich meine. Wie ein dicker Tropfen Blut auf frischem Schnee.

Dabei war Luise immer eine graue Maus. Alexander, der Polizist, hat Farbe in ihr Leben gebracht.

Sie schläft schon eine ganze Weile. Von dem Theater hat sie gar nichts mitgekriegt. Vielleicht wecke ich sie nachher, wenn hier die Post abgeht. Wird ihr nicht gefallen, was dann passiert.

Ich habe oft denselben Albtraum, wissen Sie. Ich liege gefesselt auf einer Bahre, ein Kerl mit weißem Kittel beugt sich über mich. Er hat eine Spritze in der Hand. Nicht so ein Fitzelding. Ein Riesenteil, mit einem Rohr von Nadel dran. Er haut es mir in den Schädel und spritzt mir was rein. Etwas Ätzendes, wie Salzsäure. Es löst mein Gehirn auf. Ich spüre, wie es mich langsam zersetzt.

Furchtbar!

Die Polizei ist hinter mir her. Die wollen mich töten. Nicht mit so einer Pferdespritze. Nein, ganz altmodisch, mit Pistolen und Revolvern. Sie wissen, dass ich Luise habe, und früher oder später werden sie hier aufkreuzen.

Ich bin gut vorbereitet. Wenn sie kommen, werden sie ihr blaues Wunder erleben.

Mich bekommen sie nicht. Zumindest nicht lebend. Und wenn es so weit ist, nehme ich Luise mit. Anders geht es nicht.

Das macht für Sie wahrscheinlich keinen Sinn, habe ich recht?

Ich glaube, es bleibt etwas Zeit. Genug, dass ich meine Geschichte für Sie aufschreibe.

Ich erwarte nicht, dass Sie mir vergeben, was ich getan habe und noch tun werde. Verständnis wäre gut. Ja, vielleicht ein wenig Verständnis.

»Das ist von ihm«, sagte Alexander. »Von Rafael. Er hat es geschrieben, nachdem er Luise entführt hat.«

Es dauerte ein paar Minuten, bis er sich durch den Text gearbeitet hatte. Einige Stellen übersprang er, manches studierte er umso gründlicher. Mehr als einmal lief ihm ein kalter Schauer über den Rücken. Als er fertig gelesen hatte, sah er vieles deutlich klarer. Vor allem eins: Stefan Kloppstock war ein selbstgefälliger, eiskalter, krankhaft eifersüchtiger Killer.

Robert Kantig hatte sich Latexhandschuhe angezogen und verstaute die Notizen in einer Klarsichthülle. Nicht, ohne Alexander mehrmals zu ermahnen, dass er mit dem Aufbrechen des Autos und dem Anfassen des Briefes Spuren verwischt haben konnte.

Scheiß auf die Spuren. Rafael legte es darauf an, gefunden zu werden. Er wollte sein Feuerwerk abbrennen, deswegen musste er keine Spuren verwischen. Er hatte sie selbst gelegt.

Sie hatten genug gesehen und machten sich auf den Weg. Tatsächlich sprang der Benz wieder an. Kantig schien Mühe zu haben, den Motor bei Laune zu halten, denn er hielt die Klappe und ließ Alexander nachdenken.

Konzentrieren konnte er sich trotzdem nicht. Er rieb sich die Augen. Er brauchte einen klaren Kopf. Eine Idee. Und einen Plan.

Rafael wollte sich töten, Luise auch. Und ihn, Alexander, sowieso. So viel stand fest.

Aber bisher gab es nur eine Leiche. Gut, das SEK hatte nicht das gesamte Haus durchsuchen können, speziell nicht den Keller. Wer wusste schon, wer dort zu Tode gekommen und verbrannt war. Sobald der Brand gelöscht war, würden sie es erfahren.

Nur, vielleicht gab es gar keine zweite Leiche im Haus. Vielleicht gab es einen zweiten Ort.

»Was macht Stan doch gleich?«, fragte er seinen Kollegen.

»Stan? Ich schätzte, der sammelt Briefmarken oder seltene asiatische Häkeldeckchen. Wobei er sicher seine dunklen Geheimnisse hat. Er tut immer so seriös. Aber er hat mal angedeutet, dass er am Wochenende gerne mal …«

»Nicht das. Was macht er bezüglich Stefan Kloppstocks Patenonkel?«

»Ach so.« Kantig schien enttäuscht über den Themenwechsel. »Er checkt, ob der noch andere Immobilien besitzt. Eine Zweitwohnung vielleicht. Oder eine Tiefgarage.«

Alexander fuhr in seinem Sitz nach vorn, der Sicherheitsgurt stoppte seine Bewegung. »Halt an!«

»Was denn?« Kantig bremste den Wagen und lenkte ihn seitlich an eine Bushaltestelle.

»Keine Tiefgarage. Ein Schrebergartenhaus!«

Das musste es sein. Wahnsinnig oder nicht, Rafael war in Luise verliebt. Alexander hatte die Geschichte selbst gehört. In einer Gartenlaube hatte es begonnen, dort würde er es beenden.

Kantig holte Stanislav Kopinski ans Telefon. »Check mal bitte, ob Kloppstocks Patenonkel Besitzer eines Schrebergartens ist.«

Er lauschte, verdrehte die Augen. »Meinetwegen auch Pächter. Oder Mieter oder illegaler Hausbesetzer, das ist furzegal. Überprüf es einfach. Sofort.«

Er schaltete das Handy laut, so konnte Alexander mithören, wie Kopinski auf seine Tastatur einhämmerte. Zum Telefon griff, mit jemandem sprach. Sich erneut am Computer zu schaffen machte.

Alexander hätte platzen können. Sein Verstand klammerte sich an diesen Strohhalm. Es war nicht Luise, die in dem Haus verbrannt war. Sie lebte. Er würde sie finden und befreien.

Und falls sie doch tot war? Falls Rafael sich dort versteckt hielt? Er schob den Gedanken beiseite.

Ein Linienbus rollte von hinten heran, der Fahrer hupte, weil der alte Benz noch immer die Haltestelle blockierte. Kantig ignorierte das Gehupe, ebenso die unfreundlichen Blicke und Gesten des Busfahrers, als er sein Gefährt vorbeisteuerte. Dann war der Bus weg, und Kopinski hatte etwas herausgefunden.

»Volltreffer würde ich sagen. Der Onkel ist langjähriger

Pächter einer Parzelle des Gartenbauvereins West.« Er nannte eine Adresse und die Parzellennummer.

Alexander gab die Straße in den Routenplaner seines Handys ein. »Ist in der Nähe«, sagte er. »Wir fahren hin.«

»Soll ich ... ich meine, jemanden informieren?«, fragte Stan am Telefon.

»O ja«, sagte Kantig. »Du sollst!«

Der alte Diesel gab sein Bestes, das mobile Blaulicht auf Kantigs Autodach tat ein Übriges. Er schaltete es ab, als sie auf den Parkplatz des Kleingartenvereins zusteuerten.

Alexander löste den Gurt, öffnete die Beifahrertür. »Hast du eigentlich eine Waffe dabei?«

Kantig sah ihn betreten an. »Seit Jahren nicht. Drückt immer so unangenehm gegen die Rippen. Selbst?«

Alexander schüttelte den Kopf, sein Blick streifte das T-Shirt seines Kollegen. »Sieht so aus, als müssten wir uns ganz auf Captain Americas Superkräfte verlassen.«

Sie stiegen aus dem Auto. Alexander gab das Tempo vor, Kantig hielt trotz seiner Körperfülle gut mit.

»Wir können auf das SEK warten. Die sind in ein paar Minuten hier.«

Alexander lief weiter. Er hatte nicht vor, auf irgendjemanden zu warten. Die rannten weg, wenn es brannte. Er nicht.

Von den Kleingärten links und rechts des Weges folgten ihnen misstrauische Blicke von zumeist älteren Ehepaaren, die auf Stühlen vor ihren Lauben saßen und die letzten Sonnenstrahlen des Tages genossen oder an ihren Beeten herumzupften. Unschwer zu bemerken, dass die beiden Männer nicht hierhergehörten. Wenn das Sondereinsatzkommando erst einmal die Gartenkolonie überrollte, wäre es mit der Abendruhe vorbei.

Alexander erkannte die Parzelle von Weitem. Häuschen und Garten des Patenonkels waren in einem ähnlich miesen Zustand wie dessen Wohnhaus. Die Freifläche versank unter Laub und wucherndem Grünzeug. Die winzige Hütte befand sich offensichtlich seit Langem fest im Besitz von Nagetieren und Insekten. Das einzige Fenster war von innen mit einem schwarzen Vorhang oder Klebefolie verdeckt. Die Witterung hatte an den Holzwänden und dem Dach ganze Arbeit geleistet, sich durch die Farbe und an verschiedenen Stellen ins Holz gefressen. Die Bude sah so aus, als würde sie vom nächsten Sturm davongetragen oder von einem kräftigen Hagelschauer in ihre Einzelteile zerlegt werden. Die Pächter der angrenzenden Kleingärten betrieben mit hohen Sichtschutzzäunen und dicht gewachsenen Hecken optische Schadensbegrenzung.

»Okay«, sagte Kantig. Er flüsterte, musterte die Laube. »Da wären wir. Was jetzt?«

»Ich breche die Tür auf.« Auch Alexander senkte die Stimme. »Falls Luise da drin ist, hole ich sie raus.«

»Und wenn Rafael auf dich wartet?« Der Polizeihauptmeister schüttelte den Kopf. Es kostete ihn sichtlich Anstrengung, nicht lauter zu sprechen. »Rafael hat angekündigt, dich zu töten. Das riecht nach einer Falle. Lass das die Experten machen, die kennen sich mit so was besser aus!«

Alexander zuckte die Achseln. »Wir haben beide mitbekommen, was die Experten mit der Person im Wohnzimmer gemacht haben. Nichts!« Er wies mit der Hand Richtung Gartenhaus. »Ich gehe da jetzt rein. Und wenn es eine Falle ist, bin ich hoffentlich wieder draußen, bevor sie zuschnappt.«

Er warf einen abfälligen Blick auf Kantigs T-Shirt. »Hilf mir, oder lass es bleiben, Captain!«

Sein Kollege stöhnte. »O Mann, also gut. Aber falls sie mir deswegen die Pension kürzen, musst du mich als Rentner bei dir wohnen lassen.«

Sie schlichen auf das Grundstück, ließen die Vorderfront der Laube nicht aus den Augen. Alexander baute sich in gut drei Schritt Entfernung vor der Tür auf und streckte die Schulter nach vorn.

Würde vermutlich wehtun, sie aufzubrechen. Egal.

»Moment!« Der Polizeihauptmeister schob Alexander dichter an das Haus, direkt neben die Tür. »Ich zeig dir mal, wie Superhelden das machen.«

Kantig stellte den linken Fuß nach vorn, richtete den Oberkörper auf, holte tief Luft. »Bereit?«

Alexander nickte. Kantigs rechtes Bein schwang vor, seine Fußsohle krachte gegen das Holz, zentimetergenau unter den Knauf. Die Tür gab sofort nach und flog auf. Alexander stürmte los.

Er sah Luise. Sie lag an der gegenüberliegenden Wand der Laube auf einer alten Wolldecke.

Er sah, dass sie lebte. Das Licht der Abenddämmerung, das durch die Tür in den Raum fiel, reichte aus, um ihr Gesicht zu erhellen. Ein Knebel steckte in ihrem Mund. Sie ruckte mit dem Kopf umher, kniff die Augen zusammen.

Und er sah, dass es eine Falle war. Auf dem Boden waren Kästen und Kanister verteilt. An einer Seitenwand hing ein Bewegungsmelder, von dem ein Kabel nach unten führte, zu einem Ding, das wie eine Autobatterie aussah.

Der Bewegungsmelder begann zu blinken. In Alexanders Gehirn startete ein Countdown.

Sechs.

Die Gedanken rasten. Eines der Kabel rausreißen? Am Bewegungsmelder oder an der Batterie? Er hatte keine Ahnung von der Konstruktion. Er konnte genauso gut eine sofortige Zündung auslösen, statt sie zu verhindern.

Fünf.

Luise hatte die Augen aufgerissen und starrte ihn an. Sie schien etwas sagen zu wollen, aber der Knebel behinderte das Sprechen. Er stürzte zu ihr. Er würde sie raustragen oder rauszerren. Und hoffen, dass er es rechtzeitig schaffte.

Er kniete sich neben sie, hob sie hoch und zog sie an sich. Etwas klapperte und bremste abrupt die Bewegung.

Vier.

Keine Chance. Aus und vorbei. Luises Hände steckten in Handschellen. Die wiederum waren über eine Kette mit einem Stahlring verbunden, der an die hölzerne Rückwand der Laube geschraubt war. Mit dem passenden Werkzeug wäre es eine Sache weniger Minuten, aber er hatte nur Sekunden. Höchstens noch ...

Drei.

Hätte er doch lieber das Kabel probiert. Die Hoffnungslosigkeit legte sich wie ein dunkler Mantel über ihn. Hier würde es tatsächlich enden. Rafael bekam sein Feuerwerk.

Er griff nach Luises Händen, sie fasste zu. Alexander würde Luise nicht alleinlassen, das stand außer Frage. Vermutlich reichte die Zeit nicht einmal mehr, um den Knebel aus ihrem Mund zu entfernen. Für ein letztes Wort. Ihre Blicke trafen sich, teilten die Verzweiflung.

»Achtung!« Robert Kantig stürmte heran. Er musste Anlauf genommen haben oder früher ein exzellenter Sprinter gewesen sein. Er hechtete über Luise hinweg und rammte mit der ganzen Wucht seines bulligen Körpers in die rückseitige Bretterwand.

Holz splitterte, Licht drang durch die neu entstandene Öffnung, Kantig hatte die Wand durchbrochen und stand wieder draußen.

Die Holzbohle, an die der Stahlring geschraubt war, hatte es erwischt. Die Kette war frei. Alexander rappelte sich hoch, zwängte erst Luise, dann sich selbst ins Freie. Kantig zog von der anderen Seite. Holzsplitter rissen an der Kleidung, bohrten sich in Haut und Fleisch. Egal.

Alexander hatte aufgehört zu zählen. Ein bösartiges Fauchen in seinem Rücken vermeldete, dass die Zeit abgelaufen war. Kantig zerrte Luise von der Laube weg. Alexander schob sich hinterher. Grelles Licht und eine Höllenhitze brachen über sie herein. Glühende Luft brannte sich durch sein Shirt und seine Jeans, fraß sich in die Haut. Beißende Funken und brennende Holzspieße stoben durch die Luft und regneten auf sie herab.

Weiter, einfach weiter. Luise schien weitgehend unversehrt, aber Alexanders Rücken fühlte sich an, als würde sich Lava über ihn ergießen.

Sie erreichten den Jägerzaun an der Rückseite des Grundstücks. Trotz der Entfernung war die Luft so heiß, dass sie in der Lunge stach. Kantig hob Luise über die Umzäunung, zog Alexander auf die Beine. »Du brennst«, sagte er.

Alexander schaffte es über den Zaun. Kantig drückte ihn rücklings zu Boden, wälzte ihn hin und her. Der sandige Untergrund scheuerte an ihm wie ein Bett aus Tausenden Reißzwecken, von denen sich jede einzelne in sein versengtes Fleisch bohrte.

Irgendwann endete die Tortur. Der Polizeihauptmeister half Alexander auf die Füße.

Die Holzlaube versank in einem Feuerball, eine mächtige Rauchwolke stob in den Himmel. Kantig stand neben ihm, hielt ihn an der Schulter, bedachte ihn mit sorgenvollen Blicken und murmelte etwas von einem Notarztwagen.

Und da war Luise. Sie konnte sich offenbar nur mit Mühe auf den Beinen halten. Der Knebel war weg, doch ihre Hände steckten noch immer in den Handschellen, und die Metallkette schien zentnerschwer an ihr zu ziehen. Ihre Augen wirkten betäubt vor Schreck und Erschöpfung. Aber sie war unversehrt, und das ließ ihn allen Schmerz vergessen.

74

»Ey, Pussy ist wieder da! Die haben dich aber schnell aus dem Krankenhaus geworfen.« Robert Kantig lachte und lief mit offenen Armen auf Alexander zu. Ehe diese protestieren konnte, versank er in der fleischigen Umarmung seines Kollegen.

»Er heißt Pustin. Alexander Pustin. Wann kriegst du das endlich in deinen Schädel?« Stanislav Kopinski drückte Alexander die Hand, sobald Kantig ihn aus seinem Griff entlassen hatte. »Schön, dich zu sehen, Junge. Was macht der Rücken?«

»Sieht aus wie ein verbrannter Hawaiitoast.« Alexander grinste schief. »Wird aber jeden Tag besser.«

Jan Tilman trat durch die Glastür, die vom Flur mit den Büros in den Besprechungsraum führte. Er lächelte und nickte Alexander zu. Bevor er etwas sagen konnte, drängelte sich Karl Weber vor ihn. »Der verlorene Sohn! Willkommen zurück.« Der Chef der Mordkommission baute sich vor Alexander auf. »Über das eine oder andere Detail Ihres Verhaltens wird noch zu reden sein.« Er schmunzelte. »Trotzdem möchte ich mir nicht ausmalen, wie die Sache ohne Ihr Zutun ausgegangen wäre. Gute Arbeit, Kommissar!«

Kopinski schaffte fünf Becher herbei und verteilte einen Rest lauwarmen Kaffees.

Alexander verkniff den Mund. »Wie hab ich den vermisst.«

»Ist dir hoffentlich nicht langweilig geworden im Krankenhaus. Wohlsein!«, sagte Kantig. Er kippte sich die braune Brühe mit Schwung in die Kehle. »Wie geht's deiner Freundin?«, fragte er.

»So weit gut. Luise ist zu Hause und packt Koffer. Obwohl ihr Chef sie am liebsten gleich wieder einspannen würde.«

»Auch Ärzte und Polizisten brauchen mal Urlaub, was?« Kopinski grinste. »Nett, dass du noch vorbeikommst und uns neidisch machst.«

»Ich musste mich doch unbedingt von den geschätzten Kollegen verabschieden. Und will wissen, ob es Neuigkeiten von der Front gibt.«

Kantig und Kopinski schauten erwartungsvoll zu Weber. Aber Tilman ergriff das Wort. »Die DNA-Analyse ist eindeutig«, sagte er. »Stefan Kloppstocks Leiche ist weitgehend verbrannt, aber für die Tests hat es gereicht. Er hat sich im Wohnhaus seines Onkels selbst erstochen, nachdem er Frau Doktor Kellermann betäubt und ins Gartenhaus gebracht hat. Vermutlich war er bereits verblutet, als das Feuer ausgebrochen ist. Seine Briefe sprechen für sich.«

Weber nickte dem Oberkommissar zu. »Fall gelöst, Akte geschlossen. Sogar der Polizeipräsident und der Innensenator sind zufrieden.«

»Habt ihr noch was von der Psychiaterin gehört? Doktor Korváth-Berger?« Die Frage war ein Auftrag von Luise, den er nicht vergessen wollte.

»Sie wurde inzwischen aus dem Krankenhaus entlassen«, sagte Tilman. »Soweit ich weiß, ist sie zu ihrer Familie nach Budapest gereist, um sich zu erholen. Sie hat es wohl verkraftet.«

»Wo fahrt ihr denn nu' hin?«, fragte Kantig. »Malle? Das Salzwasser dürfte schön brennen auf deinem Rücken.«

»Nein.« Alexander lächelte in sich hinein. »Nicht ans Meer. Luise und ich fliegen in …«

75

»Die Berge! Wir sind tatsächlich da.« Luise zappelte auf ihrem Sitz umher wie ein Kind. Alexander lenkte den Mietwagen eine kurvige Straße hinauf. Hinter jeder Wegbiegung wartete ein neuer Ausblick. Alexander riskierte nur flüchtige Blicke auf die Berggipfel, Hochwiesen, idyllisch gelegenen Gehöfte und eine Burgruine, die auf einem Felsmassiv thronte. Luise konnte sich nicht sattsehen.

»Siehst du den da vorn? Es liegt Schnee auf dem Gipfel. Da will ich unbedingt hin. Alexander, sag, dass wir da raufgehen!«

»Okay, das wäre dann Nummer sechs oder sieben auf der Liste. Straffes Programm. Und wir haben noch nicht einmal unser Haus bezogen.«

Luise lachte, drückte ihm einen Kuss auf die Wange.

Er sah sie an. Luise sah atemberaubend aus, trotz Flug und Autofahrt. Sie hatte ihre Haare hochgesteckt, trug eine riesige Sonnenbrille. Ein neuer, dezent roter Lippenstift krönte ihr Lächeln.

Ich liebe dich, dachte er und sagte es auch gleich. Sie lehnte sich zu ihm herüber und kuschelte sich an ihn. Ihre Hand streichelte über seinen Nacken.

Das Ferienhäuschen lag abgelegen, umgeben von Wiesen und einem Fichtenwäldchen, auf halber Höhe des Berges, der sich hinter dem Haus in den Himmel schraubte.

»Nicht das Matterhorn. Aber immerhin. Unser Hausberg.« Luise schob sich die Sonnenbrille aufs Haar. »Morgen bist du fällig.«

Die Haustür begrüßte sie mit einem freudigen Quietschen. Drinnen roch es nach Nadelholz und Harz. Das Wohnzimmer bestand aus einer schlichten Bank und einem Tisch, beides aus unverwüstlichem Massivholz, in dem augenscheinlich Generationen von Menschen ihre Spuren hinterlassen hatten. Einige hatten ihre Namen und Herzchen reingeritzt. Ein urgemütlicher Ledersessel ruhte vor einem gusseisernen Kaminofen. Die kleine Küchenzeile hielt kaum mehr als das Allernötigste bereit.

Wunderbar.

Das Schlafzimmer war winzig. Die Daunenbetten fühlten sich an wie Watte, dufteten nach Frühlingswiese und luden ein, sich sofort hineinzulegen. Als sie sich liebten, knarzte das Bettgestell, und die Abendsonne leuchtete durch das Minifenster.

Abends saßen sie auf der Holzbank. Im Ofen prasselte ein Feuer, sie tranken Wein und vertilgten belegte Brote, Kekse und Apfelstücke.

»Ein Traum«, sagte Luise zwischen einem Bissen Schinkenbrot und einem Schluck Spätburgunder. »In den Tagen, nachdem mein Vater mir den Bildband geschenkt hatte, und bevor ... bevor alles auseinanderbrach, habe ich geträumt, dass er mich in die Berge mitnimmt. Dass wir auf steile Felsen klettern, Tiere und Pflanzen entdecken, in einem Wildbach baden. Und von ganz oben auf alle anderen hinuntergucken. Nur er und ich.«

Sie sah ihm in die Augen. »Dieser Traum ist jetzt wahr! Mit dir.« Ihre Lippen waren vom Wein dunkelrot gefärbt und forderten zu einem Kuss auf.

Noch später lagen sie in den Federbetten, eng aneinandergekuschelt, und lauschten dem Wind, der durch den Fichtenwald strich.

»So könnte es immer sein!«, sagte Luise.

Alexander beugte sich über sie, küsste sie auf die Stirn, wollte etwas erwidern.

Aber da war sie schon eingeschlafen.

76

Luise erwachte in der Nacht. Durch die dünnen, blümchenbestickten Vorhänge leuchtete der Mond ins Schlafzimmer. Alexander lag neben ihr, das Gesicht ihr zugewandt, seine Hand ruhte auf ihrer Schulter. Er schnarchte leise, schien sie anzulächeln.

Sie löste sich von ihm, schälte sich unter der Decke hervor und setzte sich auf die Bettkante.

Draußen schrie ein Käuzchen. Die alten Fichten murmelten ihr nie endendes Lied.

Hatte sie geträumt? Das Echo von etwas, das sie aufgewühlt und aus dem Schlaf gerissen haben musste, waberte durch ihren Geist.

Sie hob die Hände in die Höhe. Blut! Es glänzte im Mondlicht.

Verdammt! Seit den Sitzungen mit Dr. Korváth in der Klinik hatte sie keine Blutträume mehr gehabt. Warum jetzt, wo sie gerade so glücklich war?

Dank der Hypnose wusste sie zumindest, was sie bedeuteten. Kleinluise, dachte sie. Das war Jahrzehnte her. Samis Tod erst ein paar Tage. Es schmerzte, an ihren Kater zu denken.

Sie sah erneut auf die Hände. Das Blut war verschwunden. Immerhin.

Weiterschlafen konnte sie erst mal vergessen. Sie stand auf, ihre Füße setzten sich in Bewegung. Die Fußbodendielen knarzten. Sie schloss die Schlafzimmertür hinter sich, schritt unschlüssig im Wohnzimmer umher. Das Mondlicht spendete auch hier ausreichend Licht.

Kalt war es geworden. Sie hätte sich etwas über ihr Nachthemd ziehen sollen.

Im Kaminofen glimmte ein Holzscheit, der kärgliche Rest des abendlichen Feuers. Sie kniete sich vor den Ofen, öffnete die Tür und legte ein frisches Stück nach. Die Glut pulsierte. Winzige Flämmchen züngelten um das Holz, kaum stark genug, um es zu entzünden.

Stefan Kloppstock hatte sich verbrannt. Kloppi, der einzige Freund, den sie als Kind gehabt hatte. Der ihr die Schmetterlinge gezeigt hatte. Mit dem sie Kleinluise aufgepäppelt hatte. Jetzt, wo sie sich an alles erinnern konnte, kam es ihr vor, als hätte sich ihre gesamte Kindheit an diesen wenigen Sommertagen ereignet.

Eine große Flamme schlug auf das Holz und biss sich darin fest. Das Scheit knackte.

Stefan hatte ihr nachgestellt, jahrelang, nachdem er aus der Psychiatrie entlassen worden war. Er hatte den Jogger am Elbstrand und Luises Tierarzt ermordet, als ihm das Töten von Katzen nicht mehr ausgereicht hatte. Er hatte versucht, Dr. Korváth zu ermorden. Er hatte Sami getötet und sie aus ihrer Wohnung entführt.

Erinnern konnte sie sich nicht an die Entführung. Ihr Gedächtnis endete vor der Tür der psychiatrischen Klinik, von wo aus sie Alexander angerufen hatte. Allerdings hatte die Polizei keinerlei Zweifel bezüglich des Tathergangs.

Finger aus Flammen griffen sich das Holzscheit. Sie würden es nicht mehr hergeben.

Stefan hatte gewollt, dass Luise mit ihm starb. Er hatte es akribisch geplant, und Alexander hatte mitgehen sollen. Von ihnen sollte nichts bleiben als Asche.

Aber hatte er nicht geschworen, sie zu beschützen, notfalls mit seinem Leben? Damals, nachdem sie ihn vor Sascha gerettet hatte? Sie sah ihn vor sich, als er wie ein Indianer die Hand zum Schwur vor die Brust geführt hatte. Hatte er nicht Wort gehalten? Er hatte sich für sie geopfert, als sie vor den Bauarbeitern fliehen mussten.

Hatte er sie geliebt? Mit Sicherheit. Auf seine Weise eben. So wie sie ihn auf ihre Weise geliebt hatte.

Der Ofen heizte sich auf, verbreitete wohlige Wärme.

Luise zog sich den Sessel heran, ein uraltes Teil. Ein Schaffell bedeckte den speckigen Lederbezug. Sie setzte sich.

War Stefan Kloppstock wirklich ein verrückter Killer gewesen? Der aus Eifersucht ihre Eltern ermordet hatte? Und all die anderen?

Ihr Herz wusste die Antwort, aber ihr Verstand konnte damit nichts anfangen. Könnte sie sich doch nur erinnern, wie es damals weitergegangen war, nachdem sie im Augenblick der größten Verzweiflung ihren Vater angerufen hatte.

Stefan hatte Dr. Korváth angegriffen, bevor sie die entscheidende Sitzung abhalten konnten.

Hatte er verhindern wollen, dass Luise sich erinnerte? Und wenn ja: Warum?

Sie lehnte sich in ihrem Sessel zurück. Beruhigte ihren Atem. Dr. Korváth hatte gezählt, von eins bis fünf. Vielleicht könnte sie einfach …

Ihr Blick verlor sich im Feuer.

Sie musste nicht zählen. Die Erinnerung kam von selbst.

77

Luise legt den Telefonhörer auf die Gabel. Blut klebt daran, das Blut ihrer Katze.

Kleinluise, denkt sie. Ich habe sie getötet.

Sie hat getan, was sie konnte. Jetzt versinkt sie in einer gedankenlosen Schwärze und ergibt sich dem, was kommen wird. Holz kracht. Die Wohnzimmertür fliegt auf, der Schwung bricht sie fast aus den Angeln. Mutter stürmt herein, mit glühender Augenhöhle und erhobenen Fäusten. Ihre Finger packen Luises Schultern, schütteln sie, Schläge treffen Luise am Kopf und am Oberkörper, Mutters kreischende Stimme sticht in ihren Ohren.

»Du hast ihn angerufen, du undankbares Miststück! Was fällt dir ein? Du glaubst doch nicht, dass er dir zu Hilfe kommt.«

Ihre Hände klatschen in Luises Gesicht. »Du bedeutest ihm gar nichts, hörst du? Ein böser Mensch. Er ist ein böser Mensch. Wie konntest du uns an ihn verraten? Dummes Kind.«

Sie schimpft und prügelt wahllos auf Luise ein, aber weder Worte noch Schmerz dringen durch die Schwärze. Luise steht stumm und starr vor ihrer Mutter und empfindet nichts.

Irgendwann hört Mutter auf zu schlagen und zu schreien. Es wird still da draußen. Und dann dringt doch etwas zu ihr.

»Liebes!« Die Hand, die sie Sekunden zuvor geprügelt hat, streichelt über ihre brennende Wange. »Lassen wir es gut sein, ja?«

Mutter lächelt sie an, tätschelt ihr die Schulter, streicht ihr ein loses Haarbüschel aus der Stirn. »Vergeben wir uns? Sag ja, Liebes!«

Sie ist eine böse Hexe, hämmert es in Luises Kopf. Böse, böse, böse. Aber derselbe Kopf neigt sich zur Seite, streckt sich nach Mutters zärtlicher Berührung, gibt ein zustimmendes Geräusch von sich.

»Wir machen schnell sauber, ja? Räumen das in der Küche weg. Und dann haben wir es schön. So wie früher.«

»Das in der Küche« ist Kleinluise. Mutter hat dich gezwungen, sie zu töten!

Aber Luise nickt, greift Mutters Hand und lässt sich von ihr durch die aufgebrochene Wohnzimmertür über den Flur in die Küche führen.

Tatsächlich liegt »das in der Küche« noch mit hochgestreckten Pfoten auf dem Tisch. Ein Messer ragt daraus hervor, Mutter zieht es heraus.

Sie gibt Luise einen Kuss auf die Stirn, reicht ihr einen Putzlappen. Der Lappen versinkt in der Blutlache auf dem Küchentisch, Luise trägt das tropfende Teil zur Spüle ... kalt wie Eis ... wringt es aus. Mutter kramt einen großen Müllbeutel aus einer Schublade, packt »das in der Küche« am Schwanz, hebt es in die Höhe ... Kleinluise. Meine Katze. Ich habe sie geliebt. Ich habe sie getötet ... und lässt es in den Beutel fallen.

Es klingelt an der Haustür. Der Müllsack gleitet Mutter aus der Hand und klatscht auf die Küchenfliesen.

Einem Moment der Stille folgt ein weiteres Klingeln.

»Hallo? Luise?« Eine vertraute Stimme an der Haustür, die Luise augenblicklich aus ihrem Albtraum erweckt.

»Papa!«, schreit sie.

Mutters Gesicht erstarrt zu einer Fratze.

Die Haustür ist angelehnt, nach Luises Fluchtversuch hat Mutter sie nicht wieder zugedrückt. Jetzt wird sie aufgestoßen, Vater tritt in den Flur. Er trägt seinen feinen Anzug und hat seine Aktentasche dabei. Er mustert die kaputte Wohnzimmertür, erhascht einen Blick auf das Chaos in der Küche und wird ganz blass. Luise will ihm entgegenrennen, aber Mutter stellt sich in die Küchentür und versperrt den Weg.

»Du bleibst, wo du bist, dummes Kind«, zischt sie. Und an Vater gerichtet: »Du hast hier nichts verloren. Verschwinde!« Ihre Stimme trieft vor Gift.

»Ich werde Luise mitnehmen, Lene«, sagt er ruhig und macht einen Schritt Richtung Küche. »Lass sie zu mir!«

Mutter kreischt etwas, das nur noch entfernt nach »Nein!« klingt.

»Dann lässt du mir keine andere Wahl.« Er greift in seine schwarze Aktentasche.

Die Pistole, denkt Luise. Vater hat seine Pistole mitgebracht. Alles wird gut.

»Ich werde die Polizei anrufen!«

Statt einer Waffe zieht er einen Gegenstand hervor, den Luise als Mobiltelefon erkennt. Eines dieser neuen und sündhaft teuren Geräte, mit denen man von überall telefonieren kann. Auf der Vorderseite sind kleine Zifferntasten angebracht, oben ragt eine kurze Antenne heraus.

Mutter stürzt sich auf ihn, Kopf und Arme nach vorne gestreckt, als wollte sie ihn wie ein Stier mit seinen Hörnern aufspießen.

Vater weicht einen Schritt zurück, hebt seine Ledertasche vor sich, als könnte er damit den wütenden Angriff abwehren. Sein Mobiltelefon gleitet ihm aus den Fingern und poltert auf den Dielenboden. Mutters Körper bohrt sich regelrecht in ihn hinein. Er ist viel größer und stärker als sie, aber ihre Wucht überrascht ihn. Er stolpert rückwärts, rudert mit den Armen, die schwarze Tasche landet auf dem Boden.

Luise kann nicht glauben, was sie sieht.

Ihr Retter, ihr Held, und mit ihm die Hoffnung auf eine glückliche Zukunft, taumelt und fällt. Er knallt mit dem Kopf gegen den Rand der alten Kupferkanne, die neben der Tür steht. Der Aufprall verursacht ein gemeines, ein endgültiges Geräusch.

Vater bleibt reglos auf dem Flurboden liegen. Luise zögert nur eine Sekunde, sie stürzt zu ihm, bemerkt, dass sein Brustkorb sich hebt und senkt, sie tastet nach seinem Puls am Handgelenk. Er lebt.

»Einen Arzt, wir brauchen einen Arzt«, schreit sie Mutter zu.

Die nickt, als würde sie zustimmen, aber ihr kaltes Gesicht sagt etwas anderes. Mutter stürmt in die Küche. Als sie in den Flur zurückkehrt, hält sie das große Fleischmesser in der Hand. Das Blut von Kleinluise klebt noch daran.

»Wir bringen es zu Ende«, zischt sie. »Du und ich. Jetzt!«

... zu Ende, zu Ende ...

Der Chor der Geisterstimmen erwacht zu neuem Leben. Ihre geisteskranke Oma auf dem Foto an der Wand rollt mit den Augen. »So musste es ja kommen«, ruft sie.

Luise hält sich die Ohren zu, aber die Stimmen scheren sich nicht darum.

»Nimm das Messer, dummes Kind!« Tante Martha, die sich einen Strick genommen hatte, stimmt quicklebendig in das Gebrüll ein. Der im Dorfteich ertrunkene Schnapsopa blinzelt Luise zu.

»Tötet ihn!«, rufen alle gleichzeitig.

Mutter steht neben ihr, glotzt sie aus ihrer schrecklichen Augenhöhle an. Sie schiebt Luise den Messergriff in die Finger und führt ihre Hand über Vaters bebenden Brustkorb.

... töten, töten, töten ...

Luise erträgt es nicht länger. Keine Sekunde. Sie will nichts sehen. Nichts hören, nichts fühlen. Könnte sie nur bewusstlos sein. Oder tot, wenn nötig.

... zu Ende, zu Ende ...

Plötzlich geschieht etwas mit ihr. Eine unsichtbare Kraft drängt sich zwischen sie und das, was um sie herum passiert. Der Totenchor verstummt. Und obwohl ihre Augen geöffnet sind, sieht sie nichts mehr. Sie spürt auch nicht, ob ihre Hand mit dem Messer sich bewegt.

Zeit verstreicht wie in einem Traum.

Minuten vergehen.

Oder eine Ewigkeit.

Luise kommt zu sich. Mutter sitzt grinsend auf dem Dielenboden. Sie brabbelt ...

O Gott! Er ist tot.

... ein irres Kauderwelsch. Ihr gesundes Auge rollt wild in der Höhle.

Ich habe ihn getötet.

Getötet, getötet, du hast ihn getötet, stimmt der Totenchor ein.

Das lange Fleischmesser liegt neben Vater. In einer Pfütze aus Blut, das aus seiner Brust sprudelt und sich auf dem Flurfußboden verteilt.

Luise zittert am ganzen Leib, Tränen laufen ihr über das Gesicht, ihr Brustkorb schnürt sich zusammen. Sie möchte weinen, schreien.

Irgendetwas tun.

Aber es geht nicht.

Sie kann einfach nur dasitzen.

Mutter kriecht zu ihr. Sie greift nach dem Griff des Messers. Das Blut, das davon heruntertropft, zieht einen dicken, roten Faden. Sie hält es in die Höhe.

»Du hast es fast geschafft, Liebes.« Sie zeigt mit der Spitze der Klinge erst auf sich, dann auf Luise.

Und auf einmal macht es Sinn.

Sterben, ja klar. Auch wir müssen jetzt sterben. Erst Mutter, danach ich. Oder umgekehrt, egal. Es ist richtig. Nur so kann es gehen. Nur so wird es endlich aufhören.

Sie nickt ihrer Mutter zu. Die lächelt sie an, streicht ihr über den Kopf.

»Nimm das Messer!«, flüstert sie. »Ich helfe dir. Nur du und ich. Wir werden für immer zusammen sein.«

Von der Haustür kommt ein Geräusch und zieht ihren Blick an. Mutter fährt herum.

Stefan erscheint in der Türöffnung. Er winkt Luise zu. »Ich musste warten, bis mein Vater eingeschlafen ist, dann bin ich sofort los. Ich wollte …«

Er stockt mitten im Satz. Offenbar als er realisiert, was er sieht. »Oh!« Seiner Wortkargheit zum Trotz springt er in den Flur, kniet sich hinter sie und fasst ihre Schultern. Als würde er ihr sowohl beistehen als auch sich hinter ihr verstecken wollen. »Luise, was ist passiert?« Er und seine Worte sind weit weg. Eine andere Welt. Ein anderes Leben.

»Lauf weg, Stefan!« Mehr als ein Flüstern bekommt sie nicht heraus. »Du kannst mir nicht helfen, es ist zu spät. Sie wird dich sonst töten.«

Stefans Körper bebt vor Anspannung. Sein Atem pfeift, sein Kopf zuckt zwischen Vaters Leiche, ihr und Mutter hin und her. »Nie und nimmer«, sagt er und lässt sie nicht los.

Mutter hockt vor ihnen. Ihre Augenöffnungen sind zu Schlitzen verengt. »Er ist egal«, sagt sie. »Wir bringen es zu Ende.« Das Fleischmesser scheint an Mutters Hand durch die Luft zu schweben, die Spitze berührt Luises Blümchenkleid. Sie spürt den Druck der Klinge. Angst empfindet sie nicht. Erleichterung, ja. Dass es gleich vorbei ist.

Nur noch ein Stück tiefer ...

»Nein!« Stefans Ruf dröhnt in ihrem Kopf. Er greift mit den Armen um sie herum und fasst den Griff des Messers.

Mutter kreischt. Sie beugt sich vor, Augen und Mund weit aufgerissen. Auch sie hält eine Hand am Küchenmesser, schiebt es mit aller Kraft in Luises Richtung. Stefan dreht das Messer. Es ritzt durch Luises Kleid. Aber dann ist es das stumpfe Ende, das an ihre Brust drückt, während die Spitze von ihr weg zeigt. Im selben Moment wirft Mutter sich nach vorn. Die Wucht des Ansturms presst Luises Rücken gegen Stefan, aber der hält dem Druck stand. Mutters Vorwärtsbewegung stoppt abrupt. Das Geräusch der Klinge, die Mutters Haut und Fleisch durchbohrt, geht über in einen hohlen Schrei, der rasch verendet. Ihre Stimme ertrinkt in dem Blut, das die Luft aus ihrer Lunge verdrängt.

Mutter fällt zur Seite. Sie ist tot, oder zumindest fast. Jedenfalls rührt sie sich nicht mehr.

Die plötzliche Stille kreischt in Luises Ohren.

Sie spürt Stefans Herz, das wild gegen ihren Rücken pocht. Er schnauft, sein warmer Atem streicht über ihren Hals.

»Luise, sieh mich an.« Er greift ihre Schultern, dreht sie

zu sich herum. Die schrecklichen Bilder geraten aus ihrem Blickfeld.

»Wir können ihnen erklären, was passiert ist. Wir haben uns nur gewehrt, verstehst du? Wir haben nichts Unrechtes getan.«

Stefans Worte dringen an ihre Ohren. Weiter nicht.

Er schiebt sich dicht vor sie, seine Nase ist nur Zentimeter von ihrer entfernt. »Luise!« Er schreit ihr ins Gesicht. »Wir haben nichts Unrechtes getan. So ist es doch, nicht wahr?« Er schüttelt sie, ihre Zähne klappern aufeinander.

Luise presst die Lippen zusammen. Sie spürt Tränen die Wangen runterlaufen. Eine Stimme, die unmöglich ihre eigene sein kann … Nein! Das bin nicht ich! … sagt: »Ich habe meinen Vater getötet.«

Stefans Blick huscht an Luise vorbei in Richtung der Stelle, wo ihr toter Papa liegt. Stefan schnappt mit dem Mund wie ein Karpfen an der Luft. Will offenbar etwas sagen, aber die Worte bleiben ihm im Hals stecken.

Es dauert, bis er seine Gedanken neu sortiert zu haben scheint. »Wir zünden alles an«, sagt er dann. »Glaub mir, ich weiß, wie so was geht. Es bleibt nichts übrig, von …« Seine Augen füllen sich mit Tränen, seine Nase mit Rotz. »Wir müssen doch irgendetwas tun! Sag, was sollen wir tun?«

Luise kann nichts sagen. Nichts tun. Und es fühlt sich an, als würde es bis ans Ende der Zeit so bleiben.

Dann passiert etwas Merkwürdiges. Die unheimliche Macht drängt sich ein zweites Mal zwischen sie und die Welt. Diese Macht ist vertraut und fremd zugleich, sie schiebt Luises Denken und Fühlen in Richtung der namenlosen Schwärze und nimmt ihren Platz ein.

Wie eine zweite Luise. Nein, nicht Luise. Dieses fremde Ich hat einen anderen Namen. Einen eigenen.

Und es ist stark genug zu ertragen, was geschehen ist.

Kalt wie Eis.

Das zweite Ich spricht mit einer Stimme, die viel fester ist, klarer und härter als Luises. Es sagt zu Stefan: »Luise wird nicht ertragen, was sie getan hat. Sie ist zu schwach, sie wird daran zerbrechen. Sie muss es vergessen.«

Luise möchte widersprechen. Ich bin stark, möchte sie sagen, ich will nichts vergessen. Aber das fremde Ich in ihr bleibt unnachgiebig, zwingt sie immer weiter ins bewusstlose Dunkel. »Ruh dich jetzt aus!«, flüstert es ihr zu.

Und ja, ausruhen will sie sich wirklich. Alles vergessen? Wenn das der Preis ist, warum nicht?

Das fremde Ich sagt zu Stefan: »Du und ich, wir müssen Luise beschützen. Sollen wir das tun? Es wird Opfer verlangen.«

Stefan hat die Augen weit aufgerissen.

»Du hast versprochen, ihr zu helfen. Du hast es geschworen!«, sagt die Stimme.

Luise weiß, welches Opfer Rafael von ihm fordern wird. Sie will erneut Einspruch erheben. Dieser liebe Kerl, der keiner Fliege etwas zuleide tun kann. Der einzige Freund, den sie je hatte. Er soll sich nicht für sie opfern. Nicht sein eigenes Leben wegschmeißen, um ihres zu retten.

Aber Stefan nickt. Er macht ein ernstes Gesicht und wiederholt die Bewegung seines Indianerschwurs. Und Luise ist zu schwach, sie kann sich nicht äußern. Sie muss sich ausruhen, will vergessen. Sie lässt los. Der schmale Pfad, der die namenlose Schwärze mit der Wirklichkeit verbindet, schwindet.

Sie hört Martinshörner, die sich nähern. Sieht blitzendes

Blaulicht, das durch die offene Haustür in den Flur flackert, hört Schritte und Stimmen.

»Wer bist du?«, fragt Stefan. »Du bist nicht Luise.«

Luise merkt, wie es ihren Kopf schüttelt. »Nein, bin ich nicht. Aber du weißt, wer ich bin, nicht wahr? Du kennst meinen Namen.«

Dann hört und sieht sie nichts mehr.

78

Ein leuchtend roter Punkt tauchte in der Finsternis auf und tanzte vor ihren Augen. Sie spürte Kälte am Rücken, hörte ein leises Klopfen, als würde jemand mit den Fingerkuppen auf eine Tischplatte tippen.

Die Dunkelheit hielt sie fest. Luise zog und riss wie an schwarzen Fängen, die sie nicht losließen. Stück für Stück näherte sie sich dem roten Licht und den Geräuschen.

Dann war sie mit einem Schlag zurück.

Das Feuer war niedergebrannt, hatte von dem Holzscheit nur einen Rest Glut gelassen, die ihr durch das Ofenfenster zuzublinzeln schien.

Draußen hatte ein leichter Nieselregen eingesetzt. Auffrischender Wind ließ die Tropfen gegen die Fensterscheibe trommeln. Eine dunkle Regenwolke schwebte über dem Berggipfel, irgendwo leuchtete der Mond.

»Du erinnerst dich an mich.«

Luise schreckte aus ihrem Sessel hoch.

Sah sich im Zimmer um.

Außer ihr war niemand da. Die Schlussfolgerung, die sich daraus ergab, traf sie wie ein Faustschlag.

Die Stimme kam aus ihrem Kopf. Und sie war noch immer da, das spürte sie. »Wer ...«

»Du weißt, wer ich bin. Und dass du mich nicht mit deinen Augen finden wirst, egal, wie lange du suchst.«

Aufwachen, ich muss aufwachen! Es ist nur ein Albtraum. Luise schlug ihre Hände gegen die Schläfen, griff sich in die Haare und zog daran.

Beides tat weh.

Sie war wach. Da bestand kein Zweifel. Sie war allein. Und auch wieder nicht.

Ihre Finger krallten sich in die Lehnen des Sessels. Das änderte nichts an dem Gefühl, in einen bodenlosen Strudel zu stürzen, der sich unter ihr auftat.

»Raus aus meinem Kopf!« Sagte sie das, oder dachte sie es nur?

»Du solltest dich hören, dummes Ding. Du und ich, wir sind ein und dieselbe. Wir brauchen einander.«

»Ich will dich nicht.«

»Du willst, dass ich verschwinde? Dabei erträgst du noch immer nicht, was du getan hast.«

Sie hatte sich ja erinnert. »Papa. O Gott.« Das Wissen drohte ihren Verstand in tausend Stücke zu zerreißen und die Einzelteile in alle Richtungen zu zerstäuben. »Nein, ich habe nicht ... das kann nicht sein.«

»Siehst du? Genau deswegen hast du mich erschaffen. Mich, Rafael, deinen Schutzengel. Und dabei gibt es so viel mehr, was du nicht weißt. Ich zeige es dir.«

Rafael öffnete die Schleusen ihres Gedächtnisses. Bilder, Geräusche, sogar Gerüche prasselten auf ihren Verstand ein, jede einzelne Wahrnehmung schlug einen mächtigen Krater. Die nächtlichen Jagden, die sich an ihre Joggingtouren angeschlossen hatten. Dutzende, vielleicht Hunderte Katzen hatte sie im Laufe der Jahre gefangen und erstochen. Nicht Stefan hatte den Jogger am Elbstrand getötet und den Rentner überfallen. Sie hatte es getan. Sie konnte sich jetzt daran erinnern.

»Nein!«

»Es hat prächtig funktioniert, so lange Zeit. Du hattest den Tag. Du hattest dein Leben, deine Arbeit. Ich hatte die

Nacht. Ich habe deine Schuld für dich ertragen. Deinen Hass ausgelebt. Deine Tränen geweint.«

»Bitte nicht!« Ihr Tierarzt Dr. Haase fiel ihr ein. Sie hatte ihn in seinem Wohnzimmer erstochen. Und Alexander, den sie im dunklen Innenhof angegriffen und verletzt hatte. Sami, ihr geliebter Kater. Tot.

»Ich habe für dich getötet, Luise. Ich hatte es unter Kontrolle. Es hätte immer so weitergehen können. Aber du, dummes Ding, hast es kaputt gemacht. Dein Leben im Licht hat dir nicht gereicht.«

Die mörderische Wut hinter Rafaels Worten drängte eine Erkenntnis in Luises Bewusstsein. Er ist geworden wie sie! Wie Mutter. Eifersüchtig, missgünstig und selbstsüchtig. »Du würdest lieber alle umbringen, als mich mit jemandem zu teilen, nicht wahr?«

»Du hast dich für die Liebe entschieden, Luise. Das hättest du nicht tun dürfen. Von da an gab es nur noch diesen einen Weg. Ich musste ihn gehen. Für dich und für mich. Stefan hat es verstanden.«

Stefan! Der liebe Kerl. Der einzige Freund ihrer Kinderzeit. Verbrannt im Haus seines Onkels. »Warum er?« Ein Gedanke, kaum mehr als ein dünner Faden zwischen den Trümmern ihres Geistes. »Warum musste Stefan sterben?«

»Er hat uns geholfen, jahrelang. Stefan wusste seit Langem, was ich tat. Tun musste. Er fand es nicht gut. Aber er wusste, dass Luise ohne Rafael nicht überleben konnte. Er hat sich an sein Versprechen gehalten.«

Auch daran konnte sie sich jetzt erinnern. Bilder von nächtlichen Begegnungen in der Gartenlaube von Stefans Patenonkel huschten ihr durch den Kopf. Stefan, der im Schein einer Kerze die Wolldecke von der Falltür wegzieht. Stefan, der ihr beim Ankleiden hilft. Stefan, der Wasser,

Seife und trockene Tücher bereitgelegt, damit sie Kleidung und Waffen vom Blut reinigen können.

»Er hat deine Therapeutin angegriffen, um den Verdacht auf sich zu lenken. Und am Ende ist er für dich gestorben.«

»Ich wollte seine Opfer nicht.«

»Es wäre perfekt gewesen, verstehst du das nicht?« Rafaels Stimme strotzte vor Überzeugung. »Alle hätten geglaubt, dass er der gemeine Mörder ist, der sich selbst gerichtet hat. Der Luise, die brave, fleißige Ärztin, und ihren netten Polizisten in den Tod reißt. Zusammen mit uns hätten die Flammen unser Geheimnis ausgelöscht. Stefan hat es so gewollt.«

»Ich wollte nie, dass Tiere und Menschen sterben.«

»Natürlich nicht.« Rafael lachte. Auf eine kalte, herablassende Weise, die den irren Strudel immer schneller drehen ließ. »Die feine Frau Doktor wollte sich nie die Hände schmutzig machen. Die feine Frau Doktor wollte ihr Leben genießen und sich von ihrem netten Polizisten ficken lassen.« Rafael schrie in ihrem Kopf. »Aber so einfach geht das nicht!«

»Das ist nicht wahr! Ich hatte nie eine Wahl.«

»Dummes Ding! Aber weißt du was?« Seine Stimme bekam einen sanften Unterton. »Du musst dich mit all dem nicht belasten. Ich habe dir damals das Vergessen geschenkt, ich kann es wieder tun.«

Alles wieder vergessen? All die schrecklichen Dinge, die ihr Gewissen und ihren Verstand zermalmten? Ja, das wünschte sie sich. Wäre es wirklich so einfach?

Am Grund des Strudels tauchte das schwarze Nichts auf und zog an ihr. Lockte sie.

»Mein Plan hat nicht funktioniert«, sagte Rafael. »Dein netter Polizist hat ihn vereitelt. Sei's drum. Jetzt werden wir uns mit der zweitbesten Lösung bescheiden müssen.«

»Nein!« Luise wusste, was er vorhatte. Das durfte nicht passieren. Nicht auch noch. »Das wirst du nicht tun. Lieber sterbe ich.«

Schwarze Fäden griffen nach ihr, zogen sie hinab in das dunkle Nichts, in dem es kein Denken und kein Fühlen gab.

Rafael macht das, dachte sie. Er will mich loswerden.

»Sterben wirst du. Schon bald. Du und ich. Aber vorher müssen wir töten, was wir lieben.«

»Nein! Das lass ich nicht zu.«

»Du hast etwas vergessen, Liebes.« Ein irrer Triumph durchtränkte seine Stimme. »Ich bin stärker als du. Und ich werde es immer sein.«

79

Im Halbschlaf spürte er, wie sie sich auf ihn kniete. Gut fühlte es sich an. Alexander blinzelte durch noch müde Augen. Er lag rücklings auf dem Bett, sie hockte über ihm. Ihr Nachthemd war hochgerutscht, ihre nackten Beine drückten gegen seine Hüften. Ein wohliger Schauer breitete sich an den Stellen aus, wo sie ihn berührte.

Dann sah er ihr Gesicht. Und war mit einem Schlag hellwach.

Das war nicht Luise, die ihn ansah. Dieser kalte, mordlüsterne Blick gehörte jemand anderem.

Alexanders Herzschlag setzte aus, genauso wie sein Verstand. Sekunden vergingen.

Sein Herz meldete sich als Erstes zurück. Eine Pulswelle rauschte wie ein Paukenschlag durch seinen Körper, das Blut spülte die schreckliche Gewissheit in sein Gehirn: Sie alle hatten sich geirrt. Er, seine Kripokollegen, sogar Luise selbst.

Er wollte sich aufrichten, aber etwas zog an seinen Hand- und Fußgelenken. Er war gefesselt, mit Händen und Füßen ans Bett. Mit einem Gürtel, Zurrgurten, Schnürsenkeln. Irgendwas. Jedenfalls zu fest, um sich zu befreien.

Luise ... nein, nicht Luise. Scheiße, es war Rafael ... hielt ein Messer in die Höhe, dasselbe, mit dem sie gestern Abend die Salami geschnitten hatten.

Die ohnehin butterweiche Matratze schien noch mehr unter ihm nachzugeben.

Er wünschte, er könnte komplett darin versinken. Es wäre nicht die schlechteste Alternative.

Luise hatte den Kampf verloren. Rafael hatte sie zurück in das schwarze Nirgendwo gestoßen. In den dunklen Kerker unterhalb ihres Bewusstseins, in dem es nichts gab außer Vergessen.

Und doch war sie noch da. Sie spürte die Schwärze. Sie lag auf ihr wie ein feines Netz, dessen Fäden mit Tropfen eines lähmenden Giftes getränkt waren. Es hielt sie fest und betäubte das, was von ihrem Verstand übrig war.

Sie stemmte sich dagegen.

Lange Jahre hatte Rafael nach Belieben von ihr Besitz ergriffen, sie gelenkt und gesteuert. Er hatte die Macht und Kontrolle gehabt und bestimmt, was passierte.

Aber nun hatte sie ihn in sich aufgespürt, sich erinnert. An die Stunde seiner Geburt, als sich im Augenblick größter Ohnmacht an irgendeiner Stelle ihres Bewusstseins ein zweites Ich gebildet hatte. Sie wusste, dass es ihn gab. Was er getan hatte. Und was er plante.

Sie zwang sich zur Ruhe. Durch das Dunkel hindurch konnte sie sehen und hören, was geschah.

Rafael hatte Dinge aus dem Wohnzimmer zusammengesammelt, zuletzt etwas aus der Küchenschublade genommen. Er war zurück ins Schlafzimmer geschlichen und hatte sich an dem schlafenden Alexander zu schaffen gemacht.

»Wach auf!«, hatte sie ihm zurufen wollen. Aber sie hatte keine Stimme zum Rufen.

Zunächst musste sie selbst aufwachen.

Rafael hatte sich auf ihn gesetzt und Alexander hatte die Augen aufgeschlagen.

Luise sah das Entsetzen in seinem Blick.

Rafael setzte ihm die Messerspitze an die Brust. Alexander stemmte sich gegen die Fesseln. Die Zeit lief ab und er musste etwas tun, klar so weit. Bewegen konnte er sich nicht. Aber sprechen, er konnte sprechen. Also, was sagte man dem psychopathischen Alter Ego seiner Freundin, das im Begriff war, einem eine Klinge ins Herz zu rammen?

Die Gedanken wirbelten in seinem Kopf herum.

Er musste versuchen, Rafaels Aufmerksamkeit zu erregen. Ihn irgendwie zu manipulieren.

Was hätte Dr. Korváth-Berger in so einer Situation gesagt? »Ich verstehe, was du willst, Rafael. Vielleicht finden wir zusammen einen besseren Weg?« Klang scheiße. Und außerdem hatte er null Ahnung, was Rafael wollte, außer ihn abzustechen. Oder doch?

Er hatte Rafaels Briefe gelesen. Seine Rechtfertigungsversuche. Sein Flehen nach Anerkennung. Konnte er ihn damit ködern? Alexander musste seine Worte genau abwägen, um ihn nicht zu provozieren.

Die Messerspitze bohrte sich in seine Haut und verjagte jeden Rest Selbstbeherrschung.

»Du bist ein verdammtes Arschloch, Rafael.« Es platzte aus Alexander heraus. »Was immer du dir einredest zu sein. Ein Held. Ein Beschützer. Ein tragisches Opfer. Am Ende bist du nur ein mieses, feiges Arschloch.«

Er spie seine Verachtung in dieses kalte, blasse Gesicht, das er einst mit Küssen bedeckt hatte, als es noch Luise gehört hatte.

Er wusste, dass er gleich sterben würde.

Luise kämpfte sich durch das Netz aus Betäubung und Vergessen. Sie sah Alexander jetzt deutlicher. Er hatte die Augen vor Angst und Zorn weit aufgerissen. Sie hörte seine Beschimpfungen. Sie sah das Messer auf seiner Brust.

Und sie merkte, dass Rafael zögerte zuzustechen.

Ärgerte ihn die Bemerkung? Zweifelte er, ob er das Richtige tat?

»Tu es nicht!« Sie hatte keine Ahnung, ob er ihren Gedanken mitbekam. Aber er bemerkte sie.

Er antwortete. »Du! Du solltest nicht hier sein!«

»Bin ich aber.«

Wenn sie sich konzentrierte, konnte sie ihre Finger am Griff des Messers spüren. Die angespannten Muskeln am Arm und in der Schulter.

Rafael wollte zustoßen.

»Ich sagte: Tu es nicht!« Sie brachte all ihre Willenskraft auf, und tatsächlich gehorchte ihr Körper. Ein wenig zumindest. Das Messer verharrte in der Position.

»Lass los, du dummes Ding! Wir müssen es tun, du weißt es. Es ist der einzige Weg. Erst er, dann wir.«

Rafael versuchte, das Netz enger zu ziehen. Sie zurückzuzwingen in das schwarze Nichts, aus dem sie sich beinahe befreit hatte.

Alexander konnte sehen, wie Luises Hand zitterte. Die Messerspitze kratzte an seiner Brust, mehr war bisher nicht passiert. Er war am Leben. So weit, so gut.

Der Anblick der kalten Augen in Luises Gesicht ließ ihm weiterhin das Blut in den Adern gefrieren. Aber ihre Wangen und Augenlider bebten, ein Anflug von Schmerz und Anstrengung huschte über ihr Gesicht.

Luise kämpfte, das spürte und sah er. Für sich, für ihn, gegen Rafael. Also hatten sie eine Chance. Er würde sie nicht alleine kämpfen lassen.

»Wir sind stärker als er«, sagte er, so laut er konnte. Er bäumte sich auf. Die dünnen Schnüre an den Füßen schnitten in die Haut, die linke Hand hing fest, als wäre sie in Beton gegossen. Aber die Befestigung an seiner rechten Hand, wahrscheinlich ein Gürtel, schien sich ein wenig zu lockern. Wenn er sie nur befreien konnte. Er riss und ruckte. »Gib nicht auf, Luise!«

Rafael schäumte vor Wut. Mit unsichtbarer Gewalt versuchte er, sie zurückzudrängen und das Küchenmesser in Alexanders Brust zu stoßen. Luise hielt stand. Sie spürte, dass ihre Kraft der seinen beinahe ebenbürtig war. Leider nur beinahe.

»Ich habe dich gerettet«, heulte er. »Warum fällst du mir in den Rücken?«

»Du hast mich beschützt, damals. Vor Mutter. Vor mir selbst. Du hast recht, ich hätte nicht ertragen, was passiert ist. Aber das ist lange her. Ich bin kein Kind mehr. Ich bin stärker geworden.« Eine unheimliche Ruhe breitete sich in ihr aus. »Ich brauche dich nicht mehr. Geh!«

Die Gedanken wirkten, schienen Rafael schrumpfen zu lassen. Doch noch war er mächtig und wich keinen Millimeter.

»Mich wirst du nicht los. Es gibt nur diesen einen Weg für uns. Töte ihn. Trauere um ihn. Und dann gehen wir gemeinsam.«

»Niemals.« Aus der Ruhe entsprang eine Idee, die rasch zu einer Entscheidung heranwuchs. Für sie beide mochte es nur Rafaels Weg geben. Für sie allein gab es einen anderen. Den einzig richtigen.

»Mich kannst du töten«, sagte sie. »Aber ihn wirst du nicht kriegen. Seine Liebe wird immer weiterleben.« Luise verstärkte den Griff am Messer. Rafael hielt dagegen, doch es gelang ihr, es so herumzudrehen, dass die Spitze nach oben zeigte.

»Das darfst du nicht tun.« Rafaels Schrei hallte durch ihren Verstand. »Nicht du. Nicht jetzt! Dafür bist du nicht stark genug.«

Luise ersparte sich die Antwort. Es war Zeit zu handeln.

Sie sah Alexander an, und es war ihr Blick, der auf seinen traf. Ihre Augen füllten sich mit Tränen. Es waren ihre Tränen. Alexander schüttelte den Kopf. Tu das nicht, schien er zu sagen. Der bittere Schmerz in seinen Augen schnürte ihr ins Herz.

»Ich liebe dich«, sagte sie, und es war ihre Stimme, die aus ihrem Mund drang. Dann warf sie sich auf ihn.

Alexander bemerkte, dass Luise den Kampf gegen Rafael gewann. Und ihn doch verlor. Sie hielt das Küchenmesser fest umschlossen, die Klinge zielte nach oben, weg von ihm. Hin zu ihr.

Der Gürtel an seiner rechten Hand hatte sich gelöst, aber nicht genug, um sich zu befreien. Er konnte nichts tun.

Alexander sah ihren Blick. Hörte ihre Worte.

Sie ließ sich nach vorne fallen.

»Nein!«

Die Messerklinge bohrte sich in ihre Brust. Sie landete auf ihm. Der stumpfe Griff des Messers drückte gegen seine Rippen. Ihre Wange streifte seine Nase.

»Luise!«

Sie rührte sich nicht. Er spürte ihren Atem an seinem Hals. Schwach, stockend.

Sterbend.

Ihr Blut durchtränkte sein Pyjamaoberteil und legte sich warm auf seine Haut.

Er rüttelte verzweifelt an den Fesseln, und endlich löste sich der Gürtel. Seine rechte Hand war frei.

So vorsichtig, wie er konnte, schob er sie von sich herunter, bis sie auf dem Rücken neben ihm lag. Der Messergriff ragte aus ihrer linken Brustseite. Dort, wo das Herz lag. Ein roter Fleck breitete sich ringsherum auf dem Nachthemd aus. Es war vorbei. Er hatte sie verloren.

Eine brutale Stille dröhnte in seinem Kopf.

Er umschlang sie mit dem freien Arm, beugte sich über sie. »Luise!«

Ihre Augen waren geöffnet. Ein letztes Mal sahen sie sich an. Ihre Lippen formten stumm drei Wörter.

Und dann verlor sich ihr Blick. Ihre wunderschönen, geheimnisvollen Augen, durch die sie ihn ihr Herz hatte berühren lassen, verließen ihn.

Alexander hatte etliche tote und einige sterbende Menschen gesehen, und er kannte diesen unverwechselbaren Ausdruck im Gesicht, wenn das Leben aus dem Körper wich.

Aber Luise war nicht tot. Sie atmete noch immer, ihr Brustkorb hob und senkte sich und mit ihm das schreckliche Messer, das bis zum Heft zwischen ihren Rippen steckte. Als ob eine urwüchsige Kraft in ihr sich mit aller Gewalt ans Leben klammerte.

Von wegen vorbei!

Alexander stemmte sich hoch, befreite erst seine linke Hand, dann die Füße von den Fesseln, sprang aus dem Bett und stürzte ins Wohnzimmer. Sein Handy lag auf dem winzigen Küchentresen.

Es war eingeschaltet.

Es hatte genug Strom.

Und Netzempfang.

Er griff danach und wählte den Notruf.

80

Der Wanderpfad stieg steil bergan, kroch unter dichten Fichten und Buchen entlang und verlief sich immer wieder zwischen urwüchsigen Felsen und winzigen Lichtungen, die einen kurzen Blick auf die tief stehenden Wolken erlaubten. Der Weg war nur spärlich markiert. Alexander hatte eine Wanderkarte im Rucksack, aber er marschierte einfach drauflos. An Weggabelungen zögerte er keine Sekunde, ging mal links, mal rechts weiter. Als ob eine unerschöpfliche Kraft ihn vorantrieb und ein innerer Kompass ihn zielstrebig rauf zum Gipfel führte.

Es tat gut. Machte den Kopf frei. Zum ersten Mal verstand er, warum Luise so oft gelaufen war.

Luise.

»Sie wird es schaffen.« Die Worte der Oberärztin waren sein Mantra geworden. Die Leiterin der Intensivstation war eine quirlige Frau mit roten Pausbacken, die ihre drallen Pfunde in der eng sitzenden OP-Kleidung selbstbewusst zur Schau stellte. »Es grenzt an ein Wunder, dass sie nicht verblutet ist«, hatte sie gesagt. »Sie hat einen übermenschlichen Lebenswillen. So etwas habe ich noch nicht erlebt.« Die Ärztin hatte eine Reihe lateinischer Namen heruntergebetet. Blutgefäße und Organteile, die das Küchenmesser getroffen hatte.

Verstanden hatte er, dass die Klinge Luises Herz knapp verfehlt hatte. Dafür war ihre linke Lunge kollabiert. Sie hatte Unmengen an Blut verloren, und der Blutmangel hatte zu einem akuten Organversagen geführt. Aber Luise war stark, hatte gekämpft. Wenn alles gut ging, würden sie sie in den nächsten Tagen aus dem künstlichen Koma erwecken.

Das waren doch gute Nachrichten, oder?

Alexander steigerte sein Gehtempo. Immer weiter bergauf. Er passierte ein idyllisch gelegenes, weitgehend verfallenes Gehöft, das in besseren Zeiten mal ein Bauernhof mit Stallanlage und den Berghängen abgerungener Ackerfläche gewesen war.

Ja, es waren gute Nachrichten. Nur warum fühlte es sich nicht so an?

Er widerstand der Versuchung, stehen zu bleiben und sich die Ruine in Ruhe anzuschauen. Keine Pause. Das Laufen sollte seine Gedanken endlich zur Ruhe bringen. Er stapfte voran, hielt das Tempo.

Die Wolken senkten sich auf den Berg, leichter Nieselregen setzte ein. Sein Körper glühte vor Anstrengung, trotzdem wurde ihm kalt. Seine Kleidung saugte die feinen Regentropfen auf und legte sich feucht auf die Haut, die Haare klebten ihm am Kopf. Wasser und Schweiß flossen über sein Gesicht, und sein Wanderrucksack scheuerte an den fast verheilten Brandwunden auf dem Rücken.

Egal. Einfach weiter.

Die Bewaldung lichtete sich zusehends und wich flachen Felsen, die von Moosen und Farnen bedeckt waren. Durch den Regen geriet der letzte steile Aufstieg zur Rutschpartie, aber er schaffte auch das.

Zu seiner Überraschung lag das Bergplateau in der Sonne.

Vor ihm erstreckte sich eine weitläufige Ebene aus Stein und Geröll, dazwischen blühten gelbe und weiße Blumen. Vögel zwitscherten, Schmetterlinge flatterten herum. In einigen hundert Metern Entfernung ragte das hölzerne Gipfelkreuz aus einer steinernen Anhöhe.

Er hielt darauf zu, setzte sich unterhalb des Holzkreuzes auf einen schmalen Felsvorsprung, kramte seine Wasserflasche, einen Apfel und zwei Müsliriegel aus dem Rucksack.

Der Berg, auf dem er saß, war die Nummer drei auf Luises Liste gewesen. Eigentlich hätten sie heute gemeinsam hier oben sitzen müssen.

Er ließ seinen Blick schweifen. Die Wolken waren in den Tälern verschwunden und hatten den Singvögeln das strahlende Blau überlassen. Ein wunderschöner Tag.

Eigentlich.

Ein Schmetterling tauchte vor Alexander auf und flatterte um ihn herum. Der Falter traute dem Frieden wohl nicht so recht. Erst steuerte er zielstrebig auf einen Busch mit lilafarbenen Blüten zu, der sich zu Alexanders Füßen an einen Felsen klammerte. Dann verharrte er in einigem Abstand in der Luft.

Alexander kannte diese Art nicht. Der rostrote Farbton verdunkelte sich an den Rändern und Spitzen der Flügel zu einem matten Schwarz, das von weißen Punkten gesprenkelt war.

Hübsch. Luise hätte den Namen gewusst.

Der Schmetterling entschied sich gegen die Vorsicht und für die Blüte. Er legte die Flügel zusammen und versenkte seinen Saugrüssel zwischen den leuchtenden Blütenblättern.

An dem Morgen, nachdem der Rettungshubschrauber Luise aus den Bergen herausgeflogen hatte, hätte Alexander den Falter vermutlich gegriffen und zerfetzt. Da hatte es sich angefühlt, als würden seine Gefühle ihn zerreißen.

Inzwischen war die Verzweiflung verraucht. Luise würde leben. Vielleicht konnte er schon bald mit ihr reden.

Wovor zum Teufel rannte er dann weg?

Klar, die beiden letzten Tage hatten ihre Spuren hinterlassen. Das Leben war weitergegangen. Allerdings in Schwarz-Weiß und in Zeitlupe. Alexander hatte unten in der Stadt ein Zimmer angemietet, um in Luises Nähe zu sein. Die örtliche Kripo kam mit immer neuen Fragen auf ihn zu. Die Kollegen hatten ihre Mühe, das blutige Geschehen in der Berghütte als Selbstmordversuch abzutun. Es war Alexanders Glück, dass von ihm keine Fingerabdrücke auf dem Küchenmesser zu finden waren. Sonst säße er statt auf dem Berggipfel wegen versuchten Mordes in Untersuchungshaft.

Wahnsinn.

Vormittags und nachmittags suchte er Luise auf der Intensivstation auf, hielt ihre Hand, sprach zu ihr, betrachtete ihr starres Gesicht. Seine Sorge, ob sie überleben würde, hatte die Erinnerung an die Horrornacht bisher in Schach gehalten. Aber jetzt kroch sie hervor. Sie hatte ihn den Berg raufgejagt und das, was als willkommene Ablenkung an der frischen Luft gedacht war, zu einer Verfolgungsjagd werden lassen. Hier auf dem Gipfel konnte er ihr nicht entkommen.

Der Schmetterling hatte sich offenbar an der Blüte sattgesaugt. Er spreizte die Flügel und ließ sich von einer Windböe in die Höhe tragen. Der Falter glänzte in der Sonne. Alexander sah ihm nach. »Bitte bleib!«, hätte er ihm am liebsten zugerufen.

Die Bilder der letzten Minuten mit Luise in der Berghütte waberten durch seinen Verstand wie die dumpfen Erinnerungen an einen üblen Traum. Sie hatte neben ihm gelegen. Schwer atmend, das Messer in ihrer Brust. Ihre stummen Lippen hatten drei Wörter geformt, die er in seinem Kopf mit ihrer sanften Stimme vertont hatte.

»Ich liebe dich!« Das hätte sie gesagt, wenn sie noch Luft zum Sprechen gehabt hätte. Davon war er überzeugt gewesen.

Aber inzwischen war er sich da nicht mehr sicher.

Drei Wörter.

Jetzt, wo er in der Sonne saß, Müsliriegel kaute und mit Wasser herunterspülte, dämmerte ihm, dass es diese letzten Wörter waren, die ihm Angst machten. Welche übermenschliche Kraft war es, die Luise am Leben hielt? Kämpfte sie wirklich? Oder wollte jemand sie einfach nicht hergeben?

Der Schmetterling war verschwunden. Alexander drehte sich herum, stand sogar auf, um ihn noch einmal zu erspähen. Als ob der hübsche Falter ihn noch einige Sekunden ablenken könnte.

Vergeblich.

Drei Wörter.

Wieder sah er Luise. Ihr bleiches Gesicht. Ihren sterbenden Blick. Ihre sich bewegenden Lippen.

Er hörte ein kaltes Zischen. Eine leise, kratzig klingende Stimme, die ihm eine Gänsehaut bereitete. Sie flüsterte.

Ich
bin
Rafael.

Nachwort

Das Gegenteil von *wahr* ist, zumindest aus der Perspektive eines Schriftstellers, nicht *gelogen*, sondern *ausgedacht*. Es ist ein schönes Privileg, mich als Krimiautor aus beiden Töpfen bedienen und Fiktion und medizinische Tatsachen zu einer Geschichte verschmelzen zu können. Als praktizierender Psychiater und Psychoanalytiker fühle ich mich jedoch vorrangig der Wahrheit verpflichtet. Deswegen möchte ich Sie noch zu einem kurzen Blick in diese Töpfe einladen.

Ausgedacht sind sämtliche Figuren des Romans, inklusive ihrer Namen, Hintergründe und der Ereignisse, in die sie im Verlauf der Geschichte hineingezogen werden. Luises mörderische Seite ist Teil ihrer gespaltenen Identität. Wahr ist, dass ihr Krankheitsbild, die dissoziative Identitätsstörung, tatsächlich existiert.

Die Psyche verfügt über einen angeborenen Schutzreflex: die Dissoziation. Das Wort leitet sich her aus dem lateinischen »dissocio«, zu Deutsch »trennen, spalten«. Harmlose Erscheinungen von Dissoziation kennt fast jeder in Gestalt von Tagträumen, kurzzeitigem geistigem Abschweifen oder einem Gefühl von Unwirklichkeit. Aufgrund von Übermüdung, erhöhter Anspannung oder auch tiefer Entspannung gönnt sich das Bewusstsein eine Auszeit und schaltet auf Autopilot.

Bei existenzbedrohlichen Erlebnissen betätigt das Gehirn eine Art psychischen Schleudersitz. Ein Bereich des Selbsterlebens wird quasi abgetrennt, damit der Rest weiter funktionieren kann. Dies betrifft oft das Gedächtnis oder Teile des Gefühlslebens, kann aber letztlich jede einfache und höhere Funktion des Körpers oder des Bewusstseins betreffen.

Menschen mit dissoziativer Identitätsstörung haben meist schwerste Traumatisierungen erlitten – körperliche Misshandlungen, sexuellen und emotionalen Missbrauch. Oft seit frühester Kindheit, oft über lange Zeiträume hinweg. Der Schutzmechanismus wird dann zum bestimmenden Element des Selbsterlebens. Um sich vor den überwältigenden Ereignissen zumindest seelisch zu schützen, bilden Betroffene unterschiedliche, voneinander abgegrenzte Selbstzustände mit individuellen Eigenarten aus, zwischen denen sie hin und her wechseln. Teils ohne es zu bemerken und ohne sich daran erinnern zu können. Die schrecklichen Erfahrungen und die dazugehörigen Gefühle werden in einem abgetrennten Bereich der Psyche quasi weggesperrt, damit der Rest davon verschont bleibt. Und dort entwickeln sie im Laufe der Zeit ein Eigenleben.

Was in der Kindheit eine notwendige Überlebensstrategie war, führt bei Betroffenen in späteren Jahren zu heftigen körperlichen und psychischen Beschwerden. Im Unterschied zur Darstellung in Romanen und Spielfilmen, in denen es nicht selten um Mord und Totschlag geht, gestalten sich deren Dramen viel alltäglicher. Insbesondere das Eingehen enger Beziehungen stellt eine riesige Herausforderung dar. Wie soll man Vertrauen fassen, wie kann man lieben und geliebt werden, wenn Liebe, Angst und Hass innerlich kaum zu unterscheiden sind oder sich unversöhnlich und unverbunden gegenüberstehen?

Wahr ist jedoch, dass es für Menschen mit dieser Erkrankung Hoffnung auf Linderung gibt.

In wirklichen Psychotherapien von Patienten mit schweren dissoziativen Störungen geht es allerdings nicht vorrangig um die rasche Aufdeckung belastender Kindheitserlebnisse, sondern um die Entwicklung psychischer Stabilität im Rahmen einer vertrauensvollen Beziehung. Wenn das gelingt, kann in längeren Behandlungen eine behutsame Auseinandersetzung mit den »Teilpersönlichkeiten« und den traumatischen Erfahrungen erfolgen.

Ob wahr oder ausgedacht: Die Gedanken und Ideen eines Autors brauchen die Mithilfe etlicher Menschen, damit daraus ein packender Roman wird. Diesen Menschen möchte ich von Herzen danken.

Schreiben kann eine sehr einsame Angelegenheit sein, wären da nicht Familie und Freunde, die nicht nur Verständnis und Interesse aufbringen, sondern auch den Text kritisch unter die Lupe nehmen und wertvolle Anregungen geben. Danke Inken, Simon und Ole! Ihr seid klasse.

Ich hatte zudem das Glück, früh auf professionelle Unterstützung zurückgreifen zu dürfen. Danke, Dirk Meynecke von der Agentur Buchplanung, für Ihr Vertrauen, Ihren Rat und Ihre Ermunterung. Mein Dank gilt abschließend Christine Steffen-Reimann von Droemer Knaur für die kompetente und nicht minder sympathische Betreuung und der Lektorin Dr. Clarissa Czöppan für die intensive Durchsicht des Textes und unschätzbare Verbesserungsvorschläge.

Hamburg, im Oktober 2017

»Sebastian Fitzek – Mann für die Bestseller«
sueddeutsche.de

SEBASTIAN FITZEK

DAS PAKET

Psychothriller

Seit die junge Psychiaterin Emma Stein in einem Hotelzimmer vergewaltigt wurde, verlässt sie das Haus nicht mehr. Sie war das dritte Opfer eines Psychopathen, den die Presse den »Friseur« nennt – weil er den misshandelten Frauen die Haare vom Kopf schert, bevor er sie ermordet.

Emma, die als Einzige mit dem Leben davonkam, fürchtet, der »Friseur« könnte sie erneut heimsuchen, um seine grauenhafte Tat zu vollenden. In ihrer Paranoia glaubt sie, in jedem Mann ihren Peiniger wiederzuerkennen, dabei hat sie den Täter nie zu Gesicht bekommen. Nur in ihrem kleinen Haus am Rande des Berliner Grunewalds fühlt sie sich noch sicher – bis der Postbote sie eines Tages bittet, ein Paket für ihren Nachbarn anzunehmen.

Einen Mann, dessen Namen sie nicht kennt und den sie noch nie gesehen hat, obwohl sie schon seit Jahren in ihrer Straße lebt …

»Sebastian Fitzek hat ein Paket gepackt, das es in sich hat: eine irre Story, Grusel und Spannung bis zur letzten Zeile.« dpa

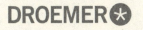

*Willkommen an Bord Ihres Fluges
in Richtung Absturz!*

SEBASTIAN FITZEK

FLUGANGST 7A

Psychothriller

Es gibt eine tödliche Waffe, die durch jede Kontrolle kommt.
Jeder kann sie ungehindert an Bord eines Flugzeugs bringen.

Ein Nachtflug Buenos Aires–Berlin.
Ein seelisch labiler Passagier.
Und ein Psychiater, der diesen Passagier dazu bewegen soll, die Maschine zum Absturz zu bringen – sonst stirbt der einzige Mensch, den er liebt.

»*Dieser Sebastian Fitzek kann Spannung.*«
Südwest Presse

*Eine Fahrt durch die Nacht –
so düster wie noch nie …*

IAIN REID

THE ENDING

Psychothriller

Eine Frau fährt mit ihrem Freund Jake durch die winterliche Weite Kanadas. Trotz ihrer neuen Liebe denkt sie darüber nach, Schluss zu machen. Und während draußen die Dämmerung das einsame Land in Dunkelheit hüllt, werden drinnen im Wagen die Gespräche und die Atmosphäre immer unheimlicher: Weshalb hält die Frau einen Stalker vor Jake geheim, der ihr Angst macht? Warum gibt Jake nur bruchstückhaft etwas von sich preis?

Ein kaum greifbares Unbehagen steigt auf, nur eines ist klar:

Das junge Paar steuert unaufhaltsam in die Katastrophe …

Der Überraschungshit des Kanadiers Iain Reid – ein raffiniertes, stilistisch brillantes Psychodrama für Liebhaber von Stephen King und Alfred Hitchcock.

RS
07/22